Edgar Rice Burroughs

TARZAN der Schreckliche

Edgar Rice Burroughs ist einer der populärsten Autoren der Welt. Ohne vorherige Erfahrung als Autor schrieb er im Jahre 1912 seinen ersten Roman „Die Prinzessin vom Mars". In den folgenden 38 Jahren bis zu seinem Tode im Jahre 1950 schrieb Burroughs 91 Bücher und eine Unmenge Kurzgeschichten und Artikel. Obwohl am besten bekannt als Schöpfer des klassischen „Tarzan von den Affen" und „John Carter vom Mars", waren seiner rastlosen Vorstellungskraft keine Grenzen gesetzt. Burroughs produktive Feder bewegte sich vom Amerikanischen Westen zum primitiven Afrika und weiter zu romantischen Abenteuern auf dem Mond, den Planeten und sogar jenseits der fernsten Sterne.
Niemand weiß, wieviele Exemplare von Burroughs' Büchern in der ganzen Welt veröffentlicht wurden. Vorsichtig geschätzt muß diese Anzahl, in über 50 bekannte Sprachen übersetzt, in hunderte Millionen gehen.
Hinzuzählen muß man noch die Vielzahl von Comics, Kino- und Fernsehfilmen, deren Grundlage die Romane Burroughs' bilden.

Edgar Rice Burroughs

TARZAN der Schreckliche

KRANICHBORN VERLAG LEIPZIG

Aus dem Amerikanischen übersetzt von Ruprecht Willnow
Titel der Originalausgabe: TARZAN THE TERRIBLE

1. Auflage

COVER ART by JOE JUSKO
LAYOUT by FRANK NEUBAUER
ISBN 3-930040-21-2

Der Pithekanthropus

Lautlos wie die Schatten, die es umgaben, stahl sich das große Tier durch den mitternächtlichen Dschungel, die gelbgrünen Augen weit geöffnet und starr, den sehnigen Schweif nachziehend, den Kopf gesenkt und flach, jeder Muskel gespannt. Es war erfüllt vom Jagdfieber. Dann und wann sprenkelte der Dschungelmond eine Lichtung, der die große Katze sorgsam auswich. Obwohl sie sich durch dichtes Grün und über einen Teppich zahlloser Zweige, abgebrochener Äste und Blätter bewegte, verursachte sie bei ihrem Vorwärtskommen kein Geräusch, das die ohnedies nicht sonderlich hellhörigen Ohren eines Menschen hätten erfassen können.

Der Gegenstand seiner Verfolgung, der sich fast ebenso lautlos wie das gelbbraune Raubtier etwa einhundert Schritte vor ihm bewegte, schien weniger vorsichtig zu sein, denn statt die vom Mondlicht erhellten natürlichen Lichtungen zu umgehen, überquerte er sie auf direktem Weg, und anhand seiner gewundenen Spur ließ sich in der Tat vermuten, daß er diese weniger beschwerlichen Passagen bewußt suchte, wozu er durchaus berechtigt war, da er im Gegensatz zu der grimmigen Verfolgerin aufrecht auf zwei Beinen ging - außerdem war er unbehaart, abgesehen von einem dichten, schwarzen Haarschopf auf dem Kopf. Seine Arme waren wohlgestaltet und muskulös, die Hände kraftvoll und schlank, mit langen, schmalen Fingern und Daumen, die fast bis zum ersten Gelenk des Zeigefingers reichten. Auch seine Beine waren wohlgeformt, indes wichen die Füße insofern von jeglichen Normen der menschlichen Rasse ab, ausgenommen vielleicht einige Vertreter der untersten Stufe, als die großen Zehen im rechten Winkel vom Fuß abstanden.

Dieses Wesen hielt einen Augenblick im hellen Schein des prächtigen afrikanischen Mondes inne und lauschte aufmerksam nach hinten, wobei es den Kopf hob, so daß seine Gesichtszüge im Mondlicht leicht zu erkennen waren. Sie waren gut ausgeprägt, scharf geschnitten und regelmäßig - es war ein Antlitz, dessen männliche Schönheit in allen großen Städten der Welt die Aufmerksamkeit auf sich gezogen hätte. Aber war dieses Wesen ein Mensch? Dies zu entscheiden wäre einem stillen Beobachter in den Bäumen schwer gefallen, hätte er gesehen, wie das von dem Löwen als Beute ausersehene Geschöpf seinen Weg über den silbernen Teppich wieder aufnahm, den Luna über den armseligen Dschungelboden gebreitet hatte, denn unter dem Lendenschurz aus schwarzem Fell, der seine Schenkel umhüllte, hing ein langer, unbehaarter, weißer Schwanz hervor.

Dieses Wesen hielt in einer Hand eine dicke Keule, und an seiner Linken hing an einem Schulterriemen ein kurzes Messer mit Scheide und an einem zweiten, rechts an der Hüfte, eine Tasche. Ein breiter Gürtel, der im Mondschein glitzerte, als sei er mit purem Gold besetzt, hielt die Riemen fest am Körper und schien auch das Lendentuch zu halten. Die große, reich geschmückte Gürtelschnalle blitzte, als seien Edelsteine darin eingefaßt.

Immer näher schlich sich Numa, der Löwe, an die ins Auge gefaßte Beute heran, indes schien diese die drohende Gefahr zu ahnen, denn das seltsame Geschöpf wandte die Ohren und die scharfen, schwarzen Augen immer häufiger in Richtung der ihr nachsetzenden Raubkatze. Es beschleunigte jedoch seine Geschwindigkeit nicht besonders, sondern behielt die weit ausgreifende, kraftvolle Gangart bei, sofern die offenen Waldflächen es erlaubten, lockerte jedoch das Messer in der Scheide und hielt die Keule ständig einsatzbereit.

Nachdem das Menschwesen sich durch einen schmalen Streifen dichten Dschungels gearbeitet hatte, erreichte es schließlich eine fast baumloses Fläche beträchtlicher Ausdehnung. Hier zögerte es einen Augenblick und schaute schnell hinter sich und dann in die Sicherheit verheißenden Äste der großen Bäume, die über ihm hin und her schwangen, doch ein größerer Antrieb als Furcht oder Vorsicht schien seine Entscheidung zu beeinflussen, denn es bewegte sich wieder über die kleine Lichtung vor ihm und ließ die Bäume hinter sich zurück. Belaubte Zufluchtsmöglichkeiten boten sich in größeren oder kleinen Abständen auf der Grasfläche vor ihm, und der von dem Menschwesen eingeschlagene Weg von einer Buschgruppe zu anderen deutete darauf hin, daß es dennoch nicht jegliche Vorsicht außer acht gelassen hatte. Nachdem es jedoch den zweiten Baum passiert hatte, war die Entfernung zum nächsten beträchtlich, und nun trat Numa aus der dichten Deckung des Dschungels, sah das scheinbar hilflose Opfer vor sich, richtete den Schweif steil auf und griff an.

Zwei Monate - zwei lange, beschwerliche Monate, die erfüllt waren von Hunger, Durst, jeglichen Mühsalen und großen Enttäuschungen, vor allem aber von nagenden Schmerzen, waren verstrichen, seit Tarzan von den Affen aus dem Tagebuch des toten deutschen Hauptmanns erfahren hatte, daß seine Frau noch am Leben war. Kurze Nachforschungen, bei denen er in jeder erdenklichen Weise von der Nachrichtenabteilung des Britischen Ostafrikanischen Expeditionskorps unterstützt wurde, hatten ergeben, daß man versuchte, Lady Jane im Landesinneren weiter versteckt zu halten. Die Gründe dafür wußte wahrscheinlich nur das deutsche Oberkommando.

Sie war unter der Obhut von Leutnant Obergatz und einer Abteilung deutscher Eingeborenensoldaten, Askaris, über die Grenze in den Kongofreistaat verbracht worden.

Tarzan hatte sich auf die Suche nach ihr gemacht und glücklicherweise auch das Dorf entdeckt, in dem sie eingesperrt gewesen war, jedoch nur erfahren, daß sie bereits vor Monaten geflüchtet und daß der deutsche Offizier zur gleichen Zeit verschwunden war. Von jetzt an waren die Berichte der von ihm befragten Häuptlinge und Krieger verworren und oft widersprüchlich. Selbst die Richtung, welche die Flüchtlinge eingeschlagen hatten, konnte er nur erraten, indem er bruchstückhafte Angaben aus verschiedenen Quellen wie ein Puzzle mühsam zusammensetzte.

Verschiedene Beobachtungen, die er im Dorf machte, ließen ihn Schlimmes ahnen. Die eine lieferte den unwiderlegbaren Beweis, daß die Leute Menschenfresser waren; eine andere betraf das Vorhandensein verschiedener Ausrüstungsstücke, die den deutschen Askaris zuzurechnen waren. Der Affenmensch unternahm das Wagnis, jede einzelne Hütte im Dorf ungeachtet der verdrossenen Einwände des Häuptlings sorgfältig zu durchsuchen. Die Tatsache, daß er keinen Gegenstand fand, der seiner Gattin gehörte, ließ ihn zumindest ein wenig Hoffnung schöpfen.

Er verließ das Dorf und machte sich in südwestlicher Richtung auf den Weg, wobei er nach entsetzlichen Strapazen eine weite, wasserlose Steppe durchquerte, die zumeist von dichten Dornensträuchern bedeckt war, und schließlich in eine Gegend geriet, die der Fuß eines Weißen höchstwahrscheinlich noch nie betreten hatte, und die nur in den Legenden der Stämme angrenzender Gebiete erwähnt wurde. Wohl gab es hier steil aufragende Berge, gut bewässerte Hochebenen, weite Savannen und riesige, sumpfige Moraste, doch weder die Savannen, noch die Hochebenen, noch die Berge waren für ihn zugänglich, und erst nach wochenlangen, emsigen Bemühungen fand er schließlich eine Stelle, wo er die

Sümpfe durchqueren konnte - eine gräßliche Strecke, auf der es von Giftschlangen und anderen großen gefährlichen Reptilien wimmelte. Verschiedene Male erspähte er in weiter Ferne oder des Nachts riesenhafte, reptilienähnliche Ungeheuer, aber da es im Sumpfgebiet und in seiner Umgebung viele Flußpferde, Nashörner und Elefanten gab, war er nicht sicher, ob die Gestalten, die er erblickt hatte, nicht diesen zuzurechnen waren.

Als er nach Durchquerung der Sümpfe endlich wieder festen Boden unter den Füßen hatte, erkannte er, warum dieses Gebiet vielleicht unzählige Zeitalter dem Mut und der Kühnheit der heldenhaften Rassen jener äußeren Welt getrotzt hatte, die doch sonst nach unzähligen Fehlschlägen und unglaublichen Strapazen praktisch jede andere Region von Pol zu Pol ergründet hatten.

Die gewaltige Vielfalt und Menge von Wild legte den Schluß nahe, daß sich jede bekannte Art von Vögeln, Säugetieren oder Reptilien hierher zurückgezogen hatte, wo sie vielleicht eine letzte Zuflucht fanden vor den eindringenden Menschenmassen, die sich allmählich über die gesamte Erdoberfläche ausgebreitet und von dem Zeitpunkt an, als der erste Affe sein Haar verlor und aufhörte, auf seinen Fingerknöcheln zu gehen, den niederen Arten die Jagdgründe streitig gemacht hatten. Selbst Arten, die Tarzan vertraut waren, zeigten hier entweder Resultate einer abweichenden Evolutionslinie oder eine Form, die ohne jede Veränderung über unzählige Zeitalter weitergegeben worden war.

Auch gab es viele hybride Gattungen, von denen für Tarzan ein schwarz-gelb gestreifter Löwe besonders interessant war. Kleiner als die Arten, die der Affenmensch kannte, stellte er dennoch ein höchst beeindruckendes Tier dar, da er neben seinen scharfen, säbelartigen Reißzähnen die Veranlagung eines Teufels besaß. Für Tarzan war dies der Beweis, daß Tiger einst auch die Dschungel Afrikas durchstreift hatten, womöglich riesige Tiere mit Säbelzähnen einer anderen Epoche, und sich dann offensichtlich mit Löwen gekreuzt hatten. Das Ergebnis waren jene schrecklichen Ungeheuer, denen er an diesem Tag gelegentlich begegnet war.

Die echten Löwen dieser neuen Alten Welt unterschieden sich nur wenig von denen, die er kannte, und waren hinsichtlich der Größe und des Körperbaus nahezu identisch mit ihnen, doch statt die dunklen Flecke abzulegen, die die Jungen kennzeichneten, behielten sie sie ihr Leben lang ebenso deutlich bei wie ihre Artverwandten, die Leoparden.

Zwei Monate mühseliger Nachforschungen hatten nicht den geringsten Beweis geliefert, daß diejenige, die er suchte, dieses schöne, jedoch verbotene Land betreten hatte. Die Durchsuchung des Kannibalendorfes und die Befragung anderer Stämme in der Nachbarschaft hatten ihn jedoch überzeugt, daß Lady Jane, sollte sie noch am Leben sein, in dieser Richtung zu suchen war, denn durch ein Ausleseverfahren war er zu der Einsicht gelangt, daß ihre Flucht nur dorthin hatte erfolgen können. Wie sie das Sumpfgebiet hatte durchqueren können, war ihm ein Rätsel, dennoch schien ihn etwas in der Zuversicht zu bestärken, daß ihr dies gelungen war und daß sie, sollte sie noch leben, hier zu finden war. Diese unbekannte, noch nie durchquerte Wildnis war jedoch von gewaltiger Ausdehnung. Grimmige, abweisende Berge versperrten seinen Weg, Wasserfälle stürzten von Felskanten herab und behinderten sein Vorwärtskommen, und bei jeder Wegbiegung war er gezwungen, im Überlebenskampf gegen große Raubtiere all seinen Verstand und seine Muskelkraft einzusetzen.

Hin und wieder spürten er und Numa derselben Beute nach, und bald schleppte der eine das Opfer davon, bald der andere. Selten jedoch litt der Affenmensch Hunger, denn in diesem Land gab es reichlich Wild, Vögel und Fische, dazu Früchte und zahllose andere Arten pflanzlicher Nahrung, so daß der im Dschungel aufgewachsene Mensch genug zu essen hatte.

Oft fragte er sich, warum er in einem so reichen Land keine Anzeichen menschlichen Lebens vorfand, und gelangte zu dem Schluß, daß die ausgedörrte, von Dornengestrüpp überzogene Steppe und die tückischen Sumpfgebiete eine ausreichende Barriere bildeten, um es wirksam gegen das Eindringen der Menschheit zu schützen.

Nach tagelangem Suchen entdeckte er schließlich einen Paß durch das Gebirge, und als er auf der anderen Seite herabstieg, fand er ein Gebiet vor sich, das praktisch dem identisch war, welches er soeben verlassen hatte. Hier war gut jagen, und an einem Wasserloch am Ausgang eines Cañons, wo dieser in eine mit Bäumen bewachsene Ebene mündete, war Bara, das Reh, für den kenntnisreichen Affenmenschen eine leichte Beute.

Es war kurz vor Einbruch der Dunkelheit. Aus verschiedenen Richtungen ertönten hin und wieder die Stimmen der großen, vierbeinigen Jäger, und da die Bäume des Cañons keine geeignete Zuflucht boten, nahm der Affenmensch das tote Reh auf die Schulter und stieg in die Ebene hinab. Auf der gegenüberliegenden Seite ragten hohe Bäume auf - ein großer Wald, der sich seinem geübten Blick als mächtiger Dschungel darstellte. Dorthin lenkte der Affenmensch seine Schritte, aber als er mitten in der Ebene war, entdeckte er einen einzeln stehenden Baum, der sich bestens als nächtliche Zufluchtsstätte eignete. Er schwang sich behend in das Astwerk hinauf und fand alsbald einen behaglichen Ruheplatz. Hier aß er das Fleisch des Rehes, und als er seinen Hunger gestillt hatte, schleppte er die Reste auf die gegenüberliegende Seite des Baumes, wo er sie hoch über dem Erdboden an sicherer Stelle verwahrte. Dann kehrte er zu seiner Astgabel zurück, um zu schlafen, und kurze Zeit später stießen das Gebrüll der Löwen und das Geheul der kleineren Raubkatzen auf taube Ohren.

Die üblichen Laute des Dschungels beruhigten den Affenmenschen eher, als daß sie ihn aufregten, doch ein ungewöhnliches Geräusch, wie unerfaßbar es auch für das Ohr eines der Zivilisation verfallenen Schläfers sein mochte, entging nur selten Tarzans scharfen Sinnen, wie tief er auch schlief, und so kam es, daß ein plötzliches Rascheln von Füßen auf dem Grasteppich ganz in der Nähe seines Baumes, als der Mond noch hoch am Himmel stand, ihn plötzlich hellwach und abwehrbereit auffahren ließ. Ein Tarzan erwacht nicht wie ein gewöhnlicher Mensch, dem der Schlaf noch auf Augen und Gehirn lastet, denn würden die Geschöpfe der Wildnis so aufwachen, würde es wohl nur wenige Male geschehen. Als er die Augen öffnete, blickten sie hell und klar, wie auch seine Nervenzentren die verschiedenen Eindrücke der Sinne deutlich und klar registierten.

Fast unter ihm kam etwas auf seinen Baum zugerannt, das auf den ersten Blick ein fast völlig nackter Weißer zu sein schien, doch selbst bei diesem ersten Hinsehen entging dem Affenmenschen nicht der lange, weiße Schwanz, den das Wesen nachzog. Der fliehenden Gestalt auf den Fersen, kam Numa, der Löwe, angriffswütig angestürmt und war schon so nahe, daß für sein Opfer keine Möglichkeit mehr bestand, ihm zu entrinnen. Weder die Beute noch das mörderische Raubtier gaben einen Laut von sich. Wie zwei Geister in einer Totenwelt bewegten sich die beiden geräuschlos und schnell dem sich ankündigenden tragischen Ende dieses grimmigen Wettrennens entgegen.

Kaum hatte Tarzan die Augen aufgeschlagen und die Szene unter sich erfaßt, setzte auch schon die Tätigkeit seines Verstandes ein, geleitet von Urteilsvermögen und Entschlußkraft, und alles folgte nun so schnell aufeinander, daß der Affenmensch sich auch schon in der Luft befand, denn er hatte ein weißhäutiges Geschöpf gesehen, fast ebenso gestaltet wie er selbst, das von seinem Erzfeind verfolgt wurde. Der Löwe war dem fliehenden Menschwesen so dicht auf den Fersen, daß Tarzan keine Zeit mehr hatte, die richtige Angriffsform zu wählen. Wie ein Wasserspringer kopfüber vom Brett in die Fluten taucht, so flog Tarzan von den Affen Numa, dem Löwen, entgegen. In der Rechten hielt er die blanke Klinge seines Vaters, die schon viele Male zuvor Löwenblut gekostet hatte.

Ein schräg aufragender Zweig erfaßte Tarzan an der Seite und fügte ihm eine lange, tiefe Wunde zu, dann befand er sich auch schon auf Numas Rücken und stieß die Klinge dem wilden Tier immer wieder in die Flanke. Das Menschwesen floh nun nicht länger und war auch nicht untätig. Schließlich war es gleichfalls ein Geschöpf der Wildnis und hatte im Nu erfaßt, wie wahr das scheinbare Wunder seiner Rettung war. Es machte kehrt und stürmte mit erhobener Keule vor, um Tarzan beizustehen und Numa den Garaus zu machen. Ein einziger furchtbarer Schlag auf den abgeflachten Schädel des Tieres ließ dieses reglos zu Boden sinken, und als Tarzans Messer schließlich das Herz der Raubkatze erreichte, kennzeichneten einige krampfhafte Zuckungen, gefolgt von plötzlicher Erschlaffung, den Tod des Räubers.

Der Affenmensch sprang auf, setzte einen Fuß auf den toten Löwen, erhob das Gesicht zu Goro, dem Mond, und stieß den wilden Siegesschrei aus, der schon so oft in seinem heimatlichen Dschungel ein Echo wachgerufen hatte.

Als der furchteinflößende Schrei aus der Kehle des Affenmenschen brach, trat das Menschwesen schnell zurück, wie von plötzlicher Ehrfurcht ergriffen, aber als Tarzan das Jagdmesser wieder in die Scheide steckte und sich ihm zuwandte, konnte es in der gelassenen Würde seines Auftretens keinen Anlaß für Besorgnis entdecken.

Einen Augenblick lang musterten sich die zwei abschätzend, dann sagte das Menschwesen etwas. Tarzan erkannte wohl, daß dieses Geschöpf vor ihm artikulierte Laute von sich gab, allerdings in einer Sprache, mit der er nicht vertraut war, die jedoch die Gedanken eines Menschen zum Ausdruck brachten, der mehr oder weniger über dieselben Verstandeskräfte verfügte, die auch ihm zu Gebote standen. Oder anders ausgedrückt: Obwohl dieses Geschöpf vor ihm den Schwanz, die Daumen und großen Zehen eines Affen hatte, war es sonst in jeder Hinsicht ganz offensichtlich ein Mensch.

Das Blut, das nun an Tarzans Seite herabfloß, zog die Aufmerksamkeit dieses Wesens auf sich. Es entnahm der Tasche an seiner Seite einen kleinen Beutel, trat zu Tarzan und gab ihm durch Zeichen zu verstehen, er möge sich niederlegen, damit es die Wunde behandeln könne. Daraufhin zog es die Wundränder auseinander und puderte das rohe Fleisch mit einem Pulver aus dem kleinen Beutel. Der Schmerz der Wunde war nichts im Vergleich zu der ausgesuchten Pein, die das Heilmittel verursachte. Indes war der Affenmensch an physisches Leiden gewöhnt, ließ alles stoisch über sich ergehen, und wenige Augenblicke später hatte nicht nur das Bluten aufgehört, sondern war auch der Schmerz gestillt.

Als Antwort auf die sanften und keineswegs unangenehmen Laute, die der andere von sich gab, redete Tarzan ihn in verschiedenen Stammesdialekten des Landesinneren sowie in der Sprache der großen Affen an, aber es war offensichtlich, daß der Mann keine davon verstand. In der Erkenntnis, daß sie sich nicht anders verständigen konnten, trat der Pithekanthropus zu Tarzan und legte die linke Hand auf sein Herz und die rechte auf das von Tarzan. Dieser sah darin eine Geste freundschaftlicher Begrüßung, und da er sich in den Gebräuchen unzivilisierter Rassen auskannte, antwortete er auf dieselbe Weise, überzeugt, daß dies zweifellos von ihm erwartet wurde. Seine Handlungsweise schien seinen neuen Bekannten zu befriedigen und zu erfreuen, denn er begann sofort, wieder zu reden, neigte den Kopf nach hinten, sog in Richtung des Baumes über ihnen die Luft ein, deutete auf das tote Reh und tippte auf seinen Bauch in einer Zeichensprache, die selbst der Verbohrteste deuten konnte. Tarzan forderte den Fremden mit einer Handbewegung auf, sich an den Überresten seiner rohen Mahlzeit gütlich zu tun. Daraufhin schwang sich der andere gewandt wie ein kleiner Affe auf die unteren Zweige des Baumes und stieg, immer unterstützt durch den langen, sehnigen Schwanz, schnell zu dem Fleisch hinauf.

Er aß schweigend, wobei er mit seinem scharfen Messer kleine Streifen aus den Lenden des Rehs schnitt. Tarzan beobachtete ihn aus der Astgabel auf dem Baum und erkannte deutlich, wie bei ihm die menschlichen Attribute überwogen. Sie wurden durch die seltsamen

Daumen, großen Zehen und den Schwanz zweifellos noch hervorgehoben.

Er fragte sich, ob dieses Wesen Vertreter einer fremden Rasse sei oder vielleicht nur ein Atavismus, und dies erschien ihm glaubwürdiger. Beide Vermutungen wäre ihm abwegig genug erschienen, hätte er den Beweis für die Existenz dieses Geschöpfes nicht deutlich vor Augen gehabt. Aber da war er, ein Mensch mit Schwanz und eindeutig für ein Leben auf Bäumen entwickelten Händen und Füßen. Sein mit Gold und Edelsteinen verziertes Riemenzeug konnte jedoch nur das Werk geschickter Handarbeit sein, indes ließ sich natürlich nicht sagen, ob dieses Menschwesen selbst es hergestellt hatte oder jemand anders seinesgleichen, der vielleicht einer völlig verschiedenen Rasse angehörte.

Als der Gast sein Mahl beendet hatte, wischte er sich die Finger und Lippen mit Blättern ab, die er von einem Zweig in seiner Nähe abriß, und blickte mit einem freundlichen Lächeln zu Tarzan auf, wobei er eine Reihe kräftiger, weißer Zähne zur Schau stellte. Die Eckzähne waren nicht länger als die Tarzans. Er sagte ein paar Worte, die Tarzans Vermutung zufolge wohl eine höfliche Danksagung darstellten, und suchte sich auf dem Baum sodann ein bequemes Plätzchen für die Nacht.

Noch war die Erde in jene Dunkelheit gehüllt, die der Morgendämmerung vorausgeht, als Tarzan durch ein heftiges Schütteln des Baumes geweckt wurde, auf dem er Zuflucht gesucht hatte. Als er die Augen aufschlug, entdeckte er, daß sein Begleiter ebenfalls wach war. Er blickte schnell in die Runde, um die Ursache für diese Störung zu ergründen, und war sprachlos ob des Anblicks, der sich seinen Augen bot.

Neben dem Baum ragten die verschwommenen Umrisse einer kolossalen Gestalt auf, die ihren riesigen Körper an den Zweigen scheuerte. Das war es, was ihn geweckt hatte. Daß solch ein ungeheueres Wesen sich ihnen so weit genähert hatte, ohne ihn aufschrecken zu lassen, erfüllte ihn mit Staunen und Verdruß. In der Dunkelheit glaubte er zunächst, es mit einem Elefanten zu tun zu haben. Wenn dem so war, mußte dieser jedoch größere Ausmaße haben als jeder andere, den er zuvor gesehen hatte; doch als die verschwommenen Umrisse allmählich deutlicher hervortraten, erblickte er in gleicher Höhe mit seinen Augen und zwanzig Fuß über dem Boden die undeutlichen Konturen eines grotesk gezackten Rückens, so daß man den Eindruck gewann, jeder Rückenwirbel dieses Wesens laufe in einem dicken, schweren Horn aus. Tarzan konnte nur einen Teil des Rückens sehen, der übrige Körper wurde von den dichten Schatten unter dem Baum verhüllt, aus denen nun die Mahlgeräusche riesiger Kiefer herauftönten, die Fleisch und Knochen zermalmten. Aus den Gerüchen, die ihm in die Nase stiegen, erkannte er sofort, daß sich ein riesiges Reptil unter ihm befand. Es führte sich den toten Löwen zu Gemüte, den sie abends zuvor erlegt hatten.

Noch während er seine Augen im vergeblichem Bemühen anstrengte, die dunklen Schatten zu durchdringen, und ganz gespannt war vor Neugier, spürte er eine leichte Berührung an der Schulter. Er wandte sich um und sah, daß sein Begleiter seine Aufmerksamkeit auf sich lenken wollte. Das Menschwesen preßte den Zeigefinger auf die Lippen, um zu absolutem Schweigen zu mahnen, und versuchte, ihn am Arm zu ziehen, wohl um anzudeuten, daß sie sich schleunigst aus dem Staub machen sollten.

In der Erkenntnis, daß er sich in einem fremden Land befand, das offensichtlich von Geschöpfen titanenhafter Größe bewohnt wurde, deren Gewohnheiten und Kräfte ihm völlig unbekannt waren, ließ Tarzan es zu, dergestalt weggezogen zu werden. So unauffällig wie möglich stieg der Pithekanthropus auf der dem großen, nächtlichen Beutejäger abgewandten Seite vom Baum, dicht gefolgt von Tarzan, und machte sich in nächtlichem Dunkel lautlos auf den Weg durch die Ebene.

Der Affenmensch bedauerte eher, auf die Gelegenheit verzichten zu müssen, ein Wesen eingehender zu erforschen, das seines Erachtens von allen grundverschieden war, die er bisher kennengelernt hatte. Indes war er klug genug, einzusehen, daß ein diskreter Rückzug zuweilen ratsamer ist. Also unterwarf er sich jetzt wie schon oft in der Vergangenheit jenem Gesetz, das die Geschöpfe der Wildnis beherrschte und davon abhielt, sich sinnlosen Gefahren auszusetzen. Der tägliche Kampf um Nahrung und einen Partner war gefährlich genug.

Als die aufsteigende Sonne die Schatten der Nacht verdrängte, befand sich Tarzan wieder am Rand eines großen Waldes, in den sein Führer eintauchte, um sich behend auf die Bäume zu schwingen, durch die er seinen Weg mit der Geschwindigkeit langer Gewohnheit und vererbter Instinkte fortsetzte, auch hier wieder unterstützt durch den langen, zum Greifen geeigneten Schwanz sowie seiner Finger und Zehen. Das Menschwesen bewegte sich nicht weniger behend und sicher durch den Wald als der hünenhafte Affenmensch.

Während ihres Vorwärtsdringens erinnerte sich Tarzan wieder der Wunde an seiner Seite, die Numas Krallen ihm am vergangenen Abend zugefügt hatten. Er untersuchte sie und mußte zu seiner Verwunderung feststellen, daß sie nicht nur nicht mehr schmerzte, sondern daß auch die Ränder keine Anzeichen einer Entzündung aufwiesen. Zweifellos war dies das Ergebnis des antiseptischen Pulvers, das sein seltsamer Begleiter daraufgestreut hatte.

Nachdem sie ein oder zwei Meilen zurückgelegt hatten, ließ sich Tarzans Führer an einem Grashang unter einem großen Baum zu Boden fallen, dessen Zweige über einen klaren Bach hingen. Hier stillten sie ihren Durst, und Tarzan entdeckte, daß das Wasser nicht nur köstlich frisch und klar war, sondern auch eisig kalt. Demnach mußte seine Quelle den steil aufragenden Bergen entspringen, von denen es herabstürzte.

Tarzan legte seinen Lendenschurz und die Waffen ab, stieg in den kleinen Teich unter dem Baum und kam einen Augenblick später herrlich erfrischt und voller Begierde auf ein kräftiges Frühstück wieder heraus. Da fiel ihm auf, daß sein Begleiter ihn mit einem verwirrten Ausdruck musterte. Er packte ihn bei den Schultern und drehte ihn herum, so daß Tarzan ihm nun den Rücken zukehrte. Nun berührte er Tarzans Steiß mit dem Zeigefinger, legte sich den Schwanz über die Schulter, drehte den Affenmenschen abermals herum und wies zuerst auf ihn und dann auf sein verlängertes Rückgrat, noch immer ganz verdutzt blickend, wobei er fortwährend aufgeregt in seiner seltsamen Sprache schnatterte.

Dem Affenmenschen wurde klar, daß sein Begleiter wahrscheinlich jetzt erst entdeckt hatte, daß schon die Natur ihn ohne Schwanz geschaffen hatte, diese Tatsache also keinem Zufall zuzuschreiben war. Nun wies er auf dessen große Zehen und Daumen, um ihm noch mehr zu verdeutlichen, daß sie von unterschiedlicher Art waren.

Das Menschwesen schüttelte zweifelnd den Kopf, offensichtlich unfähig zu begreifen, warum sich Tarzan derart von ihm unterschied, doch gab es das Grübeln schließlich schulterzuckend auf, legte seinerseits Lederzeug, Lendenschurz und Waffen ab und stieg gleichfalls in den Teich.

Nachdem es seine Waschung vollzogen und seine hagere Erscheinung wieder verhüllt hatte, ließ es sich am Fuße des Baumes nieder, gab Tarzan durch Gesten zu verstehen, er möge neben ihm Platz nehmen, öffnete die Tasche, die an seiner Seite hing, und entnahm ihr Streifen getrockeneten Fleisches und einige Handvoll Nüsse mit dünner Schale, die Tarzan nicht kannte. Er sah, wie der andere sie mit den Zähnen knackte und den Kern aß, folgte seinem Beispiel und fand, daß das Innere nahrhaft und wohlschmeckend war. Das getrocknete Fleisch war gleichfalls äußerst schmackhaft, obwohl es offensichtlich ohne Salz gedörrt worden war. Er konnte sich jedoch vorstellen, daß Salz in einer Umgebung wie dieser hier schwer zu beschaffen sein mußte.

Während sie aßen, deutete Tarzans Begleiter immer wieder auf die Nüsse, das gedörrte Fleisch und verschiedene andere Dinge in ihrer Nähe, wobei er jedesmal gewisse Laute wiederholte, und Tarzan erfaßte sehr schnell, daß dies die jeweiligen Bezeichnungen für all das in der Muttersprache dieses Wesens sein mußten. Er lächelte über das offensichtliche Verlangen seines neuen Gefährten, ihm Belehrungen zuteil werden zu lassen, die letztendlich darauf hinausliefen, daß sie sich ihre Gedanken gegenseitig mitteilten konnten. Da er bereits mehrere Sprachen und eine Vielzahl von Dialekten beherrschte, war er überzeugt, daß er sehr schnell eine weitere hinzulernen konnte, selbst wenn diese in keiner Weise mit all den anderen verwandt war.

Sie waren dermaßen mit ihrem Frühstück und dieser Unterweisung befaßt, daß keiner von ihnen die runden, glänzenden Augen entdeckte, die von oben auf sie herabfunkelten. Auch war Tarzan sich keiner drohenden Gefahr bewußt bis zu dem Augenblick, als ein riesiger, behaarter Körper sich mit voller Wucht aus den Zweigen über ihnen auf seinen Begleiter fallen ließ.

„Bis in den Tod!"

Tarzan fiel sofort auf, daß dieses Wesen hinsichtlich der Größe und des Körperbaus fast als Gegenstück seines Begleiters gelten konnte, sah man davon ab, daß sein Köper völlig mit struppigem, schwarzen Haar bedeckt war, das auch seine Gesichtszüge nahezu verdeckte, während seine Ausrüstung und die Waffen denen jenes Geschöpfes ähnelten, dem sein Angriff galt. Noch ehe Tarzan es verhindern konnte, hatte das behaarte Wesen seinem Begleiter mit der knotigen Keule einen furchtbaren Schlag auf den Kopf versetzt, der ihn bewußtlos zu Boden sinken ließ. Doch bevor es seinem hilflosen Opfer weiteren Schaden zufügen konnte, war Tarzan mit ihm handgemein geworden.

Im Nu erkannte er, daß er sich mit einem Wesen von fast übermenschlicher Kraft angelegt hatte. Die sehnigen Finger der muskulösen Hand suchten seine Kehle, während die andere die Keule hoch über seinen Kopf hob. Doch wie groß die Körperkraft des behaarten Angreifers auch war, die seines glatthäutigen Gegners stand ihr keineswegs nach. Tarzan konnte mit geballter Faust einen einzigen schrecklichen Schlag auf der Kinnspitze des anderen landen, der ihn einen Augenblick taumeln ließ, dann schlossen sich seine Finger um die struppige Kehle, während er mit der anderen Hand den Arm packte, der die Keule schwang. Blitzartig setzte er den rechten Fuß hinter die behaarte Bestie, warf sich mit seinem ganzen Gewicht nach vorn und schleuderte sie über die Hüfte schwer zu Boden, wobei er sich gleichzeitig auf die Brust seines Gegners fallen ließ.

Bei dem Aufprall entfiel diesem die Keule, doch wurde Tarzans Hand weggerissen, die die Kehle des Ungeheuers umschloß. Sofort hatten sich beide in einer tödlichen Umarmung umfaßt. Der Behaarte biß Tarzan, aber dieser erkannte sofort, daß dies keine besonders wirksame Angriffs- oder Verteidigungsmethode darstellte, da dessen Eckzähne kaum mehr entwickelt waren als seine. In erster Linie mußte er sich vor dem sehnigen Schwanz hüten, der ständig darauf aus war, sich um seine Kehle zu wickeln, und gegen den sich zu wehren die Erfahrung ihn keine Möglichkeit gelehrt hatte.

Knurrend und miteinander ringend, rollten beide über den Rasen am Fuß des Baumes, wobei einmal der eine obenauf lag und dann der andere, jedoch jeder mehr damit beschäftigt war, die eigene Kehle vor dem Würgegriff des anderen zu schützen, als zu offensiven Angriffstaktiken überzugehen. Da entdeckte der Affenmensch jedoch seine Chance, und während sie umherrollten, drängte er den Behaarten immer näher an den Teich, an dessen Ufer der Kampf fortgesetzt wurde. Schließlich lagen sie dicht am Wasser, und nun blieb Tarzan nur, sie beide unter die Oberfläche zu bringen, aber in einer Weise, daß er oben blieb.

Im gleichen Augenblick tauchte dicht hinter der ausgestreckten daliegenden Gestalt seines Gefährten die geduckte, teuflische Gestalt des gestreiften, mit säbelartigen Eckzähnen ausgestatteten Hybriden in seinem Blickfeld auf, der ihn knurrend und feindselig beäugte.

Fast gleichzeitig entdeckte auch Tarzans behaarter Widersacher die bedrohliche Gestalt der großen Katze. Sofort stellte er die Feindseligkeiten ein und versuchte schnatternd und plappernd, sich aus Tarzans Griff zu befreien, jedoch in einer Weise, die deutlich besagte, soweit es ihn beträfe, sei ihr Kampf vorüber. In Erkenntnis der Gefahr, die seinem bewußtlosen Begleiter drohte, und getragen von dem Wunsch, ihn vor dem säbelzähnigen Löwen zu schützen, ließ der Affenmensch seinen Gegner los, und sie erhoben sich beide.

Tarzan zog das Messer und ging langsam zu dem reglos liegenden Begleiter in der Erwartung, sein vormaliger Gegner werde die Gelegenheit zur Flucht nutzen. Zu seiner Überraschung wich das Untier jedoch nicht von seiner Seite, nachdem es die Keule aufgehoben hatte.

Die große Katze blieb wie erstarrt dicht an den Boden gepreßt vielleicht fünfzig Fuß hinter dem reglosen Pithekanthropus liegen, wo sie war, nur der Schweif zuckte, und die Lefzen hoben sich beim Knurren. Als Tarzan über den Bewußtlosen hinwegschritt, sah er, wie dessen Augenlider zuckten und sich schließlich öffneten. Er spürte eine seltsame Erleichterung, weil dieses Geschöpf doch nicht tot war, und er wurde sich bewußt, daß sich bei ihm doch so etwas wie Zuneigung für diesen seltsamen neuen Freund entwickelt hatte.

Tarzan ging unverzagt weiter auf den Säbelzähnigen zu, und das behaarte Untier zu seiner Rechten wich nicht von seiner Seite. Sie kamen immer näher, bis der Hybride bei einer Entfernung von etwa zwanzig Fuß plötzlich angriff. Sein Ziel war der struppige, menschenähnliche Affe, der sich ihm mit erhobener Keule in den Weg stellte, um dem Angriff zu begegnen. Tarzan hingegen sprang vor und warf sich mit einer Geschwindigkeit, die der sich rasch bewegenden Katze in nichts nachstand, mit gesenktem Kopf auf sie wie ein Rugbyspieler auf einem amerikanischen Sportplatz. Sein rechter Arm umschlang den Hals des Tieres vor der rechten Schulter, sein linker den Rumpf hinter dem linken Vorderbein, und die Wucht des Aufpralls war so gewaltig, daß beide mehrfach über den Boden rollten, wobei die Katze laut fauchte und mit den Krallen versuchte, sich zu befreien, um sich ihrerseits dem Angreifer zuzuwenden, der Mensch wiederum sie weiter verzweifelt umklammerte.

Der Angriff schien von wahnwitziger, gefühlloser Wildheit geprägt zu sein, die weder vom Verstand noch von körperlicher Gewandtheit gelenkt wurde. Nichts war jedoch weiter von der Wahrheit entfernt als eine solche Vermutung, da jeder Muskel der hünenhaften Gestalt des Affenmenschen dem Diktat eines scharfen Verstandes gehorchte, den lange Erfahrung dazu entwickelt hatte, jeder Situation einer solchen Begegnung Rechnung zu tragen. Die langen, kräftigen Beine schienen zwar unentwirrbar mit den Hinterbeinen der krallenbewehrten Katze verschlungen zu sein, entkamen jedoch wie durch ein Wunder immer wieder den reißenden Klauen und waren bei allem Umherwälzen und Stoßen stets im richtigen Augenblick dort, wo sie sein sollten und wie der Angriffsplan des Affenmenschen es vorsah. So wurde die Katze in dem Moment, als sie glaubte, ihren Gegner überwältigt zu haben, plötzlich nach oben gezogen, während der Affenmensch sich auf die Füße stellte, den gestreiften Rücken fest an sich drückte und die Bestie dabei nach hinten bog, so daß ihre Krallen hilflos in der Luft herumfuchtelten.

Augenblicklich griff der zottige Schwarze ein, zog sein Messer und stieß es mehrfach dem Raubtier ins Herz. Tarzan verharrte einige Augenblicke in seiner Stellung, und als der Körper schließlich leblos erschlaffte, stieß er ihn von sich. Nun standen sich die beiden, die sich noch vor kurzem in tödlicher Umklammerung befunden hatten, gegenüber und blickten sich über den Kadaver des gemeinsamen Feindes an.

Tarzan wartete, bereit zum Kampf oder zum Frieden. Da hob der struppige Schwarze beide Hände, legte die eine auf sein Herz und streckte die andere aus, bis sie Tarzans Brust berührte. Es war dieselbe Form freundschaftlicher Begrüßung, mit der auch der Pithekanthropus sein Bündnis mit dem Affenmenschen besiegelt hatte, und Tarzan nahm die ihm angebotene Freundschaft bereitwillig an, da er über jeden Verbündeten froh war, den er in dieser seltsamen und wilden Welt gewinnen konnte.

Nach Beendigung dieser kurzen Zeremonie warf Tarzan einen Blick auf den unbehaarten Pithekanthropus und sah, daß dieser das Bewußtsein wiedererlangt hatte, aufrecht dasaß und sie gespannt beobachtete. Dann erhob er sich langsam, und im gleichen Augenblick wandte sich der struppige Schwarze nach ihm um und redete ihn in der ihnen offensichtlich gemeinsamen Sprache an. Der Unbehaarte erwiderte etwas, und beide gingen langsam aufeinander zu. Tarzan verfolgte die Begegnung interessiert. Sie blieben einige Schritte voneinander entfernt stehen, dann sagte zuerst der eine etwas sehr schnell, dann der andere, jedoch offensichtlich nicht sonderlich aufgeregt, und da sie immer wieder auf ihn blickten oder mit Kopfbewegungen auf ihn deuteten, mutmaßte Tarzan, daß in gewissem Maße er Gegenstand dieses Gedankenaustausches sei.

Dann traten sie wieder vor, bis sie sich dicht gegenüber standen, worauf die kurze Bündniszeremonie wiederholt wurde, die zuvor schon die Beendigung der Feindseligkeiten zwischen Tarzan und dem Schwarzen gekennzeichnet hatte. Anschließend kamen beide zu ihm und redeten ernst auf ihn ein, als wollten sie ihm unbedingt etwas Wichtiges mitteilen. Ebenso abrupt ließen sie dieses unnütze Unterfangen jedoch sein und nahmen zur Zeichensprache Zuflucht. Dieser konnte er entnehmen, daß sie ihren Weg gemeinsam fortsetzen wollten und ihn dringend aufforderten, sich ihnen anzuzschließen.

Da er die Richtung, in die sie wiesen, zuvor nicht in Erwägung gezogen hatte, war er nur zu bereit, ihrer Forderung nachzukommen, zumal er entschlossen war, dieses unbekannte Land gründlich zu erforschen, ehe er die Suche nach Lady Jane in diesem Gebiet endgültig aufgab.

Ihr Weg führte einige Tage am Fuße der steil aufragenden Berge entlang. Oft wurden sie von den wilden Bewohnern dieser abgelegenen Felsenfeste bedroht, und dann und wann konnte Tarzan im Schatten der Nacht ganz kurz unheimliche Gestalten gigantischen Ausmaßes erkennen.

Am dritten Tag erreichten sie an der Vorderseite einer nicht allzu hohen Felsenklippe, an deren Fuß einer der zahllosen Gebirgsbäche plätscherte, die die darunterliegende Ebene und auch das Sumpfgebiet im Unterland am Rande dieser seltsamen Landschaft bewässerten, eine große, natürliche Höhle. Hier fanden die drei zeitweilig Zuflucht, und Tarzan machte beim Erlernen der Sprache seiner Gefährten schnellere Fortschritte als während des Marsches.

In der Höhle gab es Hinweise, daß sie schon früher menschenähnliche Wesen beherbergt hatte. Die Reste einer aus groben Steinen errichteten Feuerstätte sowie Wände und Decke waren schwarz vom Rauch so mancher Feuer. Seltsame Hieroglyphen sowie die Umrisse von Tieren, Vögeln und Reptilien waren in den Ruß und manchmal tief in den darunterliegenden Felsen geritzt, und ganz besonders die unheimlichen Darstellungen der letzteren deuteten auf die ausgestorbenen Lebewesen der jurassischen Zeit. Tarzans Gefährten studierten interessiert einige der erst kürzlich angefertigten Hieroglyphen und tauschten Bemerkungen darüber aus, dann fügten sie mit den Spitzen ihrer Messer den vielleicht jahrhundertealte Berichten an den rußgeschwärzten Wänden etwas hinzu.

Tarzans Neugier war geweckt, doch die einzige Erklärung, die er fand, war, daß er möglicherweise das primitivste Hotelverzeichnis der Welt vor Augen hatte. Zumindest gab es ihm weitere Einblicke in die Entwicklung der seltsamen Geschöpfe, mit denen das Schicksal ihn zusammengeführt hatte. Hier waren Menschen mit Affenschwänzen, einer davon so behaart wie jedes Pelztier niederer Ordnung, und dennoch war offenkundig, daß sie nicht nur über eine gesprochene, sondern auch über eine geschriebene Sprache verfügten. Erstere war er im Begriff, sich langsam anzueignen, und angesichts dieses neuen Beweises einer unvermuteten Zivilisation bei Wesen, die so viele körperliche Attribute von Tieren besaßen, wurde seine Neugier noch mehr angestachelt und er in seinem Wunsch bestärkt, ihre Sprache schnell zu erlernen, mit dem Ergebnis, daß er sich mit um so größeren Eifer an die Aufgabe machte, die er sich gestellt hatte. Schon kannte er die Namen seiner Begleiter und die üblichen Bezeichnungen für jene Fauna und Flora, mit denen sie bis jetzt am häufigsten in Berührung gekommen waren.

Ta-den, der mit der unbehaarten weißen Haut, hatte die Rolle eines Lehrers übernommen und führte diese Aufgabe mit einer Zielstrebigkeit durch, die ihren Niederschlag darin fand, daß sein Schüler die fremde Sprache sehr schnell erlernte. Om-at, der behaarte Schwarze, war offensichtlich der Ansicht, daß ein Teil der Verantwortung für Tarzans Bildungsweg auch auf seinen breiten Schultern laste, mit dem Ergebnis, daß einer von ihnen den Affenmenschen während der

Stunden, da sie wach waren, ständig unterwies. Der Erfolg ließ nicht lang auf sich warten und bestand in einem derart schnellen Erfassen der vermittelten Sprachkenntnisse, daß eine mündliche Kommunikationen zwischen ihnen zur vollendeten Tatsache wurde, noch ehe sich beide dessen voll bewußt waren.

Tarzan erläuterte seinen Gefährten den Zweck seiner Mission, aber keiner der beiden konnte ihm den geringsten Hinweis geben, der ihn dem Ziel seines Sehnens hätte näher bringen können. Noch nie war in ihrem Land eine Frau seiner Beschreibung aufgetaucht, auch hatte sich außer ihm noch kein anderer schwanzloser Mensch hier blicken lassen.

„Ich bin schon so lange aus A-lur weg, wie Bu, der Mond, siebenmal gegessen hat“, sagte Ta-den. „In siebenmal achtundzwanzig Tagen können viele Dinge geschehen, indes bezweifle ich, daß deine Frau je über das schreckliche Sumpfgebiet in unser Land vorgedrungen sein könnte, das selbst du als nahezu unüberwindbares Hindernis bezeichnet hast, und falls doch, hätte sie wohl den Gefahren trotzen können, denen du bereits begegnet bist, sowie denjenigen, die dir noch bevorstehen? Nicht einmal unsere Frauen würden sich in die wilden Lande jenseits der Städte wagen.“

‘A-lur’, Licht-Stadt, Stadt des Lichts, überlegte Tarzan und übersetzte das Wort in seine Muttersprache. „Wo aber befindet sich A-lur?“ fragte er. „Ist es eure Stadt, Ta-den, und die Om-ats?“

„Es ist meine“, erwiderte der Unbehaarte. „Nicht die von Om-at. Die Waz-don haben keine Städte - sie leben in den Bäumen der Wälder und in den Höhlen der Berge. Ist es nicht so, schwarzer Mensch?“ fügte er hinzu und wandte sich dabei an den behaarten Riesen neben ihm.

„So ist es“, erwiderte dieser. „Wir Waz-don sind frei -nur die Ho-don kerkern sich in ihren Städten ein. Ich möchte kein weißer Mensch sein!“

Tarzan mußte lächeln. Selbst hier gab es Rassenunterschiede zwischen Weiß und Schwarz, zwischen Ho-don und Waz-don. Nicht einmal die Tatsache, daß sie hinsichtlich der Intelligenz ebenbürtig zu sein schienen, spielte da eine Rolle - der eine war weiß und der andere schwarz. Ebenso leicht war zu erkennen, daß der Weiße sich dem Schwarzen überlegen fühlte - man sah es an seinem herablassenden Lächeln.

„Wo liegt A-lur?" fragte Tarzan abermals. „Kehrst du dorthin zurück?"

„Es liegt hinter den Bergen", erwiderte Ta-den. „Doch ich kehre ich nicht dorthin zurück - noch nicht. Erst wenn es Ko-tan nicht mehr gibt."

„Ko-tan?" fragte Tarzan.

„Das ist der König", erklärte der Pithekanthropus. „Er regiert dieses Land. Ich war einer seiner Krieger. Ich wohnte in seinem Palast und begegnete dort O-lo-a, seiner Tochter, und wir verliebten uns, Wie-das-Sternenlicht und ich, aber Ko-tan wollte niemanden meinesgleichen haben. Er schickte mich aus, um gegen die Männer des Dorfes von Dak-at zu kämpfen, der sich geweigert hatte, dem König Tribut zu zahlen. Ko-tan glaubte wohl, ich würde dabei getötet werden, denn Dak-at ist berühmt für seine vielen guten Krieger. Doch ich wurde nicht getötet. Statt dessen kehrte ich siegreich und mit dem Tribut sowie Dak-at als meinem Gefangenen zurück, doch Ko-tan war nicht erfreut darüber, denn er sah, daß O-lo-a mich mehr denn je liebte, wobei ihre Liebe durch den Stolz über meine Leistung noch gesteigert wurde.

Große Macht besitzt Ja-don, mein Vater, der Löwen-Mensch, Häuptling des größten Dorfes neben A-lur. Ko-tan wollte sich nicht mit ihm anlegen, also mußte er mich wohl oder übel für meinen erfolgreichen Feldzug loben, obwohl er dies nur mit einem halben Lächeln tat. Aber du verstehst nicht! Damit ist ein Lächeln gemeint, das nur die Muskeln des Gesichts bewegt und die Augen nicht aufleuchten läßt - es bedeutet Heuchelei und Doppelzüngigkeit. Ich mußte gelobt und belohnt werden. Welche schönere Belohnung hätte es für mich wohl geben können als die Hand von O-lo-a, seiner Tochter? Aber nein, er hatte sie für Bu-lot, den Sohn von Mo-sar, vorgesehen, jenem Häuptling, dessen Urgroßvater einst schon König gewesen war und der glaubt, daß er König werden sollte. Daher wollte Ko-tan Mo-sar beschwichtigen und die Freundschaft derjenigen gewinnen, die wie Mo-sar glauben, daß er König werden sollte.

Welche Belohnung sollte aber dem getreuen Ta-den zuteil werden? Wir verehren unsere Priester sehr. In den Tempeln beugen selbst die Häuptlinge und der König das Knie vor ihnen. Ko-tan konnte einem Untertanen keine größere Ehre erweisen - sofern dieser Priester werden wollte. Aber das entsprach nicht meinem Wunsch. Außer dem

Hohenpriester müssen alle anderen Priester Eunuchen werden, denn sie dürfen niemals heiraten.

O-lo-a selbst ließ mich wissen, daß ihr Vater Befehle erteilt habe, die die Maschinerie des Tempels in Bewegung setzten. Ein Bote war unterwegs, der mich auffordern sollte, vor Ko-tan zu treten. Hätte ich mich geweigert, Priester zu werden, nachdem mir dies vom König angeboten worden war, so hätte ich damit den Tempel und die Götter erzürnt - dies hätte für mich den Tod bedeutet. Falls ich jedoch nicht vor Ko-tan erschien, so hätte ich nichts abzulehnen brauchen. O-lo-a und ich beschlossen, daß ich nicht zu ihm gehen sollte. Es war besser, zu fliehen und in meiner Brust ein Fünkchen Hoffnung zu bewahren, als zu bleiben und in meiner Funktion als Priester jede Hoffnung für immer aufzugeben.

Im Schatten der großen Bäume, die auf dem Palastgelände wachsen, drückte ich sie vielleicht das letzte Mal an mich, dann überwand ich, um nicht unversehens dem Boten in die Arme zu laufen, die hohe Mauer, die den Palast umgibt, und durchquerte die im Dunkel liegende Stadt. Mein Name und Rang halfen mir, durchs Stadttor zu gelangen. Seitdem habe ich mich von den Wohnorten der Ho-don ferngehalten, doch habe ich das starke Verlangen zurückzukehren, und sei es nur, um von diesseits der Mauern auf die Stadt zu blicken, die meine Allerliebste beherbergt, und um das Dorf meiner Geburt aufzusuchen und meinen Vater und meine Mutter wiederzusehen."

„Ist das Wagnis nicht zu groß?" fragte Tarzan.

„Es ist groß, aber nicht zu groß", erwiderte Ta-den. „Ich werde hingehen."

„Und ich werde dich begleiten, wenn ich darf", sagte der Affenmensch, „denn ich muß diese Stadt des Lichts, dieses euer A-lur, sehen und dort nach meiner verschwundenen Gefährtin suchen, selbst wenn du glaubst, daß kaum eine Möglichkeit besteht, sie zu finden. Und du, Om-at, kommst du mit uns?"

„Warum nicht?" antwortete der Behaarte. „Die Lager meines Stammes liegen in den Felsenklippen rings um A-lur, und obwohl Es-sat, unser Häuptling, mich vertrieben hat, würde ich doch gern zurückkehren, denn es gibt dort ein Mädchen, das ich gern wiedersehen würde und das auch froh wäre, mich zu sehen. Ja, ich will mit euch gehen. Es-sat befürchtete, daß ich Häuptling werden könnte, und er hatte damit durchaus recht. Aber Pan-at-lee! Sie ist es in erster Linie, die ich erstrebe, noch vor der Häuptlingswürde."

„Dann werden wir drei uns gemeinsam auf den Weg machen", sagte Tarzan.

„Und gemeinsam kämpfen", fügte Ta-den hinzu. „Drei wie ein einziger." Bei diesen Worten zog er sein Messer und hielt es über den Kopf.

„Drei wie ein einziger", wiederholte Om-at, zog gleichfalls seine Waffe und tat es Ta-den nach. „Es ist ausgesprochen!"

„Drei wie ein einziger!" rief Tarzan von den Affen. „Bis in den Tod!" Und seine Klinge blitzte im Sonnenlicht.

„Dann laßt uns losziehen", sagte Om-at. „Mein Messer ist trocken und schreit laut nach dem Blut von Es-sat."

Der Weg, den Ta-den und Om-at einschlugen und der kaum diesen Namen verdiente, war eher für Bergziegen, Affen oder Vögel geeignet als für den Menschen. Die drei, die ihm folgten, waren jedoch an Wege gewöhnt, die kein gewöhnlicher Mensch je beschreiten würde. Auf den unteren Hängen führte er zunächst durch dichte Wälder, wo der Erdboden dermaßen von umgestürzten Bäumen und üppig wuchernden Schlingpflanzen und Buschwerk bedeckt war, daß der Weg nur an den schwankenden Ästen hoch über dem Pflanzengewirr zu erkennen war. Dann umrundete er gähnende Schluchten, deren glitschige Felsen selbst den bloßen Füßen nur geringen Halt boten, mit denen die drei ihn flüchtig berührten, wenn sie hurtig wie Gemsen von einem unsicheren Punkt zum nächsten sprangen. Schwindelerregend und schrecklich war der Pfad, den Om-at über den Gipfel wählte, indem er sie um die Schulter einer steil aufragenden Felsenklippe führte, die als schier zweitausend Fuß hohe senkrechte Wand über einem tosenden Fluß aufragte. Und als sie schließlich auf vergleichsweise ebenen Boden standen, wandte sich Om-at um und musterte beide eingehend, ganz besonders Tarzan von den Affen.

„Ihr werdet es beide schaffen", sagte er. „Ihr seid würdige Gefährten für Om-at, den Waz-don."

„Was meinst du damit?" fragte Tarzan.

„Ich habe euch eigens diesen Weg gewiesen, um herauszufinden, ob einer von euch es vielleicht an Mut fehlen läßt, Om-at zu folgen, wohin dieser ihn auch führt", erwiderte der Schwarze. „Hierher kommen die jungen Krieger von Es-sat, um ihren Mut zu beweisen. Und obwohl wir auf den Felshängen geboren und aufgezogen wurden, sieht man es dennoch nicht als Schande an, wenn jemand zugibt, daß

Pastar-ul-ved, der Vater der Berge, uns besiegt hat, denn von denjenigen, die es versuchen, ist es nur einigen geglückt - die Gebeine der anderen liegen Pastar-ul-ved zu Füßen."

Ta-den lachte. „Ich bin nicht sonderlich darauf versessen, diesen Weg öfter zu gehen", sagte er.

„Stimmt", sagte Om-at, „aber er hat unsere Reise um mindestens einen ganzen Tag verkürzt. Um so eher wird Tarzan auf das Tal von Jad-ben-Otho blicken. Kommt!". Damit führte er sie bergauf um die Felsenklippe von Pastar-ul-ved herum, bis sich ihnen unten im Tal ein ebenso geheimnisvoller wie schöner Anblick bot, denn dieses Tal wurde von marmorweißen, steil aufragenden Felsen umsäumt, sein Grün von dunkelblauen Seen gesprenkelt und vom blauen Band eines Flusses durchzogen. Im Mittelpunkt lag eine Stadt, die ebenso weiß war wie die Marmorklippen und die selbst auf diese große Entfernung eine seltsame, indes kunstvolle Architektur erkennen ließ. Außerhalb von ihr sah man im ganzen Tal Gebäude stehen - manchmal war es nur eins, dann wiederum standen zwei, drei oder vier eng beisammen, doch alle waren von demselben blendenden Weiß und zeigten eine unverwechselbare Gestaltung.

Die Felsen um das Tal herum wurden hier und dort von tiefen Schluchten zerschnitten, in denen dichtes Grün wucherte und ihnen die Erscheinung grüner Flüsse gab, die zu dem in der Mitte liegenden See von Grün herabströmten.

„Jad Pele ul Jad-ben-Otho", murmelte Tarzan in der Sprache der Pithekanthropen. „Das Tal des Großen Gottes - ist es nicht herrlich?"

„Hier in A-lur lebt Ko-tan, der König, Herrscher über ganz Pal-ul-don", sagte Ta-den.

„Und hier in diesen Schluchten leben die Waz-don, die Ko-tan nicht als Herrscher über das ganze Land-des-Menschen anerkennen", erwiderte Om-at.

Ta-den lächelte und zuckte die Schultern. „Wir beide werden darob nicht streiten, nachdem so viele Menschenalter nicht ausgereicht haben, um die Ho-don und Waz-don zu versöhnen", sagte er zu Om-at. „Doch ich will dir ein Geheimnis mitteilen, Om-at. Die Ho-don leben mehr oder weniger friedlich unter einem einzigen Herrscher zusammen, so daß sie, falls ihnen Gefahr droht, dem Feind mit vielen Kriegern entgegentreten, denn jeder kriegstüchtige Ho-don von Pal-ul-don befindet sich hier. Wie steht es aber bei euch Waz-don? Ihr habt ein Dutzend Könige, die nicht nur gegen die Ho-don kämpfen, sondern auch gegeneinander. Wenn einer eurer Stämme sich auf den Kriegspfad begibt, etwa gegen die Ho-don, muß er genügend Krieger zurücklassen, um Frauen und Kinder auf allen Seiten vor den Nachbarn zu schützen. Falls wir Eunuchen für die Tempel oder Diener für die Felder oder Heimstätten brauchen, ziehen wir in großer Zahl gegen eines eurer Dörfer. Ihr könnt nicht einmal fliehen, da ihr auf allen Seiten von Feinden umgeben seid, und obwohl ihr tapfer kämpft, kehren wir mit denjenigen zurück, die dann Eunuchen in den Tempeln und Diener auf unseren Feldern und in den Heimstätten werden. Solange die Waz-don so töricht sind, werden die Ho-don sie beherrschen, wird ihr König König von ganz Pal-ul-don sein."

„Vielleicht hast du recht", gestand Om-at ein. „Es mag daran liegen, daß unsere Nachbarn Toren sind. Jeder glaubt, daß sein Stamm der größte ist und unter den Waz-don herrschen sollte. Sie werden nie zugeben, daß die Krieger meines Stammes die tapfersten sind und unsere Frauen die schönsten."

Ta-den grinste. „Jeder anderen führt genau dieselben Argumente an, die du jetzt lieferst, Om-at", sagte er. „Und das ist das stärkste Verteidigungsbollwerk, daß die Ho-don besitzen."

„Hört auf, solche Diskussionen führen oft zu Streitigkeiten, und die können wir uns nicht leisten", rief Tarzan. „Natürlich bin ich interessiert, so viel wie möglich über die politischen und ökonomischen Bedingungen eures Landes zu erfahren. Gern würde ich auch etwas über eure Religion hören, aber nicht auf Kosten des friedlichen Einvernehmens zwischen meinen einzigen Freunden in Pal-ul-don. Vielleicht verehrt ihr denselben Gott?"

„In dieser Beziehung unterscheiden wir uns", sagte Om-at in etwas bitterem Ton und leicht aufgeregt.

„Und ob wir uns unterscheiden!" schrie Ta-den beinahe. „Warum sollten wir nicht? Wer könnte sich einverstanden erklären, daß dieser alberne..."

„Schluß!" rief Tarzan. „Jetzt habe ich doch wahrhaftig in ein Hornissennest gestochen. Wir wollen nie wieder über politische oder religiöse Dinge reden."

„Das ist gescheiter", pflichtete Om-at bei. „Doch möchte ich zu deiner Information erwähnen, daß der eine und einzige Gott einen langen Schwanz hat."

„Das ist Gotteslästerung!" rief Ta-den und langte nach dem Messer. „Jad-ben-Otho hat keinen Schwanz!"

„Warte!“ schrie Om-at und sprang nach vorn, doch im Nu hatte sich Tarzan zwischen die beiden gestellt.

„Das reicht jetzt!“ sagte er kurz. „Laßt uns getreu unserem Freundschaftsschwur handeln, so daß wir vor Gott in Ehren bestehen können, in welcher Gestalt wir ihn uns auch vorstellen mögen.“

„Du hast recht, Schwanzloser“, sagte Ta-den. „Komm, Om-at, wir wollen unsere Freundschaft und uns selbst bewahren und fest sein im Glauben, daß Jad-ben-Otho mächtig genug ist, auf sich selbst aufzupassen.“

„So ist es!“ pflichtete Om-at bei. „Aber...“

„Keine ‘aber’ mehr!“ mahnte Tarzan.

Der struppige Schwarze zuckte die Schultern und lächelte. „Wollen wir jetzt ins Tal hinabsteigen?“ fragte er. „Die Schlucht unter uns ist unbewohnt, in der dort links befinden sich die Höhlen meines Volkes. Ich würde Pan-at-lee gern einmal wiedersehen, Ta-den möchte seinen Vater in dem Tal da unten besuchen und Tarzan erkunden, wie er nach A-lur gelangt, um die Gefährtin zu finden, für die es besser wäre, sie wäre tot, als daß sie sich in den Klauen der Ho-don-Priester von Jad-ben-Otho befände. Wie sollen wir verfahren?“

„Wir bleiben so lange wie möglich zusammen „, sagte Ta-den eindringlich. „Om-at, du mußt Pan-at-lee nachts und ganz heimlich aufsuchen, denn drei Mann, selbst wir drei, können es keinesfalls mit Es-sat und allen seinen Krieger aufnehmen. Wir können jederzeit in das Dorf gehen, wo mein Vater Häuptling ist, denn Ja-don wird die Freunde seines Sohnes stets willkommen heißen. Für Tarzan dürfte es jedoch ein Problem werden, in A-lur einzudringen, obwohl es einen Weg gibt und er den Mut hat, ihn zu erproben - hört zu und kommt näher, denn Jad-ben-Otho hat scharfe Ohren, und er braucht das nicht zu hören.“ Sodann entwickelte Ta-den, Großer-Baum, Sohn des Ja-don, des Löwen-Menschen, die Lippen dicht an die Ohren seiner Gefährten haltend, einen kühnen Plan.

Zum gleichen Zeitpunkt bewegte sich hundert Meilen von ihnen entfernt eine geschmeidige Gestalt, die abgesehen von einem Lendenschurz und Waffen völlig nackt war, lautlos durch eine mit Dornenbüschen bewachsene, wasserlose Steppe, wobei sie ständig den Boden vor sich mit scharfen Augen und feinem Geruchssinn absuchte.

Pan-at-lee

Nacht lag über dem auf keiner Karte verzeichneten Pal-ul-don. Ein schmaler Mond stand tief im Westen und badete die ihm zugewandten weißen Flächen der Kalkfelsen in einem sanften, überirdischen Licht. Schwarz waren die Schatten in Kor-ul-ja, der Schlucht der Löwen, wo der Stamm gleichen Namens unter Es-sat, dem Häuptling, hauste. Aus einer Höhlung nahe dem Gipfel der aufragenden Steilwand tauchte eine behaarte Gestalt - Kopf und Schultern voran - und ließ in jeder Richtung grimmige Blicke über die Felsenwände schweifen.

Es war Es-sat persönlich. Er schaute nach rechts, nach links und unter sich, als wolle er sich vergewissern, daß niemand ihn beobachte, aber keine andere Gestalt bewegte sich über die Oberfläche der Klippe, auch tauchte kein anderer behaarter Körper aus irgendeiner der zahllosen Höhlen von der in schwindelnder Höhe befindlichen Behausung des Häuptlings bis zu den Wohnstätten der geringeren Stammesmitglieder, die weiter unten am Fuß der Klippe lagen. Nun trat er auf die leere Fläche der weißen Kalkwand hinaus. Im spärlichen Licht des Neumonds sah es aus, als bewege sich die schwerfällige, struppige Gestalt auf wundersame Weise über die senkrecht abfallende Wand, doch eine genauere Überprüfung hätte die dicken Pflöcke erkennen lassen, die in der Stärke eines menschlichen Handgelenks aus Löchern in der Wand ragten. Es-sats vier handähnliche Gliedmaßen und der lange, sehnige Schwanz gestatteten ihm, sich ungehindert in jede Richtung zu bewegen - eine gigantische Ratte auf einer mächtigen Felswand. Auf seinem Weg vermied er andere Höhlen, indem er entweder über oder unter den Öffnungen vorbeikletterte.

Äußerlich sahen die Höhlen alle gleich aus. In den Kreidefelsen der Klippe waren jeweils Aushöhlungen von acht bis zwanzig Fuß Länge, acht Fuß Höhe und vier bis sechs Fuß Tiefe gehauen worden, die als eine Art Veranda bezeichnet werden könnten. Im Hintergrund befand sich eine weitere Öffnung, etwa drei Fuß breit und sechs Fuß hoch, die offensichtlich den Zugang zu dem Innenraum oder den Innenräumen bildete. Beiderseits dieses Zugangs lagen kleinere Öffnungen, die sehr leicht als Fenster zu erkennen waren, durch die die Bewohner Licht und Luft erhielten. Ähnliche Fenster waren zwischen den Verandaöffnungen über die ganze Oberfläche der Felswand verstreut, was den Schluß nahelegte, daß die gesamte Fläche der Klippe gleich einer Bienenwabe mit Wohnstätten versehen war. Aus vielen dieser kleineren Öffnungen rieselten schmale Rinnsale den Steilhang hinab, über anderen Fenstern waren die Wände schwarz wie von Rauch. Wo das Wasser die Wand hinablief, hatte es sich einige Zoll oder sogar einen Fuß tief hineingeschnitten, woraus zu ersehen war, daß manche dieser schmalen Rinnsale seit Jahrhunderten dem grünen Teppich der Vegetation weit unten zustrebten.

In dieser urtümlichen Szenerie stellte der große Pithekanthropus keinen Fremdkörper dar, denn er war ebenso Teil davon wie die Bäume, die auf dem Gipfel der Felsklippe wuchsen oder aus dem feuchten Farn auf der Sohle der Schlucht ragten.

Vor einem Eingang hielt er inne und lauschte, dann tauchte er lautlos wie das Mondlicht auf dem sickernden Wasser in den Schatten der Außenveranda. Am Zugang zu den Innenräumen verharrte er abermals, lauschte wieder und hob dann gelassen das schwere Fell zur Seite, das vor der Öffnung hing. Er trat in eine große, aus dem Felsen gehauene Kammer. An der gegenüberliegenden Ende drang schwacher Lichtschein durch eine weitere Türöffnung. Er ging lautlos darauf zu, da seine bloßen Füßen kein Geräusch verursachten. Dabei nahm er die knotige Keule, die an einem schmalen Lederriemen auf seinem Rücken hing, aus der Schlinge und hielt sie in der linken Hand.

Hinter der zweiten Türöffnung verlief ein Korridor parallel zur Oberfläche der Klippe. Von ihm führten drei weitere Türen, eine an jedem Ende und eine dritte fast genau gegenüber derjenigen, in der Es-sat stand, in andere Räume. Das Licht kam aus der linken am Ende des Ganges. Eine blakende Flamme stieg und fiel in einer kleinen Steinschale auf einem Tisch oder einer Bank aus demselben Material. Sie war einfach stehen gelassen worden, als man den Raum aus dem Felsen haute, und ragte massiv aus dem Boden.

In einer Ecke des Zimmers jenseits des Tisches war ebenfalls ein etwa vier Fuß breites und acht Fuß langes Podest belassen worden. Darauf lag fußhoch ein Stapel gegerbter Häute, von denen die Haare nicht entfernt worden waren. Auf der Kante des Podests saß eine junge Waz-don. In einer Hand hielt sie ein dünnes Stück Metall mit gezackten Kanten, anscheinend getriebenes Gold, in der anderen eine kurze, harte Bürste. Mit diesen Gerätschaften fuhr sie sich durch ihr glattes, glänzendes Fell, das sehr an ein gezupftes Seehundsfell erinnerte. Ihr Lendenschurz aus gelb und schwarz gestreifter Jato-Haut lag mit dem runden Brustpanzer aus getriebenem Gold auf der Liege neben ihr, sodaß ihre wohlgeformte Gestalt in aller Ansehnlichkeit und Harmonie zu erkennen war, denn obwohl dieses Wesen pechschwarz und völlig mit Haaren bedeckt war, stand ihre Schönheit über jedem Zweifel.

Daß auch Es-sat, der Häuptling, sie als außerordentlich schön ansah, war an dem gierigen Ausdruck seines sonst so grimmigen Gesichts und an seinem beschleunigten Atem zu erkennen. Er trat schnell ein, worauf die junge Frau aufblickte. Sofort weiteten sich ihre Augen vor Entsetzen, schnell ergriff sie ihren Lendenschurz und legte ihn mit einigen geschickten Bewegungen an. Als sie ihren Brustpanzer aufnehmen wollte, trat Es-sat rasch um den Tisch und auf sie zu.

„Was willst du?“ stieß sie hervor, obwohl sie dies nur zu gut wußte.

„Pan-at-lee, dein Häuptling, ist gekommen, um dich zu holen“, sagte er.

„Also hast du deshalb meinen Vater und meine Brüder zur Erkundung von Kor-ul-lul ausgesandt? Ich will dich nicht haben. Verlaß die Höhle meiner Vorfahren!“

Es-sat lächelte. Es war das Lächeln eines bösen, starken Menschen, der seine Macht kannte, und alles andere als ein angenehmes Lächeln. „Ich will sie gern wieder verlassen, aber du gehst mit mir, Pan-at-lee, — zur Höhle von Es-sat, dem Häuptling, damit alle Frauen von Kor-ul-ja dich beneiden. Komm!“ sagte er.

„Niemals!“ erwiderte Pan-at-lee. „Ich hasse dich. Eher würde ich mich mit einem Ho-don zusammentun als mit dir, der du die Frauen schlägst und die kleinen Kinder ermordest.“

Ein schrecklicher, wütender Ausdruck entstellte die Züge des Häuptlings. „Jato-Weib! Dich will ich zähmen!“ schrie er. „Dich will ich brechen! Es-sat, der Häuptling, nimmt sich, was er will, und wer dieses Recht in Frage stellt oder sich seinen Absichten im geringsten widersetzt, wird zuerst fügsam gemacht und dann gebrochen, wie ich diesen hier breche.“ Damit nahm er einen Steinteller vom Tisch und zerbrach ihn mit seinen starken Händen. „In der Höhle der Vorfahren von Es-sat hättest du die erste sein und die höchste Gunst empfangen können. Jetzt aber wirst du die letzte und geringste sein, und wenn ich mit dir fertig bin, wirst du allen Männern in Es-sats Höhle gehören. Das ist der Lohn für diejenigen, die die Liebe ihres Häuptlings verschmähen!"

Er trat schnell vor, um sie zu packen, doch als er seine harte Hand auf sie legte, schlug sie ihn mit ihrem goldenen Brustpanzer heftig gegen die Schläfe. Lautlos sank Es-sat, der Häuptling, zu Boden. Sie beugte sich kurz über ihn, die improvisierte Waffe zum Schlag erhoben, sollte er Anzeichen wiederkehrenden Bewußtseins zeigen. Dann bückte sie sich schnell und nahm ihm sein Messer samt Scheide und den Schulterriemen ab. Sie legte alles selbst an, befestigte rasch den Brustpanzer und verließ, rückwärts gehend und die ausgestreckte Gestalt des Häuptlings ständig im Auge behaltend, den Raum.

In einer Nische im Vorraum gleich neben der Tür, die in die Veranda führte, waren mehrere achtzehn bis zwanzig Zoll lange Pflöcke aufgestapelt. Sie wählte fünf davon aus, legte sie zu einem Bündel zusammen, schlang das unterste Ende ihres sehnigen Schwanzes darum und trug sie so, während sie an die Außenkante der Veranda trat. Nachdem sie sich vergewissert hatte, daß niemand ringsum zu sehen war oder sie aufhalten konnte, packte sie die Pflöcke, die bereits in der Oberfläche der Wand steckten, und kletterte mit der Gewandtheit eines Affen schnell zur obersten Reihe von Pflöcken hinauf, denen sie etwa einhundert Yards in Richtung des unteren Ausgangs der Schlucht folgte. Dort befanden sich über ihrem Kopf mehrere in drei parallelen Reihen angeordnete kleine, runde Löcher. Sie klammerte sich nur mit den Zehen fest, entnahm dem Bündel, das sie im Schwanz hielt, einen Pflock für jede Hand und steckte sie so weit oben, wie sie konnte, in zwei gegenüberliegende Löcher der äußeren Reihe. An diesen neuen Pflöcken hängend, nahm sie nun einen der drei verbliebenen in jeden Fuß, während sie den fünften weiterhin fest mit dem Schwanz umklammerte. Nun langte sie damit nach oben und steckte den fünften Pflock in eines der Löcher der mittleren Reihe. Indem sie abwechselnd jeweils am Schwanz, an den Füßen oder Händen hing, bewegte sie sich zu den neuen Löchern hinauf, da sie gewissermaßen die erforderliche Leiter während des Anstiegs ständig mit sich führte.

Auf dem Gipfel der Felsenklippe reckte ein knorriger Baum seine mit der Zeit verwitterten Wurzeln über die obersten Löcher und bildete so die letzte Sprosse von der glatten Felswand des Steilhangs zur ebenen Oberfläche. Dies war der letzte Fluchtweg für die Stammesmitglieder, sollten ihnen Feinde allzu hart zusetzen. Es gab noch drei weitere solche Fluchtwege, doch war bei Todesstrafe verboten, sie zu anderer Zeit als im äußersten Notfall zu benutzen. Pan-at-lee wußte dies gut, doch ihr war ebenfalls klar, daß dort zu bleiben, wo der erboste Es-sat Hand an sie legen konnte, den sicheren Tod bedeutet hätte.

Als sie den Gipfel erklommen hatte, ging sie schnell durch die Dunkelheit zur nächsten Schlucht, die die Flanke des Berges eine Meile hinter der Kor-ul-ja zerschnitt. Es war die Schlucht des Wassers, Kor-ul-lul, zu der Es-sat ihren Vater und ihre Brüder geschickt hatte, angeblich, um den Nachbarstamm auszuspionieren. Es bestand eine winzige Chance, daß sie sie dort fand. Wenn nicht, gab es noch die verlassene Kor-ul-gryf einige Meilen dahinter, wo sie sich endlos lange vor den Menschen verbergen konnte, sofern sie dem schrecklichen Ungeheuer entrinnen konnte, von dem der Name der Schlucht herrührte und dessen dortige Umtriebe die Höhlen seit Generationen unbewohnbar gemacht hatten.

Pan-at-lee pirschte sich vorsichtig den Rand der Kor-ul-lul entlang. Aber wo ihr Vater und ihre Brüder Horchposten bezogen hatten, wußte sie nicht. Manchmal blieben ihre Spione am Rand der Schlucht, manchmal beobachteten sie von der Sohle aus. Pan-at-lee wußte nicht recht, was sie tun oder wohin sie sich wenden sollte. Sie kam sich sehr klein und hilflos vor, hier allein in der dichten Dunkelheit der Nacht. Seltsame Geräusche drangen an ihr Ohr. Sie rührten von den einsamen Klüften der über ihr aufragenden Berge her oder kamen aus weiter Ferne, aus einem unsichtbaren Tal oder von dem nähergelegenen Vorgebirge, und einmal glaubte sie, ganz weit weg das Bellen eines männlichen Gryf zu hören. Es klang aus der Richtung der Kor-ul-gryf. Sie erschauderte.

Da drang plötzlich ein anderer Laut an ihr Ohr. Etwas näherte sich am Rand der Schlucht. Es kam von oberhalb. Sie blieb stehen und lauschte. Vielleicht war es ihr Vater oder ein Bruder? Es kam immer näher. Sie strengte ihre Augen an, um in der Dunkelheit etwas zu erkennen. Dabei rührte sie sich nicht und wagte kaum zu atmen. Plötzlich funkelten ganz nahe bei ihr, wie ihr schien, zwei gelbgrüne Punkte in der pechschwarzen Nacht.

Pan-at-lee war tapfer, aber wie es bei primitiven Wesen oft der Fall ist, flößte die Dunkelheit ihr größten Schrecken ein. Es war besonders die Angst vor den unbekannten Gefahren, die sie beseelte. Sie hatte an diesem Abend viel durchgemacht, und ihre Nerven waren zum Zerreißen gespannt - sie lagen gewissermaßen bloß und mußten selbst auf einen geringen Schock zwangsläufig in übertriebener Weise reagieren.

Aber das war kein geringer Schock. Sie hatte gehofft, ihrem Vater oder einem Bruder zu begegnen, statt dessen starrte der Tod sie mit glühenden Augen aus der Dunkelheit an! Jawohl, Pan-at-lee war tapfer, aber sie war nicht aus Eisen. Mit einem Aufschrei, der in den Bergen widerhallte, wandte sie sich um und floh den Rand der Kor-ul-lul entlang, und ihr auf dem Fuß folgte der teuflische Löwe aus den Bergen von Pal-ul-don.

Sie war verloren, konnte dem Tod nicht entrinnen. Darüber bestand kein Zweifel. Doch unter den reißenden Krallen dieses Raubtiers zu sterben, des Erzfeindes ihrer Gattung, war einfach nicht vorstellbar. Indes gab es einen Ausweg. Der Löwe war fast bei ihr — noch einen Moment, und er würde sie packen. Pan-at-lee wandte sich jäh nach links und tat nur wenige Schritte, ehe sie über der Kante der Kor-ul-lul verschwand. Der verblüffte Löwe stemmte alle vier Pranken ein und kam gerade noch vor dem Abgrund zum Stehen. Er blickte in die schwarzen Schatten hinunter und stieß eine zorniges Gebrüll aus.

Om-at führte Tarzan und Ta-den durch die Dunkelheit der Kor-ul-ja zu den Höhlen seines Stammes. Unter einem großen Baum dicht an der Felswand blieben sie stehen.

„Ich werde zuerst einmal zu Pan-at-lees Höhle gehen." flüsterte Om-at. „Dann will ich die Höhle meiner Ahnen aufsuchen, um mit Wesen meines Blutes Zwiesprache zu halten. Das wird nicht lange dauern. Wartet hier - ich bin bald zurück. Dann gehen wir gemeinsam zu den Ta-den-Leuten."

Er trat wortlos zum Fuß der Felswand, die Tarzan ihn dann erklimmen sah. Er wirkte wie eine große Fliege an einer Wand. Im Dämmerlicht konnte der Affenmensch die Pflöcke nicht sehen. Om-at bewegte sich vorsichtig. In der unteren Reihe der Höhlen konnte eine Wache verborgen sein. Er kannte sein Volk und dessen Gewohnheiten zwar gut genug, um zu wissen, daß dies höchstwahrscheinlich schlief, und irrte auch nicht, doch minderte dies in keiner Weise seine Wachsamkeit. Gleichmäßig und schnell stieg er zur Höhle von Pan-at-lee empor, während Tarzan und Ta-den von unten zuschauten.

„Wie bringt er das fertig?“ fragte Tarzan. „Ich kann in der senkrechten Wand keine Fußlöcher erkennen, und dennoch scheint er ganz leicht emporzuklettern.“

Ta-den erklärte ihm die Funktion der Pflöcke. „Auch du könntest äußerst leicht dort hinaufsteigen, obwohl ein Schwanz dabei eine große Hilfe wäre.“

Sie beobachteten Om-at, bis dieser bei Pan-at-lees Höhle angelangt war. Nichts deutete darauf hin, daß man ihn entdeckt hatte. Dann sahen beide zu gleicher Zeit einen Kopf aus einer der unteren Höhlen auftauchen. Nun war deutlich zu erkennen, daß sein Besitzer Om-at gesehen hatte, denn er nahm sofort die Verfolgung auf. Wortlos eilten Tarzan und Ta-den zum Fuß der Felswand. Der Pithekanthropus erreichte sie als erster, und der Affenmensch sah ihn nach oben springen, um den untersten Pflock über seinem Kopf zu erreichen. Nun entdeckte er auch andere Pflöcke, die etwa parallel zueinander angeordnet im Zickzack die Wand hinauf führten. Er sprang hoch, packte einen davon und zog sich mit einer Hand hoch, bis er mit der anderen einen zweiten erreichen konnte. Als er weit genug nach oben gelangt war, um auch die Füße einzusetzen, entdeckte er, daß er ziemlich rasch vorankam. Ta-den war ihm jedoch weit voraus, da diese unsichere Leiter dem Affenmenschen neu war, der andere außerdem den Vorteil hatte, sich seines Schwanzes bedienen zu können.

Nichtsdestotrotz kam Tarzan recht gut voran, zumal er sehr bald genötigt war, seine Anstrengungen zu verdoppeln, da der über Ta-den befindliche Waz-don jetzt herabblickte und seine Verfolger entdeckte, ehe der Ho-don ihn eingeholt hatte. Sofort hallte ein wilder Schrei durch die stille Schlucht - ein Schrei, der kurz darauf von hundert Kehlen beantwortet wurde, als aus den verschiedenen Höhlenzugängen ein Krieger nach dem anderen auftauchte.

Der Waz-don, der Alarm geschlagen hatte, war nun auf dem Vorsprung vor Pan-at-lees Höhle angelangt und wandte sich um, um Ta-den einen Kampf zu liefern. Er riß die Keule aus dem Riemen auf seinem Rücken und stellte sich auf die ebene Fläche vor dem Eingang, um Ta-dens weiteren Anstieg zu verhindern. Aus allen Richtungen gingen die Krieger von Kor-ul-ja nun gegen die Eindringlinge vor. Tarzan hatte inzwischen einen Punkt auf gleicher Höhe mit Ta-den erreicht, jedoch etwas links von ihm, und sah, daß höchstens ein Wunder sie noch retten konnte. Gleich zu seiner Linken befand sich der Eingang zu einer Höhle, die entweder verlassen war, oder deren Bewohner noch nicht auf den Beinen waren, denn die verandaähnliche Fläche davor blieb leer. Tarzans scharfer Verstand war erfinderisch, die gut trainierten Muskeln bereit zu schneller Reaktion. Während andere vielleicht viel Zeit verschwendet hätten, sich die richtige Vorgehensweise zu überlegen, handelte er bereits, und obwohl ihn nur Sekunden von dem am nächsten befindlichen Gegner trennten, genügte diese kurze Zeitspanne, die ihm zur Verfügung stand, um in die Aushöhlung zu treten, sein langes Seil abzunehmen und sich weit nach vorn zu beugen, so daß die unheilbringende Schlinge mit der durch lange Übung erlangten Präzision auf die bedrohliche Gestalt zuflog, die die schwere Keule über Ta-den schwang. Die Hand, die das Seil hielt, verharrte nur kurz, während die Schlinge ihrem Ziel zustrebte, dann folgte eine schnelle Bewegung des rechten Handgelenks, die sie ihrem Opfer nahebrachte und über den Kopf streifte. Nun packte Tarzan das Seil mit beiden Händen und zog kräftig daran, wobei er sich mit seinem ganzen Gewicht zurücklehnte.

Der Waz-don stieß einen entsetzten Schrei aus, als er von dem Vorsprung über Ta-den kopfüber in die Tiefe stürzte. Tarzan war auf den Ruck gefaßt, wenn der Körper die volle Seillänge hinabgefallen war, und als dieser erfolgte, hörte man deutlich ein Schnappen der Rückenwirbel, das in der momentanen Stille, die dem letzten Schrei des zum Tode verurteilten Mannes folgte, weithin vernehmbar war. Ungeachtet der Anstrengung, die das plötzlich am Ende des Seils festgehaltene Gewicht Tarzan abverlangte, zog er den Körper schnell zu sich hoch, so daß er ihm die Schlinge abnehmen konnte, denn er konnte sich nicht leisten, eine so unschätzbare Waffe zu verlieren.

Während der wenigen Sekunden, die verstrichen waren, seit er das Seil geworfen hatte, hatten sich die Waz-don-Krieger nicht weiter vom Fleck gerührt, so gelähmt waren sie vor Verblüffung oder Entsetzen. Nun fand einer von ihnen seine Stimme und Fassung wieder, rief dem fremden Eindringling Beschimpfungen zu, kletterte geradewegs auf ihn zu und drängte auch seine Gefährten zum Angriff. Dieser Mann war Tarzan jetzt am nächsten. Wäre er nicht gewesen, hätte sich der Affenmensch leicht an Ta-dens Seite schwingen können, wozu dieser ihn ständig aufforderte. Er hob den toten Waz-don hoch über den Kopf und hielt ihnen einen Augenblick im Gleichgewicht, während er, das Gesicht zum Himmel erhoben, den furchteinflößenden Kampfruf der Affenmännchen aus Kerchaks Stamm ausstieß. Dann schleuderte er den Toten mit aller Kraft seines hünenhaften, sehnigen Körpers wuchtig auf den heraufkletternden Krieger. Dr Aufprall war so groß, daß der Waz-don nicht nur seinen Halt verlor, sondern auch noch die zwei Pflöcke aus der Wand brach, an denen er sich festgeklammert hatte.

Als die zwei Körper, der lebende und der tote, in die Tiefe stürzten und schließlich am Fuß der Felswand aufschlugen, erhoben die Waz-don ein großes Geschrei. „Jad-guru-don! Jad-guru-don!" riefen sie, und dann: „Tötet ihn! Tötet ihn!"

Jetzt stand Tarzan in der Felsennische neben Ta-den. „Jad-guru-don!" wiederholte dieser lächelnd. „Der schreckliche Mensch! Tarzan der Schreckliche! Vielleicht töten sie dich, aber sie werden dich nie vergessen."

„Sie werden mich nicht tö... Wen haben wir denn da?" Tarzans Erwiderung, was „sie" nicht tun würden, wurde durch diese Worte unterbrochen, da zwei Gestalten in tödlicher Umarmung durch den Eingang der Höhle auf die verandaähnliche Plattform taumelten. Der eine war Om-at, der andere ein Wesen seinesgleichen, aber mit rauhem Fell, dessen Behaarung aus der darunterliegenden Haut senkrecht herauszuwachsen schien und im Gegensatz zu Om-ats weicher Felldecke ganz steif war. Die beiden waren offensichtlich einander ebenbürtig, und man sah deutlich, daß jeder darauf aus war, den anderen zu töten. Sie kämpften fast schweigend, stießen nur gelegentlich ein tiefes Knurren aus, wenn der eine oder andere eine neue Verletzung erlitten hatte.

Tarzan wollte seinem natürlichen Impuls folgen, dem Verbündeten beizuspringen, und stürzte nach vorn, um am Kampf teilzunehmen, doch Om-at gebot ihm Einhalt. „Zurück! Das hier ist einzig und allein mein Kampf!" mahnte er mit einem tiefen Grunzen.

Der Affenmensch verstand und trat zur Seite.

„Es ist ein Gund-bar, ein Häuptlingskampf", erläuterte Ta-den. „Der Bursche da muß Es-sat, der Häuptling, sein. Wenn Om-at ihn ohne fremde Hilfe tötet, kann er selbst Häuptling werden."

Tarzan lächelte. Es war das Gesetz seines Dschungels - das Gesetz des Stammes von Kerchak, dem Affenmännchen - das uralte Gesetz des primitiven Menschen, das nur der verfeinernden Einflüsse der Zivilisation bedurfte, um ihm den gedungenen Mord und die Giftschale hinzuzufügen. Da wurde seine Aufmerksamkeit auf die

Außenkante der Nische gelenkt. Dort tauchte der struppige Kopf eines von Es-sats Kriegern auf. Tarzan sprang hin, um den Mann abzufangen, aber Ta-den kam ihm zuvor. „Zurück!“ rief er dem neuen Gegner zu. „Es ist Gund-bar.“ Der Bursche blickte prüfend auf die zwei Kämpfenden, schaute dann hinunter auf seine Stammesgenossen und sagte: „Zurück! Es ist Gund-bar zwischen Es-sat und Om-at.“ Dann musterte er Ta-den und Tarzan. „Wer seid ihr?“ fragte er.

„Wir sind Om-ats Freunde“, erwiderte Ta-den.

Der Bursche nickte. „Wir werden uns später mit euch befassen“, sagte er und verschwand wieder unter der Felsenkante.

Der Kampf auf der verandaähnlichen Plattform dauerte mit unverminderter Härte an. Tarzan und Ta-den hatten Schwierigkeiten, den Kämpfenden auszuweichen, die einander mit Händen, Füßen und Schwänzen zogen und schlugen. Es-sat war unbewaffnet - Pan-at-lee hatte dafür gesorgt -, doch an Om-ats Seite hing ein Messer in der Scheide. Dennoch machte er keinen Gebrauch davon. Dies hätte dem wilden und primitiven Ehrenkodex für den Häuptlingskampf widersprochen, der unbedingt mit den von der Natur gegebenen Waffen ausgetragen werden mußte.

Manchmal trennten sie sich einen Augenblick, um danach nur mit vermehrter Härte und fast der Kraft tollwütiger Stiere aufeinander loszugehen. Dann und wann stellte einer von ihnen dem anderen ein Bein, aber bei ihrer Umklammerung konnte er nicht allein fallen - Es-sat zog Om-at mit sich, als er über den Rand der Nische taumelte. Da hielt selbst Tarzan den Atem an. Sie wälzten sich dort einen Moment gefährlich hin und her, und dann geschah das Unvermeidliche - die beiden rollten in mörderischer Umarmung über die Kante und verschwanden aus Tarzans Blickfeld.

Dieser stieß einen unterdrückten Seufzer aus, denn er hatte Om-at lieb gewonnen. Dann trat er mit Ta-den an den Rand und blickte hinunter in der Erwartung, die beiden Gestalten im schwachen Lichtschein der anbrechenden Morgendämmerung weit unten reglos und mausetot liegen zu sehen, doch zu seiner Überraschung bot sich ihm ein ganz anderer Anblick. Beide waren noch quicklebendig und kämpften nur wenige Fuß unter ihm weiter, wobei sie sich jeweils entweder mit einer Hand und einem Fuß oder einem Fuß und dem Schwanz an zwei Pflöcken festhielten. Sie schienen sich an der senkrechten Wand ebenso zu Hause zu fühlen wie auf der ebenen

Grundfläche der Nische, nur hatte sich ihre Taktik jetzt leicht verändert, denn jeder schien darauf aus zu sein, den Gegner von den Pflöcken zu reißen und in den sicheren Tod zu stürzen. Bald war zu erkennen, daß Om-at, der jünger war und mehr Ausdauer hatte als Es-sat, die Oberhand gewann. Der Häuptling verteidigte sich fast nur noch. Om-at packte ihn mit festem Griff am Schulterriemen und zog ihn von der Felswand weg, während er mit der anderen Hand und einem Fuß schnell zuerst den einen, dann den anderen Pflock abschlug, an dem Es-sat sich festhielt, wobei er seine Bemühungen ab und zu änderte oder vielmehr durch tückische Schläge in die Magengrube des Gegners verstärkte. Es-sats Kräfte ließen schnell nach, und wie bei jedem Feigling und Tyrannen, der sich in ähnlicher Situation befand, riß angesichts der Erkenntnis seines bevorstehenden Todes bei ihm die dünne Haut prahlerischer Kraftmeierei, die er lange genug als persönlichen Mut ausgegeben hatte, und mit ihr zerbrach auch sein Ehrenkodex. Jetzt war er nicht länger Häuptling von Kor-ul-ja, sondern ein erbärmlicher Feigling, der um sein Leben kämpfte. Er klammerte sich an Om-at und die nächste Pflöcke und suchte nach jedem Halt, der ihn vor dem schrecklichen Sturz bewahrte, und während er noch trachtete, die Hand des Todes abzuwehren, dessen kalte Finger er schon an seinem Herzen zu spüren glaubte, tastete sein Schwanz an Om-ats Seite nach dem Griff des Messers, das dort hing.

Tarzan sah es, und im gleichen Moment, als Es-sat die Klinge aus der Scheide zog, ließ er sich katzengleich zu den Pflöcken neben den Kämpfern herab. Es-sat hatte den Schwanz gestreckt, um den hinterhältigen, todbringenden Stoß aufzuführen. Nun erkannten auch viele andere diese heimtückische Absicht, und ein gewaltiger Schrei der Wut und des Abscheus brach aus zahlreichen Kehlen. Doch als die Klinge schon ihrem Ziel entgegeneilte, packte der Affenmensch das behaarte Körperteil, das sie hielt, und im gleichen Augenblick stieß Om-at Es-sats Körper mit solcher Kraft von sich, daß die Pflöcke, an denen er sich hielt, nun schon gelockert, abbrachen und er in den Tod stürzte, ein kurzer Meteor, vor Entsetzen laut schreiend.

Tarzan-jad-guru

Als Tarzan und Om-at wieder in die Verandanische von Pan-at-lees Höhle geklettert waren und sich in Erwartung der Dinge, die nach dem Tod von Es-sat vielleicht folgen würden, neben Ta-den aufgestellt hatten, beschien die über den östlichen Bergen aufsteigende Sonne auch einen Schläfer in jener fernen, mit Dornengestrüpp bestandenen Steppe und rief ihn zu weiterer unermüdlicher Verfolgung der schwachen und schnell verwischenden Spur.

Eine Weile herrschte Stille in der Kor-ul-ja. Die Stammesangehörigen warteten, blickten bald zu dem toten Wesen hinunter, das einmal ihr Häuptling gewesen war, bald auf sich und dann auf Om-at und die zwei, die neben ihm standen. Da ergriff dieser das Wort. „Ich bin Om-at", rief er. „Wer will behaupten, daß Om-at nicht Gund von Kor-ul-ja ist?"

Er wartete, daß jemand seinen Anspruch anfocht. Ein oder zwei der größeren männlichen Waz-don traten nervös von einem Bein aufs andere und beäugten ihn, dennoch erfolgte keine Erwiderung.

„Dann ist Om-at Gund", erklärte er mit Nachdruck. „Nun sagt mir, wo Pan-at-lee, ihr Vater und ihre Brüder sind."

Ein alter Krieger antwortete. „Pan-at-lee müßte in ihrer Höhle sein. Wer sollte das besser wissen als ihr, die ihr euch jetzt dort befindet? Ihr Vater und ihre Brüder wurden ausgesandt, um Kor-ul-lul zu erkunden, doch keine dieser Fragen beunruhigt unsere Herzen. Uns bewegt nur eins: Kann Om-at Häuptling von Kor-ul-ja werden und sich gegen sein eigenes Volk stellen, mit einem Ho-don und diesem schrecklichen Menschen an seiner Seite - jenem Mann, der keinen Schwanz hat? Liefere die Fremden deinem Volk aus, damit es sie erschlage, wie es unter den Waz-don Brauch ist, dann soll Om-at Gund sein."

Weder Tarzan noch Ta-den sagten ein Wort. Sie sahen Om-at an und warteten auf seine Entscheidung, wobei der Schatten eines Lächelns um die Lippen des Affenmenschen spielte. Zumindest Ta-den wußte, daß der alte Krieger wahr gesprochen hatte - die Waz-don duldeten keine Fremden und machten auch keine Gefangenen, die einer anderen Rasse angehörten.

Da antwortete Om-at. „Überall gibt es Veränderung", sagte er.

„Selbst die alten Berge von Pal-ul-don sind niemals jeden Tag gleich - die strahlende Sonne, eine vorüberziehende Wolke, der Mond, ein Dunstschleier, die wechselnden Jahreszeiten, die scharfe Klarheit, die einem Sturm folgt - alle diese Dinge bewirken eine ständige Veränderung in unseren Bergen. Auch in jedem von uns findet vom Tag unserer Geburt bis zum Tod fortwährend eine Veränderung statt. Demnach ist sie eines der Gesetze von Jad-ben-Otho.

Und nun führe ich, Om-at, euer Gund, eine weitere Veränderung ein. Die Waz-don von Kor-ul-ja werden Fremde, die tapfere Männer und gute Freunde sind, fortan nicht mehr töten!"

Ein unruhiges Gemurmel und allgemeines Raunen ging durch die Reihen der Krieger, wobei jeder den anderen anblickte, um zu sehen, wer gegen Om-at, den Bilderstürmer, auftrat.

„Unterlaßt das Gemurmel", ermahnte sie der neue Gund. „Ich bin euer Häuptling. Mein Wort ist Gesetz. Ihr hattet keinen Teil daran, mich zum Häuptling zu machen. Einige von euch halfen Es-sat sogar, mich aus der Höhle meiner Vorfahren zu vertreiben, die übrigen ließen es zu. Ich schulde euch gar nichts. Nur diese zwei, die ich, wenn es nach euch ginge, töten müßte, standen mir zur Seite. Ich bin Gund, und sollte jemand da sein, der dies anzweifelt, so mag er sprechen - er kann nicht jünger sterben."

Tarzan war hocherfreut. Hier war ein Mann nach seinem Herzen. Er bewunderte die Furchtlosigkeit, mit der Om-at seine Forderung stellte, und kannte sich in den Menschen gut genug aus, um zu wissen, daß das Gehörte keine leere Drohung war. Om-at würde seinen Worten Taten folgen lassen, notfalls bis in den Tod, doch sah es nicht danach aus, als ob er derjenige sein würde, der sterben müßte, und die meisten Bewohner von Kor-ul-ja waren offensichtlich derselben Ansicht.

„Ich werde euch ein guter Gund sein", erklärte Om-at, als er sah, daß ihm niemand seinen Anspruch streitig machte. „Eure Frauen und Töchter werden sicher sein - das war nicht der Fall, solange Es-sat herrschte. Geht nun wieder eurer Feldarbeit und der Jagd nach. Ich verlasse euch, um nach Pan-at-lee zu suchen. Ab-on wird während meiner Abwesenheit Gund sein - wendet euch an ihn um Rat und kommt nach meiner Rückkehr zu mir, um Rechenschaft abzulegen - und möge Jad-ben-Otho euch wohlgesonnen sein."

Dann wandte er sich an Tarzan und den Ho-don. „Euch aber, meine Freunde, ist es anheimgestellt, bei meinem Volk zu bleiben.

Die Höhle meiner Vorfahren ist die eure. Tut, was euch gefällt."

„Ich werde mit Om-at nach Pan-at-lee suchen", erklärte Tarzan.

„Ich ebenso", sagte Ta-den.

Om-at lächelte. „Gut!" sagte er. „Und wenn wir sie gefunden haben, werden wir uns gemeinsam um Tarzans und Ta-dens Angelegenheiten kümmern. Wo sollen wir zuerst suchen? Wer weiß, wo sie sein könnte?" fragte er, an seine Krieger gewandt.

Alle wußten nur, daß Pan-at-lee gestern abend mit den anderen zu ihrer Höhle gegangen war — es gab keinen Anhaltspunkt, keinen Hinweis, wo sie sein könnte.

„Zeigt mir den Ort, wo sie schläft, laßt mich einige ihrer persönlichen Habseligkeiten sehen, ein Kleidungsstück zum Beispiel, dann kann ich euch zweifellos helfen", sagte Tarzan.

Zwei junge Krieger kletterten zu dem Felsvorsprung hoch, auf dem Om-at stand. Sie hießen In-sad und O-dan. Letzterer sprach sie an.

„Gund von Kor-ul-ja, wir würden gern mit euch nach Pan-at-lee suchen", sagte er.

Das war die erste Anerkennung von Om-ats Häuptlingswürde, und sogleich wich die bislang anhaltende Spannung, schienen alle aufzuatmen - die Krieger redeten nun laut, statt zu wispern, und die Frauen tauchten wieder aus den Höhleneingängen, als sei ein plötzlicher Sturm vorübergezogen. In-sad und O-dan waren mit gutem Beispiel vorangegangen, und nun schienen alle bereitwillig zu folgen. Einige kamen, um mit Om-at zu reden und sich Tarzan genauer anzusehen, andere, die Höhlenältesten vor allem, versammelten die Jäger und erörterten die Tagesangelegenheiten. Frauen und Kinder schickten sich an, mit den Halbwüchsigen und den alten Männern, deren Pflicht es war, sie zu beschützen, zu den Feldern hinabzusteigen.

„O-dan und In-sad sollen mit uns gehen", verkündete Om-at. „Mehr brauchen wir nicht. Tarzan, komm mit, ich werde dir zeigen, wo Pan-at-lee schläft, doch habe ich keine Ahnung, warum du das wissen willst - sie ist nicht dort. Ich habe selbst schon nachgesehen."

Die beiden betraten die Höhle, wo Om-at zu dem Raum voranging, in dem Es-sat Pan-at-lee am gestrigen Abend überrascht hatte.

„Außer der Streitkeule, die dort am Boden lieg - es ist die von Es-sat - gehört alles andere ihr", sagte Om-at.

Der Affenmensch ging schweigend durch den Raum, und sein Begleiter, der sich noch immer fragte, zu welchem Zweck sie sich hier aufhielten und insgeheim über die Verzögerung wenig erbaut war, konnte das leichte Zittern von Tarzans Nasenflügeln kaum sehen, als dieser witternd die Luft einsog.

„Komm!“ sagte der Affenmensch schließlich und ging zur Außennische zurück.

Hier warteten ihre drei Gefährten auf sie. Tarzan trat an die linke Seite der Nische und untersuchte die Pflöcke, die in seiner Reichweite lagen. Er schaute sie sich an, doch waren es nicht seine Augen, die sie prüften. Viel schärfer als diese war sein erstaunlich gut entwickelter Geruchssinn, der sich bei ihm zuerst in frühester Kindheit unter der Obhut seiner Pflegemutter Kala, dem Affenweibchen, herausgebildet hatte und später von dem besten Lehrmeister, dem Selbsterhaltungstrieb, weiter geschärft worden war.

Nach der linken Seite der Nische wandte er sich der rechten zu. Om-at verlor langsam die Geduld.

„Wir wollen aufbrechen“, sagte er. „Wir müssen nach Pan-at-lee suchen, wenn wir sie je finden wollen.“

„Und wo sollen wir suchen?“ fragte Tarzan.

Om-at kratzte sich am Kopf. „Wo?“ wiederholte er. „Na, wenn nötig, in ganz Pal-ul-don.“

„Das ist ein gewaltiges Unternehmen“, sagte Tarzan und fügte hinzu: „Kommt, sie hat diesen Weg eingeschlagen.“ Damit langte er nach den Pflöcken, die zum Gipfel der Felswand führten. Dabei fiel es ihm leicht, der Witterung zu folgen, da seit Pan-at-lees Flucht niemand dort hinaufgestiegen war. An der Stelle, wo sie die ständig dort steckenden Pflöcke verlassen und zu denen Zuflucht genommen hatte, die sie mit sich führte, machte Tarzan jählings halt. „Sie hat diesen Weg zum Gipfel eingeschlagen“, rief er Om-at zu, der dicht hinter ihm war. „Hier gibt es aber keine Pflöcke weiter.“

„Ich weiß nicht, wie du auf den Gedanken kommst, sie hätte diesen Weg genommen“, sagte Om-at. „Aber wir werden Pflöcke beschaffen. In-sad, kehr um und hol welche für fünf Mann.“

Der junge Krieger war bald zurück und verteilte die Pflöcke. Om-at gab Tarzan fünf und erklärte ihre Verwendung. Der Affenmensch gab ihm einen zurück. „Ich brauche nur vier“, sagte er.

Om-at lächelte. „Was für ein prächtiges Geschöpf du doch abgeben würdest, wärst du nicht so mißgestaltet“, sagte er und wies voll Stolz auf seinen dicken Schwanz.

„Ich gebe zu, daß ich benachteiligt bin“, erwiderte Tarzan. „Ihr anderen geht voraus und laßt die Pflöcke für mich stecken. Ich befürchte nämlich, daß ich sonst alle aufhalte, da ich die Pflöcke nicht mit den Zehen halten kann, wie ihr es tut."

„Einverstanden", sagte Om-at. „Ta-den und In-sad gehen voran, du kommst nach, und O-dan bildet die Nachhut und sammelt die Pflöcke ein - wir können sie unserer Feinde wegen nicht hier lassen."

„Könnten die nicht selbst welche mitbringen?" fragte Tarzan.

„Das wohl, doch es hält sie auf und erleichtert uns die Verteidigung. Außerdem wissen sie nicht, welche von all den Löchern, die du siehst, für Pflöcke tief genug sind - viele wurden nur gebohrt, um unsere Feinde zu verwirren, sie sind zu flach, um einen Pflock zu halten."

Am obersten Rand der Felswand nahm Tarzan die Spur neben dem knorrigen Baum wieder auf. Hier war die Witterung genauso stark wie an den Pflöcken, und so ging er schnell über den Felsgrat auf die Kor-ul-lul zu.

Plötzlich blieb er stehen und wandte sich wieder an Om-at. „Hier hat sie sich sehr schnell bewegt, ist sie aus Leibeskräften gerannt - und wurde dabei von einem Löwen verfolgt."

„Das kannst du alles im Gras lesen?" fragte Om-at, als sich alle um den Affenmenschen versammelt hatte.

Dieser nickte. „Ich glaube jedoch nicht, daß der Löwe sie erwischt hat", fügte er hinzu. „Aber das läßt sich schnell herausfinden. Nein, er hat sie nicht bekommen - seht dort!"

Damit wies er den Felsengrat hinab nach Südwesten.

Die anderen blickten in die angegebene Richtung und bemerkten sofort eine Bewegung in einigen Büschen etwa hundert Yards entfernt.

„Was ist das?" fragte Om-at. „Ist sie es?" Damit wollte er zu der Stelle hingehen.

„Warte", riet ihm Tarzan. „Das ist der Löwe, der sie verfolgt hat."

„Du kannst ihn schon sehen?" fragte Ta-den.

„Das nicht, aber riechen."

Man sah den anderen ihre Verblüffung und ihren Zweifel an, doch die Tatsache, daß es sich wirklich um einen Löwen handelte, wurde ihnen sehr bald vor Augen geführt. Das Gebüsch teilte sich, und die Raubkatze trat in voller Größe heraus und blickte sie an. Es war ein prachtvolles Exemplar, groß, mit einer schönen Mähne und den deutlich erkennbaren und gleichmäßig angeordneten Leopardenflecken seiner Gattung auf dem Fell. Einen Augenblick beäugte es sie, dann griff es an, noch immer erbost darüber, daß ihr die andere Beute heute morgen entgangen war.

Die Pal-ul-donier zogen die Keulen aus den Tragriemen und erwarteten das anstürmende Tier. Tarzan von den Affen zog sein Jagdmesser und duckte sich auf der Angriffsbahn der krallenbewehrten Furie. Sie war fast über ihm, als sie plötzlich nach rechts auswich und Om-at ansprang, jedoch nur, um durch einen wuchtigen Schlag auf den Kopf zu Boden geschmettert zu werden. Im Nu stand sie wieder auf den Beinen, und obwohl die Männer furchtlos anstürmten, brachte sie es fertig, ihnen mit ihren mächtigen Pranken die Waffen aus den Händen zu schlagen. Dabei flog O-dans Keule gegen Ta-den und warf ihn um. Der Löwe nutzte diese Gelegenheit und wollte sich auf den jungen Krieger werfen, doch genau in diesem Moment schwang sich Tarzan auf seinen Rücken. Kräftige, weiße Zähne gruben sich in das gefleckte Genick, kräftige Arme umschlangen seinen Hals, während die sehnigen Beine des Affenmenschen sich um den hageren Bauch des Tieres legten.

Die anderen, die nun nichts mehr ausrichten konnten, standen atemlos dabei, während der große Löwe sich hin und her warf und vergebens trachtete, das wilde Wesen, das sich auf seinem Rücken festgeklammert hatte, mit seinen Krallen zu erreichen oder es zu beißen. Immer wieder rollten sie umher, dann sahen die Zuschauer, wie sich eine braune Hand über der Flanke des Löwen erhob - eine braune Hand, die eine scharfe Klinge hielt. Sie sahen sie niederstoßen und wieder aufsteigen, niederstoßen und aufsteigen - jedesmal mit furchtbarer Kraft, und als Folge sickerte sehr bald ein hellrotes Rinnsal über Ja's prächtiges Fell zu Boden.

Vor Wut und Schmerz entrang sich seiner Kehle ein gräßliches Gebrüll, während er seine Anstrengungen verdoppelte, um den Peiniger abzuschütteln und zu bestrafen, doch unbeirrt tauchte dessen schwarzer Kopf halb in die dunkelbraune Mähne, hob und senkte sich der mächtige Arm immer wieder und stieß das Messer in das sterbende Tier.

Die Pal-ul-donier standen sprachlos vor Staunen und Bewunderung. Sie waren durchweg tapfere Männer und erfolgreiche Jäger und daher die ersten, die einem noch Erfolgreicheren ihre Hochachtung bekundeten.

„Und ihr wolltet, daß ich ihn töte!“ sagte Om-at und blickte auf In-sad und O-dan.

„Jad-ben-Otho belohne dich dafür, daß du es nicht tatest“, stieß In-sad hervor.

Da stürzte der Löwe plötzlich zu Boden, zuckte noch einige Male krampfhaft und lag still. Der Affenmensch erhob sich und schüttelte sich, wie es vielleicht auch der mit Leopardenflecken ausgestattete Löwe von Pal-ul-don getan hätte, wäre er als Sieger hervorgegangen.

O-dan trat schnell zu Tarzan, legte eine Hand auf seine Brust und die andere auf die Tarzans und sagte: „Tarzan der Schreckliche! Ich erbitte keine größere Ehre als deine Freundschaft.“

„Und ich nichts weiter als die Freundschaft von Om-ats Freunden“, erwiderte der Affenmensch schlicht und erwiderte den Gruß des anderen.

„Glaubst du, daß er sie erwischt hat?“ fragte Om-at und legte Tarzan die Hand auf die Schulter.

„Nein, mein Freund. Das war ein hungriger Löwe, der uns angriff.“

„Du scheinst viel über Löwen zu wissen“, sagte In-sad.

„Hätte ich einen Bruder, ich könnte ihn nicht besser kennen“, entgegnete Tarzan.

„Wo mag sie dann sein?“ fuhr Om-at fort.

„Wir können nur weiter ihrer Spur folgen, solange sie frisch ist“, antwortete der Affenmensch, übernahm wieder die Führung, stieg mit ihnen den Felsgrat hinunter und gelangte nach einer scharfen Wegbiegung nach links plötzlich an den Rand der Felswand, die hier steil in die Kor-ul-lul abfiel. Tarzan untersuchte den Boden rechts und links sehr genau, dann richtete er sich auf, schaute Om-at an und wies in die Schlucht.

Der Waz-don blickte einen Moment in die grüne Spalte, auf deren Sohle ein wilder Gebirgsfluß in seinem felsigen Bett abwärts gischtete, dann schloß er die Augen wie in einer plötzlichen Aufwallung von Schmerz und wandte sich ab.

„Du willst damit sagen, sie ist gesprungen?“ fragte er.

„Um dem Löwen zu entkommen“, erwiderte Tarzan. „Er war direkt hinter ihr - sieh hier, die Abdrücke seiner vier Pranken im Gras sind deutlich zu erkennen, wo er bei seinem Ansturm kurz vor dem Abgrund jählings haltmachte.“

„Besteht eine Möglichkeit...“ wollte Om-at fragen, als eine warnende Geste von Tarzan ihn plötzlich verstummen ließ.

„Da unten sind viele Männer“, flüsterte der Affenmensch. „Sie kommen schnell herauf - vom Fuße des Felsengrats.“ Er legte sich bäuchlings ins Gras, und die anderen folgten seinem Beispiel.

Sie wartete einige Minuten, dann hörten auch die anderen das Geräusch eilender Füße, sodann einen rauhen Schrei, dem weitere folgten.

„Das ist der Kriegsruf der Kor-ul-lul“, raunte Om-at. „Der Jagdruf von Menschen, die Menschen jagen. Wir werden sie gleich sehen, und wenn Jad-ben-Otho uns gnädig ist, werden sie uns zahlenmäßig nicht allzu überlegen sein.“

„Es sind ihrer viele, vierzig oder fünfzig, möchte ich sagen“, erklärte Tarzan. „Doch wie viele davon die Verfolgten sind und wie viele die Verfolger, läßt sich nicht einmal vermuten, die Tatsache ausgenommen, daß letztere den ersteren weit überlegen sein müssen, sonst würden diese nicht so schnell rennen.“

„Hier kommen sie“, sagte Ta-den.

„Es ist An-un, der Vater von Pan-at-lee, mit seinen zwei Söhnen“, rief O-dan. „Wenn wir uns nicht beeilen, werden sie vorüber sein, ohne daß sie uns gesehen haben“, fügte er hinzu und blickte Om-at, den Häuptling, erwartungsvoll an.

„Kommt!“ rief dieser, sprang auf und lief schnell los, um die drei Flüchtlinge einzuholen. Die anderen folgen ihm.

„Fünf Freunde!“ rief Om-at, als An-un und seine Söhne sie entdeckt hatten.

„Adenen yo!“ wiederholten O-dan und In-sad.

Die Flüchtlinge hielten kaum inne, als diese unerwartete Verstärkung sich ihnen anschloß, musterten Ta-den und Tarzan jedoch etwas verwirrt.

„Es sind viele Kor-ul-lul“, rief An-un. „Sonst könnten wir hier stehenbleiben und sie zurückschlagen. So aber müssen wir Es-sat und unser Volk warnen.“

„Jawohl“, sagte Om-at. „Wir müssen unser Volk warnen.“

„Es-sat ist tot“, erklärte In-sad.

„Wer ist jetzt Häuptling?“ fragte einer von An-uns Söhnen.

„Om-at“, erwiderte O-dan.

„Das ist gut“, sagte An-un. „Pan-at-lee hat stets gesagt, du würdest zurückkommen und Es-sat töten.“

Nun ließ sich der Feind hinter ihnen blicken.

„Kommt, wir wollen umkehren, sie angreifen und dabei großes Geschrei erheben“, riet Tarzan. „Sie haben nur drei verfolgt, und wenn sie jetzt acht Angreifer sehen, werden sie glauben, viele Männer seien hergekommen, um ihnen einen Kampf zu liefern. Sie werden denken, da wären mehr, als sie sehen, inzwischen kann einer von uns, der schnell genug ist, die Schlucht erreichen und dein Volk warnen."

„Das ist ein guter Rat", sagte Om-at. „Id-an, du bist schnell - benachrichtige die Krieger von Kor-ul-ja, daß wir mit Leuten von Kor-ul-lul auf dem Berggrat im Kampf stehen, und daß Ab-on uns hundert Mann schicken soll."

Id-an, der Sohn von An-un, rannte eilends zu den Felsenwohnungen der Kor-ul-ja, während die anderen sich dem vordringenden Feind entgegenwarfen, wobei das Kriegsgeschrei der zwei Stämme in gewisser grimmiger Harmonie bald lauter wurde, bald abschwoll. Die Führer der Kor-ul-lul hielten angesichts der neu hinzugekommenen Gegner inne und warteten offensichtlich, daß die weiter hinten Folgenden aufschlossen, vielleicht auch, um in Erfahrung zu bringen, wie groß die Streitmacht war, die ihnen gegenüberstand. Sie waren offenkundig auch schneller vorgestürmt als ihre Gefährten, diesen somit weit voraus, während die Mehrheit ihrer Kämpfer noch gar nicht aus dem Gebüsch getaucht war, und da Om-at und die Seinen nun mit einer aus der Not geborenen Wildheit über sie herfielen, wichen sie zurück. Als ihre Kampfgenossen schließlich auf der Bildfläche erschienen, hatten sie den Eindruck, als befänden sich ihre Krieger in vollem Rückzug. Das natürliche Ergebnis war, daß auch sie sich umwanden und flohen.

Ermutigt durch diesen ersten Erfolg, folgte Om-at ihnen ins Gebüsch, wobei seine kleine Truppe tapfer zu beiden Seiten von ihm kämpfte, und ihr wildes Kriegsgeschrei, mit dem sie dem fliehenden Gegner nachsetzten, klang laut und bedrohlich. Das Gebüsch stand nicht so dicht, als daß es das Vordringen behindert hätte, war jedoch so hoch, daß die Angehörigen der kleinen Truppe sich nicht mehr sehen konnten, selbst wenn sie nur wenige Yards voneinander getrennt waren. Das Ergebnis war, daß Tarzan, der stets besonders schnell und kampfeswütig war, den Gegner weit vor den anderen verfolgte - ein Mangel an Klugheit, der sich bald bitter rächen sollte.

Die Krieger von Kor-ul-lul waren zweifellos ebenso tapfer wie ihre Feinde und zogen sich nur auf eine strategischere Position im Gebüsch zurück. Auch hatten sie längst herausgefunden, daß sie ihren Verfolgern zahlenmäßig weit überlegen waren. Also blieben sie stehen, wo das Gebüsch am dichtesten war - es stellte einen idealen

Hinterhalt dar, in den Tarzan von den Affen blindlings hineinstürmte. Sie hatten ihn richtiggehend übertölpelt. Jawohl, so traurig es klingen mag: Sie überlisteten den klugen Herrn des Dschungels, denn sie kämpften auf eigenem Grund und Boden, den sie ebenso genau kannten wie der geneigte Leser sein Wohnzimmer, und verfolgten eine besondere Taktik, von der Tarzan keine Ahnung hatte.

Ein einzelner schwarzer Krieger schien den zurückweichenden Seinen nicht gut folgen zu können, und indem er sich langsamer zurückzog, lockte er Tarzan weiter. Schließlich drehte er sich um und stellte sich dem Affenmenschen mit Keule und gezücktem Messer entgegen, und als dieser ihn angriff, sprangen auf einmal mehrere stämmige Waz-don aus den Büschen ringsum. Jetzt erst erkannte der hünenhafte Tarmangani die Gefahr, aber es war zu spät. Da kam ihm seine vermißte Gefährtin in den Sinn, und ein großes, lähmendes Bedauern stieg in ihm auf, denn er sagte sich, daß sie, selbst wenn sie noch am Leben war, nicht länger hoffen konnte, wenngleich sie vielleicht niemals vom Untergang ihres Gatten erfuhr, weil eben diese Tatsache ihr eigenes Schicksal besiegelte.

Im Ergebnis dieser Überlegungen erfaßte ihn blindwütiger Haß auf diese Kreaturen, die es wagten, sein Vorhaben zunichte zu machen und das Leben seiner Gattin zu bedrohen. Mit einem wilden Schrei stürzte er sich auf den Krieger vor ihm, entwand ihm die schwere Keule, als sei er ein kleines Kind, und landete mit der linken Faust, unterstützt durch das Gewicht und die Kraft seiner hünenhaften Gestalt, mitten im Gesicht des Waz-don einen furchtbaren Schlag, der die Knochen zerschmetterte und den Burschen auf der Stelle zu Boden sinken ließ. Dann schwang er die Keule gegen die anderen anstürmenden Feinde, teilte erbarmungslos nach links und rechts entsetzliche Schläge aus, mit denen er ihnen die Waffen aus der Hand schlug, bis seine eigene völlig zersplittert und zerborsten war. Zu beiden Seiten sanken sie unter seinen Hieben zu Boden, und er teilte sie derart schnell aus und war so gewandt in seinen Bewegungen, daß er in den ersten wenigen Augenblicken des Handgemenges ihren Angriffen gegenüber unverwundbar zu sein schien. Aber das konnte nicht so weitergehen - das Kräfteverhältnis stand zwanzig zu eins, und das Unheil nahte in Gestalt einer durch die Luft schwirrenden Keule. Sie traf ihn am Hinterkopf. Einen Augenblick schwankte er, dann stürzte er krachend zu Boden wie eine große Fichte unter der Axt des Forstmannes.

Weitere Kämpfer der Kor-ul-lul waren herbeigeeilt, um sich mit dem Rest von Om-ats Truppe zu befassen. Man hörte, wie sie auf kurze Entfernung kämpften, und bald wurde offensichtlich, daß die Kor-ul-ja langsam zurückfielen. Daraufhin rief Om-at nach dem fehlenden Affenmenschen: „Tarzan der Schreckliche! Tarzan der Schreckliche!"

„Jad-guru, in der Tat", wiederholte einer der Kor-ul-lul und erhob sich von der Stelle, wo Tarzan ihn niedergeschmettert hatte. „Tarzan-jad-guru! Er war schlimmer als das."

In der Kor-ul-gryf

Als Tarzan im Getümmel seiner Feinde zu Boden sank, machte ein Mann viele Meilen entfernt am äußeren Rand des Sumpfgebietes halt, das Pal-ul-don umgab. Er war völlig nackt, abgesehen von einem Lendenschurz und drei Patronengurten, von denen er sich zwei kreuzweise über die Schultern gelegt hatte, während der dritte seine Hüften umspannte. Auf seinem Rücken hing an einem Gewehrriemen eine Enfield. Außerdem führte er ein langes Messer sowie einen Bogen und einen Köcher voll Pfeile mit sich. Er kam von weit her, hatte wilde Gebiete durchquert, war von feindseligen Tieren und noch feindseligeren Menschen bedroht worden und hatte doch seit dem Tag seines Aufbruchs nicht eine einzige Patrone verbraucht.

Der Bogen, die Pfeile und das lange Messer hatten ihn sicher hierhergebracht, jedoch hatte er oft großen Gefahren ins Auge gesehen, die ein einziger Schuß aus der wohlbehüteten Büchse auf seinem Rücken in ihren Ausmaßen arg verringert hätte. Welche Absicht verfolgte er wohl damit, daß er die kostbare Munition aufsparte und sein Leben riskierte? Damit auch das letzte blitzende Geschoß genau ins Ziele treffe? Für wen, wofür waren diese todbringenden Metallstücke bestimmt? Das wußte in der ganzen Welt nur er allein.

Als Pan-at-lee über die Felsenkante der Kor-ul-lul trat, war sie überzeugt, auf den Felsen ganz unten zu Tode zu stürzen, indes war ihr dies lieber, als von den reißenden Krallen des Löwen zerfleischt zu werden. Dem Zufall war es jedoch zu verdanken, daß sie den gefährlichen Sprung an einer Stelle wagte, wo der reißende Gebirgsfluß sich dicht unter die überhängende Felswand kehrte und für einen Augenblick in einem tiefen Teich mündete, ehe er als tosender Wasserfall gischtsprühend weiterstürmte und seine Wasser gegen die Felsen donnerten.

In diesen eiskalten Teich stürzte das Mädchen und glitt immer tiefer unter die Wasseroberfläche, bis sie, fast am Ertrinken, doch tapfer kämpfend, wieder nach oben gelangte. Kräftige Schwimmbewegungen brachten sie ans gegenüberliegende Ufer. Hier zog sie sich an Land und blieb lange ermattet und nach Atem ringend liegen, bis die hereinbrechende Dämmerung sie mahnte, ein Versteck zu suchen. Schließlich befand sie sich im Land der Feinde ihres Volkes.

Sie erhob sich und suchte die Deckung der üppigen Vegetation auf, die so mannigfaltig in der gut bewässerten Kors * von Pal-ul-don wucherte.

Inmitten der Pflanzenwelt den Blicken all derjenigen entzogen, die vielleicht zufällig den gut ausgetretenen Pfad entlangkamen, der dem Fluß folgte, suchte Pan-at-lee nach Nahrung und Ruhe. Erstere fand sich ringsum im Überfluß in Gestalt von Früchten und Beeren sowie saftigen Knollen, die sie mit dem Messer des toten Es-sat ausgrub.

Ach, hätte sie nur gewußt, daß er tot war! Welche Strapazen, Gefahren und Mühseligkeiten wären ihr erspart geblieben! Aber sie glaubte, er sei noch am Leben, und wagte deshalb nicht, nach Kor-ul-ja zurückzukehren. Zumindest vorläufig nicht, solange er noch vor Wut kochte. Später würden ihr Vater und ihre Brüder vielleicht zur Höhle zurückkehren, da konnte sie es riskieren, doch nicht jetzt - nicht jetzt. Außerdem durfte sie sich nicht allzu lange in der Nachbarschaft der feindlichen Kor-ul-lul aufhalten, und irgendwo würde sie schon eine sichere Zuflucht vor Tieren finden, ehe die Nacht hereinbrach.

Während sie noch auf einem umgestürzten Baumstamm saß und sich den Kopf zerbrach, wie sie in diesem Überlebenskampf bestehen konnte, drang aus der Schlucht lautes Geschrei von Menschen an ihr Ohr - es waren Laute, die sie nur allzu gut kannte, der Kriegsruf der Kor-ul-lul. Er kam immer näher. Dann sah sie durch den dichten Grünschleier flüchtig drei Gestalten, die den Weg entlang rannten, gefolgt von dem ständig anwachsenden Gebrüll ihrer Verfolger, die immer näher kamen. Sie konnte die Flüchtlinge noch einmal kurz sehen, als sie den Fluß unterhalb des Wasserfalls durchquerten, dann verschwanden sie wieder aus ihrem Blickfeld. Nun tauchten die Verfolger auf - brüllende Kor-ul-lul-Krieger, wild und unversöhnlich. Sie waren ihrer vierzig, vielleicht fünfzig. Pan-at-lee hielt den Atem an, doch die Kämpfer folgten beharrlich dem Pfad und gingen an ihr vorbei, ohne zu ahnen, daß eine feindliche Stammesangehörige wenige Yards von ihnen entfernt verborgen lag.

Abermals sah sie kurz die drei Verfolgten - es waren Waz-don-Krieger, die die Felswand an einer Stelle erklommen, wo Teile des Gipfels abgestürzt waren, so daß sich ein Steilhang gebildet hatte, der für solche wie sie durchaus passierbar war. Plötzlich konnte sie den Blick nicht mehr von den dreien wenden. War das möglich? O Jad-ben-Otho! Hätte sie das nur einen Moment früher gewußt! Dann

* Anmerkungen im Anhang

hätte sie sich ihnen anschließen können, als sie vorbeirannten, denn das waren ihr Vater und ihre zwei Brüder. Nun war es zu spät. Atemlos und gespannt verfolgte sie den Wettlauf. Würden sie den Gipfel erreichen? Oder würden die Kor-ul-lul sie einholen? Sie kletterten gut, aber leider zu langsam. Nun verlor einer den Halt in dem lockeren Geröll und glitt zurück! Die Kor-ul-lul stiegen immer höher - einer warf seine Keule nach dem ihm am nächsten befindlichen Flüchtling. Der Große Gott war Pan-at-lees Bruder jedoch gnädig, denn er bewirkte, daß die Keule ihr Ziel verfehlte, herabrollte, dabei immer wieder hochschnellte, ihren Besitzer schließlich umwarf und in die Schlucht hinabstürzte.

Pan-at-lee preßte die Hände fest gegen den goldenen Brustpanzer und verfolgte diesen Wettlauf mit dem Tod. Nun erreichte einer ihrer Brüder, der ältere, den Gipfel, klammerte sich dort an etwas, das sie nicht sehen konnte, und ließ sich daran herab, bis er mit dem langen Schwanz seinen Vater unter ihm erreichte. Dieser nutzte die Hilfe und streckte den eigenen Schwanz wiederum dem anderen Sohn entgegen, demjenigen, der zurückgerutscht war. So erreichten die drei über die aus ihren Körpern gebildete lebendige Leiter den Gipfel und verschwanden von der Bildfläche, ehe die Kor-ul-lul sie eingeholt hatten. Letztere gaben die Verfolgung jedoch nicht auf. Sie stürmten weiter, bis auch sie nicht mehr zu sehen waren und nur ein schwaches Geschrei zu Pan-at-lee herüberdrang, das ihr sagte, daß die Jagd andauerte.

Sie war sich im klaren, daß sie sich aus dem Staub machen mußte. Jederzeit konnte eine Jagdgruppe vorbeikommen, um die Schlucht nach kleineren Tieren zu durchkämmen, die dort auf Nahrungssuche waren oder ihr Lager hatten.

In ihrem Rücken hatte sie Es-sat und die zurückkehrende Gruppe der Kor-ul-lul, die ihre Angehörigen verfolgt hatte; vor ihr, hinter dem nächsten Felsengrat, lag Kor-ul-gryf, die Behausung gräßlicher Ungeheuer, die jedem Bewohner von Pal-ul-don Angst und Schrecken einjagten; unter ihr im Tal lag das Land der Ho-don, in dem sie nur Sklaverei oder Tod erwarteten; hier lebten die Kor-ul-lul, die alten Feinde ihres Volkes, und überall streiften wilde Tiere umher, die auf Menschenfleisch erpicht waren.

Sie überlegte jedoch nur einen Moment und wandte sich dann nach Südosten, um über die Schlucht des Wassers nach Kor-ul-gryf aufzubrechen - dort gab es wenigstens keine Menschen. Wie es heute ist, so war es auch schon zu Beginn aller Zeiten, als der primitive Vorfahre des Menschen lebte, wie er sich uns heute in den Gestalten von Pan-at-lee und ihresgleichen darstellt. Von all den Jägern, die dieser Frau nachstellten, war der Mensch der erbarmungsloseste, der schrecklichste. Deshalb zog sie seiner Bedrohung die durch den Gryf vor.

Vorsichtig weitergehend, erreichte sie auf der Seite von Kor-ul-lul den Fuß der Felsenklippe, und gegen Mittag fand sie eine verhältnismäßig leichte Aufstiegsmöglichkeit. Nach Überquerung des Felsengrats stand sie schließlich am Rand von Kor-ul-gryf - dem Schreckensort aller Legenden und Sagen ihrer Rasse. Aus der dunstigen und geheimnisvollen Vegetation unter ihr ragten gigantische Bäume und schwangen ihre Wipfel fast auf gleicher Höhe mit dem Gipfel der Felswand hin und her, und über allem herrschte unheildrohende Stille.

Sie legte sich auf den Bauch, reckte den Kopf über die Felsenkante und sah sich die Felswand unter ihr an. Hier und dort entdeckten sie Höhlen und Steinpflöcke, die die Vorfahren in mühsamer Handarbeit hergestellt hatten. Sie hatte in den abendlichen Märchenstunden ihrer Kindheit von ihnen gehört und wußte auch, daß die Gryfs aus dem Sumpfgebiet jenseits der Berge gekommen und daß die Menschen schließlich von hier geflüchtet waren, nachdem viele von ihnen diesen gräßlichen Geschöpfen in die Hände gefallen und verschlungen worden waren. Kein noch lebender Mensch wußte, wie lange diese Höhlen schon unbewohnt waren. Einige glaubten, der ewig lebende Jad-ben-Otho sei damals noch ein kleiner Junge gewesen. Pan-at-lee schauderte, aber hier waren Höhlen, und darin würden selbst die Gryfs ihr nichts anhaben können.

Sie entdeckte eine Stelle, wo die Steinpflöcke bis zum Rand der Felswand hochreichten und zweifellos von dem Stamm bei seinem Auszug dort belassen worden waren, da keine Notwendigkeit mehr bestand, die verlassenen Höhlen vor Eindringlingen zu schützen. Langsam kletterte sie zur obersten hinab. Die Nische vor dem Eingang glich aufs Haar denjenigen ihres Stammes, nur war der Boden fußhoch mit Zweigen, alten Vogelnestern und Kot bedeckt, so daß die Höhle kaum zugänglich war. Sie kletterte zu einer anderen Nische und dann noch weiter, aber alle waren so stark verunreinigt. So hatte es wohl keinen Sinn weiterzusuchen. Die erste erschien groß und bequem genug. Mit ihrem Messer machte sie sich an die Arbeit, den Unrat zu beseitigen, indem sie ihn einfach über die Felsenkante schob, wobei sie immer wieder in die schweigende Schlucht starrte, wo die gräßlichen Geschöpfe von Pal-ul-don lauerten. Aber es gab noch andere Augen, welche, die sie nicht sah, die jedoch jede ihrer Bewegungen genau verfolgten - wilde Augen, gierige Augen, schlau und grausam. Sie beobachteten sie, und eine rote Zunge fuhr über dicke, schlaffe Lippen. Sie beobachteten sie, und ein halbmenschliches Gehirn entwarf einen bestialischen Plan.

Wie in ihrem heimatlichen Kor-ul-ja waren die natürlichen Quellen der Felswand von den längst verstorbenen Bewohnern der Höhlen so bearbeitet worden, daß das Wasser, klar und frisch, wie es seit Jahrhunderten war, in der Nähe der Höhlenzugänge vorbeifloß. Die einzige Schwierigkeit würde also darin bestehen, Nahrung zu beschaffen, und dazu mußte Pan-at-lee zumindest einmal aller zwei Tage das Wagnis eingehen, zum Fuß des Felsens hinabzusteigen, denn sie war überzeugt, daß sie dort genug Früchte, eßbare Wurzeln und vielleicht auch kleine Tiere, Vögel und Nester finden würde, letztere vielleicht gar schon in den Höhlen selbst. So würde sie hier endlos lange ausharren können. Das neu gewonnene Gefühl der Sicherheit rührte zweifellos von der Unzugänglichkeit ihrer hoch oben in der Wand befindlichen Zufluchtsstätte her, denn sie wußte, daß sie dort vor den gefährlicheren Tieren sicher war, und in dieser auch vor den Menschen, da sie sich in der verrufenen Kor-ul-gryf befand.

Nun beschloß sie, ihre neue Behausung zu inspizieren. Die Sonne stand noch im Süden und beleuchtete das Innere des ersten Raums. Er glich denen, die sie kannte - die grob in die Felsenwand geschnittenen Darstellungen von Tieren und Menschen waren dieselben wie bei ihr daheim - offensichtlich hatten sich die Generationen der Waz-don, die gekommen und gegangen waren, seit die Menschen die Kor-ul-gryf verlassen hatten, nicht groß weiterentwickelt. Natürlich war Pan-at-lee solcher Gedanken gar nicht fähig, denn für sie und ihresgleichen gab es Begriffe wie Evolution und Fortschritt überhaupt nicht. Die Dinge waren so, wie sie immer gewesen waren und stets so sein würden.

Daß diese seltsamen Geschöpfe viele Zeitalter existierten, läßt sich nicht bezweifeln. Zu deutlich sind die Hinweise auf die urgeschichtliche Zeit in ihren Behausungen - tiefe Furchen, von nackten Füßen in den Felsen gegraben; Aushöhlungen an den Umrahmungen von Felsenzugängen, wo viele Arme sie im Vorübergehen berührt hatten; die endlos langen Eingravierungen, die oft die ganze Fläche eines großen Felshanges oder die Wände und Decken jeder Höhle bedecken, wobei jede von anderer Hand herrührt, denn sie stellen in gewissem Sinn das Wappen des jeweiligen Menschen dar, der sie eingeschnitten hat.

So fand Pan-at-lee diese alte Behausung sehr vertraut und behaglich. Im Inneren war weniger Unrat als draußen, zumeist waren es nur Anhäufungen von Staub. Sie hatte jedoch einen kleinen Haufen Zweige aus dem Abfall auf der Veranda aufgehoben. In kürzester Zeit hatte sie Licht erzeugt. Indem sie ein Bündel Zweige entzündete und andere an diesem Feuer ansteckte, erforschte sie die Innenräume. Auch hier konnte sie nichts entdecken, das neu oder fremd war, und außer ein paar zerborstenen Steinschüsseln auch nichts weiter, das auf die verschwundenen Bewohner gedeutet hätte. Sie hielt nach etwas Weichem Ausschau, auf das sie sich zum Schlafen niederlegen konnte, wurde jedoch enttäuscht, da die früheren Bewohner offensichtlich in aller Ruhe ausgezogen waren und alle Habseligkeiten mitgenommen hatten. Unten in der Schlucht gab es Blätter, Gras und duftende Zweige genug, doch verspürte sie kein Verlangen, in diesen furchterregenden Schlund hinabzusteigen, um ein nur kreatürliches Bedürfnis zu befriedigen - lediglich die Beschaffung von Nahrung würde sie dorthin treiben.

Als die Schatten länger wurden und die Nacht heranrückte, schickte sie sich an, eine möglichst bequeme Lagerstatt zu errichten, indem sie den Staub der Jahrhunderte zu einem kleinen Haufen zusammenschob, so daß sich zwischen ihrem Körper und dem harten Felsenboden eine weiche Zwischenschicht befand - es war besser als nichts. Sie war sehr müde, hatte sie doch zwei Nächte lange nicht geschlafen und dazwischen viele Gefahren und Anstrengungen zu bestehen gehabt. Was Wunder, daß sie trotz der behelfsmäßigen Lagerstatt sofort in den Schlaf sank, kaum daß sie sich ausgestreckt hatte.

Der Mond stieg auf, warf sein silbernes Licht auf die weiße Fläche der Felswand und minderte so die Düsternis des dunklen Waldes und der gräßlichen Schlucht, und Pan-at-lee schlief. In der Ferne brüllte ein Löwe. Dann herrschte lange Zeit Stille. Aus den oberen Bereichen der Schlucht klang ein tiefes Bellen. In den Bäumen am Fuße der Felsenwand herrschte Bewegung. Wieder das Bellen, tief und unheildrohend. Es wurde von unterhalb des verlassenen Dorfes beantwortet. Etwas ließ sich gleich unter der Höhle, in der Pan-at-lee schlief, aus den dichten Blättern eines Baumes fallen, und nach dem Sprung verweilte es im dichten Schatten. Dann bewegte es sich vorsichtig. Es näherte sich dem Fuße der Felsenwand und nahm im Mondlicht Formen und Gestalt an. Es bewegte sich wie eine Erscheinung in einem bösen Traum - langsam, träge. Es konnte ein riesiges Faultier sein, doch ebensogut ein Mensch - der Mond malt nun einmal mit einem so grotesken Pinsel - ein Meisterkubist.

Langsam bewegte sich das Wesen die Felswand hinauf - es sah aus wie eine riesige Raupe. Aber nun fuhr der Mond noch einmal mit seinem Pinsel darüber, und auf einmal hatte es Hände und Füße, damit hielt es sich an den Steinpflöcken fest und zog sich beflissen immer höher, genau auf die Höhle zu, wo Pan-at-lee schlief. Wieder ertönte Gebell aus den unteren Bereichen der Schlucht, und diesmal wurde es von einer Stelle über dem Dorf beantwortet.

Tarzan von den Affen schlug die Augen auf. Er spürte Schmerzen in seinem Kopf, aber das war zunächst alles. Einen Augenblick später lenkten groteske, auf und ab steigende Schatten seine Aufmerksamkeit auf sich. Nun entdeckte er, daß er sich in einer Höhle befand. Etwa ein Dutzend Waz-don-Krieger hockten um ihn und schwatzten. Eine grob behauene Steinpfanne mit brennendem Öl beleuchtete das Innere, und wenn die Flamme aufloderte oder zusammensank, tanzten die übertrieben großen Schatten der Krieger an den Wänden hinter ihnen.

„Wir haben ihn dir lebendig hergebracht, Gund, weil nie zuvor ein Ho-don seinesgleichen gesehen wurde“, hörte er einen von ihnen sagen. „Er hat keinen Schwanz - er wurde ohne ihn geboren, denn es ist keine Narbe zu entdecken, woraus sich hätte schließen lassen, daß ein Schwanz abgeschnitten wurde. Die Daumen und großen Zehen an seinen Händen und Füßen sind ganz anders als die der Rassen von Pal-ul-don. Er ist stärker als viele Männer zusammengenommen, und er hat uns mit der Furchtlosigkeit von Ja angegriffen. Wir haben ihn lebendig hergebracht, damit du ihn sehen kannst, ehe er getötet wird.“

Der Häuptling erhob sich und trat zu dem Affenmenschen, der die Augen wieder schloß und Bewußtlosigkeit vortäuschte. Er spürte behaarte Hände an seinem Körper, als er reichlich unsanft herumgedreht wurde. Der Gund untersuchte ihn eingehend von Kopf bis Fuß und gab einige Bemerkungen von sich, besonders hinsichtlich der Form und Größe seiner Daumen und großen Zehen.

„Damit und ohne Schwanz kann er nicht klettern", sagte er.

„Stimmt", pflichtete einer der Krieger bei. „Bestimmt würde er sogar von den Pflöcken in der Wand fallen."

„Ich habe so etwas wie den hier nie gesehen", sagte der Häuptling. „Er ist weder ein Waz-don noch ein Ho-don, und so frage ich mich, woher er kommt und wie er sich nennt."

„Die Kor-ul-ja brüllten laut 'Tarzan-jad-guru!', und wir nehmen an, daß sie diesen hier vielleicht so nennen", sagte ein Krieger. „Sollen wir ihn nun töten?"

„Nein, wir wollen warten, bis sein Leben wieder in seinen Kopf zurückkehrt und ich ihn befragen kann. Bleib du hier und paß auf ihn auf, In-tan. Wenn er wieder hören und reden kann, rufe mich."

Er wandte sich um und verließ die Höhle, gefolgt von allen anderen außer In-tan. Als sie an Tarzan vorüberkamen, hörte er Bruchstücke ihrer Unterhaltung, denen zu entnehmen war, daß die Verstärkungen der Kor-ul-ja in großer Zahl über ihren kleinen Trupp hergefallen waren und sie vertrieben hatte. Offensichtlich hatte der schnellfüßige Id-an Om-ats Krieger an diesem Tag gerettet. Der Affenmensch lächelte, dann öffnete er die Augen spaltbreit und blickte zu In-tan. Der Krieger stand am Höhleneingang und schaute hinaus - er kehrte dem Gefangenen den Rücken zu. Tarzan prüfte die Fesseln an seinen Handgelenken. Sie schienen nicht zu fest gezogen zu sein, außerdem hatten sie sie nicht auf dem Rücken zusammengebunden! Das bewies, daß die Waz-don nur selten Gefangene machten - falls überhaupt.

Vorsichtig hob er die Handgelenke, bis er sich die Schnüre genauer ansehen konnte, die sie zusammenhielten. Ein grimmiges Lächeln glitt über sein Gesicht. Sofort machte er sich an die Arbeit, die Fesseln mit seinen starken Zähnen zu lösen, wobei er jedoch stets ein wachsames Auge für In-tan, den Kor-ul-lul-Krieger, hatte. Der letzte Knoten war gelöst, und seine Hände waren frei, als dieser sich umwandte, um einen prüfenden Blick auf seinen Schutzbefohlenen zu werfen. Er sah, daß der Gefangene seine Lage verändert hatte - er lag nicht mehr auf dem Rücken wie vorhin, als sie ihn verlassen hatten, sondern auf der Seite, und hielt die Hände vors Gesicht. In-tan trat näher und beugte sich herab. Die Fesseln an den Handgelenken des Gefangenen schienen sehr locker zu sein. Er streckte die Hand aus, um sie zu betasten, im gleichen Moment schnellten Tarzans Hände aus den Fesseln - die eine packte In-tans Handgelenk, die andere seine Kehle. Der raubtierhafte Angriff kam so unerwartet, daß der Krieger nicht einmal Zeit hatte, zu schreien, da die stählernen Finger dies verhinderten. Das fremde Wesen zog ihn plötzlich nach vorn, so daß er das Gleichgewicht verlor und über den Gefangenen weg auf den Boden rollte, wo Tarzan sich auf seine Brust setzte. In-tan unternahm alles, sich zu befreien - er wollte unbedingt an sein Messer kommen, aber Tarzan fand es vor ihm. Der Schwanz des Waz-don schnellte zu dessen Kehle und umfaßte sie - er kannte den Würgegriff ebenfalls, doch In-tans Messer in der Hand seines Feindes trennte das geliebte Körperglied dicht am Steiß ab.

Der Widerstand des Waz-don wurde schwächer - ein Schleier hing vor seinen Augen. Er ahnte, daß er sterben würde. Einen Augenblick später war er tot. Tarzan erhob sich und setzte einen Fuß auf die Brust des getöteten Gegners. Es drängte ihn, den Siegesruf seiner Gattung in die Welt hinauszuschreien. Aber er unterdrückte den Impuls. Er entdeckte, daß sie ihm das Seil nicht abgenommen hatten, das an seiner Schulter hing, und auch sein Messer wieder in die Scheide gesteckt hatten. Als er fiel, hatte er es in der Hand gehalten. Seltsame Geschöpfe! Er konnte nicht wissen, daß sie vor den Waffen eines toten Gegners eine abergläubische Furcht hatten und glaubten, wenn sie ihn ohne diese begrüben, so werde er seine Mörder auf der Suche danach bis ans Ende ihrer Tage heimsuchen und, sofern er sie fand, damit den Mann töten, der ihn ermordet hatte. An der Wand lehnten sein Bogen und der Köcher mit Pfeilen.

Er ging zum Höhlenausgang und blickte hinaus. Die Nacht war schon hereingebrochen. Aus den Höhlen in seiner Nähe konnte er Stimmen hören, außerdem stieg ihm der Duft zubereiteten Essens in die Nase. Er blickte hinab und spürte eine große Erleichterung. Die Höhle, in der man ihn verwahrt hatte, befand sich in der untersten Reihe - kaum dreißig Fuß über dem Sockel der Felsenwand. Er war im Begriff, sofort hinabzusteigen, als ihm ein Gedanke kam, der ihm ein Grinsen entlockte - ein Gedanke, der auf dem Namen beruhte, den die Waz-don ihm gegeben hatten: Tarzan-jad-guru - Tarzan der Schreckliche, und eine Erinnerung an die Tage stieg auf, an denen er sich damit vergnügt hatte, in jenem fernen Dschungel seiner Geburt die Schwarzen zu foppen. Er ging wieder in die Höhle zurück, wo der tote In-tan lag. Mit dem Messer trennte er ihm den Kopf ab, trug ihn zur Außenkante der Verandanische und stieß ihn in die Schlucht hinunter, dann stieg er in einer Art und Weise, die die Kor-ul-lul verblüfft hätte, da sie ja überzeugt waren, daß er nicht klettern konnte, schnell und lautlos die aus Pflöcken bestehende Leiter hinab.

Unten hob er den Kopf des Kriegers auf und verschwand im Schatten der Bäume, wobei er die grausige Jagdbeute am schwarzen Haarschopf trug. Sie finden es schrecklich? Dann beurteilen Sie jedoch ein wildes Tier nach den Normen der Zivilisation. Sie mögen einem Löwen einige Tricks beibringen - er bleibt dennoch ein Löwe. Tarzan sah in einem Tuxedo sehr vorteilhaft aus, aber er war noch immer ein Tarmangani, und unter seinem plissierten Hemd schlug ein wildes, ungestümes Herz.

Noch fehlte es seinem wahnwitzigen Vorhaben an Methode. Er wußte, wie ergrimmt die Kor-ul-lul sein würden, wenn sie entdeckten, was er sich da geleistet hatte, und er wußte auch, daß ihre Wut einen Beigeschmack von Furcht hatte, und es war die Furcht vor ihm, die ihn zum Herren vieler Dschungel gemacht hatte - man erringt die Achtung von Mördern nicht mit Bonbons.

Unter dem Dorf kehrte Tarzan zum Fuß der Felswand zurück und suchte nach einer Stelle, wo er zum Felsengrat und somit zum Dorf von Om-at, dem Kor-ul-ja, aufsteigen konnte. Er gelangte schließlich an einen Fleck, wo der Fluß so dicht an der Felsenwand vorbeiströmte, daß er gezwungen war, ihn schwimmend zu überqueren, um auf der anderen Seite nach einem Weg zu suchen, und hier entdeckte sein scharfer Geruchssinn eine vertraute Spur. Es war die Witterung von Pan-at-lee an der Stelle, wo sie aus dem Teich gestiegen und in die Sicherheit des Dschungels geflüchtet war.

Sofort änderte er seine Pläne. Sie lebte, zumindest war sie noch am Leben gewesen, nachdem sie von der Felswand gesprungen war. Um Om-ats, seines Freundes willen hatte er sich auf die Suche nach ihr gemacht, und seinetwegen würde er jetzt den Weg weitergehen, auf den er durch Zufall gestoßen war. Er führte ihn in den Dschungel, durch die Schlucht und dann dorthin, wo Pan-at-lee den Aufstieg auf der gegenüberliegenden Felsklippe begonnen hatte. Hier ließ Tarzan den Kopf von In-tan zurück, indem er ihn an den unteren Zweig eines Baumes band, denn er wußte, daß er ihn bei seinem Aufstieg an der Steilwand behindern würde. Wie ein Affe kletterte er hoch, wobei er nur der Witterung von Pan-at-lee folgte. Jenseits des Gipfels und auf dem Felsengrat lag die Spur für ihn, der er im Dschungel aufgezogen worden war und über einen scharfen Geruchssinn verfügte, so deutlich vor ihm wie in einem aufgeschlagenen Buch.

Er hatte nicht die geringste Ahnung von der Kor-ul-gryf. Zwar hatte er im dunklen Schatten der Nacht seltsame, ungeheuerliche Gestalten gesehen, und Ta-den und Om-at hatten von riesigen Kreaturen gesprochen, denen alle Menschen Furcht entgegenbrachten, doch war er allerorten, bei Tag und bei Nacht, Gefahren begegnet. Seit seiner Kindheit war ihm der grimmige Tod vertraut. Er wußte wenig von irgendwelchen anderen Wesen. Der Gefahr ins Auge zu sehen war Teil seines Lebens, und er lebte dieses Leben so unbekümmert und natürlich, wie auch wir ein von den Gefahren überfüllter Straßen geprägtes Leben führen. Der Schwarze, der nachts durch den Dschungel streift, fürchtet sich, denn er ist seit seiner Kindheit stets von vielen seiner Stammesgenossen umgeben und besonders nachts durch jene groben Hilfsmittel geschützt, die seinen Kräften entsprechen. Tarzan jedoch hatte das Leben des Löwen, des Panthers, des Elefanten und des Affen geführt - er war ein echtes Produkt des Dschungels, das sich einzig und allein auf seine Gewandtheit und seinen Verstand verließ und sich in einsamer Auseinandersetzung mit der Schöpfung befand. Deshalb überraschte ihn nichts, er fürchtete nichts und wanderte so unberührt und unbesorgt durch die seltsame Nacht, wie der Bauer vor Einbruch der Dunkelheit der Kuhweide zustrebt.

Abermals endete Pan-at-lees Spur am Rande einer Felswand. Diesmal deutete jedoch nichts darauf hin, daß sie hinabgesprungen war, und nach kurzem Suchen entdeckte er die Steinpflöcke, über die sie abgestiegen war. Als er sich auf den Bauch legte und über den Rand der Felsenwand blickte, um die Pflöcke genauer zu untersuchen, wurde seine Aufmerksamkeit plötzlich durch etwas am Fuße der Steilwand abgelenkt. Er konnte nicht feststellen, was es war, aber er sah, daß es sich bewegte, und daß es langsam heraufgestiegen kam, wobei es sich offensichtlich ebensolcher Pflöcke bediente, wie sie direkt unter ihm in der Wand steckten. Er beobachtete es gespannt, wie es immer höher kam, bis er seine Gestalt deutlicher erkennen konnte und zu der Ansicht gelangte, es erinnere in seinen Umrissen eher an einen großen Affen als an ein

Wesen niederer Art. Es verfügte über einen Schwanz, wenngleich es in anderer Hinsicht doch kein richtiger Affe zu sein schien.

Langsam kletterte es zu der oberen Reihe von Höhlen empor und verschwand in einer davon. Tarzan nahm die Spur von Pan-at-lee wieder auf, folgte ihr an den Steinpflöcken abwärts zur nächsten Höhle und dann weiter die obere Reihe entlang. Er runzelte erstaunt die Stirn, als er sah, in welche Richtung ihn dies führte, und beschleunigte sein Tempo. Fast war er schon an der dritten Höhle angelangt, als ein durchdringender Angstschrei in der Kor-ul-gryf ein weithin hallendes Echo weckte.

Der Tor-o-don

Pan-at-lee schlief - es war der unruhige Schlaf physischer und nervöser Erschöpfung, erfüllt von schrecklichen Traumbildern. Sie träumte, sie schlafe unter einem großen Baum auf der Sohle von Kor-ul-gryf, und eines der fürchterlichen Tiere stahl sich an sie heran, sie aber konnte die Augen nicht aufschlagen oder sich bewegen. Sie versuchte zu schreien, aber kein Laut kam über ihre Lippen. Sie fühlte, wie das Wesen ihren Hals, ihre Brust, ihren Arm berührte, dann packte es sie und schien sie an sich zu ziehen. Mit übermenschlicher Willensanstrengung schlug sie die Augen auf. Sie war überzeugt, daß sie träumte, und daß diese Traumgesichte schnell von ihr weichen würde - es war ihr zuvor oft schon so ergangen. Doch es wich nicht. Im trüben Lichtschein, der in den dunklen Raum drang, erblickte sie eine Gestalt neben sich, sie spürte behaarte Finger an ihrem Körper und eine behaarte Brust, an die sie gezogen wurde. Jad-ben-Otho! Das war kein Traum. Nun schrie sie und versuchte, das Wesen von sich zu stoßen, doch ihr Schrei wurde nur durch ein tiefes Brummen beantwortet, und eine andere behaarte Hand packte sie bei den Haaren. Das Tier richtete sich nun auf den Hinterbeinen auf und zog sie aus der Höhle in die vom Mondlicht überflutete Nische, und im gleichen Augenblick sah sie eine Gestalt über der Außenkante der Nische auftauchen, die sie für einen Ho-don hielt.

Die Bestie, die sie gepackt hielt, sah ihn gleichfalls, brummte ihn drohend an, ließ jedoch Pan-at-lees Haare nicht los. Sie duckte sich wie in Erwartung eines Angriffs, ihr Brummen nahm an Stärke und Häufigkeit zu, bis die schrecklichen Laute durch die ganze Schlucht hallten und sogar das tiefe Bellen der Tiere unter ihnen übertönten, deren mächtige Donnerlaute bei dem plötzlichen Tumult in der hoch oben gelegenen Höhle erneut losgebrochen waren. Das Tier, das sie hielt, duckte sich, und das andere Wesen, das ihm entgegentrat, duckte sich gleichfalls und brummte ebenso gräßlich. Pan-at-lee zitterte. Das war kein Ho-don, und obwohl sie diese schon genug fürchtete, hatte sie dennoch mehr Angst vor diesem Geschöpft, das sich wie eine Raubkatze duckte und so gräßlich brummte. Sie war verloren - daran war nicht zu zweifeln. Möglicherweise würden diese zwei Wesen um sie kämpfen, und welches auch immer den Sieg davontrug - sie war verloren. Aber vielleicht konnte sie während des Kampfes, sofern es dazu kam, eine Gelegenheit finden, sich in die Kor-ul-gryf zu stürzen.

Inzwischen hatte sie das Wesen, das sie festhielt, als ein Tor-o-don erkannt, aber das andere Geschöpf konnte sie nicht einordnen, wenngleich sie es im Mondlicht sehr gut sehen konnte. Es besaß keinen Schwanz. Sie konnte seine Hände und Füße sehen, und das waren nicht die der Rassen von Pal-ul-don. Langsam näherte es sich dem Tor-o-don, in der einen Hand ein blitzendes Messer. Nun sagte es etwas, und zu Pan-at-lees Ängsten gesellte sich noch maßlose Verblüffung.

„Wenn es dich losläßt, und das wird gleich der Fall sein, weil es sich verteidigen will, dann spring schnell hinter mich, Pan-at-lee, und klettere zu der Höhle, die den Pflöcken am nächsten liegt, an denen du vom Gipfel der Felsenwand abgestiegen bist. Sieh von dort aus zu. Sollte ich besiegt werden, hast du Zeit genug, diesem langsamen Geschöpf zu entrinnen. Wenn nicht, werde ich dann zu dir kommen. Ich bin Om-ats Freund und auch der deine."

Bei diesen letzten Worten wich Pan-at-lees Angst ein wenig, doch sie verstand nicht. Woher kannte dieses seltsame Wesen ihren Namen? Woher wußte es, daß sie über die Pflöcke zu einer bestimmten Höhle gelangt war? Demnach mußte es schon hier gewesen sein, als sie herkam. Alles war ihr ein Rätsel.

„Wer bist du, und woher kommst du?" fragte sie.

„Ich bin Tarzan und komme geradewegs von Om-at, dem Gund von Kor-ul-ja, um dich zu suchen."

Om-at Gund von Kor-ul-ja? Was für Unsinn war das? Sie hätte ihn gern noch weiter ausgefragt, doch jetzt ging er auf den Tor-o-don zu, und dieser schrie und brummte so laut, daß er ihre Stimme übertönte. Dann tat er jedoch genau das, was das fremde Wesen vorhergesagt hatte - er ließ ihr Haar los, um zum Angriff vorzugehen. In dem engen Raum war nicht genug Platz für große Eröffnungen. Im Nu hatten sich die zwei in tödlicher Umklammerung umfaßt, wobei jeder die Kehle des anderen suchte. Pan-at-lee verfolgte das Geschehen, ohne die Gelegenheit zur Flucht zu nutzen, die das Handgemenge ihr lieferte. Sie schaute zu und wartete, denn in ihrem wilden, kleinen Gehirn war der Entschluß gereift, ihr Vertrauen auf dieses seltsame Wesen zu setzen, welches durch die vier Worte „Ich bin Om-ats Freund!" zu ihrem Herzen Zugang gefunden hatte. Und so wartete sie, das Messer einsatzbereit, auf die Gelegenheit, auch einen Anteil bei der Überwältigung des Tor-o-don zu leisten. Sie war absolut überzeugt, daß der Ankömmling dies nicht ohne fremde Hilfe tun konnte, denn sie kannte die Gewandtheit des tierähnlichen Menschen, mit dem er sich angelegt hatte. Es gab nicht viele davon in Pal-ul-don, doch die wenigen, die vorhanden waren, flößten den Frauen der Waz-don und Ho-don ungeheuren Schrecken ein, denn die alten Tor-o-don-Bullen durchstreiften zwischen den Brunstzeiten die Berge und Täler von Pal-ul-don, und wehe den Frauen, die ihnen in die Wege kamen.

Der Tor-o-don trachtete, Tarzan mit seinem Schwanz am Fußgelenk zu packen, und als ihm dies gelang, brachte er ihn zu Fall. Die beiden schlugen schwer hin, indes war der Affenmensch so gewandt und seine Muskeln so kraftvoll, daß er ihn im Fallen unter sich drücken konnte, so daß er auf ihn fiel, und nun suchte der Schwanz, der ihn zu Boden geworfen hatte, seine Kehle, wie der von In-tan die des Kor-ul-lul gesucht hatte. Im Bemühen, den Körper seines Gegners beim Sturz umzudrehen, hatte Tarzan das Messer fallen lassen müssen, um den behaarten Körper mit beiden Händen zu packen, und nun lag die Waffe außerhalb seiner Reichweite an der Kante der Nische. Seine Hände waren im Augenblick voll beschäftigt, die krallenden Finger abzuwehren, die ihn packen und seine Kehle in Reichweite der beeindruckenden Fangzähne seines Gegners bringen wollten, und nun suchte der Schwanz mit geradezu beeindruckender Hartnäckigkeit, den todbringenden Griff anzubringen.

Pan-at-lee wartete atemlos mit gezücktem Dolch, aber es gab keine Situation, wo sie Tarzan nicht gleichfalls gefährdet hätte, da die beiden Kämpfer ständig ihre Lage veränderten. Tarzan spürte, wie sich der Schwanz langsam, aber sicher um seinen Hals legte, obwohl er seinen Kopf tief zwischen die Schultern gezogen hatte im Bemühen, die verwundbare Stelle zu schützen. Das Kriegsglück schien sich gegen ihn zu wenden, denn das riesige Tier, gegen das er jetzt stritt, hätte sich hinsichtlich des Gewichts und seiner Stärke durchaus mit Bolgani, dem Gorilla, messen können. In Erkenntnis dessen gelang es ihm mit übermenschlicher Anstrengung, die riesigen Hände weit von sich zu stoßen, und mit der Geschwindigkeit einer zustoßenden Schlange grub er seine Zähne in die Schlagader des Tor-o-don. Im gleichen Moment schlang sich der Schwanz des Ungeheuers um seine Kehle, und dann begann ein erbitterter Kampf sich drehender und umher rollender Körper, wobei jeder trachtete, den unheilbringenden Griff des anderen zu lösen. Doch die Kampfweise des Affenmenschen wurde von einem menschlichen Gehirn gelenkt, und so kam es, daß die sich umklammernden Körper in die Richtung rollten, die er anstrebte - an den Rand der Felsennische.

Der würgende Schwanz verwehrte seinen Lungen die Luft, er wußte, daß sein Mund weit geöffnet war und die Zunge herausragte, und nun schwindelte ihm allmählich, trat ein Schleier vor seine Augen, doch da erreichte er sein Ziel. Seine Hand packte das Messer, das nun in seiner Reichweite lag, während die zwei Körper gefährlich am Rand der Schlucht hin und her rollten.

Mit aller ihm verbliebenen Kraft stieß er mehrfach zu -einmal, zweimal, dreimal, dann wurde ihm schwarz vor Augen, und er spürte schon, wie er, noch immer in der Umklammerung des Tor-o-don, von der Felsennische glitt.

Zu seinem Glück war Pan-at-lee seinem Wunsch nicht gefolgt, die Gelegenheit zur Flucht zu nutzen, während er den Tor-o-don ablenkte, denn dieser Tatsache verdankte er sein Leben. Da sie sich in den entscheidenden Phasen dicht bei den Kämpfenden befand, erkannte sie sehr genau die Gefahr, die Tarzan drohte. Sie sah, in welche Not er geraten war, und als die beiden zur Außenkante der Nische rollten, packte sie ihn beim Fußgelenk und warf sich gleichzeitig flach auf den felsigen Boden. Tor-o-dons Muskeln erschlafften, als der letzte Messerstoß ihm den Tod brachte, und da er den Affenmenschen nun losließ, verschwand der Tor-o-don über der Felsenkante aus ihrem Blickfeld.

Mit unendlicher Mühe konnte Pan-at-lee ihren Beschützer am Fußgelenk festhalten, dann versuchte sie, den Leblosen langsam in die Sicherheit der Nische zurückzuziehen. Dies überstieg jedoch ihre Kräfte, sie konnte ihn nur weiter festhalten und hoffen, ihr werde noch etwas einfallen, ehe ihre Ausdauer nachließ. Sie fragte sich, ob er nach allem nicht bereits tot war, wollte jedoch nicht daran glauben. Wenn er nicht tot war, wie lange würde es wohl dauern, ehe er das Bewußtsein wiedererlangte? Wenn nicht bald, dann nie, das wußte sie, denn sie spürte, wie ihre Finger unter der Anstrengung gefühllos wurden und ihr Griff sich ganz langsam löste. In dem Moment kam Tarzan wieder zur Besinnung. Er konnte nicht wissen, was ihn da festhielt, aber er spürte deutlich: Was immer es war, es löste langsam den Griff um sein Fußgelenk. Zwei Pflöcke befanden sich in seiner Reichweite, und er packte sie in demselben Augenblick, als Pan-at-lee ihn nicht mehr halten konnte und losließ.

Fast wäre er dennoch in die Schlucht hinabgestürzt - nur seine großen Körperkräfte retteten ihn. Er hing nun senkrecht, und seine Füße hatten auf anderen Pflöcken Halt gefunden. Sein erster Gedanke galt seinem Gegner. Wo war er? Wartete er über ihm, um ihm den Garaus zu machen? Er blickte genau in dem Moment hinauf, als Pan-at-lees entsetztes Gesicht über der Felsenkante auftauchte.

„Du lebst?“ fragte sie.

„So ist es“, antwortete er. „Und wo ist das struppige Untier?“

„Dort.“ Sie wies in die Schlucht hinunter. „Es ist tot.“

„Sehr gut!“ rief der Affenmensch und kletterte zu ihr hoch. „Bist du unversehrt?“ fragte er.

„Du bist genau zur rechten Zeit gekommen“, antwortete sie. „Aber wer bist du, woher wußtest du, daß ich hier war, was weißt du über Om-at, woher kommst du, und was meintest du, als du Om-at als Gund bezeichnetest?“

„Warte, warte, alles schön der Reihe nach“, erwiderte er. „Weiß Gott, ihr Frauen seid doch alle gleich - die von Kerchak, die Damen in England und ihre Schwestern von Pal-ul-don. Gedulde dich, und ich werde versuchen, all deine Fragen zu beantworten. Vier von uns brachen mit Om-at aus Kor-ul-ja auf, um dich zu suchen. Wir wurden von den Kor-ul-lul angegriffen und getrennt. Sie nahmen mich gefangen, aber ich konnte entkommen. Da traf ich wieder auf deine Spur, folgte ihr und erreichte diese Felsenklippe genau in dem Moment, als das behaarte Untier zu dir hinaufkletterte. Ich wollte gerade die Gegend erkunden, da hörte ich dich schreien - das übrige weißt du.“

„Aber du hast Om-at als Gund von Kor-ul-ja bezeichnet. Es-sat ist doch Gund“, wandte sie ein.

„Der ist tot. Om-at hat ihn getötet, und nun ist er Gund“, erklärte der Affenmensch. „Er kam zurück, suchte nach dir, fand Es-sat in eurer Höhle vor und tötete ihn.“

„Das stimmt, Es-sat kam zu mir, aber ich konnte ihn mit meinem goldenen Brustpanzer niederschlagen und entkommen.“

„Dann hat eine Löwe dich verfolgt, und du bist von der Felsenklippe in die Kor-ul-lul gesprungen, aber warum du dabei nicht umgekommen bist, ist mir ein Rätsel.“

„Gibt es überhaupt etwas, was dir ein Rätsel ist?“ rief Pan-at-lee. „Wieso weißt du von dem Löwen und daß ich von der Felsenwand gesprungen bin, nicht jedoch, daß es die Stelle mit dem tiefen Wasser war, die mich rettete?"

„Das hätte ich bestimmt auch noch herausgefunden, wären nicht die Kor-ul-lul gekommen und hätten mich gehindert, deine Spur weiter zu verfolgen. Jetzt möchte ich dir aber eine Frage stellen - welchen Namen hat das Wesen, gegen das ich soeben gekämpft habe?"

„Das war ein Tor-o-don", antwortete sie. „Ich habe vorher nur einmal einen gesehen. Sie sind schreckliche Kreaturen, schlau wie ein Mensch und wild wie ein Tier. Das muß wirklich ein großer Krieger sein, der so etwas im Zweikampf besiegt." Sie musterte ihn mit unverhohlener Bewunderung.

„Aber jetzt mußt du schlafen, denn morgen kehren wir zur Kor-ul-ja und Om-at zurück, und ich bezweifle, daß du in den letzten zwei Nächten viel hast schlafen können."

Sie sank friedlich in tiefen Schlummer, eingelullt durch das Gefühl, in Sicherheit zu sein, und schlief bis in den Morgen, während Tarzan sich auf dem harten Boden der Nische gleich vor der Höhle ausgestreckt hatte.

Die Sonne stand schon hoch am Himmel, als er erwachte. Seit zwei Stunden hatte sie schon auf eine andere heldenhafte Gestalt meilenweit entfernt von ihnen herabgeblickt - die Gestalt eines gottähnlichen Menschen, der sich einen Weg durch die tückischen Sümpfe bahnte, die Pal-ul-don wie ein morastiger Graben umgaben und vor den Geschöpfen der Außenwelt schützten. Bald bis zur Hüfte in zäh haftendem Morast, bald von gräßlichen Reptilien bedroht, kam dieser Mann lediglich dank herkulischer Anstrengungen voran, wobei er sich auf dem gewundenen Pfad nur immer Zoll für Zoll vorwärtsbewegen konnte, aber es gab sonst keinen anderen Weg, der ihm nur einigermaßen Sicherheit geboten hätte. In der Mitte des Sumpfgebietes befand sich eine offene Wasserfläche - es war schleimiges, grünliches Wasser. Nach mehr als zwei Stunden übermenschlicher Anstrengung, die jeden anderen Menschen völlig ausgelaugt und im zähhaftenden Morast hätte versinken lassen, langte er dort an, dennoch hatte er damit noch nicht einmal die Hälfte der Strecke durch das Moor zurückgelegt. Seine glatte, braune Haut war schmierig vom Schlick und Schlamm, und das galt auch für seine geliebte Enfield, die in den ersten Strahlen der aufsteigenden Sonne so hell geblinkt hatte.

Er hielt einen Augenblick am Rand der offenen Wasserfläche inne und stürzte sich dann hinein, um sie zu überqueren. Seine langen, kräftigen Schwimmzüge waren weniger auf Geschwindigkeit denn auf Ausdauer ausgerichtet. Schließlich kam es bei seinem Vordringen in erster Linie auf letztere an, da ihm jenseits der Wasserfläche weitere zwei Stunden ungeheurer Anstrengung bevorstanden, wenn nicht gar noch längere Zeit, ehe er festen Boden erreichte. Er hatte vielleicht die Hälfte der zu schwimmenden Strecke zurückgelegt und beglückwünschte sich schon, diesen Teil seines Vorhabens so erfolgreich bewältigt zu haben, als direkt auf seiner Bahn plötzlich ein gräßliches Reptil aus der Tiefe tauchte und mit weit aufgerissenem Rachen und scharfem Zischen auf ihn zuschoß.

Tarzan erhob sich, streckte sich und sog tief die frische Morgenluft ein. Sein scharfer Blick schweifte über die wunderschöne Landschaft, die vor ihm lag. Direkt unter ihnen befand sich die Kor-ul-gryf, ein dichtes, grünes Meer sanft wogender Baumwipfel. Für ihn war dies keine grimmige, abweisende Welt - es war Dschungel, sein geliebter Dschungel. Rechts von ihm breitete sich das weite Panorama der unteren Bereiche des Tales von Jad-ben-Otho mit sich windenden Flüssen und blauen Seen. Verstreute Ansammlungen von Behausungen schimmerten weiß im Sonnenlicht - es waren die feudalen Festungen der niederen Häuptlingskaste von Ho-don. A-lur, die Stadt des Lichts, lag hinter dem Vorsprung der Felsenklippe verborgen, wo sich das verlassene Dorf befand, und war von hier aus nicht zu sehen.

Einen Augenblick lang ließ er sich völlig von dieser Schönheit gefangennehmen, die nur ein menschliches Hirn zu erfassen vermag, sodann machte sich die Natur und das wilde Tier in ihm bemerkbar, denn es verkündete laut, daß er hungrig sei. Abermals blickte er auf die Kor-ul-gryf. Dort war der Dschungel! Gab es einen Dschungel, der ihn nicht ernähren konnte? Er lächelte und begann mit dem Abstieg in die Schlucht. Lauerten dort Gefahren? Aber gewiß. Wer wußte das besser als er? In allen Dschungeln lauerte der Tod, denn Tod und Leben waren unzertrennlich, und wo das Leben sich in mannigfacher Art darstellt, hält der Tod die reichste Ernte. Noch war Tarzan keinem Geschöpf des Dschungels begegnet, dem er nicht überlegen gewesen war - manchmal nur auf Grund tierischer Stärke, dann wieder durch die vereinte Wirkung von Körperkraft und menschlichem Scharfsinn. Indes war er noch nie einem Gryf begegnet.

Er hatte am Vorabend das Bellen in der Schlucht gehört, nachdem er sich schlafen gelegt hatte, und wollte Pan-at-lee am Morgen fragen, was das für ein Tier sei, das den Schlummer Höherstehender derart störte. Am Fuße der Felsenklippe angelangt, drang er in den Dschungel, hielt kurz inne, blickte mit scharfen Augen um sich und lauschte angespannt, wobei er mit seinem empfindsamen Geruchssinn jede vorüberstreifende Luftströmung auf die Witterung von Wild überprüfte. Dann drang er tiefer in den Wald ein, wobei er möglichst lautlos auftrat und Pfeile und Bogen schußbereit hielt. Ein leichter Morgenwind wehte die Schlucht herauf, und in die Richtung lenkte er seine Schritte. Viele Witterungen umgaben ihn. Einige davon konnte er mühelos einordnen, aber andere waren seltsam - es waren die jener Tiere und Vögel, Bäume, Sträucher und Blumen, die ihm unbekannt waren. Er erfaßte die schwache Witterung von Reptilien, und er hatte gelernt, sie mit den seltsamen Gestalten zu verbinden, die er seit seinem Aufenthalt in Pal-ul-don mehrfach nachts verschwommen und massig hatte aufragen sehen.

Dann erkannte er plötzlich sehr deutlich die starke, liebliche Witterung von Bara, dem Reh. Könnte der Bauch Freudenschreie von sich geben, so hätte der Tarzans gewiß einen ausgestoßen, denn er schätzte Rehfleisch sehr. Schnell, doch wachsam drang er vorwärts. Die Beute war gar nicht weit entfernt, und um sich besser heranzupirschen, schwang er sich lautlos in die Bäume. Dabei hatte er dennoch immer die schwache Reptilienwitterung in der Nase, die von einer riesigen Kreatur kündete, wie er sie noch nie gesehen hatte außer als etwas dunkleren Schatten unter den anderem der Nacht. Die Witterung war jedoch so schwach, daß sie dem im Dschungel Aufgewachsenen das Gefühl vermittelte, sich in absolut sicherer Entfernung von dem Verursacher zu befinden.

Sich geräuschlos vorarbeitend, sah er das Reh sehr bald an einem kleinen Teich stehen, wo der Fluß, der die Kor-ul-gryf bewässerte, im Dschungel über eine offene Fläche strömte. Das Wild befand sich jedoch zu weit vom nächsten Baum entfernt, als daß er aus den Wipfeln einen Angriff wagen konnte, deshalb mußte sich der Affenmensch auf die Genauigkeit und Durchschlagskraft seines ersten Pfeiles verlassen, der das Reh auf der Stelle töten mußte, oder Reh sowie Pfeil waren für immer verloren. Weit zurück glitt sein rechter Arm, und der Bogen, den unsereins niemals hätte biegen können, krümmte sich leicht unter den Muskeln des Waldgottes. Ein singendes Surren folgte, das Reh tat einen Luftsprung, fiel schwer zu Boden, und ein Pfeil ragte aus seinem Herzen. Tarzan ließ sich aus dem Baumwipfel fallen und rannte zu dem erlegten Tier, damit es nicht womöglich noch einmal aufsprang und flüchtete, aber Bara war mausetot. Als Tarzan sich bückte, um es sich auf die Schulter zu legen, drang ein donnerndes Gebell an seine Ohren, das nachgerade von einer Stelle neben seinem rechten Ellenbogen herzukommen schien, und als er in Richtung dieses Gebrülls blickte, trat plötzlich ein Geschöpf jener Art in sein Blickfeld, wie sie nach Ansicht der Paläontologen möglicherweise in den unendlich weit zurückliegenden ersten Epochen unserer Erde gelebt haben, ein gigantisches Wesen, das ihn nun, bebend in tollwütigendem Zorn, bellend angriff.

Als Pan-at-lee erwachte, schaute sie in die Felsennische, des Glaubens, Tarzan dort vorzufinden. Er war nicht da. Sie sprang auf, stürzte hinaus und blickte in die Kor-ul-gryf, da sie vermutete, er sei auf der Suche nach Nahrung hinabgestiegen. Da sah sie ihn auch im Wald verschwinden. Einen Augenblick war sie vor Angst wie gelähmt. Sie wußte, daß er in Pal-ul-don fremd war, also die Gefahren nicht kannte, die in dieser Schlucht des Schreckens auf ihn lauern mochten. Warum rief sie ihm nicht zu, er möge zurückkehren? Unsereins hätte dergleichen wohl getan, nicht jedoch ein Bewohner von Pal-ul-don, denn sie kennen die Verhaltensweise des Gryf - sein schwaches Sehvermögen und die scharfen Ohren, und beim Klang einer menschlichen Stimme war er sofort zur Stelle. Hätte sie Tarzan gerufen, so hätte sie ein großes Unglück heraufbeschworen. Also unterließ sie es. Statt dessen stieg sie trotz ihrer Ängste in die Schlucht hinunter, um Tarzan einzuholen und im Flüsterton vor der Gefahr zu warnen. Es war ein tapferes Vorgehen, denn sie unternahm es ungeachtet der ihr von zahllosen Generationen vererbten Furcht vor Kreaturen, mit deren Begegnung sie rechnen mußte. Menschen sind für geringere Tapferkeit ausgezeichnet worden.

Sie entstammte selbst einer langen Linie von Jägern und ahnte, daß Tarzan gegen den Wind vordringen werde, deshalb suchte sie auch in dieser Richtung nach seiner Spur. Sie entdeckte sie auch ohne Mühe, da er keine Anstrengung unternommen hatte, sie zu verwischen. Schnell bewegte sie sich voran, bis sie zu dem Punkt kam, wo Tarzan sich in die Bäume geschwungen hatte. Natürlich sah sie dies sofort, da auch ihre Angehörigen teilweise in den Bäumen lebten, doch konnte sie seiner Spur nicht durch die Baumwipfel folgen, da sie über kein so gut entwickeltes Witterungsvermögen verfügte.

Sie konnte nur hoffen, daß er sich weiterhin gegen den Wind vorwärtsbewegt hatte, und folgte ihm in dieser Richtung, wobei ihr Herz hämmerte und ihre Augen bald in die eine Richtung starrten, bald in die andere. Am Saum einer Lichtung angelangt, erblickte sie Tarzan bei einem toten Reh, gleichzeitig ertönte fast unmittelbar neben ihr ein ohrenbetäubendes Gebrüll. Es jagte ihr panischen Schrecken ein, lähmte sie jedoch nicht vor Angst, sondern spornte sie vielmehr zu sofortiger Aktion an mit dem Ergebnis, daß sie in die höchsten Zweigen des ihr am nächsten stehenden Baumes kletterte, die sie gerade noch tragen konnten. Von dort blickte sie nach unten.

Das Wesen, das Tarzan auf sich zustürmen sah, als das warnende Bellen ihn hatte überrascht aufblicken lassen, ragte furchteinflößend vor ihm auf - riesig und ehrfurchtgebietend, doch es schreckte ihn nicht, sondern machte ihn wütend, denn er sah ein, daß es selbst seine Kräfte überstieg, sich mit ihm anzulegen. Das bedeutete, daß er dadurch vielleicht seiner Jagdbeute verlustig ging, und er war hungrig. Es gab jedoch nur zwei Möglichkeiten. Entweder er blieb und wurde zermalmt, oder er trat die Flucht an - auf der Stelle und so schnell wie möglich. Und das tat er, doch nahm er das tote Reh mit. Er hatte nicht mehr als ein Dutzend Schritte Vorsprung, andererseits war der nächste Baum auch nicht weiter entfernt. Seines Erachtens lag die größte Gefahr in der riesigen Größe des ihn verfolgenden Monstrums, denn selbst wenn er den Baum erreichte, mußte er in unglaublich kurzer Zeit ganz hoch klettern, da dieses Wesen, wenn ihn der Eindruck nicht trog, sehr leicht hinauflangen und ihn von jedem Zweig unter dreißig Fuß über Grund abpflücken konnte, vielleicht auch von den bis zu fünfzig Fuß hohen, falls es sich auf die Hinterbeine stellte.

Aber Tarzan war alles andere als saumselig, und obwohl der Gryf trotz seiner massigen Gestalt unglaublich schnell war, konnte er es doch nicht mit ihm aufnehmen, und wenn es ums Klettern ging, wurde Tarzan sogar von den kleinen Affen beneidet. So kam es, daß der bellende Gryf verdattert am Fuße des Baumes anhielt, und als er hinauflangte und seine Beute zwischen den Zweigen zu packen suchte, wie Tarzan vermutet hatte, mißlang ihm dies ebenfalls. Tarzan wartete, da sah er Pan-at-lee zitternd und mit weit aufgerissenen Augen über ihm sitzen.

„Wie kommst du hierher?“ fragte er.

Sie erklärte es ihm.

„Du wolltest mich warnen?“ sagte er. „Das war sehr tapfer und selbstlos von dir. Ich ärgere mich, daß ich so überrumpelt wurde. Das Ungeheuer kam aus der Richtung, aus der der Wind wehte, und dennoch habe ich nichts von ihm gespürt, bis es auch schon angriff. Das kann ich nicht verstehen.“

„Das ist gar nicht so verwunderlich“, sagte Pan-at-lee. „Es gehört zu den Eigentümlichkeiten des Gryf, man sagt, daß der Mensch nie etwas von seiner Gegenwart spürt, bis das Ungeheuer schon über ihm ist - so schnell bewegt es sich trotz seiner riesigen Größe.“

„Aber ich hätte ihn doch wittern müssen“, erwiderte Tarzan verdrossen.

„Wittern?“ rief Pan-at-lee. „Ihn wittern?“

„Und ob. Was glaubst du, warum ich dieses Reh so schnell gefunden habe? Und ich habe auch den Gryf gewittert, aber ganz schwach wie auf große Entfernung.“ Er verstummte plötzlich, blickte auf das bellende Untier unter ihnen hinab, und seine Nasenflügel bebten, als suche er nach einer Witterung. „Aha, jetzt weiß ich es!“ rief er.

„Was?“ fragte Pan-at-lee.

„Ich habe mich täuschen lassen, weil diese Kreatur praktisch keine Witterung ausstrahlt“, erklärte er ihr. „Was ich gerochen habe, war jener schwache Geruch, der zweifellos den ganzen Dschungel erfüllt, weil sich viele dieser Geschöpfe schon seit langem darin aufhalten - es ist die Art Witterung, die lange bleibt, so schwach sie auch ist.

Hast du je etwas von einem Triceratops gehört? Nein? Nun, dieses Wesen, das du einen Gryf nennst, ist ein solcher, und er ist seit Hunderttausenden von Jahren ausgestorben. Ich habe sein Skelett in einem Museum in London gesehen und auch eine rekonstruierte Darstellung. Bisher glaubte ich immer, die Wissenschaftler, die dieses Werk vollbrachten, hätten sich in erster Linie von einer überdurchschnittlich entwickelten Vorstellungskraft leiten lassen, doch jetzt sehe ich, daß ich mich geirrt habe. Dieses Lebewesen ist zwar kein genaues Ebenbild jener Rekonstruktion, die ich gesehen habe, aber es ähnelt ihr in so hohem Maße, daß man es leicht erkennt. Außerdem müssen wir daran denken, daß die Evolution während der langen Zeit, die verstrichen ist, seit die von den Paläontologen rekonsturierte Gattung auf der Erde umherspazierte, viele Veränderungen in der Lebenslinie bewirkte, die in Pal-ul-don ganz offensichtlich andauerte."

„Triceratops, London, Palä... Ich weiß nicht, wovon du redest", sagte Pan-at-lee.

Tarzan lächelte und warf der erbosten Kreatur unter ihnen ein Stück Holz ins Gesicht. Im Nu richtete sich der riesige, knochige Kamm in ihrem Genick auf, und ein tollwütiges Bellen stieg aus ihrem gigantischen Schlund. Die Schulterhöhe dieses Wesens betrug volle zwanzig Fuß, seine Haut war schmutzig-schieferblau bis auf das gelbe Gesicht, die dunkelblauen Augenringe, den dunkelroten Kamm mit den gelben Linien und den gelben Bauch. Die drei parallel über den Rücken verlaufenden knorpligen Wülste verliehen dem Körper einen weiteren Farbton. Die der Linie des Rückgrats folgenden waren rot, die an den Flanken gelb. Die fünf- und dreizehigen Hufe des alten, mit Hörnern ausgestatteten Dinosauriers waren bei dem Gryf zu Krallen geworden, doch die drei Hörner, zwei große über den Augen und ein mittleres auf der Nase, waren über die Jahrtausende weitergegeben worden. So unheimlich und furchteinflößend seine Erscheinung war, Tarzan mußte diese mächtige Kreatur bewundern, die da unter ihm aufragte und mit ihrer Länge von fünfundvierzig Fuß in majestätischer Weise jene Eigenschaften verkörperte, die der Affenmensch sein ganzes Leben bewundert hatte - Mut und Stärke. Allein in dem massigen Schwanz steckte die Kraft eines Elefanten.

Die kleinen, bösen Augen blickten zu ihm, dann öffnete sich der gehörnte Schnabel und ließ eine vollständige Reihe kräftiger Zähne erkennen.

„Ein Pflanzenfresser", murmelte der Affenmensch. „Zumindest waren das deine Vorfahren, du bist jedoch keiner." Und an Pan-at-lee gewandt, fügte er hinzu: „Laß uns jetzt gehen. In der Höhle essen wir von dem Rehfleisch, danach kehren wir zur Kor-ul-ja und zu Om-at zurück."

Das Mädchen erschauderte. „Gehen? Wir kommen niemals von hier weg."

„Warum nicht?" fragte Tarzan.

Statt zu antworten, wies sie auf den Gryf.

„Unsinn!" erwiderte der Affenmensch. „Der kann nicht klettern.

Über die Baumwipfel erreichen wir die Felsenklippe, und dann sind wir in der Höhle, ehe er dahinter kommt, was aus uns geworden ist."

„Du kennst den Gryf nicht", erwiderte Pan-at-lee düster. „Wohin wir auch gehen, er wird uns folgen und stets an jedem Baum bereitstehen, wo wir absteigen wollen. Er wird nie von uns lassen."

„Wenn nötig, können wir lange Zeit auf den Bäumen ausharren, und einmal wird das Untier doch verschwinden", erwiderte Tarzan.

Das Mädchen schüttelte den Kopf. „Niemals, und dann gibt es noch die Tor-o-don. Sie werden kommen und uns töten, und nachdem sie ein wenig von uns gegessen haben, werden sie den Rest dem Gryf vorwerfen - denn er und sie sind Freunde, weil die Tor-o-don ihre Nahrung mit ihm teilen."

„Du magst recht haben, aber selbst wenn es so wäre, gedenke ich nicht, auf jemanden zu warten, der zufällig hier vorbeikommt, einen Teil von mir aufißt und den Rest diesem Untier da unten zuwirft", entgegnete Tarzan. „Falls ich nicht heil und ganzbeinig von hier wegkomme, soll es nicht meine Schuld sein. Komm jetzt mit, wir wollen es zumindest versuchen." Damit bewegte er sich durch die Baumwipfel von dieser Stelle weg, dichtauf gefolgt von Pan-at-lee. Doch auf der Erde unter ihnen wanderte der gehörnte Dinosaurier mit, und als sie den Waldrand erreichten und vor sich fünfzig Yards offenes Gelände hatten, das sie überqueren mußten, um zum Fuß der Felsenklippe zu gelangen, war auch er bei ihnen und wartete unten am Baum.

Tarzan blickte bekümmert hinunter und kratzte sich am Kopf.

Dann blickte er zu Pan-at-lee hinauf. „Kannst du die Schlucht über die Baumwipfel ganz schnell durchqueren?“ erkundigte er sich.

„Allein?“ fragte sie.

„Nein“, erwiderte er.

„Ich kann dir überallhin folgen“, sagte sie daraufhin.

„Auch hinüber und wieder zurück?“

„Ja.“

„Dann komm und tu genau das, was ich sage.“ Er schwang sich durch die Bäume wieder zurück und schnellte sich nach Affenart von Zweig zu Zweig, wobei er mit scharfem Blick auf die Beschwernisse des Pfades unter ihnen einen Zickzackkurs aussuchte. Dadurch lenkte er die Schritte des Untiers unter ihnen dorthin, wo das Unterholz besonders dicht stand und umgestürzte Bäume den Weg versperrten. Aber alles nützte nichts. Als sie wieder auf der anderen Seite der Schlucht waren, war auch der Gryf dort angelangt.

„Wieder zurück“, sagte Tarzan, machte kehrt und folgte dem Weg durch die oberen Baumwipfel des alten Waldes von Kor-ul-gryf zu ihrem Ausgangspunkt zurück. Doch das Ergebnis war dasselbe, nein, nicht ganz, es war schlimmer, denn ein anderer Gryf hatte sich dem ersten angeschlossen, und nun warteten zwei unter dem Baum, auf dem sie anhielten.

Die über ihnen hoch aufragende Felsenwand mit den unzähligen Höhlenöffnungen schien ihnen zuzuwinken und sie zu hänseln. Sie war zum Greifen nahe, dennoch klaffte eine Ewigkeit zwischen ihnen und ihr. Der Kadaver des Tor-o-don lag an ihrem Fuß, wo er aufgeschlagen war. Die zwei im Baum konnten ihn deutlich sehen. Einer der Gryfs stampfte hinüber und beschnupperte ihn ausgiebig, traf aber keine Anstalten, ihn zu verschlingen. Tarzan hatte ihn genauer untersucht, als er am Morgen vorbeigekommen war, und vermutete, daß er entweder eine sehr hohe Gattung von Affen oder eine sehr niedrige des Menschen verkörperte - vielleicht eine Art Verwandten des Javamenschen, jedenfalls ein echteres Beispiel des Pithekanthropus, als Ho-don oder Waz-don darstellten. Möglicherweise war er ein Vorläufer der beiden. Während er müßige Blicke über die Szene unter ihnen schweifen ließ, arbeitete er im Geist fieberhaft an einem Plan, um Pan-at-lees Flucht aus der Schlucht zu ermöglichen. Seine

Überlegungen wurden durch einen seltsamen Schrei von weiter oben in der Schlucht unterbrochen.

„Whiii-oo! Whiii-oo!“ tönte es und kam näher.

Die Gryfs unten hoben die Köpfe und blickten in die Richtung der Störung. Einer von ihnen gab einen tiefen brummelnden Laut von sich. Es war kein Bellen und klang auch nicht zornig. Sofort antwortete ein „Whiii-oo!“. Die Gryfs wiederholten das Gebrumm, und abermals erfolgte ein „Whiii-oo!“, es war schon ganz nahe.

Tarzan blickte Pan-at-lee an. „Was ist das?“ fragte er.

„Ich weiß nicht“, antwortete sie. „Vielleicht ein seltsamer Vogel, ein weiteres gräßliches Tier, das an diesem Schreckensort lebt.“

„Aha, da ist es! Sieh hin!“ rief Tarzan.

Pan-at-lee stieß einen verzweifelten Schrei aus. „Ein Tor-o-don!“

Das Geschöpf ging aufrecht, trug einen Stock in der Hand und kam in einer langsamen, holpernden Gangart näher. Es ging direkt auf die Gryfs zu, die zur Seite wichen, als hätten sie Angst. Tarzan beobachtete sie gespannt. Der Tor-o-don befand sich nun ganz nahe bei einem der beiden. Dieser warf den Kopf herum und schnappte tückisch nach ihm. Sofort war der Tor-o-don bei ihm und begann, das riesige Tier mit dem Stock ins Gesicht zu schlagen. Zum Erstaunen des Menschen duckte sich der Gryf, der den vergleichsweise kleinen Tor-o-don im Nu auf jede mögliche Weise hätte zermalmen können, wie ein geprügelter Hund.

„Whiii-oo! Whiii-oo!“ brüllte der Tor-o-don, und der Gryf stampfte zu ihm. Ein Schlag auf das Mittelhorn brachte ihn zum Stehen. Nun ging der Tor-o-don nach hinten, packte ihn am Schwanz und setzte sich rittlings auf den mächtigen Rücken. „Whiii-oo!“ rief er und trieb das Tier mit der Spitze seines Stockes zum Laufen an. Der Gryf setzte sich in Bewegung.

Tarzan wurde von der Szene unter ihnen so gefesselt, daß er überhaupt nicht mehr an die Flucht dachte, denn er wurde sich bewußt, daß die Zeit für ihn und Pan-at-lee in diesen kurzen Augenblicken um unzählige Epochen zurückgedreht und vor ihren Augen eine Seite aus allerfernster Vergangenheit aufgeschlagen worden war. Beide hatten den ersten Menschen und seine primitiven Lasttiere beobachtet.

Nun blieb der Gryf, auf dem der Reiter thronte, stehen und blickte bellend zu ihnen hoch. Das Tier wollte seinen Herrn auf ihre Anwesenheit aufmerksam machen. Sofort lenkte der Tor-o-don den Gryf dicht unter den Baum, auf dem sie hockten, und stellte sich schnell auf dessen schwieligen Rücken. Tarzan sah das bestialische Gesicht, die großen Eckzähne und die mächtigen Muskeln. Den Lenden dieses Wesens war die menschliche Rasse entsprungen - nur von ihm konnte sie abstammen, weil nur jemand wie seinesgleichen die schrecklichen Gefahren seines Zeitalters überlebt haben konnte.

Der Tor-o-don hämmerte sich auf die Brust und knurrte furchteinflößend - abstoßend, rauh, tierisch. Tarzan erhob sich auf dem schwankenden Zweig zu voller Größe, aufrecht und prächtig anzusehen wie ein Halbgott, nicht verdorben vom Makel der Zivilisation, vollkommenes Beispiel dessen, was die menschliche Rasse sein könnte, hätten die Gesetze des Menschen nicht denen der Natur entgegengewirkt.

Die Gegenwart setzte einen Pfeil auf die Sehne und zog den Schaft zurück. Die Vergangenheit gründete ihren Anspruch auf tierische Kräfte, versuchte, den anderen zu erreichen und ihn herabzuziehen: aber da drang der Pfeil tief in ihr wildes Herz, und sie sank in jene Vergessenheit zurück, von der ihresgleichen beansprucht wurde.

„Tarzan-jad-guru!" murmelte Pan-at-lee und gab ihm im Überschwang ihrer Bewunderung unbewußt denselben Namen, mit dem die Krieger ihres Stammes ihn ausgestattet hatten.

Der Affenmensch wandte sich an sie und sagte: „Pan-at-lee, diese Untiere können uns endlos auf diesem Baum festhalten. Ich bezweifle, daß es uns gelingt, gemeinsam von hier wegzukommen, doch ich habe einen Plan. Du bleibst hier und versteckst dich im Blattwerk, während ich wieder die Schlucht überquere, und zwar so, daß sie mich sehen, und durch Geschrei ihre Aufmerksamkeit errege. Wenn sie nicht mehr Verstand haben, als ich annehme, werden sie mir folgen. Sind sie weg, dann eilst du zur Felsenwand. Warte in der Höhle nicht länger auf mich als bis heute abend. Komme ich nicht, dann mußt du mit der Morgensonne allein nach Kor-ul-ja aufbrechen. Hier ist eine Rehkeule für dich." Er hatte einen der Hinterläufe des Rehs abgetrennt und reichte ihn hoch.

„Ich kann dich nicht verlassen", sagte sie schlicht. „Es liegt nicht in der Art meines Volkes, einen Freund und Verbündeten im Stich zu lassen. Om-at würde es mir nie verzeihen."

„Dann sage ihm, daß ich es dir befohlen hatte", erwiderte sie.

„Es ist ein Befehl?" fragte sie.

„Jawohl! Auf Wiedersehen, Pan-at-lee. Eile zurück zu Om-at - du bist die richtige Gefährtin für den Häuptling von Kor-ul-ja.“ Er machte sich durch die Baumwipfel langsam auf den Weg.

„Auf Wiedersehen, Tarzan-jad-guru!“ rief sie ihm nach. „Mein Om-at und seine Pan-at-lee sind glücklich zu schätzen, einen solchen Freund zu besitzen.“

Laut schreiend setzte Tarzan seinen Weg fort, und die großen Gryfs folgten ihm unten, durch seine Stimme angelockt. Ihre List schien zu glücken, und er freute sich außerordentlich, während er die Untiere durch sein Gebell immer weiter von Pan-at-lee wegführte. Er hoffte, sie werde die Gelegenheit zur Flucht nutzen, die er ihr verschafft hatte. Gleichzeitig erfüllte ihn Besorgnis, ob es ihr wohl gelingen werde, den Gefahren zu trotzen, die zwischen Kor-ul-gryf und Kor-ul-ja lauerten. Da waren die Löwen, die Tor-o-dons und der feindselige Stamm von Kor-ul-lul, die ihr Vorwärtskommen behindern konnten, wenngleich die Entfernung zur Felsenklippe ihres Volkes nicht allzu groß war.

Er wußte, daß sie tapfer war, und hegte keinen Zweifel, daß sie über den Einfallsreichtum aller primitiven Menschen verfügen mußte, die Tag für Tag mit dem Naturgesetz konfrontiert wurden, wonach nur der Tüchtigste überlebte, ohne daß ihnen die zahllosen künstlichen Schutzmittel zur Verfügung standen, mit der die Zivilisation ihre Brut von Schwächlingen ausgestattet hatte.

Während der Durchquerung der Schlucht versuchte Tarzan mehrmals seine Verfolger zu überlisten, doch stets vergeblich. So viele Haken er auch schlug -er konnte sie nicht abschütteln, und wann immer er die Richtung änderte, taten sie es ihm nach. Er forschte am Waldsaum auf der südöstlichen Seite der Schlucht nach einer Stelle, an der die Bäume einen erklimmbaren Abschnitt der Felsenklippe berührten, aber obwohl er die Schlucht in beiden Richtungen danach absuchte, konnte er keine solche leichte Fluchtmöglichkeit ausfindig machen. Langsam fing er an, seine Lage als aussichtslos zu erachten, und nun wurde ihm auch völlig klar, warum die Rassen von Pal-ul-don die Kor-ul-gryf seit vielen Menschenaltern nahezu religiös verehrten.

Die Nacht brach herein, und obwohl er seit dem frühen Morgen unentwegt nach einem Ausweg aus dieser Sackgasse gesucht hatte, war er der Freiheit nicht näher als zu dem Zeitpunkt, als er, über das erlegte Reh gebeugt, das erste Bellen des Gryf vernommen hatte. Doch mit Einbruch der Nacht schöpfte er neue Hoffnung, denn ähnlich den großen Raubkatzen war er mehr oder weniger ein Nachttier. Gewiß, er konnte nachts nicht so gut sehen wie sie, aber dieser Mangel wurde in hohem Maße durch sein scharfes Witterungsvermögen und die anderen hoch entwickelten Sinnesorgane ausgeglichen. Wie der Blinde die Buchstaben der Blindenschrift mit feinfühligen Fingern deutet, so las Tarzan das Buch des Dschungels mit Händen, Füßen, Augen, Ohren und seiner Nase. Jedes dieser Organe leistete seinen Teil zur schnellen und präzisen Übertragung des Textes.

Doch abermals wurden seine Bemühungen durch einen wesentlichen Mangel zum Scheitern verurteilt - er kannte den Gryf nicht, und noch ehe die Nacht vorüber war, fragte er sich, ob diese Wesen denn niemals schliefen, denn wohin er sich auch immer wandte, sie verfolgten ihn unbeirrt und verwehrten ihm den Weg in die Freiheit. Schließlich gab er kurz vor der Morgendämmerung jegliche Bemühungen auf und suchte in einer geeigneten Astgabel in der mittleren Höhe der Baumwipfel Sicherheit und ein wenig Ruhe.

Abermals stand die Sonne schon hoch, als er ausgeruht und munter erwachte. Empfindsam für die Notwendigkeiten des Augenblicks, unternahm er nichts, um den Standort seiner Kerkermeister zu lokalisieren. Er wollte sie nicht auf seine Bewegungen aufmerksam machen. Vielmehr war er bestrebt, lautlos und behutsam ins Blattwerk der Bäume zu tauchen. Doch schon seine erste Bewegung löste unter ihm ein tiefes Bellen aus.

Zu den zahlreichen Feinheiten der Zivilisation, die Tarzan sich nicht hatte aneignen können, gehörte auch das Fluchen, und vielleicht war das zu bedauern, weil es Umstände gibt, bei denen es zumindest ein Hilfsmittel ist, Emotionen abzubauen. Durchaus möglich, daß Tarzan tatsächlich zu gotteslästerlichen Handlungen Zuflucht genommen hätte, gäbe es neben verbalem auch physisches Fluchen, denn kaum hatte ihm das Bellen gezeigt, daß seine Hoffnungen abermals zunichtegemacht wurden, wandte er sich schnell um, sah die gräßliche Fratze des Gryf unter sich, riß vom nächsten Zweig eine große Frucht ab und schleuderte sie mit aller Kraft auf die gehörnte Schnauze. Das Geschoß traf das Untier genau zwischen die Augen und rief eine Reaktion hervor, die den Affenmenschen in höchstem Maße verblüffte. Statt in rachsüchtige Raserei zu verfallen, wie er erwartet und gehofft hatte, schnappte es tückisch nach der Frucht, als sie von seinem Schädel absprang, wandte sich sodann verdrossen ab und stampfte einige Schritte weg.

Etwas in seinem Verhalten erinnerte Tarzan sofort an die Handlungsweise des Tor-o-don tagszuvor, als er eine dieser Kreaturen mit seinem Stock ins Gesicht schlug, und sofort entwarf sein listenreiches Gehirn einen Plan, wie er sich aus dieser ausweglosen Situation befreien könne, der selbst den Mutigsten hätte erbleichen lassen.

Unter den Geschöpfen der Wildnis ist der Spieltrieb nicht sonderlich ausgeprägt. Die Erfordernisse des täglichen Lebens bieten genügend Anreiz für eine angenehme Erregung ihrer Nervenzentren. Vielmehr blieb es dem zivilisierten Menschen, der gegen die natürlichen Gefahren seiner Existenz in hohem Maße geschützt ist, vorbehalten, künstliche Reizmittel in Form von Spielkarten, Würfeln und dem Roulette zu ersinnen. Macht es sich jedoch erforderlich, so gibt es keine größeren Spieler als die wilden Bewohner des Dschungels, des Waldes und der Berge, denn ebenso leichtfertig, wie mancher die Elfenbeinwürfel über das grüne Tuch rollen läßt, spielen sie mit dem Tod, und ihr Leben ist der Einsatz.

Genau so würde er jetzt spielen und die scheinbar verworrenen Schlußfolgerungen seines klugen Verstands gegen all die Beweise tierischer Wildheit setzen, die die Erfahrung ihn bei seinen Gegnern hatte erkennen lassen - auch gegen die jahrtausendealte Überlieferung und die Legenden, die über unzählige Generationen weitergegeben und ihm durch Pan-at-lees Mund vermittelt worden waren.

Dennoch lächelte er, als er sich auf das größte Spiel vorbereitete, das der Mensch im Leben wagen kann. Auch war in seinem Verhalten nichts von Hast, Aufregung oder Nervosität zu erkennen.

Zunächst schnitt er mit dem Messer einen langen, geraden Ast von dem Baum ab, der an seiner Wurzel etwa zwei Zoll dick war, und entfernte die kleineren Zweige, so daß er einen etwa zehn Fuß langen Stock ergab. Er spitzte ihn am dünneren Ende zu. Nachdem dieser zu seiner Zufriedenheit gelungen war, blickte er auf die Triceratops hinab und rief:

„Whiii-oo!“

Sofort hoben die Tiere die Köpfe und blickte zu ihm auf. Der eine davon gab ein leises, tiefes Brummen von sich.

„Whiii-oo!“ wiederholte Tarzan und warf ihnen die Reste des Rehs zu.

fielen sie mit viel Gebell darüber her, wobei der eine versuchte, das Fleisch zu packen und dem anderen zu entreißen. Dieser bekam es jedoch auch zu fassen, und einen Augenblick später hatten sie den Kadaver zerrissen und gierig verschlungen. Abermals blickten sie zu dem Affenmenschen auf, und diesmal sahen sie ihn zum Boden herabsteigen.

Einer von ihnen kam auf ihn zu. Abermals wiederholte Tarzan den unheimlichen Schrei des Tor-o-don. Der Gryf blieb wie angewurzelt stehen, offensichtlich verwirrt, während Tarzan leichtfüßig zu Boden glitt und auf das ihm am nächsten befindliche Tier zuging, den Stock drohend erhoben und noch immer den Ruf des Urmenschen auf den Lippen.

Wie würde die Antwort klingen, würde es das tiefe Brummeln des Lasttiers sein oder das gräßliche Gebell des Menschenfressers? Von der Beantwortung dieser Frage hing sein weiteres Schicksal ab.

Pan-at-lee lauschte gespannt auf den Lärm der sich entfernenden Gryfs, die Tarzan listig von ihr weglockte, und als sie sicher war, daß sie weit genug weg waren, um ihr einen gefahrlosen Rückzug zu ermöglichen, ließ sie sich schnell aus den Zweigen zu Boden fallen, eilte wie ein verängstigtes Reh über die offene Fläche zum Fuß der Felsenklippe, stieg über den toten Tor-o-don weg, der sie abends zuvor angegriffen hatte, und kletterte schnell über die altertümlichen Steinpflöcke des verlassenen Felsendorfes nach oben. In der Öffnung der Höhle gleich neben der anderen, die sie bezogen hatte, entfachte sie ein Feuer und garte die Rehkeule, die Tarzan ihr mitgegeben hatte, dann stillte sie ihren Durst mit dem Wasser aus einem der Rinnsale, die über die Felswand rieselten.

Sie wartete den ganzen Tag und hörte bald in der Ferne, manchmal auch etwas näher das Gebell der Gryfs, die das seltsame Wesen verfolgten, das auf so erstaunliche Weise in ihr Leben getreten war. Sie empfand ihm gegenüber dieselbe absolute, fast fanatische Loyalität, die schon viele andere Tarzan von den Affen entgegengebracht hatten. Ob Mensch oder Tier - sie fühlten sich durch Bande zu ihm hingezogen, die fester als Stahl waren, sowohl diejenigen, die von lauterer Gesinnung und mutig waren, als auch die Schwachen und Hilflosen. Niemals konnte Tarzan unter seinen Bewunderern jedoch Feiglinge entdecken, Undankbare oder Schurken. Bei diesen, seien es Menschen, seien es Tiere, löste er Furcht und Haß aus.

Für Pan-at-lee verkörperte er alles, was tapfer, edel und heldenmütig war, außerdem war er Om-ats Freund - der Freund des Mannes, den sie liebte. Aus beiden Gründen hätte sie ihr Leben für Tarzan gegeben, denn so groß ist die Loyalität schlichter Kinder der Natur. Der Zivilisation blieb es überlassen, uns zum Abwägen des relativen Wertes von Loyalität und ihrer Antithese zu bringen. Die Loyalität der Primitiven ist spontan, rückhaltlos und uneigennützig, und das galt auch für jene, die Pan-at-lee dem Tarmangani entgegenbrachte.

So wartete sie den ganzen Tag und die Nacht in der Hoffnung, daß er zurückkehren würde, damit sie ihn zu Om-at geleiten konnte, denn die Erfahrung hatte sie gelehrt, daß zwei angesichts einer Gefahr eine bessere Chance hatten als einer. Aber Tarzan-jad-guru kam nicht, und so machte sie sich am folgenden Morgen auf den Rückweg nach Kor-ul-ja.

Sie kannte die Gefahren, dennoch sah sie ihnen mit der unbeirrbaren Gleichgültigkeit ihrer Rasse entgegen. Wenn sie ihnen direkt ins Auge blicken mußte und ihr Leben bedroht war, würde sie Gelegenheit genug haben, Furcht, Aufregung oder Zuversicht zu empfinden. Für den Augenblick war es unnötig, Nervenkraft zu vergeuden, indem sie ständig auf die Gefahr wartete. Sie bewegte sich deshalb nicht weniger unbekümmert durch das wilde Land, wie unsereins vielleicht zu einem Stand an der Ecke geht, um sich Eis mit Früchten zu kaufen. Aber ihr Leben und das unsere sind grundverschieden, und wenn Sie dies hier lesen, sitzt Pan-at-lee vielleicht am Rand der Nische von Om-ats Höhle, während die Ja und Jato unten in der Schlucht und auf dem Berggrat über ihr brüllen und die Kor-ul-lul ihr von Süden und die Ho-don vom Tal des Jad-ben-Otho weit unter ihr drohen, denn Pan-at-lee lebt noch und strählt ihr seidiges, pechschwarzes Fell im tropischen Mondschein, der über Pal-ul-don liegt.

Sie sollte Kor-ul-ja jedoch an diesem Tag noch nicht erreichen, auch nicht am nächsten oder viele Tage danach, obwohl die Gefahr, die ihr drohte, weder von den feindlichen Waz-don noch von wilden Tieren ausging.

Sie langte ohne Zwischenfälle an der Kor-ul-lul an, und nachdem sie die felsige Südwand herabgestiegen war, ohne die geringste Spur der Erbfeinde ihres Volkes zu entdecken, schöpfte sie erneut Hoffnung, die fast an Zuversicht grenzte, daß sie ihr Abenteuer glücklich hinter sich bringen und sehr bald schon zu ihrem Volk und zu jenem Menschen zurückkehren würde, den sie so viele lange, ermüdende Monde nicht gesehen hatte.

Sie hatte die Schlucht fast durchquert und bewegte sich ungeachtet ihrer Zuversicht äußerst vorsichtig weiter, denn Wachsamkeit ist ein instinktiver Charakterzug des Primitiven, etwas, das keinen Augenblick außer acht gelassen werden kann, wenn man überleben will. So gelangte sie zu dem Pfad, der den Windungen der Kor-ul-lul von ihren obersten Abschnitten bis hinunter in das breite und fruchtbare Tal des Jad-ben-Otho folgte.

Und als sie ihn betrat, erhob sich aus den Büschen, die ihn beiderseits säumten, eine ganze Schar von großen, weißen Ho-don-Kriegern, als hätten sie sich aus der dünnen Luft gelöst und Gestalt angenommen. Wie ein verängstigtes Reh warf sie einen einzigen erschrockenen Blick auf die Gestalten, die ihre Freiheit bedrohten und sprang schnell auf die Büsche zu im Bemühen, den Feinden zu entrinnen, doch sie waren ihr zu dicht auf den Fersen. Sie schlossen sie von allen Seiten ein. Da zog sie ihr Messer und wandte sich ihnen zu, als hätte sich das verängstigte Reh durch die Flammen der Furcht und des Hasses in eine wütende Raubkatze verwandelt. Die Ho-don versuchten nicht, sie zu töten, wollten sie nur zu Boden zwingen und gefangen nehmen, deshalb bekamen mehr als ein einziger ihrer Krieger die scharfe Klinge zu spüren, ehe es ihnen gelang, sie zu überwältigen. Doch selbst als sie das Messer ihr entrissen hatten, wehrte sie sich weiter, schlug um sich, biß und kratzte, so daß sie ihr die Hände fesseln und ihr ein Stück Holz zwischen die Zähne stecken mußten, das sie mit Schnüren an ihrem Hinterkopf festbanden.

Zunächst weigerte sie sich zu gehen, als sie in Richtung des Tales abmarschieren wollten, doch nachdem zwei von ihnen sie bei den Haaren gepackt und einige Yards lang gezogen hatten, ließ sie ihren ursprünglichen Entschluß fallen und ging mit ihnen, obwohl noch immer so weit Widerstand leistend, wie ihre gefesselten Hände und der Knebel es zuließen.

In der Nähe des Eingangs zur Kor-ul-lul trafen sie auf eine andere Gruppe ihrer Krieger, die einige Waz-don-Gefangene vom Stamm der Kor-ul-lul mit sich führten. Der Trupp war von einer Ho-don-Stadt im Tal aufgebrochen, um Sklaven zu beschaffen. Pan-at-lee sah dies sofort, denn dergleichen kam häufig vor. Solange sie lebte, war der Stamm, dem sie angehörte, glücklich oder wohl auch mächtig genug gewesen, die meisten solcher Überfälle erfolgreich zurückzuschlagen, doch hatte sie von Freunden und Verwandten gehört, die durch die Ho-don in die Sklaverei verschleppt worden waren. Sie kannte jedoch auch einen anderen Umstand, der ihr ebenso Hoffnung verlieh wie vielleicht jedem anderen Gefangenen - daß sie gelegentlich auch aus den Städten der unbehaarten Weißen hatten fliehen können.

Als sie sich der anderen Gruppe angeschlossen hatten, setzte der ganze Trupp seinen Marsch ins Tal fort, und bald erfuhr Pan-at-lee aus den Gesprächen ihrer Häscher, daß sie nach A-lur, der Stadt des Lichts, gebracht werden sollte, während Om-at, Häuptling der Kor-ul-ja, in der Höhle seiner Vorväter den Verlust sowohl seiner Freunde als auch jener Frau beklagte, die seine Gefährtin werden sollte.

A-lur

Als das zischende Reptil auf den Fremden herabstieß, der etwa in der Mitte des Sumpfgebietes an der Grenze von Pal-ul-don im offenen Wasser schwamm, war er überzeugt, dies sei das sinnlose Ende einer mühseligen und gefahrvollen Reise. Es erschien ihm gleichermaßen sinnlos, sein winziges Messer gegen dieses gräßliche Geschöpf einzusetzen. Wäre er an Land angegriffen worden, so hätte er als letztes Hilfsmittel vielleicht seine Enfield gebrauchen können, nachdem er diese vielen beschwerlichen, von Gefahren erfüllten Meilen zurückgelegt hatte, ohne sie ein einziges Mal zu benutzen, obwohl sein Leben bei Begegnungen mit den wilden Bewohnern des Waldes, des Dschungels und der Steppe mehrfach an einem seidenen Faden gehangen hatte. Was immer es sein mochte, wofür er diese kostbare Munition aufgespart hatte, es bedeutete ihm offensichtlich mehr als sein Leben, denn bislang hatte er keine einzige Patrone verschossen, und auch jetzt wurde ihm dies nicht abverlangt, da es schlichtweg unmöglich war, das Gewehr beim Schwimmen vom Rücken zu ziehen, zu laden und mit der notwendigen Genauigkeit zu schießen.

Obwohl seine Überlebenschancen höchst gering zu sein schienen und fast keinerlei Hoffnung bestand, war er dennoch fest entschlossen, sich nicht kampflos zu ergeben. Vielmehr zog er doch sein Messer und erwartete den Angriff des Reptils. Es unterschied sich von jedem Lebewesen, das er je zuvor gesehen hatte, obwohl es in gewisser Hinsicht mehr einem Krokodil ähnelte als sonstigem Getier, mit dem er vertraut war.

Als dieser furchteinflößende Überlebende einer längst ausgestorbenen Gattung mit aufgerissenem Rachen auf ihn zukam, erkannte der Mensch, wie nutzlos es war, sich dem tollwütigen Ansturm zu stellen oder zu versuchen, den dicken Schuppenpanzer mit seinem kleinen Messer zu durchstoßen. Die Kreatur befand sich jetzt fast bei ihm, und welche Verteidigungsmittel er auch wählen wollte, er mußte sich schnell entscheiden. Zum sofortigen Tod schien es nur eine Alternative zu geben, und diese ergriff er fast im gleichen Augenblick, als das große Reptil dicht über ihm aufragte.

Mit der Schnelligkeit eines Seehunds tauchte er kopfüber unter den heranrauschenden Körper, drehte sich auf den Rücken und stieß das Messer im gleichen Augenblick in die weiche, kalte Haut des schleimigen Bauches, als der Vortrieb das heranbrausenden Reptils schnell über ihn hinwegstrudelte. Danach schwamm er mit kraftvollen Zügen unter der Oberfläche einige Yards davon, ehe er auftauchte. Ein kurze Blick zeigte ihm das schwer verwundete Ungeheuer, wie es ganz von Sinnen vor Schmerz und Wut auf dem Wasser hinter ihm hin und her fuhr. Es wand sich offensichtlich in Todesqualen, denn es unternahm keine Anstrengungen, ihn zu verfolgen, und so erreichte er unter dem schrillen Geschrei des sterbenden Reptils schließlich das andere Ufer der offenen Wasserfläche, um wieder die nahezu übermenschliche Bürde auf sich zu laden, die letzte Strecke zäh haftenden Schlammes zu durchqueren, die ihn vom soliden Boden Pal-ul-dons trennte.

Er brauchte noch gute zwei Stunden, um seinen nunmehr ermatteten Körper durch den zähen, stinkenden Morast zu schleppen, bis er sich schließlich, mit Schlamm bedeckt und völlig erschöpft, auf das weiche Gras des Ufers ziehen konnte. Etwa einhundert Yards entfernt mündete ein Strom in das Sumpfgebiet, der sich von den fernen Bergen einen gewundenen Weg hierher gebahnt hatte. Dorthin ging der Mann nach kurzer Ruhepause, suchte sich eine stille Bucht, nahm ein Bad und wusch Schlamm und Schlick von seinen Waffen, Kleidungstücken und dem Lendenschurz. Dann benötigte er eine weitere Stunde, um seine Enfield unter den heißen Sonnenstrahlen abzuwischen, zu polieren und zu ölen, obwohl das ihm hier zur Trocknung verfügbare Mittel in erster Linie aus dürrem Gras bestand. So war es Nachmittag, ehe er mit Befriedigung feststellte, daß seine kostbare Waffe von jeglichem Schmutz befreit und wieder völlig trocken und einsatzbereit war. Nun erhob er sich und nahm die Suche nach der Spur wieder auf, der er bis zum gegenüberliegenden Rand des Sumpfgebietes gefolgt war.

Würde er sie wiederfinden, nachdem sie ihn bis zum jenseitigen Ufer des Sumpfes geführt hatte und dort selbst für sein geübtes Auge spurlos verschwunden war? Fand er sie auf dieser Seite des fast unüberwindbaren Moores nicht wieder, so mußte er damit rechnen, daß seine lange Reise mit einem Mißerfolg enden würde. So suchte er den Rand der trügerischen Wasserfläche in beiden Richtungen nach Anzeichen einer Spur ab, die unsereins überhaupt nicht gesehen hätte, selbst wenn wir ihrem Verursacher nachgerade hinterdrein getappt wären.

Während Tarzan auf die Gryfs zuging, ahmte er das Verhalten und die Bewegungen des Tor-o-don so genau nach, wie er sie in Erinnerung hatte, aber als er dann dicht neben einer der riesigen Kreaturen stand, wurde ihm bewußt, daß sein Schicksal noch immer an einem Faden hing, denn dieses Wesen reagierte überhaupt nicht, weder durch Drohgebärden noch in anderer Weise. Es stand nur da und glotzte ihn mit kalten Reptilienaugen an. Da hob Tarzan den Stock und versetzte ihm mit einem drohenden „Whiii-oo!“ einen heftigen Schlag auf die Schnauze.

Das Untier schnappte plötzlich nach ihm, erreichte ihn jedoch nicht, und wandte sich dann mißmutig ab, genau so, als hätte der Tor-o-don es ihm so befohlen. Tarzan ging um den Gryf herum nach hinten, wie er es bei dem struppigen Urmenschen gesehen hatte, rannte den breiten Schwanz hinauf und setzte sich rittlings auf seinen Rücken. Dann stachelte er ihn wieder in Nachahmung der Verhaltensweise des Tor-o-don mit dem zugespitzten Ende seines Stockes an, bis er losstampfte. Nun trieb er ihn mit Schlägen bald auf die eine Seite, bald auf die andere in Richtung des Tales die Schlucht hinunter.

Eigentlich hatte er nur herausfinden wollen, ob es ihm möglich war, eine gewisse Autorität über dieses große Ungeheuer zu erlangen, da er erkannt hatte, daß nur dies ihm die Möglichkeit eröffnete, den aufdringlichen Verfolgern zu entrinnen. Aber als er nun auf dem Rücken dieses titanischen Reittiers saß, vermittelte ihm dies ein ganz neues, erregendes Gefühl, und er erinnerte sich jenes Tages in seiner Kindheit, als er zum ersten Mal den breiten Schädel von Tantor, dem Elefanten, erklommen hatte. Diese Erinnerung im Verein mit Gefühl der Überlegenheit, das dem Herren des Dschungels schon in Fleisch und Blut übergegangen war, veranlaßte ihn, seine neue erlangte Macht einem nützlichen Zweck zuzuführen.

Nach seinen Überlegungen war Pan-at-lee bestimmt schon in Sicherheit, vorausgesetzt, sie war noch am Leben. Jedenfalls konnte er ihr nicht länger von Nutzen sein, während in jenem lieblichen grünen Tal unter der Kor-ul-gryf A-lur, die Stadt des Lichts, lag, die das ehrgeizige Ziel seiner Reise war, seit er sie vom Felsvorsprung Pastar-ul-ved erblickt hatte.

Ob ihre hell blinkenden Mauern das Geheimnis seiner verschwundenen Gattin hüteten, ließ sich nicht einmal vermuten, doch falls sie sich überhaupt auf dem Gebiet von Pal-ul-don befand, dann unter den Ho-don, da die behaarten schwarzen Bewohner dieser vergessenen Welt keine Gefangenen machten. Also würde er gen A-lur ziehen, und konnte dies etwa effektvoller geschehen als auf dem Rücken dieses grimmigen, furchteinflößenden Ungeheuers, dem die Rassen von Pal-ul-don solche Ehrfurcht entgegenbrachten?

Ein kleiner Gebirgsbach plätscherte von der Kor-ul-gryf herab, um sich im Vorgebirge mit demjenigen zu vereinen, der die Wasser von Kor-ul-lul talwärts führte, wodurch ein kleiner Fluß entstand, der zunächst in südwestlicher Richtung floß und schließlich in den größten See des Tales in der Nähe von A-lur mündete, nachdem er auch das Stadtzentrum durchquert hatte. Ein alter Pfad, gut ausgetreten durch die Beine unzähliger Generationen von Menschen und Tieren, führte den Fluß entlang nach A-lur, und den entlang ritt Tarzan auf seinem Gryf. Nach Verlassen des Waldes am Ausgang der Schlucht konnte er ab und zu in weiter Ferne unter sich die leuchtend weißen Mauern der Stadt erkennen.

Die Gegend, durch die er ritt, war erfüllt von üppigem Pflanzenwuchs in tropischem Grün. Zu beiden Seiten des Weges wuchs hüfthoch saftiges Gras, und ab und zu führte der Weg durch kleinere Strecken offenen, parkähnlichen Baumbestands, hier und da auch durch ein kleines Stück dichten Dschungels, wo die Bäume über dem Weg zusammenwuchsen und lange Schlingpflanzen in graziösen Girlanden von Zweig zu Zweig hingen.

Manchmal hatte Tarzan Schwierigkeiten, das widerspenstige Tier zum Gehorsam zu zwingen, doch letzten Endes veranlaßte dessen Furcht vor dem relativ winzigen Stachel, den Anweisungen Folge zu leisten. Als sie sich spät am Nachmittag dem Zusammenfluß der beiden Ströme näherten - jenes, dem sie bisher gefolgt waren, und eines anderen, der aus Richtung Kor-ul-ja zu kommen schien, erblickte der Affenmensch beim Verlassen eines dieser Dschungelabschnitte am gegenüberliegenden Ufer eine ansehnliche Gruppe von Ho-don. Im gleichen Augenblick entdeckten sie auch ihn und das mächtige Ungeheuer, das er ritt. Einen Moment glotzten sie baß erstaunt, dann machten sie auf einen Befehl ihres Führers hin kehrt und suchten eilends den Schutz eines nahegelegenen Waldstücks auf.

Tarzan hatte sie nur kurz zu Gesicht bekommen, jedoch deutlich erkennen können, daß sich unter ihnen auch Waz-don befanden, zweifellos Gefangene, die sie bei einem ihrer Überfälle auf die Waz-don-Dörfer, von denen Ta-den und Om-at ihm berichtet hatten, verschleppt hatten.

Beim Klang ihrer Stimmen hatte der Gryf furchterregend gebellt und sofort die Verfolgung aufgenommen, obwohl ein Fluß zwischen ihnen und ihm lag, aber durch viel Stechen und Schlagen hatte Tarzan das Untier auf den Pfad zurücklenken können, wenngleich es danach lange Zeit mürrischer und widerspenstiger als sonst war.

Als die Sonne sich den Gipfeln der Berge im Westen zuneigte, wurde Tarzan sich bewußt, daß sein Plan, in A-lur auf dem Rücken des Gryf einzureiten, schwerlich zustandekommen werde, weil das große Tier jetzt immer sturer wurde und kaum noch zu lenken war, zweifellos wohl, weil sein großer Bauch nach Futter schrie. Tarzan fragte sich, ob die Tor-o-dons wohl über Mittel verfügten, ihre Lasttiere über Nacht einzusperren, aber da er dies nicht wußte und auch keine Ahnung hatte, wie dies zu bewerkstelligen sei, entschloß er sich, dem Zufall zu vertrauen, daß er den Gryf am Morgen wiederfinden werde.

Nun erhob sich die Frage, welcher Art ihre Beziehung sein würde, wenn er abgestiegen war. War er dann wieder das Opfer und der Gryf der Jäger, oder würde die Furcht vor dem Stachel fortdauern und seine Überlegenheit über den natürlichen Instinkt des jagenden Fleischfressers aufrechterhalten? Er zerbrach sich den Kopf, aber da er nicht für immer auf dem Untier sitzen bleiben, vielmehr absteigen und den Fall einer endgültigen Überprüfung unterziehen wollte, solange es noch hell war, entschloß er sich zu sofortigem Handeln.

Er hatte keine Ahnung, wie er diese Kreatur zum Halten bringen konnte, da er bislang nur immer darauf aus war, sie vorwärtszutreiben. Durch mehrere Versuche mit dem Stock fand er jedoch heraus, daß er nur weit nach vorn langen und sie auf die schnabelähnliche Schnauze schlagen mußte, dann hielt sie an. Ganz in der Nähe wuchsen einige wohlbelaubte Bäume, und er hätte in jedem davon Zuflucht finden können, doch ihm fiel rechtzeitig ein, daß der Gryf, sollte sein Reiter sich plötzlich in die Bäume schwingen, auf den Gedanken kommen könne, jenes Wesen, das ihn den ganzen Tag herumkommandiert hatte, fürchte ihn im Grunde, mit dem Ergebnis, daß Tarzan dann abermals von dem Triceratops gefangen gehalten würde.

Als dieser anhielt, glitt Tarzan zu Boden und versetzte dem Untier einen leichten Schlag auf die Flanke, als wolle er es damit entlassen. Dann ging er gleichgültig weg. Dem Schlund des Gryf entrang sich ein tiefer, brummelnder Laut, dann wandte er sich um, ohne Tarzan auch nur eines Blickes zu würdigen, und stieg in den Fluß, wo er im Stehen lange seinen Durst stillte.

In der Überzeugung, daß der Gryf für ihn keine Bedrohung mehr darstellte, nahm Tarzan, nun selbst angespornt durch nagenden Hunger, den Bogen vom Rücken, wählte eine Handvoll Pfeile aus und ging auf der Suche nach Wild behutsam weiter, denn daß solches nahe war, hatte ihm ein leichter Wind aus flußabwärtiger Richtung zugetragen.

Zehn Minuten später hatte er welches erlegt, abermals in Gestalt einer der für Pal-ul-don charakteristischen Antilopen. Seit der Kindheit bezeichnete er alle Tiere dieser Gattung als Baras, Rehe, weil in der kleinen Schulfibel, die die Grundlage seiner Bildung darstellte, die Abbildung eines Rehes am ehesten der äußeren Erscheinung der Antilope entsprach, von der großen Elenantilope bis zum kleineren Buschbock der Jagdgründe seiner Jugend.

Er schnitt eine Keule ab, verwahrte sie auf einem nahestehenden Baum, legte sich den Rest des toten Tieres über die Schulter und trottete zu der Stelle zurück, an der er den Gryf zurückgelassen hatte. Das große Tier tauchte gerade aus dem Fluß auf, als Tarzan bei seinem Anblick sofort den unheimlichen Schrei des Tor-o-don ausstieß. Der Dinosaurier blickte in die Richtung, aus der der Ruf kam, und gab gleichzeitig wieder das tiefe Brummeln von sich, mit dem es den Ruf seines Herrn beantwortete. Tarzan wiederholte ihn zweimal, bis das Tier langsam zu ihm kam, und als es nur noch wenige Schritte entfernt war, warf er ihm die tote Antilope zu, über die es mit weit aufgerissenem Rachen herfiel.

Wenn etwas ihn in Rufweite halten wird, dann die Erkenntnis, daß ich ihm Nahrung verschaffe, sagte sich der Affenmensch auf dem Rückweg zu dem Baum, auf dem er seinen eigenen Anteil verwahrt hatte. Aber als er seine Mahlzeit beendet und es sich hoch oben zwischen den schwankenden Zweigen in seinem Horst bequem gemacht hatte, um hier die Nacht zu verbringen, hegte er doch gewisse Zweifel, ob er am nächsten Tag auf diesem prähistorischen Zelter in A-lur einreiten würde.

Nach seinem frühen Erwachen am nächsten Morgen ließ er sich behend zu Boden fallen, begab sich zum Fluß, legte Waffen und Lendenschurz ab und stieg in das kalte Wasser der kleinen Bucht. Nach dem erfrischenden Bad kehrte er zum Baum zurück, um zum Frühstück eine weitere Portion von Bara, dem Reh, zu verzehren, wobei er dieser Mahlzeit einige Früchte und Beeren hinzufügte, die hier im Überfluß wuchsen.

Nach Beendigung seiner Mahlzeit stieg er wieder herunter, erhob seine Stimme zu dem unheimlichen Schrei, den er von dem Tor-o-don gelernt hatte, in der stillen Hoffnung, den Gryf damit doch herbeizulocken, aber obwohl er eine Weile wartete und immer wieder rief, erfolgte keine Antwort, so daß er letztendlich zu dem Schluß gelangte, sein gigantisches Reittier am Vortage das letzte Mal gesehen zu haben.

Nun lenkte er seine Schritte gen A-lur und setzte sein Vertrauen auf seine Kenntnis der Ho-don-Sprache, seine große Körperstärke und die ihm angeborene Schläue.

Gestärkt durch das Essen und die Ruhe, bereitete ihm der Marsch nach A-lur in der morgendlichen Kühle immer den munter plätschernden Fluß entlang außerordentliches Vergnügen. Außer den physischen gab es noch viele andere Merkmale, die ihn von den Bewohnern des wilden Dschungels unterschieden. Davon waren die geistigen keineswegs die geringsten, und eines davon, das seine Liebe für den Dschungel zweifellos besonders beeinflußt hatte, war sein Sinn für die Schönheiten der Natur. Die Affen interessierten sich mehr für den dicken Wurm in einem faulen Baumstumpf als für die majestätische Größe der Baumriesen, die über ihnen hin und her wogten. Die einzige Schönheit, die Numa anerkannte, war die seiner eigenen Gestalt, wenn er vor den bewundernden Blicken seiner Gefährtin auf und ab schritt, doch Tarzan sah in allen Zeugnissen für die Schöpferkraft der Natur in erster Linie die Schönheit.

Als er sich der Stadt näherte, galt sein Interesse besonders der Architektur der am Rand liegenden Gebäude, die offensichtlich in einer Gruppe nicht allzu hoher Berge aus dem kreideartigen Kalkstein gehauen worden waren. Derartige grasbedeckte Hügel waren überall im Tal verstreut. Ta-dens Erläuterung der Ho-don-Methoden für den Hausbau lieferte die Erklärung für die oft merkwürdigen Formen und Größenverhältnisse der Gebäude, deren Errichtung Jahrhunderte erfordert haben mußte, in denen sie aus den Kalkfelsen gehauen wurden. Die äußeren Umrisse und architektonischen Linien entsprachen dem Geschmack der Erbauer, wobei sie gleichzeitig in ungefähr den ursprünglichen Linienzügen der Hügel folgten. Man hatte ganz offensichtlich Arbeitskraft und Raum sparen wollen. Auch das Aushöhlen der Wohnräume im Inneren war von dieser Notwendigkeit diktiert worden.

Als er näher kam, erkannte er, daß der bei dieser Bautätigkeit anfallende Abraum für die Errichtung der Außenmauern eines jeden Gebäudes oder jeder Ansammlung von Gebäuden - wie sie sich aus einem einzelnen Hügel ergab - verwendet worden war, und später sollte er noch lernen, daß dieser auch für das Ausfüllen von Bodensenken zwischen den Hügeln und das Anlegen gepflasterter Straßen in der Stadt gebraucht wurde, aber vielleicht war dies eher eine bequeme Methode, die Unmengen zerborstenen Kalksteins loszuwerden, als daß man einem wirklichen Bedürfnis nach einem Pflaster entsprochen hätte.

Innerhalb der Stadt und auf den schmalen Simsen und Terrassen, die die Linien der Gebäude unterbrachen und wohl eine Besonderheit der Ho-don-Architektur darstellten - zweifellos ein Zugeständnis an einen angeborenen Instinkt, der auf ihre vormals Felsenklippen bewohnenden Vorfahren zurückzuführen war -, waren Leute zugange.

Tarzan wunderte sich nicht, daß er selbst bei denen, die ihn auf kurze Entfernung sahen, keinen Verdacht erweckte oder zumindest Neugier auslöste, unterschied er sich doch nur wenig von den Eingeborenen, sowohl was den allgemeinen Körperbau als auch die Hautfarbe anbetraf. Selbstverständlich hatte er sich einen Plan ausgedacht, wie er vorgehen werde, und nachdem er sich einmal dazu entschlossen hatte, zögerte er nicht, ihn auszuführen.

Mit der gleichen Selbstsicherheit, mit der sich unsereins auf die Hauptstraße der Nachbarstadt wagt, begab sich Tarzan in die Ho-don-Stadt A-lur. Die erste Person, die den ihm anhaftenden Makel entdeckte, war ein kleines Kind, das in einem Torweg eines der von Mauern umgebenen Gebäude spielte. „Kein Schwanz! Kein Schwanz!“ rief es und warf einen Stein nach ihm, dann verstummte es plötzlich, und seine Augen weiteten sich, denn es spürte, daß dieses Wesen etwas anderes war als ein Ho-don-Krieger, der seinen Schwanz verloren hatte. Es hielt vor Schreck die Luft an, wandte sich um und rannte schreiend in den Hof seines Hauses.

Tarzan setzte seinen Weg in voller Erkenntnis der Tatsache fort, daß jeden Moment die Entscheidung fallen würde, ob sein Plan glückte oder nicht. Er brauchte auch nicht lange zu warten, denn schon an der nächsten Biegung der sich hin und her windenden Straße stand er einem Ho-don-Krieger von Angesicht zu Angesicht gegenüber. Er sah den überraschten Ausdruck in den Augen des anderen und auch den darin aufsteigenden Verdacht, aber noch ehe der Bursche etwas sagen konnte, redete Tarzan ihn an.

„Ich bin ein Fremder aus einem anderen Land und möchte gern mit Ko-tan, eurem König, sprechen“, sagte er.

Der Mann trat zurück und legte die Hand auf sein Messer. „Außer Feinden oder Sklaven kommen keine Fremden zu den Stadttoren von A-lur.“

„Ich bin weder das eine noch das andere“, erwiderte Tarzan. „Vielmehr komme ich direkt von Jad-ben-Otho. Sieh her!“ Er hielt seine Hände hoch, damit der Ho-don sehen konnte, wie sehr sie sich von seinen eigenen unterschieden, und drehte sich dann schnell um, um auf das Fehlen eines Schwanzes hinzuweisen, denn auf diese Tatsache gründete sich sein Plan in Erinnerung an das Streitgespräch zwischen Ta-den und Om-at, bei dem der Waz-don behauptet hatte, Jad-ben-Otho habe einen langen Schwanz, während der Ho-don drauf und dran war, seinen Glauben an die Schwanzlosigkeit seines Gottes notfalls mit der Waffe zu verteidigen.

Die Augen des Kriegers weiteten sich mit einem Ausdruck ungeheurer Ehrfurcht, doch sein Verdacht war noch nicht ganz ausgeräumt. „Jad-ben-Otho!“ murmelte er, und weiter: „Es stimmt, daß du weder Ho-don noch Waz-don bist, und es ist auch richtig, daß Jad-ben-Otho keinen Schwanz hat. Komm, ich will dich zu Ko-tan führen, denn das ist eine Angelegenheit, in die sich ein gewöhnlicher Krieger nicht einmischen darf. Folge mir!“ Noch immer den Messergriff umklammernd und Tarzan stets im Auge behaltend, führte er ihn durch A-lur.

Die Stadt hatte eine beträchtliche Ausdehnung. Manchmal lagen die einzelnen Ansammlungen von Wohnstätten weit voneinander getrennt, dann wieder dicht beisammen. Es gab zahlreiche beeindruckende Gebäudegruppen, die offensichtlich aus größeren Bergen gehauen waren und oft eine Höhe von einhundert Fuß oder gar mehr maßen. Auf ihrem Weg begegneten sie zahlreichen Kriegern und Frauen, die den Fremden mit großer Neugier musterten, indes versuchte keiner, ihn zu bedrohen, nachdem sie erkannten, daß er zum Palast des Königs geführt wurde.

Schließlich langten sie an einem großen Gebäudekomplex an, der sich über eine beträchtliche Fläche erstreckte, im Westen an einen großen, blauen See stieß und offensichtlich aus einer natürlichen Felsenklippe herausgehauen worden war. Diese Häusergruppe war von einer wesentlich höheren Mauer umgeben, als Tarzan zuvor gesehen hatte. Sein Führer geleitete ihn zu einem Tor, vor dem etwa ein Dutzend Krieger herumlungerten, sich jedoch sofort erhoben und den Eingang als lebende Kette absperrten, als Tarzan und sein Gefolge um die Ecke der Palastmauer bogen, denn inzwischen hatten sich ihm so viele Neugierige angeschlosen, daß die Wachen glaubten, eine ansehnliche Menschenmenge nähere sich ihnen.

Sein Begleiter erstattete Bericht, und Tarzan wurde in den Hof geführt, wo er warten mußte, während einer der Krieger in den Palast ging, offensichtlich um Ko-tan zu benachrichtigen. Fünfzehn Minuten später kam ein großgewachsener Krieger heraus, gefolgt von mehreren anderen, und alle starrten Tarzan höchst neugierig an, während sie auf ihn zukamen.

Der Führer des Trupps blieb vor ihm stehen. „Wer bist du?" fragte er. „Und was willst du von Ko-tan, dem König?"

„Ich bin ein Freund und komme aus dem Land des Jad-ben-Otho, um Ko-tan von Pal-ul-don einen Besuch abzustatten", antwortete der Affenmensch.

Der Krieger und sein Gefolge waren sehr beeindruckt. Tarzan konnte sehen, wie sie in gedämpftem Ton miteinander sprachen.

„Wie bist du hergekommen, und was willst du von Ko-tan, dem König?" fragte der Sprecher wieder.

Tarzan richtete sich zu voller Größe auf. „Genug jetzt!" rief er. „Muß der Gesandte Jad-ben-Othos sich denn einer solchen Behandlung unterziehen lassen, die vielleicht einem wandernden Waz-don gebührt? Bring mich sofort zum König, damit dich der Zorn Jad-ben-Othos nicht trifft!"

Im stillen fragte sich Tarzan, wie weit er bei diesem dreisten, selbstsicheren Auftritt wohl gehen könne, und wartete belustigt und neugierig auf das Ergebnis seines Verhaltens. Seine Geduld wurde jedoch nicht lange auf die Folter gespannt, denn sofort veränderte sich die Haltung des Fragestellers. Er wurde kreidebleich, warf einen besorgten Blick zum östlichen Himmel, hielt Tarzan die rechte Hand hin und legte die linke auf sein Herz zum Zeichen der Freundschaft, wie es unter den Völkern Pal-ul-dons üblich war.

Tarzan trat schnell zurück, als würde diese Hand ihn entweihen, und täuschte eine entsetzte und angewiderte Miene vor.

„Halt! Wer dürfte es wohl wagen, die geheiligte Person eines Abgesandten von Jad-ben-Otho zu berühren? Diese Ehre kann höchstens Ko-tan als besondere Gunstbezeichnung Jad-ben-Othos durch mich zuteil werden. Beeil dich! Bereits jetzt habe ich zu lange gewartet! Was für eine Art und Weise des Empfangs muß sich der Sohn meines Vaters seitens der Ho-don von A-lur bieten lassen!"

Er war zuerst geneigt gewesen, die Rolle Jad-ben-Othos selbst zu übernehmen, doch dann hatte er sich überlegt, daß es doch eine lästige und äußerst langweilige Sache sein müsse, fortwährend den Gott zu spielen. Angesichts des wachsenden Erfolgs seines Auftretens hatte er sich dann gesagt, daß die Autorität des Sohnes von Jad-ben-Otho die eines gewöhnlichen Abgesandten des Gottes beträchtlich in den Schatten stellte, während sie ihm gleichzeitig einen gewissen Spielraum in seinen Handlungen und seinem Verhalten einräumte. Er glaubte zu Recht, daß man einem jungen Gott gewisse Mängel in seinem Auftreten und seiner Verhaltensweise eher nachsehen würde als einem älteren und größeren.

Diesmal war die Wirkung seiner Worte auf die Umstehenden sofort und beinahe unangenehm zu erkennen, denn sie wichen wie ein Mann zurück, und der Sprecher bekam nachgerade Herzflattern vor Angst. Die Entschuldigungen, die er deshalb nur mühsam von sich geben konnte, waren so demutsvoll, daß der Affenmensch ein belustigtes, aber auch geringschätziges Lächeln kaum unterdrücken konnte.

„Hab Erbarmen mit dem armen, alten Dak-lot, o Dor-ul-Otho", winselte der Mann. „Geh voran, und ich werde dir zeigen, wo Kotan, der König, zitternd deiner harrt. Fort, ihr Schlangen und Gewürm!" Damit stieß er die Krieger nach links und rechts zur Seite, um so eine Gasse für Tarzan zu bilden.

„Dann los, geh du voran, die anderen hier sollen uns folgen", befahl der Affenmensch herrisch.

Der nun gründlich eingeschüchterte Dak-lot tat, wie ihm geheißen, und Tarzan von den Affen wurde in den Palast des Königs von Pal-ul-don, Ko-tan, geleitet.

Blutbefleckte Altäre

Der Eingang, der ihm einen ersten Blick ins Innere ermöglichte, war sehr schön in geometrischen Mustern behauen, und auch die Innenwände wiesen ähnliche Verzierungen auf, doch als er von einem Raum zum anderen ging, bemerkte er auch Gestalten von Tieren, Vögeln und Menschen unter den geometrischen Formen der Künstler, die die Mauern bearbeitet hatten. Überall waren steinerne Gefäße zu sehen, außerdem Ornamente aus Gold und die Häute vieler Tiere, jedoch konnte er nirgends auch nur einen Hinweis auf gewebte Stoffe entdecken. Dies war ein deutlicher Hinweis, daß die Ho-don zumindest in dieser Hinsicht auf der Evolutionsleiter noch weit unten standen. Dennoch verrieten die Proportionen und die Symmetrie der Korridore und Gemächer einen bestimmten Grad von Zivilisation.

Sein Weg führte durch mehrere Räumlichkeiten und lange Korridore, mindestens drei Steintreppen hinauf und schließlich auf ein Felsgesims an der Westseite des Gebäudes mit Blick auf den blauen See. Sein Begleiter geleitete ihn wenigstens einhundert Yards dieses arkadenartige Gesims entlang, um schließlich vor einem breiten Eingang stehenzubleiben, der in ein anderes Gemach des Palastes führte.

Hier erblickte Tarzan in einem ungeheuer großen Saal, dessen Decke sich volle fünfzig Fuß über dem Boden wölbte, eine beträchtliche Versammlung von Kriegern. Eine große Pyramide füllte den Raum nahezu völlig aus, deren breite Stufen bis dicht unter das Gewölbe führten, in dem eine Anzahl runder Öffnungen Licht in den Raum ließen. Auf den Stufen der Pyramide bis zur Spitze hinauf standen Krieger, und oben saß die große, beeindruckende Gestalt eines Mannes, dessen goldstrotzende Aufmachung im Licht der Nachmittagssonne gleißte, deren Strahlen durch eine der winzigen Öffnungen im Gewölbe hereindrangen.

„Ko-tan!“ rief Dak-lot, an die prächtige Gestalt auf dem Gipfelpunkt der Pyramide gewandt. „Ko-tan und ihr Krieger von Pal-ul-don! Seht, welche große Ehre euch Jad-ben-Otho erweist, indem er euch seinen eigenen Sohn als Abgesandten herschickt.“ Danach trat er beiseite und wies mit einer theatralischen Handbewegung auf Tarzan.

Ko-tan erhob sich, und jeder Krieger in Tarzans Blickfeld reckte den Hals, um den Ankömmling besser sehen zu können. Die auf der gegenüberliegenden Seite der Pyramide Stehenden drängten nach vorn, als die Worte des alten Kriegers ihr Ohr erreichten. Den meisten Gesichtern war Skepsis abzulesen, doch es war eine Skepsis vermischt mit Vorsicht. Ganz gleich, welchen Lauf das Schicksal nahm, sie wollten unbedingt auf der richtigen Seite stehen. Einen Moment lang waren aller Augen auf Tarzan gerichtet, dann schweiften sie allmählich zu Ko-tan, denn sein Verhalten würde das ihre bestimmen. Aber der befand sich offensichtlich in derselben Zwickmühle wie sie - schon seine Haltung verriet es. Er war die Verkörperung von Unschlüssigkeit und Zweifel.

Der Affenmensch stand hochaufgerichtet, die Arme über der breiten Brust verschränkt, einen Ausdruck hochmütiger Geringschätzung im edelgeschnittenen Gesicht. Dak-lot glaubte jedoch, auch Anzeichen wachsenden Unmuts zu erkennen. Die Situation wurde langsam bedrückend. Er trat unruhig von einem Bein aufs andere und blickte besorgt auf Tarzan und flehentlich auf Ko-tan. Grabesstille erfüllte das große Gemach des Thronsaals von Pal-ul-don.

Schließlich hub Ko-tan an zu sprechen. „Wer sagt, daß er Dor-ul-Otho ist?“ fragte er und blickte Dak-lot furchteinflößend an.

„Er selbst!“ stammelte der eingeschüchterte Edle.

„Und demzufolge muß es stimmen?“ forschte Ko-tan weiter.

War es möglich, daß ein ironischer Ton in der Frage des Königs lag? Otho verhüte es! Dak-lot warf einen kurzen Blick auf Tarzan - einen Blick, der eigentlich felsenfeste Überzeugung bekunden sollte, indes führte er dem Affenmenschen nur wieder seine klägliche Angst vor Augen.

„O Ko-tan! Du kannst dich mit eigenen Augen davon überzeugen, daß er wirklich der Sohn von Otho ist“, stieß Dak-lot flehentlich hervor. „Betrachte seine gottähnliche Gestalt, seine Hände und Füße, sie sind anders als die unseren, außerdem ist er völlig schwanzlos wie sein mächtiger Vater.“

Ko-tan schien diese Tatsachen zum ersten Mal zur Kenntnis zu nehmen, und es gab Anzeichen, daß seine Skepsis wich. In diesem Augenblick ließ sich ein junger Krieger vernehmen, der sich von der gegenüberliegenden Seite der Pyramide nach vorn gedrängt hatte, um sich Tarzan genauer ansehen zu können.

„Ko-tan, es muß so sein, wie Dak-lot sagt, denn ich bin mir nunmehr sicher, daß ich Dor-ul-Otho schon einmal gesehen habe“, sagte er. „Als wir gestern mit den Kor-ul-lul-Gefangenen zurückkehrten, sahen wir ihn auf dem Rücken eines riesigen Gryf sitzen. Wir haben uns im Wald versteckt, ehe er zu nahe herankam, aber ich habe genug gesehen, um sicher zu sein, daß derjenige, der das große Tier ritt, kein anderer war als der Bote, der jetzt hier steht."

Dieser Beweis schien auszureichen, um die Mehrheit der Krieger zu überzeugen, daß sie es in der Tat mit einer Gottheit zu tun hatten - es war ihren Mienen nur zu deutlich abzulesen, und eine plötzliche Bescheidenheit ließ sie hinter ihren Nachbarn Deckung suchen. Da diese jedoch das gleiche vorhatten, war das Ergebnis, daß plötzlich alle verschwunden waren, die dem Affenmenschen am nächsten standen, und die Stufen der Pyramide direkt vor ihm bis zum höchsten Gipfel und dem dort sitzenden Ko-tan leer waren. Dieser wurde möglicherweise ebenso sehr durch die ängstliche Haltung seiner Anhänger beeinflußt wie durch die soeben abgegebene Zeugenaussage, denn sein Ton und seine Verhaltensweise änderten sich in einem Maße, das der Situation weit angemessener war, falls der Fremde in der Tat Dor-ul-Otho war, wobei seiner Autorität ein Schlupfloch offen blieb, sollte er einem Betrüger aufgesessen sein.

„Bist du wahrhaftig der Dor-ul-Otho, so weißt du, daß unsere Zweifel durchaus berechtigt waren, da wir von Jad-ben-Otho keinen Hinweis erhielten, daß er beabsichtige, uns eine so große Ehre zu erweisen, außerdem: Wie hätten wir wissen sollen, daß der Große Gott einen Sohn hat?" sagte er, an Tarzan gewandt. „Solltest du dieser sein, so wird ganz Pal-ul-don dir mit Freuden alle Ehren zuteil werden lassen. Wenn nicht, wird deine Dreistigkeit eine schnelle und furchtbare Strafe nach sich ziehen. Ich, Ko-tan, König von Pal-ul-don, habe gesprochen."

„Und wohl gesprochen, wie es einem König geziemt, der den Gott seines Volkes fürchtet und ehrt", sagte Tarzan, sein langes Schweigen brechend. „Es ist richtig, daß du dich zuerst vergewisserst, ob ich wirklich der Dor-ul-Otho bin, ehe du mir huldigst, wie es mir zukommt. Jad-ben-Otho hat mich beauftragt, insbesondere zu prüfen, ob du dafür taugst, sein Volk zu regieren. Meine erste Erfahrung mit dir zeigt mir, daß Jad-ben-Otho wohl daran tat, dem Säugling an deiner Mutter Brust den Geist eines Königs einzuhauchen."

Die Wirkung dieser so beiläufig gemachten Feststellung fand in den Mienen und im aufgeregten Flüstern der nun von Ehrfurcht erfüllten Versammlung deutlichen Ausdruck. Endlich wußten sie, wie Könige gemacht wurden! Jad-ben-Otho traf die Entscheidung, während der in Frage Kommende noch ein winziger Säugling war! Erstaunlich! Ein Wunder! Und dieses göttliche Wesen, in dessen Gegenwart sie weilten, wußte genau darüber Bescheid. Zweifellos erörterte er solche Angelegenheiten täglich mit ihrem Gott. Wäre bis zu diesem Moment ein Atheist unter ihnen gewesen oder ein Agnostiker, so gab es ihn jetzt nicht mehr, denn sahen sie den Sohn Gottes nicht mit eigenen Augen vor sich?

„So ist es völlig richtig, daß du dir Gewißheit verschaffst, daß ich kein Betrüger bin", fuhr der Affenmensch fort. „Komm näher, damit du sehen kannst, daß ich nicht so wie die Menschen bin. Des weiteren geziemt es sich nicht, daß du höher stehst als der Sohn deines Gottes." Nun hub ein großes Gedränge an, weil alle hinunter zum Boden des Thronsaals strebten, und Ko-tan hastete seinen Kriegern nach, wobei er es dennoch fertig brachte, eine gewisse majestätische Würde zu wahren, während er die breiten Stufen hinabstieg, die zahllose nackte Füße im Laufe der Jahrhunderte zu einer blinkenden Glätte poliert hatten. „Nun wirst du wohl nicht länger mehr bezweifeln, daß ich einer anderen Rasse angehöre als du", sagte Tarzan, als der König vor ihm stand. „Deine Priester haben dir erzählt, daß Jad-ben-Otho schwanzlos ist. Folglich muß auch die Rasse der Götter schwanzlos sein, die seinen Lenden entstammen. Doch nun Schluß mit der ewigen Beweisführung! Du kennst Jad-ben-Othos Macht, du weißt, wie seine Blitze aus dem Himmel herabfahren und den Tod dorthin tragen, wo er es will; wie es auf sein Geheiß Regen gibt und die Früchte, die Beeren, die Körner, das Gras, die Bäume und Blumen auf seinen göttlichen Befehl hin zu leben beginnen; du hast Geburt und Tod miterlebt, und diejenigen, die ihren Gott verehren, tun dies, weil er diese Angelegenheiten überwacht. Wie würde es dann wohl einem Betrüger ergehen, der behauptete, Sohn dieses allmächtigen Gottes zu sein? Dies ist der ganze Beweis, den du brauchst, denn ebenso, wie er dich zerschmettern würde, solltest du mich verleugnen, so würde er denjenigen zerschmettern, der sich zu Unrecht als einen Verwandten von ihm ausgibt."

Da dieses Argument schlecht zu widerlegen war, mußte es überzeugen. Die Behauptungen dieses Wesens konnten schwerlich in Frage gestellt werden, ohne daß dies als mangelndes Vertrauen in die Allmacht Jad-ben-Othos gedeutet werden konnte. Ko-tan war es zufrieden, daß er eine Gottheit zu Gast hatte, doch wie er dieser Gastgeberrolle getreu werden konnte, davon hatte er nicht die geringste

Ahnung. Seine Vorstellungen von einem Gott waren ziemlich verworren und nebelhaft, nur daß er eben wie bei allen primitiven Völkern eine Person darstellte, gleich den Teufeln und Dämonen. Unter Vergnügungen eines Jad-ben-Otho stellte er sich Exzesse von der Art vor, denen er selbst huldigte, doch ohne jede unangenehme Nachwirkung. Deshalb verfiel er auf den Gedanken, daß er dem Dor-ul-Otho wohl am besten durch große Gelage Vergnügen bereitete - durch den Verzehr großer Mengen all jener Dinge, die auch er am liebsten mochte und für am schädlichsten befand. So gab es da ein Getränk, das die Frauen der Ho-don herstellten, indem sie Korn im Saft fleischiger Früchte einweichten, dem sie noch gewisse andere Zutaten beifügten, die nur sie am besten kannten. Ko-tan wußte aus eigener Erfahrung, daß ein einziger Schluck dieser wirksamen Flüssigkeit Glückseligkeit verschaffte und die Sorgen vergessen ließ, während mehrere Schlucke selbst einen König dazu bringen konnten, Dinge zu tun und sich daran zu erfreuen, die ihm nie in den Sinn kämen oder Freude bereiten würde, stünde er nicht unter der Zauberwirkung des Getränks. Leider brachte der nächste Morgen dann Qualen, die im direkten Verhältnis zu dem Behagen des Vortages standen. Nach Ansicht von Ko-tan konnte ein Gott dagegen alle diese Freuden genießen, ohne Kopfschmerzen zu bekommen. Doch für den gegenwärtigen Moment mußte er an das notwendige würdevolle Auftreten und die Ehrungen denken, die er seinem unsterblichen Gast zuteil werden lassen mußte.

In all den längst vergessenen Zeitaltern, in denen die Könige von Pal-ul-don von der Höhe der Pyramide im Thronsaal von A-lur herrschten, hatte stets nur der Fuß eines Königs die oberste Plattform der Pyramide berührt. Konnte er Dor-ul-Otho also eine größere Ehre erweisen, als daß er ihn einlud, neben ihm Platz zu nehmen? Somit forderte er Tarzan auf, mit ihm zum Gipfel der Pyramide hochzusteigen und neben ihm auf der Steinbank Platz zu nehmen, die dort stand. Als sie die letzte Stufe unter diesem geheiligten Gipfelpunkt erreicht hatten, wollte Ko-tan weitergehen, um seinen Thron besteigen, aber Tarzan legte ihm die Hand auf den Arm und hielt ihn zurück.

„Niemand darf auf gleicher Höhe mit den Göttern sitzen", ermahnte er ihn, trat selbstbewußt hinauf und setzte sich auf den Thron. Derart zurechtgewiesen, konnte Ko-tan seine Verwirrung nicht verbergen, indes fürchtete er, sie laut zum Ausdruck zu bringen, um nicht den Zorn des Königs der Könige auf sich zu ziehen.

„Selbstverständlich kann ein Gott seinem getreuen Diener besondere Ehre antun, indem er ihn einlädt, neben ihm Platz zu nehmen. Komm, Ko-tan. So möchte ich dich im Namen Jad-ben-Othos ehren.“

Er bezweckte mit seinem Vorgehen, Ko-tans furchterfüllte Achtung zu erwecken, ohne ihn sich jedoch im stillen zum Feind zu machen, wußte er doch nicht, wie stark der Einfluß der Religion auf die Ho-don war, denn seit er Ta-den und Om-at daran gehindert hatte, sich wegen unterschiedlicher religiöser Anschauungen in die Haare zu fahren, war das Thema zwischen ihnen völlig tabu gewesen. Tarzan reagierte daher schnell auf Ko-tans zwar schweigende, doch deutlich sichtbare Verärgerung bei dem Ansinnen, den Thron völlig dem Gast zu überlassen. Insgesamt war die Wirkung jedoch zufriedenstellend, wie er aus den wieder sehr ehrfurchtsvollen Mienen der Krieger sehen konnte.

Auf seine Anweisung nahm der Hof seine Tätigkeit dort wieder auf, wo er durch Tarzans Ankunft unterbrochen worden war. Sie bestand in der Hauptsache im Beilegen von Streitigkeiten zwischen Kriegern. Einer der Anwesenden stand auf einer Stufe gleich unter dem Thron, und wie Tarzan bald erfahren sollte, war dieser Platz den höhergestellten Häuptlingen der verbündeten Stämme vorbehalten, die Ko-tans Königreich bildeten. Der Mann, der Tarzans Aufmerksamkeit erweckte, war ein kräftiger Krieger von beachtlichem Körperbau und energischen, löwenartigen Gesichtszügen. Er wandte sich mit einer Frage an Ko-tan, die so alt ist wie das Regieren und ihre Bedeutung nie verlieren wird, solange das Menschengeschlecht existiert. Es handelte sich um einen Grenzstreit zwischen zwei Nachbarn.

Der Fall selbst interessierte Tarzan weniger, indes beeindruckte ihn die Erscheinung des Sprechers, und als Ko-tan ihn mit Ja-don anredete, wandte er sein Interesse nur noch diesem Mann zu, denn Ja-don war der Vater von Ta-den. Daß dieses Wissen ihm von Nutzen sein könnte, schien außerhalb der Möglichkeiten zu liegen, da er Ja-don schließlich nicht seine freundschaftlichen Beziehungen zu seinem Sohn offenbaren konnte, ohne einzugestehen, daß sein Anspruch, ein Gott zu sein, grobe Täuschung war.

Als die Angelegenheiten der Audienz beendet waren, fragte Ko-tan, ob der Sohn von Jad-ben-Otho vielleicht gern den Tempel aufsuchen würde, in dem die mit der Verehrung des Großen Gottes verbundenen Riten abgehalten wurden. Der König führte ihn, gefolgt von den Kriegern seinen Hofes, persönlich durch die Korridore des Palasts zur Nordseite der Häusergruppe innerhalb des königlichen Grundstücks.

Der Tempel war in der Tat ein Teil des Palastes und von gleicher Architektur. Er umfaßte mehrere Plätze verschiedener Größe für die jeweiligen Zeremonien, deren Zweck Tarzan nur vermuten konnte. Jeder dieser ovalen Höfe hatte an der Westseite und an der Ostseite einen Altar, und beide bezeichneten die längste Ausdehnung des Ovals, das auf dem Gipfel eines kleinen Hügels aus dem Felsen gehauen und nicht überdacht war. Die westlichen Altäre bestanden durchweg aus einem einzigen Steinblock mit einer länglichen Aushöhlung auf der Oberfläche, die im Osten waren ähnlich, nur oben glatt, und ihre Oberflächen schienen im Gegensatz zu denen gegenüber durchweg befleckt oder rötlichbraun bemalt zu sein. Aber Tarzan brauchte sie sich gar nicht genauer anzusehen, um sich bestätigen zu lassen, was sein scharfer Geruchssinn ihm bereits mitgeteilt hatte - daß diese braunen Flecke angebackenes oder trocknendes Menschenblut waren.

Unter diesen Tempelhöfen hatte man bis weit ins Innere des Berges hinein Korridore und Räumlichkeiten angelegt, waren düstere, matt beleuchtete Gänge vorgetrieben worden, in die Tarzan flüchtige Blicke werfen konnte, während man ihn auf seiner Inspektionstour durch den Tempel von Ort zu Ort führte. Ko-tan hatte einen Boten ausgesandt, um den Besuch des Sohnes von Jad-ben-Otho anzukündigen, mit dem Ergebnis, daß ihnen sehr bald ein langer Zug von Priestern durch den Tempel folgte. Das hervorstechendste Kennzeichen ihres Standes schien in einem grotesken Kopfschmuck zu bestehen. Manchmal waren es häßliche, aus Holz geschnitzte Gesichter, die die echten Züge ihres Besitzers völlig verbargen, andere wiederum hatten sich geschickt den Kopf eines wilden Tieres aufgestülpt. Nur der Hohenpriester trug keinen Kopfschmuck. Er war ein alter Mann mit engstehenden, schlauen Augen und grausamen, schmalen Lippen.

Gleich bei seinem ersten Anblick spürte Tarzan, daß ihm hier die größte Gefahr für sein listiges Täuschungsmanöver drohte, denn er sah sofort, daß dieser Mann ihm und seinem Anspruch feindselig gegenüber stand, und er konnte sich auch denken, daß der Hohenpriester von allen Menschen in Pal-ul-don Jad-ben-Otho höchstwahrscheinlich die größte Wertschätzung entgegenbrachte, folglich jedem mit Argwohn begegnen würde, der behauptete, Sohn eines sagenhaften Gottes zu sein.

Welchen Verdacht Lu-don, der schlangenkluge Hohenpriester von A-lur, auch immer hegen mochte, er stellte Tarzans Anspruch auf den Titel des Dor-ul-Otho nicht offen in Frage. Möglicherweise wurde er durch dieselben Zweifel zurückhalten, die vorher Ko-tan und seine Krieger beeinflußt hatten - jene Zweifel, die selbst Gotteslästerer im hintersten Winkel ihrer Seele mit sich tragen, und die sich auf die Befürchtung gründen, daß es vielleicht doch einen Gott gibt. So wollte Lu-don zumindest zum gegenwärtigen Zeitpunkt sicher gehen. Tarzan wußte indes sehr wohl, was im Innersten des Hohenpriesters vor sich ging, als habe dieser seine Absicht offen dargelegt, den Schwindel aufzudecken.

Am Eingang zum Tempel hatte Ko-tan es Lu-don überlassen, den Gast weiterhin zu geleiten, und nun führte dieser ihn durch jene Teile des Tempels, von denen er wünschte, daß Tarzan sie sah. Er zeigte ihm den großen Raum, wo die Weihopfer aufbewahrt wurden, Geschenke der Barbarenhäuptlinge von Pal-ul-don und ihrer Anhänger. Sie reichten von getrockneten Früchten bis zu massiven Gefäßen aus getriebenem Gold, so daß in dem großen Hauptlagerraum und den angrenzenden Kammern und Korridoren ein Reichtum angehäuft war, der selbst den Mann in Erstaunen versetzte, dessen Augen die Schatzgewölbe von Opar gesehen hatten. Geschmeidige schwarze Waz-don-Sklaven, die von den Ho-don bei ihren Raubzügen aus den Dörfern ihrer weniger zivilisierten Nachbarn geraubt worden waren, gingen im Tempel hin und her. Als sie an dem vergitterten Eingang zu einem düsteren Korridor vorbeikamen, erblickte Tarzan dahinter eine große Gruppe von Pithekanthropen aller Altersstufen und jeglichen Geschlechts, Ho-don wie Waz-don, von denen die meisten niedergeschlagen auf dem Steinfußboden hockten, während andere, deren Gesichter tiefe Verzweiflung und Hoffnungslosigkeit spiegelten, ruhelos auf und ab gingen.

„Wer sind diese Unglücklichen, die dort am Boden liegen?“ fragte er Lu-don. Es war die erste Frage, die er an den Hohenpriester richtete, seit sie den Tempel betreten hatten, und sofort bedauerte er sie, denn Lu-don blickte ihn mit einer Miene an, der sein Argwohn deutlich abzulesen war.

„Wer sollte das besser wissen als der Sohn von Jad-ben-Otho?“ erwiderte er.

„Die Fragen des Dor-ul-Otho werden nicht ungestraft mit einer anderen Frage beantwortet“, sagte Tarzan ruhig, „und vielleicht interessiert es Lu-don, den Hohenpriester, zu wissen, daß das Blut eines falschen Priesters den Augen Jad-ben-Othos auf dem Altar seines Tempels keineswegs mißfällt.“

Lu-don beantwortete Tarzans Frage mit bleicher Miene. „Es sind die Opfer, deren Blut die östlichen Altäre erquicken muß, wenn die Sonne am Ende des Tages zu deinem Vater zurückkehrt.“

„Und wer hat dir gesagt, daß Jad-ben-Otho erfreut ist, wenn sein Volk auf seinen Altären getötet wird? Wie nun, wenn du dich irrst?“

„Dann wären unzählige Tausende umsonst gestorben“, erwiderte Lu-don.

Ko-tan und die umstehenden Krieger und Priester hatten den Wortwechsel aufmerksam mit angehört. Einige der armen Opfer hinter dem Gittertor hatten ihn auch vernommen, standen auf und drängten sich an das Gitter, durch das jeden Tag einer von ihnen vor Sonnenuntergang weggeführt wurde, um nie zurückzukehren.

„Laß sie frei, denn ich kann dir im Namen von Jad-ben-Otho versichern, daß du dich irrst“, erklärte er und wies auf die eingekerkerten Opfer dieses grausamen Aberglaubens.

Lu-don erbleichte. „Das ist Gotteslästerung", rief er. „Seit vielen Menschenaltern opfern die Priester des Großen Gottes dem Geist Jad-ben-Othos jeden Abend, wenn er am westlichen Horizont zu seinem Herrn zurückkehrt, ein Menschenleben, und niemals hat der Große Gott ein Zeichen gegeben, daß ihm dies mißfiel."

„Einen Augenblick!" sagte Tarzan mit befehlsgewohnter Stimme. „Die Priesterschaft war zu blind, als daß sie die Botschaften ihres Gottes hätte lesen können. Eure Krieger sterben unter den Messern und Knüppeln der Waz-don; eure Jäger werden von Ja und Jato ergriffen. Kein Tag vergeht, der nicht Zeuge des Todes einiger Bewohner aus den Dörfern der Ho-don wäre, und täglich einer aus der Zahl der Toten ist der Zoll, den Jad-ben-Otho für die Menschenleben erhebt, die du auf dem östlichen Altar darbringst. Welch größere Mißfallensbekundung wünschst du dir noch, o du törichter Priester?"

Lu-don schwieg. In ihm tobte ein Konflikt zwischen der Furcht, dieser Mann könne tatsächlich ein Gottessohn sein, und der Hoffnung, dem wäre nicht so, aber schließlich gewann die Furcht die Oberhand, und er beugte den Kopf. „Der Sohn Jad-ben-Othos hat gesprochen", sagte er und fügte, an einem der niederen Priester gewandt, hinzu: „Entfernt das Gitter und laßt diese Menschen dorthin zurückkehren, von wo sie gekommen sind."

Der so Angesprochene tat, wie ihm geheißen, und als das Gitter entfernt worden war, drängten die Gefangenen im vollen Bewußtsein des Wunders, das sie gerettet hatte, nach vorn, fielen vor Tarzan auf die Knie und bekundeten laut ihre Dankbarkeit.

Ko-tan war über diese erbarmungslose Abschaffung eines jahrhundertealten religiösen Ritus fast ebenso verblüfft wie der Hohenpriester und fragte: „Aber was sollen wir tun, was den Augen von Jad-ben-Otho wohlgefällig ist?" Dabei blickte er den Affenmenschen verwirrt und besorgt an.

„Willst du eurem Gott wohlgefällig sein, dann leg solche Gaben wie Speisen oder Gerätschaften auf eure Altäre, die in der Stadt deines Volkes besonders benötigt werden. Jad-ben-Otho wird diese Opfer segnen, sofern du sie unter denjenigen Stadtbewohnern verteilst, die ihrer am meisten bedürfen. Eure Vorratsräume sind voll von solchen Dingen. Davon habe ich mich mit eigenen Augen überzeugen können, und weitere solche Geschenke werden hinzukommen, wenn die Priester dem Volk sagen, daß dies der Weg ist, durch den sie vor ihrem Gott Gnade finden." Damit wandte er sich ab und gab so zu verstehen, er wolle den Tempel verlassen.

Sie begaben sich gerade aus dem der Anbetung ihrer Gottheit gewidmeten Bereich, da entdeckte der Affenmensch ein kleines, aber recht schmuckes Gebäude, das von den anderen ziemlich weit entfernt stand, als habe man es aus einer kleinen Kalkfelsenkuppe gehauen, die ihresgleichen überragt hatte. Als sein interessierter Blick darüberschweifte, fiel ihm auf, daß Tür und Fenster vergittert waren.

„Welchem Zweck dient dieses Bauwerk dort?" fragte er Lu-don. „Wen haltet ihr dort gefangen?"

„Das ist nichts", erwiderte der Hohenpriester nervös. „Dort ist niemand. Das Haus steht leer. Früher wurde es einmal benutzt, doch schon seit vielen Jahren nicht mehr." Damit ging er auf das Tor zu, das in den Palast zurückführte. Hier blieben er und die Priester stehen, während Tarzan mit Ko-tan und seinen Kriegern die geheiligten Bezirke des Tempelgeländes verließ.

Tarzan hätte gern noch eine Frage gestellt, scheute jedoch davor zurück, da er wußte, daß viele seine Echtheit insgeheim bezweifelten. Gleichwohl war er entschlossen, Ko-tan diese Frage direkt oder indirekt noch zu stellen, ehe er sich schlafen legte. Er wollte unbedingt wissen, ob sich vor kurzem ein weibliches Wesen derselben Rasse wie er in A-lur aufgehalten hatte.

Als eine ganze Armee von schwarzen Sklaven, auf deren Schultern die Bürde aller schweren oder niederen Arbeiten in der Stadt lastete, im Bankettsaal von Ko-tans Palast das Abendessen auftrugen, bemerkte Tarzan in den Augen eines der Sklaven einen Ausdruck erschrockenen Erkennens, als dessen Blick zum ersten Mal auf ihn fiel. Etwas später sah er ihn mit einem anderen Sklaven wispern und mit einer Kopfbewegung in seine Richtung weisen. Tarzan konnte sich nicht entsinnen, diesen Waz-don zuvor schon gesehen zu haben, und suchte verzweifelt nach einer Erklärung für das Interesse dieses Mannes an ihm, aber dann vergaß er den Vorfall wieder.

Ko-tan war überrascht und insgeheim verärgert, als er entdeckte, daß sein göttlicher Gast kein Verlangen hatte, sich mit den reichlichen Speisen vollzustopfen, und von dem scheußlichen, selbsthergestellten Gebräu der Ho-don wollte er nicht einmal kosten. Für ihn war das Bankett eine abstoßende und ermüdende Angelegenheit, da das Interesse der Gäste, Speisen und Getränke in sich hineinzustopfen, so groß war, daß sie überhaupt keine Zeit für Konversation hatten und die einzigen Laute, die sie von sich gaben, in einem fortwährenden Grunzen bestanden, das Tarzan im Verein mit ihren Tischsitten an einen Besuch erinnerte, den er einmal der berühmten Berkshire-Herde Seiner Gnaden, des Herzogs von Westminster, auf Woodhouse, Chester, abgestattet hatte.

Von den Speisenden erlag bald einer nach dem anderen der betäubenden Wirkung der Flüssigkeit mit dem Ergebnis, daß das Grunzen sehr bald in Schnarchen überging, und bald waren Tarzan und die Sklaven die einzigen Wesen im Bankettsaal, die ihre fünf Sinne noch beisammen hatten.

Der Affenmensch erhob sich und sagte zu einem großen Schwarzen, der hinter ihm stand: „Ich würde mich gern zur Ruhe begeben, zeige mir mein Gemach."

Als der Bursche ihn aus dem Raum führte, tuschelte der Sklave, der etwas früher am Abend bei seinen Anblick so überrascht gewesen war, abermals lange mit einem seiner Gefährten. Letzterer blickte dem sich entfernenden Affenmenschen halb erschrocken nach. „Wenn du recht hast, sollten sie uns dafür die Freiheit schenken. Aber wenn du dich irrst, was wird dann unser Schicksal sein, o Jad-ben-Otho?"

„Ich irre mich nicht!" sagte der andere mit Nachdruck.

„Dann gibt es nur einen, dem wir das berichten sollten, denn ich habe gehört, er habe sauer geblickt, als dieser Dor-ul-Otho zum Tempel gebracht wurde, und während dieser sogenannte Sohn Jad-ben-Othos sich dort aufhielt, lieferte er ihm jeglichen Anlaß, ihn zu fürchten und zu hassen. Ich meine Lu-don, den Hohenpriester."

„Kennst du ihn?" fragte der andere Sklave.

„Ich habe im Tempel gearbeitet", erwiderte sein Kumpan.

„Dann geh sofort zu ihm und erzähl ihm alles, aber sorge dafür, daß er uns für diesen Beweis unserer Treue vorher hoch und heilig die Freiheit verspricht."

So begab sich sehr bald ein schwarzer Waz-don zum Tempeltor und bat, Lu-don, den Hohenpriester, in einer äußerst wichtigen Angelegenheit sprechen zu dürfen. Ungeachtet der späten Stunde ließ dieser ihn zu sich kommen, und als er seine Geschichte gehört hatte, versprach er ihm und seinem Freund nicht nur die Freiheit, sondern noch viele Geschenke, sofern sie die Berechtigung ihrer Forderungen nachweisen konnten.

Noch während der Sklave im Tempel von A-lur mit dem Hohenpriester sprach, tastete sich ein Mann seinen Weg um den Felsvorsprung von Pastar-ul-ved. Das Mondlicht blinkte auf dem blanken Lauf einer Enfield, die er auf dem bloßen Rücken trug, und die Messingpatronen in den Gurten, die die braunen Schultern und die schlanke Taille des Mannes umspannten, sprühten winzige Fünkchen reflektierten Lichts.

Tarzans Begleiter führte ihn zu einem Zimmer mit Blick auf den blauen See, wo er eine Lagerstatt ähnlich denen vorfand, die er in den Dörfern der Waz-don gesehen hatte: Ein einfacher, etwas erhobener Steinpodest mit mehreren übereinandergelegten Fellen. Dort legte er sich zum Schlafen nieder, und die Frage, die er unbedingt hatte stellen wollen, stand noch immer unbeantwortet im Raum.

Mit Anbruch des neuen Tages war er schon auf den Beinen und wanderte im Palast und auf dem umliegenden Grundstück umher, noch ehe sich von den Bewohnern des Palastes außer Sklaven jemand blicken ließ, zumindest sah er zuerst niemanden anders, aber dann stieß er fast genau in der Mitte des Palastgeländes auf eine Anlage, die von einer Mauer umgeben war. Sie weckte seine Neugier, da er entschlossen war, jeden Teil des Palastes und seiner Umgebung möglichst genau zu erforschen.

Was immer es sein mochte - die Anlage hatte offensichtlich weder Türen noch Fenster, aber daß sie zumindest teilweise nicht überdacht war, ließ der Anblick hin und her schwingender Zweige eines Baumes erkennen, der in seiner Nähe über die Mauer ragte. Da Tarzan keinen anderen Zugang fand, rollte er sein Seil auf und warf es über einen Zweig dieses Baumes, der für ihn am bequemsten zu erreichen war. Daran kletterte er mit der Behendigkeit eines Affen hoch.

Oben angekommen, sah er, daß die Mauer einen Garten umgab, in dem Bäume, Sträucher und Blumen in großzügiger Unordnung üppig wucherten. Ohne sich erst zu vergewissern, ob der Garten leer oder von Ho-don, Waz-don oder wilden Tieren bevölkert war, ließ er sich leichtfüßig auf der Innenseite ins Gras fallen und begann unverzüglich mit einer systematischen Durchsuchung der Anlage.

Schon die Tatsache, daß diese Anlage der allgemeinen Benutzung entzogen war - und das galt auch für diejenigen, die sonst zu allen Teilen des Palastgeländes freien Zugang hatten - weckte seine Neugier, denn zu ihrer natürlichen Schönheit kam noch die Abwesenheit von Sterblichen, so daß die Erforschung für Tarzan um so verlockender war, da er sich sagen mußte, daß er am ehesten an einem solchem Ort hoffen konnte, den Gegenstand seiner langen und mühseligen Suche zu finden.

Im Garten gab es kleine, künstliche Flüßchen und winzige Teiche, umgeben von blühenden Büschen, als sei die kundige Hand eines erfahrenen Gärtners am Werk gewesen, so schön und naturgetreu war alles in verkleinerter Form wiedergegeben.

Die Innenfläche der Mauer war den weißen Felsenklippen von Pal-ul-don nachgestaltet und hier und da von kleinen Nachbildungen der Schluchten durchbrochen, aus denen das üppige Grün wucherte.

Erfüllt von Bewunderung, ging Tarzan langsam im Garten umher und freute sich über jede neue Überraschung, und wie es seine Art war, bewegte er sich lautlos. Er durchquerte einen winzigen Wald, kam zu einer kleinen, mit Blumen bestandenen Rasenfläche und erblickte dort die erste Ho-don-Frau, seit er den Palast betreten hatte. Sie war jung und sehr schön, stand in der Mitte der kleinen Rasenfläche, drückte sanft einen kleinen Vogel an ihren goldenen Brustpanzer und strich ihm über das Köpfchen. Da sie Tarzan das Profil zukehrte, sah er deutlich, daß sie nach den Normen eines jeden Landes als weit mehr denn nur hübsch gelten konnte.

Zu ihren Füßen und mit dem Rücken zu ihm saß eine Waz-don-Sklavin im Gras. Er sah, daß die Gesuchte nicht hier war, und trat schnell ins Gebüsch aus Angst, die zwei Frauen könnten Alarm schlagen, wenn sie ihn entdeckten, doch noch ehe ihm dies glückte, wandte sich das Ho-don-Mädchen schnell nach ihm um, als habe ihr ein fünfter Sinn, wie wir ihn mehr oder weniger alle kennen, seine Gegenwart verraten.

Als sie ihn erblickte, spiegelten ihre Augen nur Überraschung, keinen Schrecken. Auch erhob sie kein Geschrei oder sprach besonders laut, als sie ihn mit wohlklingender Stimme fragte:

„Wer bist du, der du es wagst, den Verbotenen Garten zu betreten?“

Bei ihrer Frage wandte sich die Sklavin schnell um und stand auf. „Tarzan-jad-guru!“ rief sie halb erstaunt, halb erleichtert.

„Du kennst ihn?“ fragte ihre Herrin und sah sie dabei an, wodurch sie Tarzan Gelegenheit gab, den Finger warnend an die Lippen zu legen, damit Pan-at-lee ihn nicht weiter verrate, denn sie war es in der Tat, die jetzt vor ihm stand und deren Anblick ihn nicht weniger überraschte als der seine sie.

Von ihrer Herrin befragt und gleichzeitig von Tarzan zur Geheimhaltung ermahnt, schwieg Pan-at-lee eine Weile und suchte krampfhaft nach einem Ausweg aus diesem Dilemma. „Ich dachte... aber nein, ich habe mich geirrt ... Ich dachte, er sei jemand, den ich vor einiger Zeit in der Nähe der Kor-ul-gryf gesehen habe“, stammelte sie.

Das Ho-don-Mädchen blickte zuerst auf ihn, dann auf sie, und ein Ausdruck des Zweifels und der Unsicherheit trat in ihre Augen. „Aber du hast mir noch nicht geantwortet“, fuhr sie sogleich fort. „Wer bist du?“

„Demnach hast du noch nicht von dem Besucher gehört, der gestern am Hof eures Königs eintraf?“

„Willst du damit sagen, daß du der Dor-ul-Otho bist?“ sagte sie, und erst jetzt wich der Ausdruck des Zweifels in ihren Augen tiefer Ehrfurcht.

„So ist es“, erwiderte Tarzan. „Und du?“

„Ich bin O-lo-a, Tochter von Ko-tan, dem König“, antwortete sie.

Das also war O-lo-a! Weil Ta-den sie liebte, hatte er das Exil dem Priesterstand vorgezogen. Inzwischen hatte sich Tarzan der zierlichen Barbarenprinzessin weiter genähert. „Tochter von Ko-tan, Jad-ben-Otho findet Wohlgefallen an dir, deshalb hat er zum Zeichen seiner Gunst denjenigen, den du liebst, sicher durch viele Gefahren geleitet“, sagte er.

„Ich verstehe nicht“, erwiderte das Mädchen, doch die Röte, die ihr ins Gesicht stieg, strafte ihre Worte Lügen. „Bu-lat ist Gast im Palast von Ko-tan, meinem Vater. Mir ist nicht bekannt, daß er je einer Gefahr ins Auge gesehen hätte. Und ihm bin ich zugesprochen.“

„Doch nicht er ist es, den du liebst“, sagte Tarzan.

Abermals errötete sie und wandte ihr Gesicht halb ab. „Dann habe ich den Unwillen des Großen Gottes erregt?“ fragte sie.

„Nein“, antwortete Tarzan. „Wie ich dir schon gesagt habe, ist er mit dir außerordentlich zufrieden, und um deinetwillen hat er Ta-den gerettet.“

„Jad-ben-Otho weiß alles, und sein Sohn teilt sein großes Wissen“, flüsterte sie.

„Nein, ich weiß nur Dinge, von denen Jad-ben-Otho wünscht, daß ich sie kenne", beeilte sich Tarzan, sie zu berichtigen, damit der Ruf, allwissend zu sein, ihn nicht in eine peinliche Lage bringen konnte.

„Aber sage mir: Werde ich mit Ta-den verbunden werden? Der Sohn des Gottes kann doch bestimmt in die Zukunft blicken."

Der Affenmensch war froh, sich ein Schlupfloch offengelassen zu haben. „Auch von der Zukunft weiß ich nur, was Jad-ben-Otho mir sagt. Aber ich denke, du brauchst um deine nicht zu bangen, sofern du nur Ta-den und seinen Freunden treu bleibst."

„Du hast ihn gesehen?" fragte O-lo-a. „Sage mir, wo ist er?"

„Ja, ich habe ihn gesehen", erwiderte Tarzan. „Er war bei O-mat, dem Gund von Kor-ul-ja."

„Als Gefangener der Waz-don?" fragte das Mädchen hastig.

„Nicht als Gefangener, sondern als Ehrengast", erwiderte Tarzan. Und dann: „Warte! Sprich jetzt nicht! Ich erhalte eine Nachricht von Jad-ben-Otho, meinem Vater." Damit erhob er sein Gesicht zum Himmel.

Die beiden Frauen fielen auf die Knie und bedeckten das Gesicht mit den Händen, so sehr erfüllte sie der Gedanke mit Ehrfurcht, daß der Große Gott ihnen nahe war. Da tippte Tarzan O-lo-a auf die Schulter.

„Erhebe dich", sagte er. „Jad-ben-Otho hat gesprochen. Er hat mir gesagt, daß diese Sklavin vom Stamm der Kor-ul-ja kommt, wo Ta-den ist, und daß sie Om-at, ihrem Häuptling, zugesprochen wurde. Ihr Name ist Pan-at-lee."

O-lo-a blickte Pan-at-lee fragend an. Diese nickte nur, da sie in ihrer schlichten Denkweise nicht erkennen konnte, ob sie und ihre Herrin Opfer eines kolossalen Schwindels waren oder nicht. „Es ist genau, wie er sagt", flüsterte sie.

O-lo-a sank auf die Knie und berührte Tarzans Füße mit der Stirn. „Große Ehre läßt Jad-ben-Otho seiner armen Dienerin zuteil werden", sagte sie. „Übermittle ihm meinen kümmerlichen Dank für das Glück, das er O-lo-a geschenkt hat."

„Es würde meinem Vater wohl gefallen, wenn du veranlassen könntest, daß Pan-at-lee sicher in das Dorf ihres Volkes zurückkehren darf."

„Was kümmert sich Jad-ben-Otho um so eine wie sie?" fragte O-lo-a, und ihre Worte klangen etwas hochmütig.

„Es gibt nur einen Gott, und er ist der Gott der Waz-don wie auch der Ho-don, der Vögel, Tiere und Blumen, überhaupt von allem, was auf Erden oder im Wasser wächst und gedeiht. Wenn Pan-at-lee recht handelt, steht sie in den Augen von Jad-ben-Otho höher als Ko-tans Tochter, sollte diese unrecht tun."

Man sah deutlich, daß O-lo-a diese Interpretation göttlicher Gunst nicht recht verstand, widersprach sie doch den Lehren der Priesterschaft ihres Volkes in jeder Weise. Nur in einer Hinsicht stimmten Tarzans Lehren mit ihrem Glauben überein - daß es nur einen Gott gab. Im übrigen war ihr stets beigebracht worden, daß er nur der Gott der Ho-don sei, im Gegensatz zu anderen Wesen, die Jad-ben-Otho geschaffen hatte, damit sie zu Nutz und Frommen der Ho-don-Rasse dienten. Nun vom Sohn des Gottes gesagt zu bekommen, daß sie in der göttlichen Wertschätzung nicht höher stand als die schwarze Dienstmagd neben ihr, war in der Tat ein Schock für ihren Stolz, ihre Eitelkeit und ihren Glauben. Aber wer konnte das Wort Dor-ul-Othos in Frage stellen, besonders nachdem sie seine Zwiesprache mit Gott soeben miterlebt hatte?

„Der Wille Jad-ben-Othos soll geschehen, sofern es in meiner Macht liegt", sagte sie demütig. „Aber es wäre das beste, den Wunsch deines Vaters direkt dem König vorzutragen, o Dor-ul-Otho!"

„Dann behalte sie bei dir und gib acht, daß ihr kein Leid geschieht."

O-lo-a blickte bekümmert auf Pan-at-lee. „Ich habe sie erst seit gestern, und nie zuvor hatte ich eine Sklavin, die mir mehr zusagte", erklärte sie. „Ich mag es gar nicht, mich von ihr zu trennen."

„Aber es gibt doch noch andere", erklärte Tarzan.

„Das wohl, aber nur eine Pan-at-lee", entgegnete sie.

„Werden viele Sklaven in die Stadt gebracht?" fragte Tarzan.

„Ja", antwortete sie.

„Auch viele Fremde aus anderen Ländern?" forschte er weiter.

Sie schüttelte den Kopf. „Nur die Ho-don von der anderen Seite des Tales von Jad-ben-Otho", antwortete sie. „Und sie sind keine Fremden."

„Demnach bin ich der erste, der durchs Tor von A-lur schritt?" fragte er.

„Ist es notwendig, daß der Sohn von Jad-ben-Otho eine arme, unwissende Sterbliche wie O-lo-a so verhören muß?" parierte sie.

„Wie ich dir schon vorhin sagte, ist nur Jad-ben-Otho allwissend", erwiderte er.

„Wenn er wollte, daß du es weißt, wüßtest du es“, entgegnete O-lo-a schnell.

Innerlich mußte er lächeln, weil diese kleine Heidin ihn mit ihrer Schläue bei dem Spiel schlug, das er sich ausgedacht hatte, doch in gewissem Maße beantwortete ihr ausweichendes Verhalten seine Frage. „Also waren kürzlich andere Fremde hier?“ forschte er beharrlich weiter.

„Ich kann dir nicht sagen, was ich nicht weiß“, antwortete sie. „Im Palast von Ko-tan sind stets viele Gerüchte in Umlauf, und wie könnte eine Frau des Palastes sagen, welches davon den Tatsachen entspricht und welches nicht?“

„Gab es denn kürzlich solch ein Gerücht?“ fragte er.

„Nur eins hat den Verbotenen Garten erreicht“, antwortete sie.

„Möglicherweise beschrieb es die Frau einer anderen Rasse?“ Während er diese Frage stellte und auf ihre Antwort wartete, glaubte er, sein Herz werde stehenbleiben, so schwer lastete auf ihm, was hier auf dem Spiel stand.

Das Mädchen zögerte, ehe sie antwortete, dann sagte sie: „Nein, ich darf nicht darüber sprechen, denn wenn es nicht so bedeutungsvoll ist, um das Interesse der Götter zu wecken, so würde ich mir den Zorn meines Vaters zuziehen, sollte ich es hier erörtern.“

„Im Namen Jad-ben-Othos befehle ich dir zu reden“, sagte Tarzan. „Im Namen Jad-ben-Othos, in dessen Händen das Schicksal von Taden liegt!“

Das Mädchen wurde blaß. „Sei barmherzig!“ flehte sie. „Um Tadens willen werde ich dir alles erzählen, was ich weiß.“

„Was erzählen?“ fragte eine Stimme aus dem Gestrüpp hinter ihnen. Die drei wandten sich um und sahen Ko-tan aus den Büschen treten. Ein finsterer, zorniger Ausdruck entstellte seine königliche Miene, doch bei Tarzans Anblick schlug er in pure Überraschung um, vermischt mit einem Quentchen Furcht. „Dor-ul-Otho!“ rief er. „Ich wußte nicht, daß du es bist“, sagte er, dann fügte er hoch erhobenen Hauptes, die Schultern reckend, hinzu: „Aber es gibt Orte, die selbst der Sohn des Großen Gottes nicht aufsuchen darf, und dieser hier, der Verbotene Garten von Ko-tan, gehört dazu.“

Es war eine Herausforderung, gleichwohl lag in seinen kühnen Worten ein entschuldigender Ton, der verriet, daß er in seiner abergläubischen Denkweise doch noch so etwas wie die Furcht vor seinem Schöpfer empfand. „Komm, Dor-ul-Otho, ich weiß nicht, was dieses törichte Kind dir alles gesagt hat, aber was immer du wissen möchtest, Ko-tan, der König, wird es dir erzählen", fuhr er fort. „O-lo-a, geh sofort in deine Gemächer." Dabei wies er mit ernster Miene zum anderen Ende des Gartens.

Die Prinzessin machte sofort kehrt und verließ sie, gefolgt von Pan-at-lee.

„Wir gehen hier entlang", sagte Ko-tan und führte Tarzan in eine andere Richtung. Ganz in der Nähe jenes Teils der Mauer, auf die sie jetzt zugingen und die nichts anderes als eine verkleinerten Nachbildung der Felsenklippe war, sah Tarzan eine Grotte, zu der Ko-tan ihn führte. Dann ging es eine steinige Treppe hinab zu einem düsteren Korridor, der in den eigentlichen Palast mündete. Zwei bewaffnete Krieger standen an diesem Eingang zum Verbotenen Garten und bewiesen, wie eifersüchtig die geheiligten Bereiche dieses Ortes gehütet wurden.

Ko-tan ging wortlos zu seinen eigenen Gemächern im Palast. Der große Vorraum, den sie auf dem Wege dorthin durchqueren mußten, war voller Häuptlinge und Krieger, die dem König ihre Aufwartung machen wollten. Als die beiden eintraten, bildeten sie eine Gasse über die volle Länge des Raums, durch die die zwei schweigend schritten.

Gleich neben der gegenüberliegenden Tür und halb von den Kriegern verborgen, die vor ihm standen, befand sich Lu-don, der Hohenpriester. Tarzan bekam ihn nur kurz zu Gesicht, konnte jedoch selbst in diesem Bruchteil einer Sekunde den verschlagenen und boshaften Ausdruck in den grausamen Zügen erkennen, der ihm nichts Gutes verhieß, wie ihm eine innere Stimme sagte. Dann trat er mit Ko-tan in den angrenzenden Raum, und die Vorhänge fielen hinter ihnen nieder.

Im gleichen Augenblick tauchte der häßliche Kopfschmuck eines niederen Priesters in der Eingangstür des Außenraumes auf. Sein Besitzer hielt einen Moment inne, blickte schnell in die Runde, und als er den Gesuchten gefunden hatte, bahnte er sich rasch einen Weg zu ihm. Er und Lu-don tuschelten miteinander, dann sagte der Hohenpriester:

„Kehre sofort in die Gemächer der Prinzessin zurück und sorge dafür, daß die Sklavin unverzüglich zu mir in den Tempel gebracht wird." Der niedere Priester wandte sich um und begab sich auf seine Mission, während Lu-don gleichfalls den Raum verließ und seine

Schritte zu dem geheiligten Bereich lenkte, über den er herrschte.

Eine halbe Stunde später brachte man einen Krieger zu Ko-tan. „Lu-don, der Hohenpriester, ersucht Ko-tan, den König, sich in den Tempel zu begeben, und es ist sein Wunsch, daß er allein komme.“

Ko-tan nickte zum Zeichen, daß er die Weisung entgegengenommen habe, der selbst der König Folge leisten mußte. „Ich bin gleich zurück, Dor-ul-Otho“, sagte er zu Tarzan. „In der Zwischenzeit harren meine Krieger und Sklaven deiner Befehle.“

Das Todesurteil

Es dauerte jedoch eine Stunde, ehe der König das Gemach wieder betrat, und in der Zwischenzeit hatte der Affenmensch sich damit beschäftigt, die Schnitzereien an den Wänden und die vielen anderen Beweise für die Fertigkeit der hiesigen Künstler zu bewundern, die in ihrer Gesamtheit dem Raum eine Atmosphäre von Reichtum und Luxus verliehen.

Kunstfertige Handwerker hatten den festen, marmorweißen, jedoch verhältnismäßig leicht zu bearbeitenden Kalkstein des Landes mit einfachem Werkzeug in Schalen, Urnen und Vasen beträchtlicher Schönheit und Grazie verarbeitet. Bei vielen davon war pures Gold in die geschnitzten Ornamente geschlagen worden, so daß der Eindruck reichen, prächtigen Goldzellenschmelzes entstand.

Da Tarzan selbst ein Barbar war, ließ er sich von der Kunst der Barbaren stets gefangen nehmen. Drückte sie für ihn die natürliche Liebe des Menschen für das Schöne doch in weit größerem Maße aus als die bemühten und künstlichen Produkte der Zivilisation. Hier hatte er die echte Kunst der alten Meister vor sich, das andere war billige Nachahmung, Steindruck.

Er ging noch dieser angenehmen Beschäftigung nach, als Ko-tan zurückkehrte. Tarzan sah, wie sich die Vorhänge bewegten, durch die der König den Raum betrat, wandte sich um und war betroffen von der erstaunlichen Veränderung in der Erscheinung des Königs. Das Gesicht war leichenblaß, die Hände zitterten wie bei Schüttellähmung, die Augen waren angstgeweitet. Sein ganzes Äußere bekundete rasenden Zorn und tödliche Angst. Tarzan blickte ihn forschend an.

„Du bringst schlechte Nachrichten, Ko-tan?“ fragte er.

Der König murmelte eine unverständliche Antwort. Hinter ihm drängten sich derart viele Krieger in den Raum, daß sie sich beim Eintreten behinderten. Der König blickte besorgt nach rechts und links, warf verängstigte Blicke auf den Affenmenschen, hob sodann das Gesicht gen Himmel und rief mit aufwärtsgewandtem Blick: „Jad-ben-Otho, sei mein Zeuge, daß ich dies nicht aus eigenem Antrieb tue.“ Einen Augenblick herrschte Stille im Raum, die sogleich wieder von ihm gebrochen wurde. „Ergreift ihn, denn Lu-don, der Hohenpriester, schwört, daß er ein Betrüger ist!" befahl er den um ihn versammelten Kriegern.

Dieser großen Schar von Gegnern im Palast ihres Königs bewaffneten Widerstand zu leisten hätte die schlimmsten Folgen gehabt. Das sagte Tarzan der gesunde Menschenverstand, und gerade jetzt, da seine Hoffnungen und Vermutungen schon nach wenigen Stunden durch die unklaren Einlassungen O-lo-as teilweise bestätigt worden waren, war ihm unbedingt daran gelegen, jedes tödliche Risiko zu vermeiden.

„Haltet ein!" rief er und hob die geöffnete Hand gegen sie. „Was soll das alles bedeuten?"

„Lu-don behauptet, über Beweise zu verfügen, daß du nicht der Sohn von Jad-ben-Otho bist", erwiderte Ko-tan. „Er verlangt, daß du in den Thronsaal gebracht wirst, um dich deinen Anklägern gegenüberzustellen. Bist du derjenige, der du zu sein vorgibst, dann weiß niemand besser als du, daß du keine Furcht haben mußt, seiner Forderung nachzukommen. Doch denke stets daran, daß der Hohenpriester in solchen Sachen über dem König steht und ich seine Befehle nur ausführe, nicht erteile."

Tarzan erkannte, daß Ko-tan von seinem Doppelspiel nicht ganz überzeugt war, deshalb dieser eindeutige Versuch, sicher zu gehen.

„Deine Krieger sollen es besser unterlassen, mich zu ergreifen, sonst könnte Jad-ben-Otho ihre Absicht mißverstehen und sie töten", sagte er zu ihm. Die Wirkung seiner Worte auf die Männer in der ersten Reihe, die ihm gegenüberstanden, war unverkennbar, denn jeder schien plötzlich von großer Bescheidenheit erfüllt zu sein, die ihn veranlaßte, sich unter den hinter ihm Stehenden zu verkriechen - eine Bescheidenheit, die die anderen schnell ansteckte.

Der Affenmensch lächelte. „Habt keine Angst, ich gehe freiwillig in den Thronsaal, um mir die Gotteslästerer anzusehen, die mich beschuldigen", sagte er.

Im Saal angelangt, erhob sich ein neues Problem. Ko-tan wollte Lu-don das Recht nicht zugestehen, auf dem Gipfel der Pyramide Platz zu nehmen. Dieser dachte wiederum nicht daran, sich weiter unten aufzustellen, während Tarzan seinen hohen Anspruch erneuerte und darauf bestand, daß niemand über ihm Platz nahm. Indes war er der einzige, der die Komik der Situation erfaßte.

Um die Atmosphäre zu entspannen, schlug Ja-don vor, alle drei sollten sich gemeinsam auf den Thron setzen, doch Ko-tan wies diesen Vorschlag mit dem Argument zurück, außer dem König von Pal-ul-don habe kein Sterblicher je auf diesem erhabenen Stuhl gesessen, außerdem sei für drei dort oben kein Platz.

„Aber wer ist mein Ankläger, wer mein Richter?“ fragte Tarzan.

„Lu-don ist Ankläger“, erklärte Ko-tan.

„Und Richter zugleich“, sagte der Hohenpriester.

„Ich soll also von demselben gerichtet werden, der mich anklagt. Dann könnten wir uns doch alle Formalitäten ersparen und Lu-don gleich bitten, mich abzuurteilen“, sagte er in ironischem Ton und blickte den Hohenpriester dabei so spöttisch an, daß dessen Haß ins Unermeßliche wuchs.

Es war deutlich zu spüren, daß Ko-tan und die Krieger einsahen, wie begründet Tarzans Einwände gegen dieses unbillige Verfahren einer Rechtsprechung waren. „Im Thronsaal seines Palastes darf nur Ko-tan Recht sprechen. Also soll er sich Ludons Anklage und die Aussagen seiner Zeugen anhören und danach zu einem endgültigen Urteil gelangen“, sagte Ja-don.

Ko-tan war jedoch alles andere als erbaut, über jemanden zu Gericht zu sitzen, der möglicherweise nach allem der Sohn seines Gottes war. Also suchte er Zeit zu gewinnen, um einen Ausweg aus dieser Zwangslage zu finden. „Das hier ist eine rein religiöse Angelegenheit, und die Tradition gebietet, daß sich die Könige von Pal-ul-don nicht in Fragen der Kirche einmischen.“

„Dann soll der Prozeß im Tempel stattfinden“, sagte einer der Häuptlinge, denn die Krieger waren ebenso erpicht wie ihr König, jegliche Verantwortung von sich abwälzen zu können. Dieser Vorschlag sagte dem Hohenpriester ungemein zu, ja, er schalt sich innerlich, nicht selbst schon daran gedacht zu haben.

„Es stimmt, dieser Mann hat sich gegen den Tempel versündigt“, sagte er. „Also soll er zur gerichtlichen Untersuchung dorthin geschleppt werden.“

„Der Sohn von Jad-ben-Otho wird nirgendshin geschleppt, doch wenn dieser Prozeß vorüber ist, wird höchstwahrscheinlich der Leichnam von Lu-don, dem Hohenpriester, aus dem Tempel Gottes geschleppt, da er ihn sonst entweihen würde. Überlege also gut, Lu-don, ehe du diese Torheit begehst.“

Tarzans Worte sollten den Hohenpriester einschüchtern und seine Position erschüttern, verfehlten diesen Zweck jedoch in jeder Hinsicht. Lu-don zeigte nicht die geringste Furcht angesichts des Bildes, das der Affenmensch gemalt hatte.

Hier ist jemand, der mehr von seiner Religion versteht, als jeder dieser Burschen, und der das falsche Spiel, das ich treibe, ebenso durchschaut wie das seine mit dem Glauben, den er predigt, dachte Tarzan.

Ihm war jedoch klar, daß seine einzige Hoffnung darin bestand, den Vorwürfen mit scheinbarer Gelassenheit zu begegnen. Ko-tan und seine Krieger standen noch unter dem Einfluß ihres Glaubens an ihn, und auf diese Tatsache mußte er im letzten Akt des von Lu-don veranstalteten Dramas bauen, wollte er sich den eifersüchtigen Priester vom Leibe halten, der insgeheim schon das Urteil über ihn gefällt hatte. Das wußte er.

Achselzuckend stieg er die Stufen der Pyramide herab. „Es kümmert Dor-ul-Otho nicht, wo Lu-don seinen Gott erzürnt, denn Jad-ben-Othos Macht reicht ebenso in die Gemächer des Tempels wie in den Thronsaal von Ko-tan."

Unendlich erleichtert über diese schnelle Lösung ihres Problems, begaben sich der König und die Krieger vom Thronsaal zum Tempelgelände, wobei ihr Glaube an Tarzan durch seine offensichtliche Gelassenheit gegenüber den Vorwürfen noch gestiegen war. Lu-don führte sie zum größten der Altarhöfe.

Dort stellte er sich hinter den Westaltar und wies Ko-tan einen Platz auf der Plattform linkerhand des Altars, Tarzan einen auf der rechten Seite zu.

Als letzterer die Plattform bestieg, verengten sich seine Augen zu zornigen Schlitzen bei dem Anblick, der sich ihnen bot. Die Aushöhlung auf der Oberfläche des Altars war mit Wasser gefüllt, in dem ein neugeborener, nackter Säugling schwamm. „Was soll das bedeuten?" rief er zornig, an Lu-don gewandt.

Der lächelte boshaft. „Daß du das nicht weißt, ist ein Beweis mehr für die Verlogenheit deines Anspruchs", erwiderte er. „Derjenige, der sich hier als Sohn Gottes ausgibt, hat also keine Ahnung, daß zur Erbauung Jad-ben-Othos das Blut eines Erwachsenen den weißen Stein rötet, wenn die letzten Strahlen der untergehenden Sonne den Ostaltar des Tempels überfluten, und daß sie, wenn sie sich wieder vom Körper ihres Schöpfers löst, jeden Tag zuerst auf den Westaltar blickt und sich am Tod eines neugeborenen Kindes erfreut, dessen Geist sie tagsüber auf ihrer Himmelsbahn begleitet, so wie der Geist des Erwachsenen am Abend mit ihr zu Jad-ben-Otho zurückkehrt.

Schon die kleinen Kinder der Ho-don wissen das, während der hier, der behauptet, Sohn von Jad-ben-Otho zu sein, davon keinen blassen Schimmer hat. Und sollte dies noch nicht Beweis genug sein - wohlan, hier ist noch mehr. Tritt näher, Waz-don“, rief er und wies auf einen großen Sklaven, der mit einer Gruppe anderer Schwarzer und Priester links vom Altar stand.

Der Bursche trat ängstlich nach vorn. „Erzähl uns, was du über diese Kreatur weißt“, sagte Lu-don und wies auf Tarzan.

„Ich habe ihn schon früher gesehen“, sagte der Waz-don. „Ich gehöre zum Stamm der Kor-ul-lul, und vor kurzem stieß eine Gruppe unserer Krieger, der auch ich angehörte, auf dem Berggrat, der unsere Dörfer trennt, auf mehrere Krieger der Kor-ul-ja, mit denen wir verfeindet sind. Unter ihnen befand sich dieses fremde Wesen, den sie Tarzan-jad-guru nannten, und schrecklich war er in der Tat, denn er stritt mit der Kraft so vieler Männer, daß es zwanzig unserer Leute bedurfte, ihn zu besiegen. Aber er kämpfte nicht, wie ein Gott kämpft, und als eine Keule ihn am Kopf traf, sank er bewußtlos zu Boden wie jeder gewöhnliche Sterbliche.

Wir nahmen ihn als Gefangenen mit in unser Dorf, doch er entkam, nachdem er dem Krieger, den wir zu seiner Bewachung bei ihm gelassen hatten, den Kopf abgeschnitten, in die Schlucht getragen und auf der gegenüberliegenden Seite an den Ast eines Baumes gebunden hatte.“

„Das Wort eines Sklaven gegen das eines Gottes!“ sagte Ja-don, der schon vorher ein freundschaftliches Interesse für die Pseudogottheit bekundet hatte.

„Es ist nur ein Schritt in Richtung der Wahrheit“, entgegnete Lu-don. „Vielleicht besitzt die Aussage der einzigen Prinzessin des Hauses von Ko-tan für den großen Häuptling aus dem Norden mehr Gewicht, obwohl der Vater eines Sohnes, der das heilige Amt des Priesters verschmähte, schwerlich ein geneigtes Ohr für das Zeugnis gegen einen anderen Gottesverächter haben wird.“

Ja-dons Hand fuhr zum Messer, aber die Krieger, die neben ihm standen, packten schnell seinen Arm. „Du befindest dich im Tempel von Jad-ben-Otho, Ja-don“, warnten sie ihn, und so war der große Häuptling gezwungen, Lu-dons Schmährede zu schlucken, obwohl sie bei ihm bitteren Haß auf den Hohenpriester auslöste.

Nun wandte sich Ko-tan an Lu-don. „Was weiß meine Tochter von dieser Angelegenheit?“ fragte er. „Du willst doch nicht eine Prinzessin meines Hauses hier öffentlich Zeugnis ablegen lassen?“

„Keineswegs, nicht in Person, aber ich habe jemanden hier, der für sie aussagen wird“, erwiderte Lu-don. Dann winkte er einem niederen Priester. „Bring die Sklavin der Prinzessin her“, sagte er.

Dessen grotesker Kopfschmuck verlieh der ganzen Szene etwas Häßliches. Er trat vor und zog die widerstrebende Pan-at-lee am Handgelenk mit sich.

„Die Prinzessin O-lo-a befand sich mit dieser Sklavin allein im Verbotenen Garten, als plötzlich diese Kreatur dort, die behauptet, Dor-ul-Otho zu sein, aus dem nahegelegenen Gebüsch auftauchte. Als die Sklavin ihn sah, rief sie ihn nach Angaben der Prinzessin vor Staunen und Überraschung laut beim Namen - Tarzan-jad-guru -, da sie ihn erkannt hatte. Das ist derselbe Name, den der Sklave von Kor-ul-lul ihm gab. Diese Frau kommt aber nicht aus Kor-ul-lul, sondern aus Kor-ul-ja, und das ist genau der Stamm, bei dem sich dieses Wesen nach Aussagen des Kor-ul-lul aufhielt, als er ihn das erste Mal sah. Die Prinzessin berichtete ferner, daß diese Sklavin, deren Name Pan-at-lee ist, ihr eine seltsame Geschichte erzählte, als sie gestern zu ihr gebracht wurde. Danach wurde sie in der Kor-ul-gryf durch genau so ein Wesen wie diesem hier, den sie als Tarzan-jad-guru bezeichnete, vor einem Tor-o-don gerettet. Später wurden die zwei auf der Sohle der Schlucht von zwei Ungeheuern, Gryfs, verfolgt. Der Mann lockte sie weg, während Pan-at-lee floh, jedoch nur, um in der Kor-ul-lul gefangengenommen zu werden, als sie zu ihrem Stamm zurückkehren wollte.“

„Ist es jetzt nicht sonnenklar, daß diese Kreatur kein Gott ist?“ rief Lu-don. „Hat er dir gesagt, er sei Gottes Sohn?“ schrie er fast, plötzlich an Pan-at-lee gewandt.

Das Mädchen fuhr erschrocken zurück. „Antworte mir, Sklavin!“ verlangte der Hohenpriester.

„Er erschien mir mehr als sterblich“, parierte Pan-at-lee.

„Hat er dir gesagt, er sei Gottes Sohn? Beantworte meine Frage!“ forderte Lu-don beharrlich.

„Nein“, gestand sie leise ein und warf Tarzan einen Blick zu, mit dem sie ihn um Vergebung bat und den er mit einem ermutigenden und freundlichen Lächeln erwiderte.

„Das beweist noch nicht, daß er nicht Gottes Sohn ist“, sagte Ja-don. „Glaubt Lu-don etwa, Jad-ben-Otho gehe umher und rufe dauernd 'Ich bin Gott! Ich bin Gott!' Hat Lu-don ihn das je sagen hören? Nein. Warum sollte sein Sohn tun, was der Vater nicht tut?"

„Genug. Der Beweis ist ausreichend", sagte Lu-don. „Diese Kreatur ist ein Betrüger, und ich, der Hohenpriester von Jad-ben-Otho in der Stadt A-lur, verurteile ihn hiermit zum Tode." Einen Augenblick herrschte Stille, da Lu-don eine Pause machte, um die Wirkung seiner dramatischen Worte zu steigern. „Sollte ich mich irren, so mag Jad-ben-Otho mein Herz mit seinen Blitzen durchbohren, während ich hier noch vor euch stehe."

In der eingetretenen atemlosen Stille hörte man deutlich die kleinen Wellen des Sees gegen den Fuß der Palastmauer schlagen. Lu-don stand mit ausgestreckten Armen und das Gesicht gen Himmel gerichtet in der Haltung eines Menschen, der die Brust dem Dolch des Scharfrichters darbietet. Die im Tempelhof versammelten Krieger, Priester und Sklaven harrten der vernichtenden Rache ihres Gottes.

Tarzan war es, der das Schweigen brach. „Dein Gott beachtet dich nicht, Lu-don", höhnte er in einem Ton, mit dem er den Zorn des Hohenpriesters noch mehr entfachen wollte. „Er beachtet dich nicht, und ich kann es hier vor den Augen deiner Priester und deines Volkes beweisen."

„Dann tu es, Gotteslästerer! Wie willst du das tun?"

„Du hast mich einen Gotteslästerer genannt", erwiderte Tarzan. „Du hast zu deiner eigenen Befriedigung bewiesen, daß ich ein Betrüger bin, daß ich, ein gewöhnlicher Sterblicher, mich als Sohn Gottes ausgegeben habe. Also fordere, daß Jad-ben-Otho sein Gottestum und die Würde seiner Priesterschaft aufrechterhält, indem er seine verzehrenden Flammen durch meine Brust bohrt."

Abermals folgte ein kurzes Schweigen, während die Zuschauer warteten, daß Lu-don auf diese Weise die Vernichtung des angeblichen Betrügers herbeiführe.

„Du wagst es nicht, weil du weißt, daß du dann ebenso schnell zu Tode kämst wie ich", höhnte Tarzan weiter.

„Du lügst", sagte Lu-don, „und ich würde es auch tun, hätte ich nicht eine Botschaft von Jad-ben-Otho erhalten, die dir ein anderes Schicksal zubestimmt."

Ein mehrstimmiges bewunderndes und ehrfürchtiges „Ah!" stieg aus der Schar der Priester. Ko-tan und seine Krieger befanden sich in einem Zustand geistiger Verwirrung. Insgeheim haßten und fürchteten sie Lu-don, doch die Hochachtung für das Amt, das er bekleidete, war ihnen dermaßen in Fleisch und Blut übergegangen, daß keiner wagte, seine Stimme gegen ihn zu erheben.

Keiner? O nein, da war Ja-don, der furchtlose alte Löwenmensch aus dem Norden. „Das war ein faires Angebot", sagte er. „Ruf die Blitze Jad-ben-Othos auf das Haupt dieses Mannes herab, wenn du uns von seiner Schuld überzeugen willst."

„Schluß damit", bellte Lu-don. „Seit wann wurde Ja-don zum Hohenpriester gewählt? Ergreift den Gefangenen", rief er den Kriegern und Priestern zu. „Und morgen soll er auf die Weise sterben, die Jad-ben-Otho für ihn vorgesehen hat."

Indes traf keiner der Krieger so schnell Anstalten, den Befehl des Hohenpriesters auszuführen, andererseits wurden die niederen Priester vom Mut des Fanatismus beseelt und sprangen wie eine Schar gräßlicher Geier nach vorn, um sich auf ihre Beute zu stürzen.

Das Spiel war vorüber. Tarzan wußte es. Sein scharfer Verstand und diplomatisches Feingefühl konnten nicht länger Aufgaben jener Verteidigungswaffen übernehmen, die er am liebsten einsetzte. Und so sah sich der erste widerliche Priester, der zu der Plattform sprang, keinem sanften Abgesandten des Himmels gegenüber, sondern einem grimmigen, wilden Tier, dessen Temperament ihm eher einen Vorgeschmack der Hölle verhieß.

Der Altar stand dicht an der westlichen Umfriedung. Dazwischen war gerade Platz genug für den Hohenpriester, wenn er seine sakralen Handlungen vollzog. So stand jetzt nur Lu-don hinter Tarzan, vor ihm hingegen vielleicht zweihundert Krieger und Priester.

Jener besonders Eifrige, der unbedingt den Ruhm einheimsen wollte, als erster Hand an den gotteslästerlichen Betrüger zu legen, kam mit ausgestreckten Armen angerannt, um den Affenmenschen zu packen. Statt dessen wurde er ergriffen, ergriffen von stählernen Händen, die ihn aufhoben, als sei er eine Strohpuppe, ihn an einem Bein und dem Harnisch auf seinem Rücken gepackt hielten, während hünenhafte Arme ihn hoch über den Altar hoben. Dicht hinter ihm drängten andere nach, die den Affenmensch gleichfalls ergreifen und von der Plattform zerren wollten, und hinter dem Altar kam Lu-don mit gezücktem Messer auf ihn zu.

Keine Sekunde war zu verlieren, aber es entsprach auch nicht der Art und Weise des Affenmenschen, kostbare Zeit verstreichen zu lassen oder eine Entscheidung erst zu treffen, wenn es zu spät war. Noch ehe Lu-don oder jemand anders ahnen konnte, was der Verurteilte im Schilde führte, hatte er den kreischenden Eiferer mit aller Kraft seiner wohlentwickelten Muskeln dem Hohenpriester ins Gesicht geschleudert und war auf den Altar und von dort auf die oberste Kante der Tempelmauer gesprungen. Er bewegte sich so schnell, daß man glauben mochte, diese zwei Handlungen wären eine einzige. Als er sicheren Stand hatte, wandte er sich um und blickte auf diejenigen unter ihm. Eine Weile stand er schweigend, dann sagte er:

„Wer wagt zu glauben, daß Jad-ben-Otho seinen Sohn im Stich lassen würde?" Damit ließ er sich auf der anderen Seite zu Boden fallen und war ihren Blicken entschwunden.

Es gab mindestens zwei innerhalb der Umfriedung, denen vor Freude das Herz im Leibe hüpfte, weil dem Affenmenschen dieses Manöver geglückt war, und einer lächelte ganz offen. Das war Jadon, und die andere Pan-at-lee.

Der Priester, den Tarzan Lu-don auf den Kopf geschleudert hatte, hatte sich an der Tempelmauer den Schädel zerschmettert, während der Hohenpriester nur einige Beulen davontrug, die er sich beim Sturz auf das harte Pflaster zugezogen hatte. Schnell raffte er sich auf und blickte furchtsam, entsetzt und schließlich höchst verdattert in die Runde, da ihm die Flucht des Affenmenschen entgangen war. „Ergreift ihn", rief er. „Ergreift den Gotteslästerer!" Dabei hielt er weiter mit so lächerlicher, verdatterter Miene nach seinem Opfer Ausschau, daß so mancher Krieger sein Grinsen hinter vorgehaltener Hand verbergen mußte.

Die Priester rannten wild durcheinander und trieben die Krieger an, die Verfolgung des Flüchtlinges aufzunehmen, aber diese erwarteten seelenruhig den Befehl ihres Königs oder des Hohenpriesters. Kotan, insgeheim mehr oder weniger froh über Lu-dons peinliche Situation, wartete wiederum darauf, daß der Würdige die nötigen Anweisungen erteilte, was dieser auch sogleich tat, bis ihm einer seiner Gefolgsleute aufgeregt erläuterte, auf welche Weise Tarzan entkommen war.

Sofort wurden die nötigen Befehle ausgegeben, und Priester wie Krieger begaben sich zum Tempelausgang, um die Verfolgung des Flüchtlings aufzunehmen. Die Abschiedsworte, die er ihnen von den Zinnen der Tempelmauer zugerufen hatte, waren zwar kaum geeignet gewesen, der Mehrheit zu verdeutlichen, daß Lu-don seinen Anspruch auf göttliche Abstammung nicht hatte widerlegen können, doch die Herzen der Krieger waren erfüllt von Bewunderung für einen tapferen Mann, und viele empfanden dieselbe unheilige Befriedigung über die peinliche Lage, in der sich Lu-don befand, wie ihr Herrscher.

Eine sorgfältige Durchsuchung des Tempelgeländes erbrachte dennoch keine Hinweise auf den Fluchtweg des Affenmenschen. Die Priesterschaft durchstöberte die geheimen Winkel der unterirdischen Räumlichlichkeiten, da nur sie sich hier auskannte, während die Krieger sich im Palast und auf dem Gelände außerhalb des Tempels verstreuten. Eilboten wurden in die Stadt gesandt, um die dortige Bevölkerung aufzurufen, nach Tarzan dem Schrecklichen Ausschau zu halten. Die Geschichte seines Betrugsmanövers und seiner Flucht sowie die Erzählungen, die die Waz-don-Sklaven dort in Umlauf brachten, verbreiteten sich wie ein Lauffeuer und verloren dennoch nichts von ihrer Wirksamkeit, so daß, noch ehe eine Stunde vergangen war, Frauen und Kinder sich hinter verrammelten Türen verbargen, während die Krieger sich ängstlich durch die Straßen schlichen und jeden Moment damit rechneten, auf einen wilden Dämonen zu stoßen, der mit bloßen Händen riesige Gryfs besiegt hatte, und dessen leichtester Zeitvertreib darin bestand, kräftigen Männern die Gliedmaßen vom Leib zu reißen.

Der hünenhafte Fremde

Während die Krieger und Priester von A-lur den Tempel, den Palast und die Stadt nach dem verschwundenen Affenmenschen durchsuchten, erreichte ein nackter Fremder mit einer Enfield auf dem Rücken über den steilen Pfad, der von den Bergen herabführte, das obere Ende der Kor-ul-ja. Er bewegte sich lautlos weiter zur Sohle der Schlucht, und da der alte Weg hier unten weniger beschwerlich war, schritt er leichtfüßig aus, jedoch mit nimmermüder Wachsamkeit und gegen mögliche Gefahren gewappnet. Eine sanfte Brise wehte von den Bergen hinter ihm, so daß er nur Ohren und Augen zur Verfügung hatte, um eventuelle Gefahren vor sich rechtzeitig zu erkennen. Im allgemeinen folgte der Pfad dem Lauf eines sich windenden Gebirgsbaches auf der Talsohle, doch an einigen Stellen, wo das Wasser über steile Kanten stürzte, umging er die Wasserfälle auf der Seite, auf der die Schlucht lag, und wand sich durch zutage liegendes Felsgestein. Dort, wo er plötzlich scharf um einen Vorsprung der Felsenklippe bog, sah der Fremde unvermutet jemanden die Schlucht herauf auf sich zukommen.

Die beiden waren etwa hundert Schritt voneinander entfernt und blieben gleichzeitig stehen. Der Fremde sah einen großen, weißen Krieger vor sich, nackt bis auf ein Lendentuch, Schulterriemen und einen Gürtel. Er war mit einer schweren, knotigen Keule und einem kurzen Messer bewaffnet, das an seiner linken Hüfte am Schulterriemen in einer Scheide steckte. An dem Riemen auf der rechten Seite hing eine Ledertasche. Es war Ta-den, der allein in der Schlucht seines Freundes, des Häuptlings von Kor-ul-ja, jagte. Er musterte den Fremden überrascht, doch ohne zu staunen, da er in ihm einen Angehörigen jener Rasse erkannte, mit der er dank seiner Erfahrung mit Tarzan dem Schrecklichen schon vertraut war. Deshalb brachte er dem Ankömmling dank seiner Freundschaft mit dem Affenmenschen auch keine Feindseligkeit entgegen.

Dieser war wiederum der erste, der zum äußeren Zeichen seiner Absichten die offene Hand in Richtung Ta-den erhob. Es war jene Geste, die von Pol zu Pol als Symbol friedfertiger Absichten gilt, seit der Mensch aufhörte, auf seinen Fingerknöcheln zu gehen. Gleichzeitig tat er noch einige Schritte und blieb stehen.

Ta-den sagte sich, daß jemand, der Tarzan dem Schrecklichen so ähnelte, ein Stammesgenosse seines verlorenen Freundes sein müsse, und nahm diese Geste des Friedens deshalb um so freudiger an, wobei er sie in gleicher Weise nachvollzog, während er den Pfad zu dem anderen emporstieg. „Wer bist du?“ fragte er, doch der Ankömmling schüttelte nur den Kopf zum Zeichen, daß er nicht verstand.

Durch Gesten versuchte er, dem Ho-don begreiflich zu machen, daß er einer Spur folge, die ihn viele Tage lang von einem Ort jenseits der Berge hergeführt habe, und Ta-den war überzeugt, der Fremde suche Tarzan-jad-guru. Dennoch wollte er herausfinden, ob als Freund oder Feind.

Der Fremde sah mit kaum verhohlenem Erstaunen die abstehenden Daumen und großen Zehen des Ho-don sowie den langen Schwanz, doch vor allem war er unendlich erleichtert, weil der erste Bewohner dieses seltsamen Landes, dem er begegnete, sich freundlich verhielt, denn hätte er sich mit Gewalt einen Weg durch feindliches Land erzwingen müssen, so hätte dies ihn ungeheuer behindert.

Ta-den hatte kleineren Säugetieren nachgestellt, deren Fleisch von den Ho-don besonders geschätzt wurde, doch er vergaß seine ursprünglichen Absichten angesichts dieser neuen Bekanntschaft. Gern hätte er den Fremden zu Om-at gebracht, vielleicht hätten beide dann eine Möglichkeit gefunden, die wahren Absichten des anderen zu ergründen. So verdeutlichte er ihm wieder durch Gesten, daß er ihn gern begleiten würde, und zusammen stiegen sie zu den Felsenklippen von Om-ats Volk hinunter.

Als sie sich ihnen näherten, sahen sie Frauen und Kinder unter dem Schutz der alten Männer und jungen Burschen ihrer Arbeit nachgehen - sie sammelten wilde Früchte und Pflanzen, die Teil ihrer Nahrung darstellten, und bearbeiteten die kleine Felder, auf denen sie Korn angebaut hatten. Die Äcker lagen auf kleinen, ebenen Flächen, die zuvor von Bäumen und Strauchwerk befreit worden waren. Ihre Geräte bestanden aus Stangen mit Eisenspitzen, die eigentlich eher Speeren ähnelten als friedlichem Ackergerät. Andere hatten abgeflachte Blätter, doch sahen sie weder wie Hacken noch wie Spaten aus, sondern wirkten eher wie der mißglückte Versuch einer Kombination beider Geräte.

Der Fremde blieb beim Anblick dieser Leute stehen und nahm den Bogen ab, denn sie waren schwarz wie die Nacht und von Kopf bis Fuß behaart. Doch Ta-den verstand das Mißtrauen, das den anderen erfüllte, und beschwichtigte ihn durch Gesten und ein Lächeln. Die Waz-don umringten sie jedoch aufgeregt schnatternd und stellten Fragen in einer Sprache, die sein Begleiter offensichtlich verstand, die dem Fremden jedoch völlig rätselhaft war. Sie unternahmen auch keinen Versuch, ihn in irgendeiner Weise zu behelligen, und er war nun sicher, auf ein friedfertiges und freundliches Volk gestoßen zu sein.

Bis zu den Höhlen war es nur noch ein kurzer Weg, und als sie sie erreichten, stieg Ta-den ihm voran die hölzernen Pflöcke hinauf, überzeugt, daß dieses von ihm ausfindig gemachte Wesen nicht mehr Schwierigkeiten haben würde, ihm zu folgen, als Tarzan der Schreckliche gehabt hatte. Er täuschte sich auch nicht, denn der andere kletterte ihm mit Leichtigkeit nach, bis beide in der Felsennische vor der Höhle von Om-at, dem Häuptling, standen.

Dieser war nicht anwesend, er kehrte erst am Nachmittag zurück, doch inzwischen kamen viele Krieger herbei, um sich den Besucher anzusehen, und jedesmal zeigte sich dieser mehr beeindruckt von der freundlichen und friedfertigen Haltung seiner Gastgeber, ohne zu ahnen, daß er sich bei einem wilden, kriegerischen Stamm befand, der vor dem Erscheinen von Ta-den und Tarzan nie einen Fremden unter sich geduldet hatte.

Schließlich traf Om-at wieder ein, und der Gast spürte intuitiv, daß er es mit einem bedeutenden Mann unter diesen Leuten zu tun hatte, vielleicht einem Häuptling oder König. Das wurde nicht nur durch die Haltung der anderen schwarzen Krieger deutlich. Man konnte es am Mienenspiel und dem ganzen Auftreten dieser beeindruckenden Erscheinung erkennen, die ihn eingehend musterte, während Ta-den die Umstände ihrer Begegnung erläuterte. „Und weißt du, Om-at, ich glaube, er sucht Tarzan den Schrecklichen“, sagte der Ho-don zum Schluß.

Beim Klang dieses Namens, dem ersten ihm verständlichen Wort, das der Fremde vernahm, seit er zu diesen Leuten gekommen war, erhellte sich sein Gesicht. „Tarzan!“ sagte er. „Tarzan von den Affen!“ Dann versuchte er, ihnen durch Zeichen begreiflich zu machen, daß dieser der Gesuchte war.

Sie erkannten und errieten auch anhand seines Gesichtsausdrucks, daß er Tarzan aus Gründen einer besonders engen Bindung suchte und nicht in übler Absicht, aber Om-at wollte sicher gehen. Er wies auf das Messer des Fremden, wiederholte Tarzans Namen, packte Ta-den und tat so, als wolle er ihn niederstechen. Dann blickte er den Fremden fragend an.

Dieser schüttelte heftig den Kopf, legte eine Hand auf sein Herz und hob die andere zum Friedenszeichen.

„Er ist ein Freund Tarzan-jad-gurus", erklärte Ta-den.

„Entweder ein Freund oder ein großer Lügner", erwiderte Om-at.

„Tarzan", wiederholte der Fremde. „Ihr kennt ihn? Lebt er? O Gott, verstünde ich nur eure Sprache." Dann nahm er wieder zur Zeichensprache Zuflucht und suchte zu ergründen, wo Tarzan war. Er sprach den Namen aus und wies in verschiedene Richtungen, in die Höhle, in die Schlucht hinunter, hinter sich in die Berge und hinaus ins Tal. Jedesmal hob er fragend die Brauen und stieß dabei den universalen Fragelaut „E?" aus, den sie verstehen mußten. Doch Om-at schüttelte immer wieder den Kopf und breitete die Hände aus zum Zeichen, daß er die Frage wohl verstand, über den Verbleib des Affenmenschen jedoch nichts wußte. Dann versuchte er, dem Fremden, so gut er konnte, zu erklären, was er über Tarzans Aufenthalt wußte.

Er nannte den Ankömmling Jar-don, was in der Sprache der Pal-ul-don soviel wie „Fremder" bedeutete, wies auf die Sonne und sagte as. Dies wiederholte er mehrere Male, dann hielt er eine Hand mit gespreizten Fingern hoch, berührte diese der Reihe nach, den Daumen eingeschlossen, und wiederholte das Wort adenen so oft, bis der Fremde verstanden hatte, daß er fünf meinte. Abermals wies er zur Sonne und beschrieb mit dem Zeigefinger einen Bogen, angefangen am östlichen Horizont und endend im Westen, wobei er die Worte as adenen aussprach. Der Fremde begriff schnell, daß er damit sagen wollte, die Sonne habe den Himmel fünfmal überquert. Mit anderen Worten, fünf Tage seien vergangen. Nun wies Om-at auf die Höhle, vor der sie standen, nannte Tarzans Namen und ahmte mit Zeige- und Mittelfinger der rechten Hand auf dem Boden der Nische einen gehenden Menschen nach, um anzudeuten, Tarzan habe vor fünf Tagen die Höhle verlassen und sei an den Pflöcken hinaufgestiegen, aber das war das äußerste, was er in der Zeichensprache vermitteln konnte.

Der Fremde war ihm auch soweit gefolgt. Zum Zeichen, daß er verstanden hatte, wies er auf sich und dann auf die Pflöcke, die nach oben führten, um ihm mitzuteilen, daß er Tarzan folgen werde.

„Wir werden mit ihm gehen, denn noch haben wir die Kor-ul-lul für die Ermordung unseres Freundes und Verbündeten nicht bestraft."

„Überrede ihn, bis morgen zu warten, damit du viele Krieger mitnehmen und die Kor-ul-lul in großer Zahl überfallen kannst“, sagte Ta-den. „Töte deine Gefangenen diesmal jedoch nicht, sondern ergreife möglichst viele lebendig. Da werden bestimmt einige darunter sein, die uns über das Schicksal Tarzan-jad-gurus Auskunft geben können.“

„Groß ist die Weisheit der Ho-don“, erwiderte Om-at. „Es soll geschehen, wie du sagst, und wenn wir alle Kor-ul-lul gefangen genommen haben, werden wir sie veranlassen, uns zu erzählen, was wir wissen wollen. Anschließend werden wir sie zum Rand der Kor-ul-gryf bringen und über die Felsenkante hinunterstoßen.“

Ta-den lächelte. Er wußte, daß es nicht möglich war, alle Kor-ul-lul-Krieger gefangen zu nehmen, sie konnten von Glück reden, wenn sie einen ergriffen, und es war auch durchaus möglich, daß sie eine Schlappe einstecken und sich zurückziehen mußten, doch er wußte gleichfalls, daß Om-at nicht zögern würde, seine Drohung zu verwirklichen, besäße er die Möglichkeit dazu. So unversöhnlich war der beiderseitige Haß dieser Nachbarstämme.

Es war nicht schwierig, Om-ats Plan dem Fremden zu erklären und seine Zustimmung zu erlangen, denn nachdem der große Schwarze ihm begreiflich gemacht hatte, sie würden viele Krieger mitnehmen, war ihm klar, daß ihr Unternehmen sie wahrscheinlich in ein feindliches Land führen würde, er also für jeden Schutz dankbar sein mußte, den er erhalten konnte. Die Unterstützung seines Vorhabens hatte dabei erstrangige Bedeutung.

Er schlief die Nacht in einem Raum der Höhle von Om-ats Vorfahren auf einem Stapel Felle. Am nächsten Tag brachen sie frühzeitig nach der Morgenmahlzeit auf. Einhundert wilde Krieger kletterten über den steilen Felshang zum Gipfel des Berggrats hoch, wobei zwei der Hauptmacht in einigem Abstand vorausgingen gleich der Vorhut bei modernen Militärmanövern, um die Kolonne vor überraschender Feindberührung zu schützen.

Sie überquerten den Grat, stiegen in die Kor-ul-lul hinunter und stießen gleich danach auf einen einzelnen, unbewaffneten Waz-don, der ängstlich die Schlucht zum Dorf seines Stammes hinaufstieg. Sie nahmen ihn gefangen, und das steigerte seine Ängste nur noch mehr, da er von dem Moment, als er sie erblickte und die Unmöglichkeit einer Flucht erkannte, fest damit rechnete, sofort getötet zu werden.

„Bring ihn zur Kor-ul-ja zurück und behalte ihn dort, bis ich zurück bin, ohne ihm ein Haar zu krümmen", sagte Om-at zu einem seiner Krieger.

So wurde der verblüffte Kor-ul-lul weggebracht, während sich die wilde Gruppe vorsichtig von Baum zu Baum näher an das Dorf heranpirschte. Das Glück war Om-at hold, denn es lieferte ihm schnell, wonach er sich sehnte - einen Kampf Mann gegen Mann, denn sie hatten die Höhlen der Kor-ul-lul noch nicht im Blickfeld, als sie auf eine ansehnliche Gruppe von Kriegern stießen, die zu irgendeinem Unternehmen die Schlucht hinuntermarschierte.

Wie Schatten tauchten die Kor-ul-ja in die Deckung der Büsche beiderseits des Pfades. Die drohende Gefahr nicht ahnend und sich sicher fühlend, da sie sich ja in ihrem Herrschaftsbereich bewegten, wo ihnen jeder Felsen und Stein ebenso vertraut war wie die Gesichter ihrer Gefährten, tappten die Kor-ul-lul arglos in den Hinterhalt. Plötzlich wurde die scheinbar friedliche Stille von einem markerschütternden Schrei gestört, und eine treffsicher geschleuderte Keule warf den ersten von ihnen zu Boden.

Der Schrei war das Signal für einen wilden Chor aus hundert Kor-ul-ja-Kehlen, in den sich bald das Kriegsgeschrei ihrer Feinde mischte. Die Luft war erfüllt von dahinschwirrenden Keulen, und als sich die zwei Kriegerscharen miteinander vermischt hatten, entwickelte sich der Kampf zu einer Anzahl von Einzelbegegnungen, da jeder Krieger sich seinen Feind ausgesucht hatte und auf ihn eindrang. Messer blitzten in den Sonnenflecken, die das Blattwerk der Bäume auf sie schüttete. Glattes, schwarzes Fell wies sehr bald dunkelrote Stellen auf.

Im größten Kampfgetümmel sah man immer wieder die glatte, braune Haut des Fremden unter den schwarzen Leibern von Freund und Feind auftauchen. Nur sein scharfes Auge und sein schneller Verstand ließen ihn den Unterschied zwischen Kor-ul-lul und Kor-ul-ja erkennen, denn bis auf die äußere Kleidung waren sie identisch. Doch gleich beim erste Gegenangriff des Feindes hatte er bemerkt, daß ihre Lendenschürze nicht aus Leopardenfell bestanden, wie seine Freunde sie trugen.

Als Om-at seinen ersten Gegner ins Jenseits befördert hatte, warf er einen kurzen Blick auf Jar-don. Dieser kämpfte mit der Wildheit von Jato. Der Stamm, aus dem er und Tarzan-jad-guru kommen, muß in der Tat sehr machtvoll sein, dachte er. Dann wurde seine Aufmerksamkeit durch einen neuen Angreifer abgelenkt.

Die Kämpfer wogten im Wald hin und her, bis die Überlebenden ganz erschöpft waren, ausgenommen der Fremde, der offenbar keine Müdigkeit kannte. Er kämpfte weiter, als jeder Gegner gern davon abgelassen hätte, und als kein Kor-ul-lul mehr den Kampf suchte, fiel er über diejenigen her, die den ebenfalls erschöpften Kor-ul-ja noch keuchend gegenüberstanden.

Dabei behielt er ständig das eigentümliche Ding auf dem Rücken, von dem Om-at annahm, es sei eine Art Waffe, deren Zweck er sich jedoch nicht erklären konnte angesichts der Tatsache, daß Jar-don sie nie einsetzte. Sie schien zudem nur ein störendes und höchst lästiges Ding zu sein, da sie ihren Besitzer fortwährend schlug, wenn er im Verlauf seiner siegreichen Zweikämpfe wie eine Katze hin und her sprang. Bogen und Pfeile hatte er schon zu Beginn des Kampfes beiseite geworfen, doch von der Enfield wollte er sich nicht trennen, denn er war der Meinung, daß sie ihn überallhin begleiten müsse, bis seine Mission erfolgreich beendet war.

Nun rafften sich die Kor-ul-ja, wohl beschämt durch das Beispiel Jar-dons, zu erneutem Kampf mit dem Feind auf, doch wurde dieser zweifellos durch das Auftreten des Fremden, dieses unermüdlichen Dämonen, dem ihre Angriffe wohl nichts anhaben konnten, von Entsetzen gepackt, verlor allen Mut und suchte sein Heil in der Flucht. Nun umzingelten Om-ats Krieger auf ein Kommando ein halbes Dutzend völlig erschöpfte Kor-ul-lul und nahmen sie gefangen.

Eine ermattete, blutbefleckte und dennoch stolze Truppe kehrte siegreich zur Kor-ul-ja zurück. Zwanzig ihrer Stammesgenossen mußten getragen werden, sechs davon waren Tote. Es war der ruhmreichste und erfolgreichste Überfall, den die Kor-ul-ja seit Menschengedenken gegen die Kor-ul-lul unternommen hatten und kennzeichnete Om-at als den größten der Häuptlinge, doch der wilde Krieger wußte nur zu gut, daß der Vorteil im wesentlichen dank der Mitwirkung dieses fremden Verbündeten auf seiner Seite gewesen war. Auch zögerte er nicht, demjenigen Ehre zu erweisen, dem sie gebührte, mit dem Ergebnis, daß Jar-don und seine Taten bald bei den Stammesmitgliedern der Kor-ul-ja in aller Munde waren, und groß war der Ruhm jener Rasse, die zwei solche Geschöpfe wie ihn und Tarzan-jad-guru hervorbringen konnte.

In der Schlucht der Kor-ul-lul jenseits des Berggrats sprachen die Überlebenden mit verhaltener Stimme von diesem zweiten Dämonen, der sich ihrem alten Feind angeschlossen hatte.

In seine Höhle zurückgekehrt, ließ Om-at die Kor-ul-lul-Gefangenen vorführen, um sie einzeln zu vernehmen, und befragte jeden nach dem Schicksal von Tarzan. Alle erzählten ihm ohne Ausnahme dieselbe Geschichte - daß Tarzan vor fünf Tagen von ihnen gefangengenommen worden war, jedoch den Krieger getötet hatte, den sie zu seiner Bewachung bei ihm gelassen hatten, und entkommen war, wobei er den Kopf des unglücklichen Wachpostens auf die gegenüberliegende Seite der Kor-ul-lul mitgenommen hatte. Dort hatte er ihn am Ast eines Baumes an den Haaren aufgehängt und zurückgelassen. Was weiter mit ihm geschehen war, wußte keiner der Befragten außer dem letzten, jenem unbewaffneten Kor-ul-lul, den sie gleich zuerst gefangengenommen hatten, als er, aus dem Tal von Jad-ben-Otho kommend, zu den Höhlen seines Volkes hinaufstieg.

Als dieser den Zweck der Vernehmung erkannte, feilschte er mit ihnen um das Leben und die Freiheit für sich und seine Stammesgenossen. „Ich kann euch viel von diesem schrecklichen Menschen erzählen, nach dem du fragst, Kor-ul-ja“, sagte er. „Ich habe ihn gestern noch gesehen und ich weiß, wo er ist, und wenn du mir versprichst, mich und meine Gefährten unbehelligt in die Höhlen unserer Vorfahren zurückkehren zu lassen, erzähle ich dir wahrheitsgetreu alles, was ich weiß.“

„Das wirst du sowieso, oder wir werden dich töten“, entgegnete Om-at.

„Möglich, daß du mich tötest, wenn du mir dieses Versprechen nicht geben willst“, antwortete der Gefangene. „Doch wenn ich sterben soll, nehme ich alles, was ich weiß, mit ins Grab.“

„Er hat recht, Om-at“, sagte Ta-den. „Versprich ihm, daß sie frei sein werden.“

„Also gut“, sagte Om-at. „Rede, Kor-ul-lul, und wenn du mir alles erzählt hast, kannst du mit deinen Stammesgenossen unbehelligt heimkehren.“

„Es war folgendermaßen“, begann der Gefangene. „Ich befand mich mit einer Schar meiner Gefährten nahe dem Ausgang der Kor-ul-lul unweit der Stelle, wo ihr mich heute morgen gefangen genommen habt, auf der Jagd, als wir von einer großen Zahl Ho-don überrumpelt und festgenommen wurden, die uns als Gefangene nach A-lur brachten, wo einige von uns als Sklaven arbeiten mußten, während die übrigen in eine Kammer unter dem Tempel gesperrt wurden, um später auf den heiligen Altären des Tempels von A-lur Jad-ben-Otho als Opfer dargebracht zu werden.

Mein Schicksal schien damals besiegelt zu sein, und ich schätzte diejenigen glücklich, die von den Ho-don zu Sklaven gemacht worden waren, denn sie konnten zumindest hoffen, irgendwann einmal zu flüchten. Für diejenigen, die mit mir in der Kammer saßen, gab es keine Hoffnung.

Doch gestern geschah etwas Seltsames. Einer, dem alle große Ehrerbietung entgegenbrachten, kam in Begleitung sämtlicher Priester, des Königs und vieler seiner Krieger zum Tempel, und als er an dem vergitterten Tor vorbeiging, das zu der Kammer führte, wo wir Unglücklichen unseres Schicksals harrten, sah ich zu meiner Überraschung, daß dies keiner anderer als jener schreckliche Mensch war, der noch kürzlich Gefangener im Dorf von Kor-ul-lul gewesen war - ihr nennt ihn Tarzan-jad-guru, die anderen bezeichneten ihn jedoch als Dor-ul-Otho. Er sah uns und befragte den Hohenpriester, und als man ihm erklärte, zu welchem Zweck wir eingesperrt waren, wurde er zornig und rief, es sei nicht der Wille von Jad-ben-Otho, daß sein Volk derart geopfert werde, und dann befahl er dem Hohenpriester, uns freizulassen, und dies geschah auch.

Den Ho-don-Gefangenen wurde gestattet, zu ihren Höhlen zurückzukehren, man führte uns aus der Stadt und schickte uns nach Kor-ul-lul. Ich war noch mit zwei anderen zusammen, doch groß sind die Gefahren, die zwischen A-lur und Kor-ul-lul lauern, und wir waren nur zu dritt und unbewaffnet. Deshalb erreichte keiner von uns das Dorf unseres Volkes, und nur ich von uns dreien überlebte. Ich habe gesprochen."

„Ist das alles, was du über Tarzan-jad-guru weißt?" fragte Om-at.

„Jawohl", erwiderte der Gefangene. „Ich weiß nur noch, daß der Hohenpriester in A-lur, den sie Lu-don nennen, sehr zornig war, und daß einer der zwei Priester, die uns aus der Stadt geleiteten, zu dem anderen sagte, jener Fremde sei überhaupt nicht Dor-ul-Otho. Jedenfalls habe Lu-don das behauptet und hinzugefügt, daß er ihn bloßstellen wolle. Er müsse für seine Anmaßung mit dem Tode bestraft werden. Das ist alles, was sie in Hörweite von mir sagten. Und nun laß uns ziehen, Häuptling von Kor-ul-ja."

Om-at nickte.„Geht eurer Wege, und Ab-on, gib ihnen Krieger mit, die sie beschützen, bis sie sicher in der Kor-ul-lul sind."

Dann winkte er dem Fremden: „Jar-don, komm mit mir." Er ging den Weg voran zum Gipfel der Felsenklippe, und als sie auf dem Berggrat standen, wies er hinunter ins Tal auf die Stadt A-lur, die im Schein der sich neigenden Sonne weiß schimmerte.

„Dort ist Tarzan-jad-guru“, sagte er, und Jar-don verstand.

Der Verkleidete

Als Tarzan sich jenseits der Tempelmauer zu Boden fallen ließ, hatte er keineswegs die Absicht, aus A-lur zu flüchten, zumindest nicht, ehe er überzeugt sein konnte, daß seine Gefährtin dort nicht gefangengehalten wurde. Doch wie er in dieser fremden Stadt, in der jeder die Hand gegen ihn erheben mußte, überleben und seine Suche fortsetzen sollte, war ihm schlichtweg ein Rätsel.

Es gab nur einen Ort, von dem er wußte, daß er dort wenigstens zeitweilig Zuflucht finden konnte, und das war der Verbotene Garten des Königs. Dort wuchs dichtes Gebüsch, in dem ein Mensch sich verstecken konnte, gab es Wasser und Früchte. Als erfahrener Dschungelbewohner konnte er, sofern es ihm gelang, den Ort unbemerkt zu erreichen, sich dort längere Zeit verborgen halten. Aber wie er die Strecke zwischen dem Tempelgelände und dem Garten unbemerkt überqueren konnte, war eine Frage, deren Bedeutung er voll erkannte.

„Mächtig ist Tarzan in seinem heimatlichen Dschungel, doch in den Städten der Menschen taugt er wenig mehr als sie“, sagte er im Selbstgespräch.

Gestützt auf seine scharfe Beobachtungsgabe und seinen guten Ortssinn, war er zuversichtlich, das Palastgelände über die unterirdischen Korridore und Tempelgemächer erreichen zu können, durch die man ihn am Vortage geführt hatte. Schließlich war seinen scharfen Augen dabei nicht die geringste Einzelheit entgangen. Seiner Ansicht nach war das besser, als oben die offene Fläche zu überqueren, wo seine Verfolger ihn natürlich vom Tempel aus sofort entdecken würden.

Also verschwand er etwa ein Dutzend Schritte von der Tempelmauer entfernt aus dem Blickfeld eines jeden zufälligen Beobachters über eine der Steintreppen, die zu den unten liegenden Gemächern führten. Der Weg, den man ihn am Vortage geführt hatte, war den Windungen und Kehren zahlloser Korridore und Räumlichkeiten gefolgt, aber Tarzan war seiner sicher und folgte der Route ohne Zögern.

Er befürchtete auch nicht, hier sofort ergriffen zu werden, da seiner Ansicht nach alle Priester des Tempels noch im Hof versammelt waren, um Zeugen seines Prozesses, seiner Demütigung und seines

Todes zu werden. Felsenfest davon überzeugt, stand er an einer Wegbiegung plötzlich einem niederen Priester von Angesicht zu Angesicht gegenüber, dessen grotesker Kopfschmuck nicht erkennen ließ, was dieser bei Tarzans Anblick wohl empfand.

Der Affenmensch hatte in diesem Moment jedoch einen Vorteil über den maskierten Anbeter von Jad-ben-Otho: Er konnte sich dessen Absicht gut vorstellen und deshalb unverzüglich handeln. Und so geschah es, daß dem Priester ein langes, scharfes Messer ins Herz drang, noch ehe er sich im klaren war, was er wohl am besten unternehme.

Als der Körper zu Boden sank, fing Tarzan ihn auf und riß ihm den Kopfschmuck von den Schultern, denn gleich beim ersten Anblick dieser Kreatur hatte sein stets wacher Verstand einen kühnen Plan entworfen, wie er seine Gegner täuschen konnte.

Nachdem er auf diese Weise verhindert hatte, daß der Kopfschmuck womöglich beschädigt wurde, wenn der Tote auf dem Boden aufschlug, ließ er den Leichnam los, setzte den Kopfschmuck behutsam ab, bückte sich und schnitt dem Ho-don den Schwanz dicht am Steiß ab. Gleich zu seiner Rechten befand sich eine kleine Kammer, aus der der Priester offensichtlich getreten war, und dorthin brachte er den Toten, den Kopfschmuck und den Schwanz.

Rasch schnitte er einen dünnen Streifen Haut aus dem Lendenschurz des Priesters, band ihn fest um das obere Ende des abgetrennten Körpergliedes, steckte den Schwanz sodann hinten unter sein Lendentuch und befestigte ihn, so gut er konnte. Nun stülpte er sich den Kopfschmuck auf die Schultern und trat aus dem Zimmer, allem äußeren Anschein nach ein Priester aus dem Tempel des Jad-ben-Otho, sofern sich nicht jemand seine Daumen und großen Zehen allzu genau ansah.

Er hatte festgestellt, daß es unter Ho-don wie Waz-don nicht unüblich war, das Schwanzende in der Hand zu halten, und so ergriff er seines, damit das schlaff hinter ihm herschleifende Ding keinen Verdacht erweckte.

Über den Korridor und durch verschiedene Gemächer gelangte er schließlich auf das Palastgelände hinter dem Tempel. Die Verfolger hatten diese Stelle noch nicht erreicht, obwohl er gar nicht weit hinter sich Getümmel hörte. Er begegnete nun sowohl Kriegern als auch Sklaven, aber keiner schenkte ihm mehr als einen flüchtigen Blick im Vorübergehen, da der Anblick eines Priesters im Palast eine alltägliche Erscheinung war.

So kam er auch unbehelligt an den Wachen vorbei und erreichte schließlich den inneren Eingang zum Verbotenen Garten. Hier hielt er kurz inne und überflog mit schnellem Blick jenen Teil der schönen Anlage, den er einsehen konnte. Zu seiner Erleichterung schien niemand hier zu sein, und so beglückwünschte er sich zu der erfolgreichen Überlistung der höheren Mächte von A-lur und ging schnell zum anderen Ende des Gartens. Hier fand er eine Stelle mit dichtem, blühenden Gebüsch, wo sich ein Dutzend Männer mit Leichtigkeit hätten verbergen können.

Er kroch hinein, nahm den lästigen Kopfschmuck ab und saß in Erwartung jeglicher Zufälligkeiten, die das Schicksal vielleicht für ihn bereithielt, während er Pläne für die Zukunft entwarf.

Die eine in A-lur verbrachte Nacht, in der er erst spät eingeschlafen war, hatte ihm vor Augen geführt, daß nachts zwar nur wenig Leute auf dem Tempelgelände unterwegs waren, jedoch noch genug, um ihm zu ermöglichen, daß er im Schutz seiner Verkleidung weiter voran kam, ohne die unangenehme Aufmerksamkeit der Wachen zu erregen. Außerdem hatte er bemerkt, daß der Priesterstand eine privilegierte Klasse darstellte, die nach Belieben kommen und gehen konnte und Palast sowie Tempel auch unaufgefordert betreten durfte. Demnach bot sich ihm die Nacht als günstigste Zeit für seine Nachforschungen an, tagsüber konnte er hier in den Büschen des Verbotenen Gartens liegen, wo er schwerlich entdeckt wurde. Von jenseits des Gartens ertönten Stimmen von Männern, die sich aus verschiedenen Richtungen etwas zuriefen, und er vermutete, daß sie noch immer sorgfältig nach ihm suchten.

Diese Augenblicke der Untätigkeit boten ihm die Gelegenheit, zu einer befriedigenderen Form der Befestigung des entwendeten Körperteils zu gelangen. Er traf Vorkehrungen, daß es ebenso schnell angelegt wie abgelegt werden konnte. Nachdem dies geschehen war, untersuchte er die unheimliche Maske genauer, die seine Gesichtszüge so wirksam verborgen hatte.

Sie war sehr sachkundig aus einem einzigen Holzstück gearbeitet worden, wahrscheinlich aus dem Teil eines Baumes, in den zuerst die Gesichtszüge geschnitzt worden waren, wonach man das Stück ausgehöhlt hatte, bis nur noch eine vergleichsweise dünne Schale geblieben war. Zwei halbrunde Einschnitte rechts und links an der unteren Kante paßten genau auf die Schultern, eine Art von Holzschürzen reichten einige Zoll über seine Brust und den Rücken. An diesen Schürzen hingen lange Quasten oder Troddeln von Haaren, angefangen an den Außenkanten bis zur Mitte, wo sie ihm bis zum Unterleib reichten. Der Affenmensch bedurfte nur einer flüchtigen Überprüfung, um zu erkennen, daß diese Quasten aus Menschenskalpen bestanden, die man zweifellos den Opfern auf den östlichen Altären abgenommen hatte. Die Schnitzereien des Kopfschmucks waren so gestaltet worden, daß sich ein häßliches Gesicht ergab, halb Mensch halb Gryf. Die gelbe Fratze hatte drei weiße Hörner, blaue Ringe um die Augen und eine rote Haube, die in ihrer Form den vorderen und hinteren Schürzen ähnelte.

Während Tarzan in der Deckung der Büsche saß und über die häßliche Priestermaske nachdachte, die er noch in den Händen hielt, spürte er, daß er nicht allein im Garten war. Er witterte die Gegenwart eines anderen Wesens. Da drang auch schon das Rascheln bloßer Füße, die über Rasen liefen, an sein geübtes Ohr.

Die Schritte kamen näher. Zunächst glaubte er, es wäre jemand, der heimlich im Verbotenen Garten nach ihm suchte, doch kurze Zeit später tauchte eine Gestalt in seinem von Baumstämmen, Blättern und Blumen eingeengten Gesichtsfeld auf. Er erkannte die Prinzessin O-lo-a. Sie war allein und hielt den Kopf gesenkt, als sei sie in Gedanken versunken - in traurige Gedanken, denn ihr Gesicht zeigte Spuren von Tränen.

Kurz danach erfaßten seine scharfen Ohren, daß noch andere Personen den Garten betreten hatten - es waren Männer, und ihre Schritte besagten, daß sie weder langsam, noch zögernd, noch nachdenklich gingen. Sie gingen geradewegs zur Prinzessin, und als er sie sehen konnte, erkannte er, daß es zwei Priester waren.

„O-lo-a, Prinzessin von Pal-ul-don“, sprach der eine sie an. „Der Fremde, der uns weismachen wollte, er sei der Sohn von Jad-ben-Otho, ist soeben dem Zorn Lu-dons, des Hohenpriesters, entronnen, nachdem dieser ihn und seine tückische Gotteslästerei entlarvt hatte. Der Tempel, der Palast und die Stadt werden gerade durchsucht, und wir wurden hergeschickt, den Verbotenen Garten durchzukämmen, da Ko-tan, der König, uns mitteilte, er habe ihn erst heute morgen hier vorgefunden. Doch wie er an den Wachen vorbeigekommen ist, wußte er auch nicht.“

„Er ist nicht hier. Ich halte mich schon geraume Zeit im Garten auf und habe niemanden gehört oder gesehen“, antwortete sie. „Aber sucht nur, wenn ihr wollt.“

„Nein, das ist nicht nötig, da er ohne euer Wissen oder die Kenntnis der Wachen niemals hereinkommen konnte“, sagte der Priester, der zuvor schon gesprochen hatte. „Und selbst wenn, dann hätte der Priester ihn sehen müssen, der vor uns herging.“

„Was für ein Priester?“ fragte O-lo-a.

„Er hat kurz vor uns die Wachen passiert“, erläuterte der Mann.

„Ich habe ihn nicht gesehen“, sagte sie.

„Zweifellos hat er einen anderen Ausgang benutzt“, bemerkte der zweite Priester.

„Ja, zweifellos, doch es ist seltsam, daß ich ihn nicht gesehen habe“, sagte O-lo-a gelassen. Die beiden Priester verbeugten sich und wandten sich zum Gehen.

‘Dumm wie Buto, das Nashorn’, dachte Tarzan bei sich, der dieses Tier wirklich für sehr dumm hielt. ‘Es dürfte leicht sein, solche wie sie zu übertölpeln.’

Die Priester hatten sich kaum entfernt, als man im Garten eilige Schritte hörte. Sie kamen näher und wurden von stoßhaften Atemzügen begleitet, als sei die Person völlig erschöpft, sei es vor Müdigkeit oder vor Aufregung.

„Pan-at-lee, was ist geschehen?“ fragte O-lo-a. „Du siehst so verängstigt aus wie das Reh, dessen Namen du trägst.“

„O Prinzessin von Pal-ul-don, sie hätten ihn beinahe im Tempel getötet“, sagte Pan-at-lee. „Sie hätten diesen wundersamen Fremden beinahe getötet, der behauptete, der Dor-ul-Otho zu sein.“

„Aber er ist entkommen“, sagte O-lo-a. „Du warst dort. Berichte mir davon.“

„Der Hohenpriester wollte ihn gerade ergreifen und töten lassen, aber als sie über ihn herfielen, schleuderte er Lu-don einen Priester mit derselben Leichtigkeit ins Gesicht, wie du deinen Brustpanzer nach mir werfen würdest. Dann sprang er auf den Altar, von dort zu den Zinnen der Tempelmauer hinauf und verschwand dahinter. Sie suchen jetzt nach ihm, doch ich bete, daß sie ihn nicht finden, Prinzessin.“

„Und warum betest du?“ fragte O-lo-a. „Hat jemand, der Gott so gelästert hat, nicht den Tod verdient?“

„Ach, du kennst ihn nicht“, erwiderte Pan-at-lee.

„Aber du, stimmt's?“ entgegnete O-lo-a schnell. „Heute morgen hast du dich verraten und danach versucht, mich zu täuschen. Den Sklavinnen von O-lo-a läßt man dergleichen nicht ungestraft durchgehen. Er ist demnach derselbe Tarzan-jad-guru, von dem du mir erzählt hast? Rede, Frau, und sag nichts als die Wahrheit.“

Pan-at-lee richtete sich stolz auf und reckte das kleine Kinn vor, denn war sie bei ihrem Volk vielleicht nicht auch schon eine Prinzessin? „Pan-at-lee, die Kor-ul-ja, lügt nicht, um sich zu schützen“, sagte sie.

„Dann erzähle mir, was du über diesem Tarzan-jad-guru weißt“, sagte O-lo-a eigensinnig.

„Ich weiß, daß er ein wunderbarer Mensch und sehr tapfer ist“, sagte Pan-at-lee. „Er hat mich vor dem Tor-o-don und dem Gryf gerettet, wie ich dir erzählt habe, und er ist in der Tat derselbe, der heute morgen in den Garten kam. Und selbst jetzt weiß ich nicht, ob er nicht doch der Sohn von Jad-ben-Otho ist, denn sein Mut und seine Körperkraft übersteigen die eines Sterblichen, und genauso steht es mit seiner Freundlichkeit und Ehrenhaftigkeit, denn als er mir hätte ein Leid zufügen können, beschützte er mich, und als er sich selbst hätte retten können, dachte er nur an mich. All dies hat er um seiner Freundschaft zu Om-at willen getan, der Gund von Kor-ul-ja ist und dem ich mich verbunden hätte, wenn die Ho-don mich nicht entführt hätten.“

„Er machte in der Tat einen großartigen Eindruck, wenn man ihn so sah,“ sagte O-lo-a nachdenklich. „Und er war auch nicht wie die anderen, nicht nur wegen der Gestalt seiner Hände und Füße oder der Tatsache, daß er schwanzlos war. Er hatte etwas an sich, das ihn auf eine ganz bestimmte, bedeutende Weise von allen unterschied.“

„Und wußte er nicht genau über Ta-den Bescheid, sogar wo er sich befand?“ ergänzte Pan-at-lee, die sich ihre Loyalität für diesen Mann bewahrt hatte, denn er hatte sie wie ein Freund behandelt, und sie hoffte, die Achtung der Prinzessin für ihn zu erringen, selbst wenn sie ihm nichts nützte. „Sage mir, o Prinzessin, könnte ein Sterblicher solche Dinge wissen?“

„Vielleicht hat er Ta-den gesehen“, bemerkte O-lo-a.

„Aber woher sollte er wissen, daß du Ta-den liebst?“ hielt Pan-at-lee dagegen. „Ich sage dir, meine Prinzessin: Wenn er kein Gott ist, so ist er zumindest mehr als Ho-don oder Waz-don. Er ist mir von der Höhle des Es-sat in Kor-ul-ja über Kor-ul-lul und zwei breite Berggrate bis zur Höhle in Kor-ul-gryf gefolgt, wo ich mich verborgen hielt, obwohl viele Stunden verstrichen waren, seit ich diesen Weg gegangen war, und meine bloßen Füße keine Abdrücke auf dem

Boden hinterlassen hatten. Welcher Sterbliche könnte dergleichen tun? Und wo in ganz Pal-ul-don könnte eine jungfräuliche Maid in einem Fremden einen Freund und Beschützer finden außer in ihm?"

„Vielleicht irrt sich Lu-don - vielleicht ist er wirklich ein Gott", sagte O-lo-a, beeinflußt von Pan-at-lees begeistertem Eintreten für diesen Fremden.

„Ob Gott oder Mensch, er ist ein zu wunderbarer Mensch, um zu sterben", sagte die Sklavin. „Könnte ich ihn doch retten! Sollte er noch leben, so könnte er vielleicht sogar einen Weg finden, damit du deinen Ta-den bekommst, Prinzessin."

„Ach, wenn er das fertig brächte! Aber leider ist es zu spät, denn morgen will man mich Bu-lot geben."

„Dem, der gestern mit deinem Vater in deine Gemächer kam?" fragte Pan-at-lee.

„Ja, der mit dem ekelhaften runden Gesicht und dem dicken Bauch", erwiderte die Prinzessin angewidert. „Er ist so faul, daß er weder jagt noch kämpft. Essen und Trinken, das ist alles, wozu er taugt, und er denkt auch an nichts anderes als an diese Dinge und an seine Sklavinnen. Doch komm, Pan-at-lee, pflück ein paar dieser schönen Blüten für mich. Ich möchte sie heute abend um meine Lagerstatt streuen, so daß ich am Morgen die Erinnerung an ihren Duft mitnehmen kann, den ich so sehr mag und im Dorf von Mo-sar, Bu-lots Vater, bestimmt vermissen werde, das weiß ich genau. Ich helfe dir, und wir wollen ganze Arme voll davon pflücken, denn ich liebe sie wie nichts auf der Welt - sie waren Ta-dens Lieblingsblumen."

Die zwei näherten sich nun dem Gebüsch, in dem sich Tarzan verborgen hielt, aber da jeder Busch sehr viele Blüten trug, bestand für die beiden seiner Ansicht nach keine Notwendigkeit, so tief einzudringen, daß sie ihn entdecken würden. Immer wieder in kleine Freudenrufe ausbrechend, wenn sie besonders große oder vollkommene Blüten entdeckten, wanderten die zwei von einer Stelle zur anderen, immer an den Außenrändern seines Verstecks entlang.

„Oh, sieh dort, Pan-at-lee", rief O-lo-a auf einmal. „Das ist die Schönste von allen. Noch nie habe ich eine so wunderschöne Blüte gesehen - nein! Ich will sie mir selbst holen - sie ist so groß und prächtig, daß keine andere Hand sie berühren soll."

Damit zwängte sie sich zwischen die Büsche bis zu der Stelle, wo über Tarzans Kopf eine besonders große Blüte prangte.

Ihr Eindringen erfolgte so plötzlich und unerwartet, daß keine Möglichkeit zur Flucht bestand, und so saß er ganz still im Vertrauen, daß das Schicksal ihm hold sein und Ko-tans Tochter wieder wegführen würde, ehe sie den Blick von der hoch über ihm wachsenden Blüte senkte und ihn entdeckte. Aber als das Mädchen den langen Stiel mit ihrem Messer trennte, blickte sie genau in das lächelnde Antlitz Tarzan-jad-gurus.

Mit einem unterdrückten Schrei fuhr sie zurück. Nun stand der Affenmensch auf und trat zu ihr.

„Hab keine Angst, Prinzessin", sagte er ruhig. „Es ist Ta-dens Freund, der dich grüßt." Damit führte er ihre Finger an seine Lippen.

Pan-at-lee kam aufgeregt herbei. „O Jad-ben-Otho, er ist es!"

„Werdet ihr mich nun Lu-don, dem Hohenpriester, ausliefern, nachdem ihr mich entdeckt habt?" fragte er.

Pan-at-lee warf sich O-lo-a zu Füßen. „Prinzessin! Prinzessin! Verrate ihn nicht an seine Feinde", flehte sie.

„Aber wenn Ko-tan, mein Vater, von meinem Treubruch erfährt, kennt sein Zorn keine Grenzen", flüsterte O-lo-a angsterfüllt. „Obgleich ich eine Prinzessin bin, könnte Lu-don verlangen, daß ich geopfert werde, um den Zorn Jad-ben-Othos zu besänftigen, und zwischen beiden bin ich verloren."

„Sie brauchen doch gar nicht zu wissen, daß du ihn gesehen hast, wenn du es ihnen nicht selbst sagst, denn Jad-ben-Otho ist mein Zeuge, daß ich dich niemals verraten werde", erklärte Pan-at-lee.

„Sage mir, o Fremder, bist du wirklich ein Gott?" fragte O-lo-a eindringlich.

„Selbst Jad-ben-Otho ist kein größerer", erwiderte Tarzan wahrheitsgemäß.

„Warum trachtest du dann, den Händen der Sterblichen zu entrinnen, da du doch ein Gott bist?" fragte sie.

„Wenn Götter unter die Sterblichen gehen, sind sie nicht weniger verwundbar als diese. Selbst Jad-ben-Otho könnte getötet werden, sollte er in Fleisch und Blut vor dich treten."

„Und du hast Ta-den gesehen und mit ihm gesprochen?" fragte sie scheinbar gleichgültig.

„Jawohl, ich habe ihn gesehen und mit ihm gesprochen", erwiderte der Affenmensch. „Über den Zeitraum eines Mondes war ich ständig mit ihm zusammen."

„Und er..." Sie zögerte. „Er..." Sie blickte zu Boden und errötete tief. „Er liebt mich noch?“ Nun wußte er, daß er sie auf seiner Seite hatte.

„Ja“, sagte er. „Ta-den spricht nur von O-lo-a und sehnt den Tag herbei, da er sich um sie bewerben kann.“

„Aber morgen geben sie mich Bu-lot“, sagte sie bekümmert.

„Möge es immer morgen sein, denn dieses morgen wird niemals eintreten“, erwiderte er.

„Aber das unglückliche Ereignis wird geschehen, und dann werde ich mich jeden Tag meines Lebens ganz furchtbar nach Ta-den sehnen, der nie der meine sein wird.“

„Wäre dieser Lu-don nicht, könnte ich dir vielleicht helfen“, sagte der Affenmensch. „Aber wer weiß, vielleicht kann ich es auch so?“

„Wäre dir dies nur möglich, Dor-ul-Otho!“ sagte das Mädchen. „Und ich weiß, daß du es tun würdest, denn Pan-at-lee hat mir erzählt, wie tapfer du bist und wie hilfsbereit dazu.“

„Nur Jad-ben-Otho weiß, was die Zukunft bringt“, sagte Tarzan. „Und nun geht eurer Wege, ihr beiden, damit euch niemand entdeckt und Verdacht schöpft.“

„Wir gehen, aber Pan-at-lee wird zurückkommen und dir etwas zu essen bringen. Ich hoffe, du entkommst, und Jad-ben-Otho ist zufrieden mit dem, was ich getan habe.“ Sie wandte sich um und ging weg, und Pan-at-lee folgte ihr, während der Affenmensch sich wieder in sein Versteck zurückzog.

In der Dunkelheit kam Pan-at-lee mit Speisen, und da er nun allein mit ihr war, stellte er ihr die Frage, die er die ganze Zeit hatte stellen wollen, schon während seines Gesprächs mit O-lo-a früher am Tage.

„Berichte mir, was du von den Gerüchten weißt, über die O-lo-a sprach, wonach eine geheimnisvolle Fremde angeblich in A-lur verborgen wird. Hast du während der kurzen Zeit deines Aufenthaltes hier auch davon gehört?“

„Ja“, sagte Pan-at-lee. „Ich habe andere Sklaven darüber reden hören. Es ist etwas, über das alle nur flüstern, keiner wagt, laut darüber zu reden. Sie sagen, eine Fremde werde im Tempel verborgen, und Lu-don wolle sie als Priesterin haben, doch Ko-tan hat sie sich zur Gattin auserkoren, und noch wagt keiner, sie sich zu nehmen, aus Furcht vor dem anderen.“

„Weißt du, an welchem Ort des Tempels sie versteckt wird?“ fragte Tarzan.

„Nein“, antwortete sie. „Woher sollte ich? Ich weiß ja nicht einmal, ob es mehr als eine Legende ist, und ich kann dir nur erzählen, was ich andere habe reden hören."

„Haben sie nur von einer einzigen Frau gesprochen?" fragte Tarzan.

„Nein, es war auch noch von einer anderen die Rede, die mit ihr herkam, aber niemand scheint zu wissen, was aus ihr geworden ist."

Tarzan nickte. „Vielen Dank, Pan-at-lee", sagte er. „Du hast mir vielleicht mehr geholfen, als wir beide ahnen."

„Das will ich gern hoffen", sagte das Mädchen, als sie sich wieder dem Palast zuwandte.

„Und ich hoffe es auch", erklärte Tarzan mit Nachdruck.

Der Tempel des Gryf

Als die Nacht hereingebrochen war, legte Tarzan die Maske und den Schwanz des Priesters an, den er in den Gewölben unter dem Tempel getötet hatte. Er hielt es nicht für günstig, noch einmal zu versuchen, an der Wache vorbeizukommen, besonders so spät in der Nacht. Höchstwahrscheinlich würde dies Nachfragen und Verdacht hervorrufen. Also schwang er sich in den Baum, der über die Gartenmauer ragte, und ließ sich auf der anderen Seite zu Boden fallen.

Er vermied jedes allzu große Risiko, unterwegs entdeckt zu werden, und näherte sich auf seinem Weg zum Palasthof dem Tempel von der gegenüberliegenden Seite und nicht dort, wo er ihn bei seiner Flucht verlassen hatte. Zwar mußte er dadurch einen Teil des Geländes überqueren, den er nicht kannte, aber er sah darin eine geringere Gefahr, als wenn er dem ausgetretenen Weg zwischen den Palastgemächern und denen des Tempels folgen würde. Da er ein klares Ziel vor Augen hatte und einen ans Wunderbare grenzenden Ortssinn besaß, bewegte er sich sehr sicher durch die Schatten des Tempelhofes.

So nutzte er die besonders dicht an der Mauer stehenden Sträucher und Bäume und gelangte schließlich unbehelligt zu dem reichverzierten Gebäude, über dessen Zweck er Lu-don zwar befragt hatte, jedoch mit der Erklärung abgespeist worden war, es sei aufgegeben worden. Dies war so absonderlich nicht, doch das offensichtliche Zögern des Priesters, seine Verwendung zu erörtern, und Tarzans sicheres Gefühl, daß er log, ließ die Sache in anderem Licht erscheinen.

Nun stand er schließlich allein vor dem Gebäude, das zwei Stockwerke hoch und von allen anderen Tempelgebäuden getrennt war. Es hatte einen einzigen vergitterten Eingang, der aus dem Felsen gehauen und als Kopf eines Gryf gestaltet war. Der weitgeöffnete Rachen stellte die Türöffnung dar. Kopf, Haube und Vorderpranken waren so herausgearbeitet, als liege er geduckt mit dem Unterkiefer zwischen den Pranken. Kleine, ovale und ebenfalls vergitterte Fenster flankierten den Torweg.

Als Tarzan sah, daß die Luft rein war, trat er in den verdunkelten Eingang und rüttelte an den Gitterstäben, indes mußte er feststellen, daß sie durch eine Vorrichtung, die ihm nicht vertraut war, fest an Ort und Stelle gehalten wurden. Auch waren sie wahrscheinlich zu stark, um herausgebrochen zu werden, selbst wenn er den dabei entstehenden Lärm in Kauf genommen hätte. Im stockfinsteren Inneren war nichts zu erkennen, und so suchte er, zeitweilig in seinem Vorgehen gehemmt, nach den Fenstern. Auch hier weigerten sich die Gitterstäben, ihr Geheimnis preiszugeben, doch ließ er von seinem Plan nicht ab, zumal er nichts anderes erwartet hatte.

Wenn die Stangen sich seiner Schläue und Findigkeit widersetzten, dann schwerlich seiner hünenhaften Körperkraft, sollte keine andere Möglichkeit bestehen, in das Gebäude einzudringen. Zunächst wollte er sich jedoch vergewissern, ob dem auch wirklich so war. Er ging um das Bauwerk herum und untersuchte es sorgfältig. Es gab noch andere Fenster, aber sie waren ebenfalls vergittert. Oft blieb er stehen, um vielleicht etwas zu sehen oder zu hören, doch niemand ließ sich blicken, und die Geräusche, die an sein Ohr drangen, waren zu weit entfernt, um seine Besorgnis wachzurufen.

Er schaute sich die Mauer an. Sie war wie die vielen anderen, die Stadtmauer sowie die des Palastes und des Tempels, durch Steinmetzarbeiten verschönert, außerdem liefen eigentümliche Simse zuweilen in horizontaler Ebene entlang, andere stiegen in einem Winkel an, so daß oft der Eindruck entstand, das Haus sei unregelmäßig oder gar schief gestaltet worden. Die Mauer zu erklimmen war daher nicht schwierig, zumindest nicht für den Affenmenschen.

Allerdings stellte der große, sperrige Kopfschmuck eine erhebliche Behinderung dar, deshalb legte er ihn am Fuß der Mauer ab. Behend kletterte er nach oben, doch waren selbst die Fenster des ersten Stockwerks nicht nur vergittert, sondern innen auch noch durch Vorhänge verhängt. Deshalb hielt er sich hier nicht lange auf, zumal ihm der Gedanke gekommen war, am leichtesten durch das Dach Zugang zu finden. Nach seiner Beobachtung war es gewölbt wie der Thronsaal von Ko-tan. Auch hier gab es Öffnungen, er hatte sie schon von unten gesehen, und wenn die Konstruktion des Innenraums auch nur annähernd der des Thronsaals glich, bedurfte es bei ihnen keiner Gitter, da niemand sie vom Fußboden aus erreichen konnte.

So erhob sich also nur die Frage: Waren sie groß genug, um den breitschultrigen Affenmenschen durchzulassen?

Im zweiten Stock hielt er abermals inne, und hier konnte er trotz der Vorhänge erkennen, daß der Innenraum beleuchtet war. Gleichzeitig schlug ihm von dort eine Witterung entgegen, die ihn zeitweilig jeglicher Überreste der Zivilisation beraubte, sofern ihm noch welche anhafteten, und ihn wieder in ein furchterregendes, wildes Affenmännchen aus den Dschungeln von Kerchak verwandelte. Diese Metamorphose kam so plötzlich und war so absolut, daß er beinahe den gräßlichen Kampfruf seiner Artgenossen ausgestoßen hätte, doch der schlaue Verstand des wilden Tieres verhinderte diesen Fehler.

Nun hörte er drinnen auch Stimmen - die von Lu-don, hätte er schwören können, und sie forderte etwas. Die Antwort klang herablassend und geringschätzig, indes lag auch große Niedergeschlagenheit in dieser Stimme, die Tarzan nahezu in einen Zustand der Raserei versetzte.

Vergessen war das Gewölbe mit seinen möglichen Öffnungen. Unter Außerachtlassung jeglicher Vorsichtsmaßnahme und ohne Sinn für eine heimliche, leise Vorgehensweise holte er mit der mächtigen Faust aus und versetzte den Gitterstäben des kleinen Fensters vor ihm einen einzigen furchtbaren Schlag, der Stangen samt Einfassung scheppernd auf den Boden des Innenraums prasseln ließ.

Zeitgleich schoß er kopfüber durch die Öffnung, wobei er die Vorhänge aus Antilopenfell mitriß. Am Boden zerrte er das ihn behindernde Fell vom Kopf, nur um festzustellen, daß ihn pechschwarze Finsternis und Schweigen umgab. Er rief laut einen Namen, der ihm seit vielen mühsalbeladenen Monaten nicht über die Lippen gekommen war: „Jane, Jane, wo bist du?“ Doch keine Antwort ertönte aus der Stille.

Er rief immer wieder und tappte mit ausgestreckten Armen durch die ägyptische Finsternis, wobei sein Geruchssinn und sein Gehirn qualvoll den feinen Duft erfaßten, der ihm schon vorhin mitgeteilt hatte, daß seine Gefährtin sich in diesem Raum aufgehalten hatte. Auch hatte er ihre vertraute Stimme gehört, als sie die widerlichen Forderungen des niederträchtigen Priesters zurückwies. Ach, wäre er doch umsichtiger vorgegangen! Hätte er sich nur weiter so still und leise hereingestohlen, vielleicht hätte er sie jetzt in seinen Armen halten können, während Lu-dons ausgestreckter Körper zu seinen Füßen beredt von vollzogener Rache gekündet hätte. Aber jetzt war keine Zeit für müßige Selbstvorwürfe.

Er stolperte blindlings vorwärts und tastete umher, wonach, wußte er selbst nicht, bis der Boden unter ihm plötzlich nachgab und er in eine fast noch größere Dunkelheit stürzte, als er sie oben erlebt hatte. Er spürte, wie sein Körper eine glattpolierte Bahn hinabschlitterte, während oben ein höhnisches Lachen erscholl und Lu-don ihm mit kreischender Stimme nachrief: „Kehr zu deinem Vater zurück, o Dor-ul-Otho!“

Felsiger Grund beendete seine Talfahrt auf jähe und schmerzhafte Weise. Genau vor ihm befand sich ein ovales Fenster mit vielen kreuzweise angebrachten Gitterstäben, und dahinter sah er das Mondlicht auf der dunklen Wasserfläche des blauen Sees blinken. Gleichzeitig erfaßte er einen vertrauten Geruch in dem halbdunklen Raum, der beträchtliche Ausmaße aufwies, wie ein schneller Blick in die Runde ihm offenbarte.

Es war die schwache, jedoch unverkennbare Witterung des Gryf, und nun stand Tarzan still und lauschte. Zunächst konnte er keine Geräusche feststellen außer denen der Stadt, die durch das Fenster über dem See zu ihm hereindrangen. Dann vernahm er jedoch schwach wie aus großer Entfernung das Patschen bloßer Füße auf Steinpflaster, und als er genau hinhörte, erkannte er, daß es näherkam.

Nun war auch schon das Atmen der Bestie zu hören. Offensichtlich angelockt durch den Lärm seines Sturzes in diese höhlenartige Zufluchtsstätte, kam sie angetrottet, um nachzuforschen. Er konnte sie nicht sehen, aber er wußte, daß sie nicht mehr weit entfernt war, und da ließ auch schon der ohrenbetäubende Widerhall eines tollwütigen Bellens die düsteren Korridore erbeben.

In Kenntnis des dürftigen Sehvermögens dieser Kreatur - wohingegen sich seine Augen an die Dunkelheit der Höhle gewöhnt hatten - trachtete der Affenmensch, dem wütenden Angriff auszuweichen, dem kein Lebewesen standhalten konnte, wie er wohl wußte. Auch wollte er das Risiko nicht eingehen, an diesem fremden Gryf die Taktik des Tor-o-don zu erproben, die sich bei anderer Gelegenheit als so wirksam erwiesen hatte, als sein Leben und seine Freiheit gleichfalls auf dem Spiele standen. Die jetzigen Bedingungen waren in vieler Hinsicht anders. Damals hatte er sich dem Gryf am hellichten Tag unter normalen Umständen in seiner natürlichen Umgebung nähern können, und es hatte sich um ein Exemplar gehandelt, das sich der Autorität des Menschen oder zumindest eines menschengleichen Wesens unterworfen hatte. Hier war er jedoch dem blindwütigen Angriff eines eingesperrten Tieres ausgesetzt, und er hatte allen

Grund anzunehmen, daß dieser Gryf noch nie den einschränkenden Einfluß der Autorität zu spüren bekommen hatte, wahrscheinlich vielmehr zu jenem ganz bestimmten Zweck in dieser düsteren Grube eingesperrt war, den Tarzan in den Erlebnissen der vergangenen Momente schon mehrfach sehr bildhaft vor Augen geführt bekommen hatte.

Deshalb erschien es ihm als das klügste, nach einem Schlupfloch zu suchen, um aus diesem Raum zu fliehen und so dieser Kreatur zu entrinnen. Zu viel stand auf dem Spiel, als daß er eine Begegnung hätte wagen können, deren Ausgang das Schicksal seiner Gefährtin besiegeln würde, nachdem er sie gerade erst wieder gefunden hatte, nur um sie abermals grausam zu verlieren. Wie begründet diese Annahme auch war, wie groß seine Enttäuschung und sein Ingrimm, und wie hoffnungslos seine derzeitige Lage auch schien - in den tiefsten Winkeln seines Herzens glomm dennoch ein Fünkchen Dankbarkeit und Freude. Sie lebte! Nach all diesen bedrückenden Monaten voller Hoffnungslosigkeit und Angst hatte er sie gefunden. Sie lebte.

Das gewandte Geschöpf des Dschungels wich schnell aus der Bahn des angreifenden Titanen, der, im Halbdunkel nur durch sein scharfes Gehör geleitet, stur auf die Stelle zusteuerte, zu der Tarzans geräuschvoller Eintritt in seine Lagerstatt ihn hinzog, nämlich zur gegenüberliegenden Seite der Kammer. Dort huschte er weiter die Wand entlang. Vor ihm tauchte jetzt die schwarze Öffnung des Korridors auf, aus dem die Bestie eingetreten war. Tarzan stürmte ohne zu zögern hinaus. Selbst hier konnten seine Augen, die lange schon an diese Dunkelheit gewöhnt waren, welche unsereinem als undurchdringlich erschienen wäre, im Umkreis von einigen Fuß den Boden und die Wände undeutlich erkennen - zumindest soweit, um auszuschließen, daß er in einen unvermuteten Abgrund stürzte oder sich bei einer plötzlichen Biegung am soliden Gestein den Schädel einrannte.

Der Korridor war breit und hoch, und das mußte er sein, um den kolossalen Ausmaßen der Kreatur zu entsprechen, deren Wohnung er darstellte. Tarzan kam daher auf dem gewundenen Weg ohne Schwierigkeiten ziemlich schnell voran. Dabei spürte er, daß dieser langsam abwärts führte, nicht sonderlich steil, doch schien er keine Ende zu nehmen, und er fragte sich, zu welch fernem unterirdischen Bau er wohl führte. Er hatte das Gefühl, daß er nach allem vielleicht besser in dem großen Raum geblieben und das Wagnis eingegangen wäre, den Gryf zu bezwingen, wo es zumindest Platz und Licht genug gab, um dem Versuch eine geringe Chance auf Erfolg zu sichern. In diesem engen Gang eingeholt zu werden bedeutete den sicheren Tod, davon war er überzeugt, selbst wenn der Gryf ihn nicht sehen konnte, und nun hörte er das Untier auch schon von hinten herankommen. Das donnernde Gebell ließ die Felsenklippe erbeben, aus der die höhlenartigen Räumlichkeiten herausgehauen worden waren. Stehenzubleiben und dieser monströsen Verkörperung der Wut mit einem kläglichen Whiii-oo! entgegenzutreten schien Tarzan der Gipfel der Torheit zu sein, und so ging er weiter den Korridor entlang, wobei er sein Tempo steigerte, als er spürte, daß der Gryf im Begriff war, ihn einzuholen.

Mit einmal ließ die Finsternis nach, und bei der letzten Wegbiegung sah er eine vom Mondschein überflutete Fläche vor sich.

Mit neuer Hoffnung stürmte er vorwärts und gelangte aus dem Korridor in eine große, kreisförmigen Einfriedung. Auf allen Seiten ragten weiße Mauern empor - glatte, senkrechte Wände, auf deren Oberfläche seine Füße nicht den geringsten Halt finden würden. Zu seiner Linken lag ein Teich, der mit an einer Seite an den Sockel der Mauer grenzte. Das war zweifellos die Suhle und Tränke des Gryf.

Nun tauchte dieser aus dem Gang auf, und Tarzan wich zum Rand des Teiches zurück, um hier letzten Widerstand zu leisten. Er hatte keinen Stock, mit dem er dem autoritären Ton seiner Stimme womöglich hätte Nachdruck verleihen können. Dennoch blieb er dort stehen, weil er einfach nichts anderes tun konnte. Am Ausgang des Korridors blieb der Gryf kurz stehen und blickte mit sehschwachen Augen in alle Richtungen, als suche er nach seiner Beute. Dies schien Tarzan psychologisch betrachtet der richtige Augenblick für einen Versuch zu sein, und so stieß er in lautem, schroffen Kommandoton das unheimliche Whiii-oo! des Tor-o-don aus. Die Wirkung auf den Gryf war eindeutig und klar erkennbar - mit markerschütterndem Gebell senkte er die drei Hörner und stürmte in Richtung des Rufes tollwütig vor.

Weder rechts noch links war ein Fluchtweg, denn hinter Tarzan lag die stille Wasserfläche des Teiches, vor ihm und schon ganz nahe drohte die donnernde Vernichtung. Der gewaltige Körper schien bereits über dem Affenmenschen zu ragen, als dieser plötzlich kehrt machte und in das dunkle Wasser tauchte.

Jane Clayton hatte jegliche Hoffnung aufgegeben. Als sie in den qualvollen Monaten der Einkerkerung, drohender Gefahren und Mühseligkeiten um ihr Leben rang, war diese immer wieder aufgeflammt, um nach jedem neuerlichen Versuch zu kleineren Ausmaßen zurückzusinken, und nun war sie völlig erloschen und hinterließ nur verkohlte Asche, aus der nie wieder eine Glut entfacht werden konnte, das wußte Jane genau. Die Hoffnung erstarb, als sie in ihrem Gefängnis im Tempel des Gryf zu A-lur Lu-don, dem Hohenpriester, gegenüberstand. Die Zeit und die Strapazen hatten ihrer äußeren Schönheit nichts anhaben können - ihre vollkommene Gestalt, die Ausstrahlung ihres lieblichen Äußeren hatten ihnen widerstanden, doch genau diese Merkmale bargen die Gefahr, die nun auf sie zukam, denn Lu-don begehrte sie. Vor den niederen Priestern war sie sicher gewesen, nicht jedoch vor ihm, denn er war anders als diese, da das Amt des Hohenpriesters von Pal-ul-don vom Vater auf den Sohn überging.

Ko-tan, der König, hatte auch nach ihr verlangt, und was sie bisher vor beiden gerettet hatte, war deren gegenseitige Furcht vor dem anderen, doch schließlich hatte Lu-don alle Rücksicht beseitegelassen und war in den stillen Stunden der Nacht zu ihr gekommen, um seinen Anspruch geltend zu machen. Hochmütig hatte sie ihn zurückgewiesen und stets getrachtet, Zeit zu gewinnen, aber welche Zeit ihr Rettung oder erneute Hoffnung bringen konnte, war ihr schleierhaft.

In seinem grausamen Gesicht lag ein Ausdruck lüsternen Begehrens, als er den Raum durchschritt, um sie zu packen. Sie schrak nicht vor ihm zurück und duckte sich auch nicht, sondern stand hoch aufgerichtet, das Kinn vorgereckt, und ihr ruhiger Blick spiegelte den Abscheu und die Verachtung, die sie für ihn empfand. Zwar erboste ihn dieser Ausdruck, steigerte sein Verlangen, sie zu besitzen, jedoch noch mehr. Hier hatte er es wahrlich mit einer Königin zu tun, vielleicht einer Göttin, der rechten Gefährtin für den Hohenpriester.

„Das wirst du nicht tun!“ sagte sie, als er sie berühren wollte. „Einer von uns wird sterben, ehe du dein Ziel erreichst.“

Er stand jetzt dicht vor ihr, und sein Gelächter drang in ihre Ohren. „Liebe tötet nicht“, erwiderte er spöttisch.

Er wollte sie am Arm packen, doch im gleichen Augenblick schlug etwas hart gegen die Gitterstäbe eines der Fenster und schleuderte sie samt Einfassung auf den Fußboden. Nachgerade zeitgleich folgte eine menschliche Gestalt, die häuptlings in den Raum schoß. Ihr

Kopf war in das Fell gewickelt, das vor dem Fenster gehangen hatte, und das sie bei ihrem stürmischen Auftreten mitgerissen hatte.

Jane Clayton sah Überraschung und so etwas wie Entsetzen in den Augen des Hohenpriester aufsteigen, aber da sprang er auch schon vor und riß an einer Lederschnur, die von der Decke hing. Sofort fiel von oben eine sinnreich angebrachte Zwischenwand zwischen sie und den Eindringling, sperrte ihn von ihnen ab und zwang ihn gleichzeitig, in völliger Dunkelheit umherzutasten, da sich die einzige Pechpfanne, die den Raum beleuchtete, auf ihrer Seite der Wand befand.

Von drüben hörte sie jemand rufen, indessen konnte sie nicht erkennen, wer es war und was er rief. Dann sah sie Lu-don an einer anderen Schnur ziehen und offensichtlich auf etwas warten, was gleich eintreten würde. Er brauchte auch nicht lange zu warten. Die Schnur bewegte sich plötzlich, als werde von oben daran gezogen, und nun lächelte Lu-don und setzte mit einem anderen Signal irgendeine Maschinerie in Gang, so daß die Zwischenwand sich wieder hob und in der Decke verschwand.

Sie traten in den Teil des Raumes, der bislang abgeschottet gewesen war. Der Hohenpriester kniete sich auf den Fußboden und drückte einen Teil davon nach unten, so daß der dunkle Schlund eines abwärts führenden Schachtes zu sehen war. Laut lachend, brüllte er in das Loch: „Kehr zu deinem Vater zurück, o Dor-ul-Otho!“

Nachdem er den Riegel wieder befestigt hatte, der verhinderte, daß sich die Falltür unter den Füßen eines Unachtsamen öffnete, sofern es nicht in seinem Sinne war, erhob er sich wieder und sagte:

„Nun, meine Schöne!“ Doch dann fügte er schroff hinzu: „Ja-don, was willst du hier?“

Jane Clayton drehte sich um und blickte in die Richtung, in die er schaute. Da sah sie in der Tür die reckenhafte Gestalt eines Kriegers stehen, dessen massige Gesichtszüge Strenge und unnachgiebige Autorität ausstrahlten.

„Ich komme von Ko-tan, dem König, um diese schöne Fremde in den Verbotenen Garten zu bringen“, erwiderte Ja-don.

„Der König wagt es, mir, dem Hohenpriester von Jad-ben-Otho, zu trotzen?“ fragte Lu-don.

„Es ist der Befehl des Königs - ich habe gesprochen“, erwiderte Ja-don kurz angebunden. Sein Auftreten verriet weder Furcht noch Achtung vor dem Priester.

Lu-don wußte genau, warum der König gerade diesen Boten ausgewählt hatte, dessen Ketzerei allgemein bekannt war, dessen Macht ihn jedoch vor den Intrigen des Priesters geschützt hatte. Lu-don blickte verstohlen zu den Schnüren, die von der Decke hingen. Warum nicht? Er mußte es nur fertigbringen, Ja-don in die andere Hälfte des Raumes zu locken!

„Komm, wir wollen die Sache in Ruhe erörtern", sagte er in versöhnlichem Ton und ging auf die Stelle zu, wohin Ja-don ihm folgen sollte.

„Da gibt es nichts zu erörtern", erwiderte dieser, folgte dem Priester jedoch, da er Verrat fürchtete.

Jane beobachtete die beiden. Miene und Gestalt des Kriegers brachten solch bewundernswerte Charakterzüge wie Mut und Ehrgefühl zum Ausdruck, die das Kriegshandwerk am besten entwickelt. Der heimtückische Priester besaß keine Eigenschaften, die für ihn eingenommen hätten. Von den beiden würde sie daher eher dem Krieger den Vorrang geben. Bei ihm hatte sie eine Chance - bei Lu-don keine. Allein die Verlegung von einem Gefängnis zum anderen konnte eine Fluchtmöglichkeit eröffnen. Sie wog all diese Dinge ab und traf ihre Entscheidung, denn Lu-dons verstohlener Blick auf die Schnüre war ihr nicht verborgen geblieben und richtig gedeutet worden.

„Krieger, wenn du am Leben bleiben willst, dann halte dich von jener Hälfte des Raumes fern", sagte sie zu Ja-don.

Lu-don funkelte sie zornig an. „Schweig, Sklavin!" rief er.

„Und wo lauert die Gefahr?" fragte Ja-don, Lu-don überhaupt nicht beachtend.

Die Frau wies zur Decke. „Sieh hier!" Und ehe der Priester es verhindern konnte, hatte sie die Schnur ergriffen, die die Zwischenwand herabsausen ließ und Lu-don von dem Krieger und ihr trennte.

Ja-don blickte sie forschend an. „Wenn du nicht gewesen wärst, hätte er mich ganz schön übertölpelt und mich hier gefangen gehalten, während er dich klammheimlich irgendwo im Labyrinth dieses Tempels versteckt hätte."

„Er hätte noch viel mehr getan", sagte Jane und zog an der anderen Schnur. „Diese hier löst die Verriegelung einer Falltür im Fußboden hinter der Zwischenwand", erklärte sie ihm. „Hättest du draufgetreten, so wärst du in eine unterirdische Grube des Tempels gestürzt. Lu-don hat oft gedroht, mir dieses Schicksal zu bereiten.

Ich weiß nicht, ob er die Wahrheit sagt, aber er behauptet, ein Dämon des Tempels sei dort eingesperrt -ein riesiger Gryf."

„Den gibt es in der Tat", sagte Ja-don. „Seinet- und der Opfer wegen halten die Priester uns ja ständig in Bewegung. Wir sollen sie mit Gefangenen versorgen, obwohl manchmal Leute unseres eigenen Volkes geopfert werden, für die Lu-don besonderen Haß empfindet. Schon lange beobachtet er mich. Dies wäre eine gute Gelegenheit für ihn gewesen, hättest du seine Absichten nicht durchkreuzt. Sage mir, Frau, warum du mich gewarnt hast. Sind wir nicht alle deine Kerkermeister und deine Feinde?"

„Keiner könnte grausamer sein als er", erwiderte sie. „Du machst den Eindruck eines tapferen und ehrenhaften Kriegers. Hoffnung habe ich nicht mehr, sie ist erloschen. Dennoch ist es möglich, daß unter den vielen Kriegsleuten, selbst wenn sie einer anderen Rasse als der meinen angehören, jemand ist, der einem Fremden innerhalb des Stadtgebietes eine ehrenhafte Behandlung zuteil werden ließe - selbst wenn es eine Frau ist."

Ja-don musterte sie lange. „Ko-tan würde dich zu seiner Königin machen", sagte er. „Das hat er mir selbst gesagt, und das wäre gewiß eine ehrenhafte Behandlung seitens desjenigen, der dich zur Sklavin machen könnte."

„Warum will er mich zur Königin machen?" fragte sie.

Ja-don trat näher zu ihr, als fürchte er, seine Worte könnten mitgehört werden. „Er glaubt - wenn er es mir auch nicht wörtlich gesagt hat -, daß du einer Rasse von Göttern angehörst. Und warum nicht? Jad-ben-Otho ist schwanzlos, also ist es gar nicht so abwegig, wenn er vermutet, daß nur Götter so gestaltet sind. Seine Königin ist tot und hat ihm nur eine Tochter hinterlassen. Er will unbedingt einen Sohn haben, und was wäre wünschenswerter, als wenn er für Pal-ul-don eine Herrscherlinie fände, die von den Göttern abstammt?"

„Aber ich bin schon vermählt", sagte Jane. „Ich kann keinen anderen heiraten. Und ich will ihn oder seinen Thron auch gar nicht haben."

„Ko-tan ist König", erwiderte Ja-don schlicht, als erkläre und vereinfache das alles.

„Du willst mich demnach nicht retten?" fragte sie.

„Wärst du in Ja-lur, so könnte ich dich schützen, selbst gegen den König."

„Was ist dieses Ja-lur, wo befindet es sich?" fragte sie, nach dem Strohhalm langend.

„Es ist die Stadt, in der ich herrsche“, antwortete er. „Ich bin dort Häuptling, auch von dem ganzen Tal dahinter.“

„Wo ist es, ist es weit von hier?“ fragte sie beharrlich weiter.

„Nein“, antwortete er lächelnd. „Es ist nicht weit, aber denke nicht daran - du kämst niemals hin. Zu viele würden dich verfolgen und ergreifen. Doch wenn du es wissen willst: Es liegt flußaufwärts an dem Strom, der in den Jad-ben-lul mündet, dessen Wasser die Mauern von A-lur küssen. Es liegt an der westlichen Verzweigung und ist an drei Seiten von Wasser umgeben. Die uneinnehmbarste Stadt von Pal-ul-don - als einzige von allen anderen hat niemals eines Feindes Fuß sie betreten, seit sie errichtet wurde, und das war, als Jad-ben-Otho noch ein kleiner Junge war.“

„Und dort würde ich sicher sein?“ fragte sie.

„Vielleicht“, sagte er.

Ach, du erstorbene Hoffnung! Welch geringen Anlasses bedarf es, um dich wieder aufglimmen zu lassen! Sie seufzte und schüttelte den Kopf, da sie einsah, wie unbegründet jegliches Hoffen war -dennoch spürte sie die Verlockung, die von dem Namen ausging. Ja-lur!

„Du bist weise“, sagte Ja-don, der ihren Seufzer anders deutete. „Komm nun, wir wollen zu den Gemächern der Prinzessin neben dem Verbotenen Garten gehen. Dort wirst du bei O-lo-a, der Tochter des Königs, bleiben. Es ist viel besser als das Gefängnis, das du jetzt bewohnst.“

„Und Ko-tan?“ fragte sie, und ein Schauer lief ihr den Rücken hinunter.

„Die erforderlichen Zeremonien werden mehrere Tage in Anspruch nehmen, ehe du Königin wirst, und eine davon wird vielleicht schwierig durchzuführen sein“, erklärte Ja-don. Dann lachte er.

„Was für eine?“ fragte sie.

„Nur der Hohenpriester darf die Heiratszeremonie für einen König vollziehen“, erläuterte er ihr.

„Ein Aufschub!“ murmelte sie. „Welch gesegneter Aufschub!“ Zäh hält die Hoffnung am Leben fest, selbst wenn sie nur noch kalte, tote Asche ist - ein wahrer Phönix.

„Der König ist tot!"

Wie abgesprochen, geleitete Ja-don sie die Steintreppe hinunter, die aus den oberen Stockwerken des Tempels des Gryf zu den Kammern und Korridoren führte, die die Felsen, aus denen Tempel und Palast gehauen worden waren, bienenwabenartig durchbrachen. Dann gingen sie durch einen Torweg, an dessen einem Ende zwei Priester und am anderen zwei Krieger Wache hielten. Erstere wollten Ja-don anhalten, als sie sahen, wer sich in seiner Begleitung befand, denn im ganzen Tempel wußte man über den Streit zwischen König und Hohenpriester um den Besitz dieser schönen Fremden Bescheid.

„Sie darf nur auf Befehl von Lu-don passieren", sagte einer und pflanzte sich direkt vor Jane Clayton auf, um sie am Weitergehen zu hindern. Durch die Sichtlöcher der häßlichen Maske konnte sie das fanatische Funkeln seiner Augen sehen. Ja-don legte einen Arm um ihre Schulter und die andere Hand auf sein Messer.

„Auf Befehl Ko-tans, des Königs, und dank der Tatsache, daß Ja-don, der Häuptling, ihr Begleiter ist, darf sie sehr wohl passieren. Tritt beiseite!"

Die beiden Krieger auf der Palastseite kamen heran. „Wir sind hier, Gund von Ja-lur, um deine Befehle entgegenzunehmen und auszuführen", sagte einer, an Ja-don gewandt.

Nun mischte sich der zweite Priester ein. „Laß sie vorbei", sagte er zu seinem Kumpan. „Lu-don hat uns keine direkten Befehle gegeben, die dem zuwiderliefen, und es ist ein Gesetz des Tempels und des Palastes, daß Häuptlinge und Priester unbehelligt kommen und gehen können."

„Aber ich kenne Lu-dons Wünsche", erwiderte der andere hartnäckig.

„Hat er dir etwa gesagt, Ja-don und die Fremde dürften nicht passieren?"

„Nein, aber..."

„Dann laß sie durch, denn es steht drei gegen zwei, da können wir ohnehin nichts ausrichten. Wir haben jedenfalls unser Bestes getan."

Murrend trat der Priester beiseite. „Lu-don wird von uns Rechenschaft fordern", prophezeite er zornig.

Ja-don wandte sich zu ihm. „Und sie bekommen, wann und wo er will", sagte er kurz.

Schließlich erreichten sie die Gemächer der Prinzessin O-lo-a, wo am Haupteingang eine kleine, aus Palastkriegern bestehende Wache und einige kräftige Eunuchen herumlungerten, die der Prinzessin oder ihren Frauen gehörten. Bei einem der letzteren lieferte Ja-don seinen Schützling ab.

„Bring sie zur Prinzessin und paß auf, daß sie nicht entkommt", befahl er.

Der Eunuch führte Lady Greystoke durch mehrere Korridore und Räume, die von steinernen Pechpfannen erleuchtet wurden, und blieb schließlich vor einer Tür stehen, die mit einem Jato-Fell verhängt war. Ihr Begleiter klopfte mit seinem Stock an die Wand neben der Tür.

„O-lo-a, Prinzessin von Pal-ul-ldon, ich bringe die Fremde, die Gefangene aus dem Tempel", rief er.

„Sie soll eintreten", gebot eine liebliche Stimme hinter dem Vorhang.

Der Eunuch hielt diesen zur Seite, und Lady Greystoke trat ein. Vor ihr lag ein nicht allzu großer Raum mit niedriger Decke. In jeder der vier Ecken schien eine knieende Steinfigur ihren Anteil vom Gewicht der Decke auf den Schultern zu tragen. Die Statuen sollten offensichtlich Waz-don-Sklaven darstellen und waren künstlerisch nicht besonders schön gestaltet. Die Decke war leicht gewölbt und bildete eine Kuppel, durch deren Öffnungen das Tageslicht und frische Luft Zugang fanden. An einer Seite des Raumes waren viele Fenster, die anderen drei Wände waren fensterlos, doch von Türen durchbrochen. In einer Ecke des Raumes lag die Prinzessin auf einem Stapel von Fellen, die über ein niedriges Steinpodest gebreitet waren. Sie war allein mit einer einzigen Waz-don-Sklavin, die ihr zu Füßen auf der Kante des Podests saß.

Als Jane eintrat, winkte O-lo-a ihr, näherzutreten, und als sie neben der Liege stand, richtete sich die Prinzessin einem Ellenbogen halb auf und musterte sie kritisch.

„Wie schön du bist!" sagte sie schlicht.

Jane lächelte bekümmert, hatte sie doch herausgefunden, daß Schönheit ein Fluch sein kann.

Dann antwortete sie rasch: „Das ist wirklich ein Kompliment aus dem Mund einer so strahlenden Erscheinung wie Prinzessin O-lo-a."

„Ei, du sprichst meine Sprache!" sagte die Prinzessin erfreut. „Man sagte mir, du gehörtest einer anderen Rasse an und kämst aus einem fernen Land, von dem wir hier in Pal-ul-don nie gehört haben."

„Lu-don veranlaßte, daß die Priester mich unterwiesen", erklärte Jane. „Doch ich komme aus einem Land, Prinzessin, in das ich gern zurückkehren würde - und ich bin sehr unglücklich."

„Aber Ko-tan, mein Vater, würde dich zu seiner Königin machen", sagte das Mädchen. „Das sollte dich doch sehr freuen."

„Keineswegs. Ich liebe einen anderen, mit dem ich schon verheiratet bin. Ach, Prinzessin, wenn du wüßtest, was es heißt, zu lieben und zur Hochzeit mit einem anderen gezwungen zu werden, so würdest du Mitgefühl mit mir haben."

Die Prinzessin schwieg lange. „Ich weiß, und du tust mir sehr leid", sagte sie schließlich. „Aber wenn die Tochter des Königs sich selbst nicht vor einem solchen Schicksal bewahren kann, wer könnte dann eine Sklavin retten? Denn das bist du in der Tat."

Das Trinkgelage im großen Bankettsaal des Palasts von Ko-tan, des Königs von Pal-ul-don, hatte an diesem Abend früher als sonst begonnen, denn der König feierte die für den morgigen Tag vorgesehene Verlobung seiner einzigen Tochter mit Bu-lot, Sohn von Mo-sar, dem Häuptling, dessen Urgroßvater schon König von Pal-ul-don gewesen war, und der deshalb glaubte, daß auch er König werden müsse. Zur Zeit war er ebenso betrunken wie sein Sohn. Überhaupt waren aus diesem festlichen Anlaß nahezu alle Krieger einschließlich des Häuptlings betrunken. Insgeheim empfand Ko-tan nicht die geringste Sympathie für Mo-sar oder Bu-lot, wie diese ihren König auch keineswegs mochten. Ko-tan gab Bu-lot seine Tochter in der Hoffnung, das Bündnis werde Mo-sar hindern, Ansprüche auf den Thron zu stellen, denn nach Ja-don war Mo-sar der mächtigste Häuptling, und obwohl Ko-tan auch Ja-don im stillen fürchtete, brauchte er dennoch keine Bedenken zu haben, der alte Löwe werde versuchen, ihn vom Thron zu stürzen. Indes wußte er nicht genau, in welcher Richtung dieser seinen Einfluß geltend machen und seine Krieger einsetzen würde, sollte Mo-sar Ko-tan den Krieg erklären.

Primitive Menschen, die kriegerisch gesonnen sind, neigen selten dazu, Taktgefühl oder diplomatisches Geschick zu entwickeln, wenn sie nüchtern sind. In betrunkenem Zustand kennen sie diese Worte nicht einmal, falls sie aus ihrem Rausch aufgerüttelt werden. Doch es war in der Tat Bu-lot, der damit anfing.

„Diesen Becher trinke ich auf O-lo-a", sagte er und leerte ihn in einem Zug. „Und diesen hier auf unser beider Sohn, der den Thron von Pal-ul-don wieder den rechtmäßigem Besitzern zurückbringen wird!“ Bei diesen Worten nahm er sich den vollen Becher seines Nachbarn.

„Noch ist der König nicht tot und Bu-lot auch noch nicht mit seiner Tochter vermählt!“ sagte Ko-tan und sprang auf. „Demnach ist immer noch Zeit, um Pal-ul-don vor der Brut von Hasenfüßen zu retten.“

Angesichts des zornigen Tones des Königs und seiner beleidigenden Anspielung auf Bu-lots sattsam bekannte Feigheit setzte in der lärmenden Runde plötzlich eine ernüchternde Stille ein. Alle Blicke richteten sich auf Bu-lot und Mo-sar, die beide dem König direkt gegenüber saßen. Ersterer war stark betrunken, obwohl er mit einmal ganz nüchtern erschien. Er war so betrunken, daß er einen Moment lang vergaß, ein Feigling zu sein, zumal seine Geisteskräfte durch das üble Getränk dermaßen gelähmt waren, daß er die Folgen seiner Handlungsweise nicht vernünftig abwägen konnte. Jedem wird einleuchten, daß ein betrunkener und erboster Hasenfuß durchaus zu übereilten Handlungen fähig ist. Wie anders ließe sich sonst erklären, was nun geschah: Bu-lot sprang plötzlich von dem Platz auf, auf dem er nach Ausbringen des Trinkspruchs wieder zusammengesunken war, riß dem rechts von ihm sitzenden Krieger das Messer aus der Scheide und schleuderte es mit ungeheurer Wucht auf Ko-tan. Pal-ul-dons Krieger sind in der Kunst des Messerwerfens und Keulenschleuderns wohlgeübt, und da es hier auf diese kurze Entfernung und ohne Vorwarnung geschah, gab es für Ko-tan keine Abwehr, vielmehr nur ein Endergebnis - er kippte, die Klinge tief im Herzen, nach vorn auf den Tisch.

Eine kurze Stille folgte dem feigen Mord. Kreideweiß vor Entsetzen, wich Bu-lot langsam zu der hinter ihm befindlichen Tür zurück, als plötzlich zornige Krieger mit gezücktem Messer herbeisprangen, um seine Flucht zu verhindern und ihren König zu rächen. Aber Mo-sar stellte sich neben seinen Sohn.

„Ko-tan ist tot!“ erklärte er. „Jetzt ist Mo-sar König! Die loyalen Krieger von Pal-ul-don sollen ihren neuen Herrscher beschützen!“

Mo-sar verfügte über eine beträchtliche Anhängerschaft, und diese bildete schnell einen Ring um ihn und Bu-lot, doch waren viele Messer auf sie gerichtet, und nun drängte sich Ja-don durch die Menge, die dem Thronprätendenten gegenüberstand.

„Ergreift sie beide!“ rief er. „Wenn der Mörder von Ko-tan für diesen Treuebruch der gerechten Strafe zugeführt worden ist, werden die Krieger von Pal-ul-don ihren König wählen.“

Nunmehr unter dem Kommando eines Führers, den beide Seiten achteten und bewunderten, stürmten diejenigen, die Ko-tan gegenüber loyal waren, gegen die Gruppe um Mo-sar vor. Das Handgemenge war grausam und schrecklich und schien einzig und allein von der wilden Lust am Töten geprägt zu sein, doch auf seinem Höhepunkt gelang es Mo-sar und Bu-lot, unbemerkt aus dem Bankettsaal zu fliehen.

Sie eilten zu jenem Teil des Palasts, der ihnen während ihres Aufenthaltes in A-lur zugewiesen worden war. Hier befanden sich ihre Diener und die niederen Krieger ihrer Gruppe, die nicht mit zum Festmahl des Ko-tan geladen worden waren. Diese wurden angewiesen, schnellstens alle Habseligkeiten zusammenzupacken, um unverzüglich aufzubrechen. Als alle fertig waren, und das dauerte nicht lange, da die Krieger von Pal-ul-don stets nur wenig Gepäck auf den Marsch mitnehmen, rückten sie gegen das Palasttor vor.

Da flüsterte Mo-sar seinem Sohn zu: „Die Prinzessin! Wir dürfen die Stadt nicht ohne sie verlassen - haben wir sie, so ist der Kampf um den Thron schon halb gewonnen.“

Bu-lot, nun völlig nüchtern, war alles andere als erbaut darüber. Der Kampf und das Risiko waren zu viel für ihn. „Wir wollen schnell aus A-lur weg, oder wir haben die ganze Stadt gegen uns“, sagte er. „Sie würde sowieso nicht mitkommen, ohne sich zu widersetzen, und das würde uns zu lange aufhalten.“

„Wir haben Zeit genug „, beharrte Mo-sar. „Sie kämpfen noch im Pal-e-don- so. Es wird lange dauern, ehe sie uns vermissen, und nach Ko-tans Tod noch länger, ehe ihnen einfällt, daß sie sich um die Sicherheit der Prinzessin kümmern müssen. Diese Zeit gehört uns - Jad-ben-Otho hat sie uns gegeben. Komm!“

Widerstrebend folgte Bu-lot seinem Vater, der zunächst die Krieger anwies, innen vor dem Palasttor auf sie zu warten. Dann begaben sich die beiden schnell zu den Gemächern der Prinzessin. Am Eingang hielten nur eine Handvoll Krieger Wache, die Eunuchen hatten sich zurückgezogen.

„Im Pal-e-don-so ist ein großer Kampf im Gange“, rief Mo-sar den Wachen in gespielter Aufregung zu, als diese sie bemerkten. „Der König möchte, daß ihr sofort hinkommt. Wir sollen die Wache vor den Gemächern der Prinzessin übernehmen. Beeilt euch!“ befahl er, als die Männer zögerten.

Die Krieger kannten ihn und wußten, daß die Prinzessin am Morgen mit Bu-lot, seinem Sohn, verlobt werden sollte. Wenn Unruhen im Gange waren, was war dann natürlicher, als daß Mo-sar und Bu-lot mit dem Schutz der Prinzessin betraut wurden? Außerdem war Mo-sar ein mächtiger Häuptling, dem man besser nicht den Gehorsam verweigerte. Das konnte sich als höchst gefährlich erweisen. Sie waren nur gewöhnliche Krieger, hatten lediglich die harte Schule der Stammeskämpfe durchlaufen, jedoch gelernt, dem Befehl eines Vorgesetzten zu gehorchen, und so machten sie sich auf den Weg zum Pal-e-don-so - dem ‘Ort-wo-Menschen-essen’.

Kaum waren sie abmarschiert, ging Mo-sar, gefolgt von Bu-lot, zu den Vorhängen am anderen Ende der Eingangshalle und dann weiter zum Schlafgemach von O-lo-a. Gleich darauf stürmten die zwei Männer ohne Vorankündigung in das Zimmer mit den drei Bewohnerinnen. Bei ihrem Anblick sprang O-lo-a auf.

„Was soll das bedeuten?“ fragte sie zornig.

Mo-sar trat vor und blieb vor ihr stehen. Er hatte einen listigen Plan ersonnen, um sie zu täuschen. Wenn er glückte, würde alles einfacher ablaufen, als wenn sie sie gewaltsam mitnahmen. Da fiel sein Blick auf Jane Clayton, und er verlor vor Erstaunen und Bewunderung fast die Sprache, nahm sich jedoch zusammen und widmete sich wieder der brennenden Angelegenheit dieses Augenblicks.

„O-lo-a, wenn du erfährst, wie dringlich unsere Mission ist, wirst du uns vergeben“, sagte er. „Wir bringen eine traurige Nachricht. Im Palast hat es einen Aufstand gegeben, und Ko-tan, der König, ist ermordet worden. Die Rebellen sind betrunken und auf dem Weg hierher. Wir müssen dich sofort aus A-lur wegbringen - es ist keine Zeit zu verlieren. Also komm, schnell!“

„Mein Vater tot?“ rief O-lo-a und fuhr sodann mit erhabenem Blick fort: „Dann ist mein Platz hier bei meinem Volk. Wenn Ko-tan tot ist, bin ich Königin, bis die Krieger einen neuen Herrscher wählen - so verlangt es das Gesetz von Pal-ul-don. Und wenn ich Königin bin, kann niemand mich zwingen, jemanden zu heiraten, den ich nicht will - und Jad-ben-Otho weiß, daß ich deinen feigen Sohn niemals zum Mann haben wollte. Geh!“ Sie wies gebieterisch zur Tür.

Mo-sar erkannte nun, daß weder List noch Überredung etwas ausrichten würden, und jede Minute war kostbar. Abermals blickte er auf die schöne Frau, die neben O-lo-a stand. Er hatte sie nie zuvor gesehen, wußte jedoch aus aus den Palastgerüchten, daß sie niemand anders sein konnte als die gottgleiche Fremde, die Ko-tan zu seiner Königin hatte machen wollen.

„Bu-lot, nimm du deine Frau, und ich nehme meine!" rief er seinem Sohn zu. Nach diesen Worten sprang er plötzlich nach vorn, faßte Jane um die Taille, hob sie auf und verschwand mit ihr hinter den Vorhängen nahe dem Sockel des Podests, noch ehe O-lo-a oder Pan-at-lee seine Absicht erkannt hatten, und wie sehr die fremde Frau sich ihm auch widersetzte und seinem Griff zu entrinnen versuchte.

Bu-lot wollte seinerseits nun O-lo-a packen, aber diese hatte ihre Pan-at-lee zur Seite - das grimmige, kleine Tigermädchen der wilden Ko-ul-ja, Pan-at-lee, deren Namen ihren Charakter Lügen strafte, denn Bu-lot mußte erkennen, daß er mit den beiden alle Hände voll zu tun hatte. Als er O-lo-a aufnehmen und wegtragen wollte, umfaßte Pan-at-lee seine Beine und versuchte, ihn zu Fall zu bringen. Wütend stieß er nach ihr, aber sie gab nicht nach, und als er schließlich einsah, daß er am Ende nicht nur die Prinzessin verlieren, sondern auch so lange aufgehalten würde, daß man ihn noch gefangen nahm, wenn er diese kratzende und beißende Jato nicht loswurde, schleuderte er O-lo-a zu Boden, packte Pan-at-lee bei den Haaren, zog das Messer und ...

Plötzlich teilten sich die Vorhänge hinter ihm. Eine geschmeidige Gestalt durchquerte den Raum mit zwei Sätzen, und noch ehe Bu-lots Messer sein Ziel erreichte, packte jemand von hinten sein Handgelenk, ließ ein furchtbarer Schlag, der seinen Schädel zerschmetterte, ihn leblos zu Boden sinken. Bu-lot, der Feigling, der Verräter und Mörder, starb, ohne zu wissen, wer ihn niedergeschlagen hatte.

Als Tarzan von den Affen in der Gryf-Grube des Tempels von A-lur in den Teich sprang, hätte man diese Handlungsweise als das letzte, blinde Aufflackern des Selbsterhaltungstriebes deuten können, um wenigstens für den Augenblick die unvermeidliche Tragödie hinauszuschieben, bei der jeder eines Tages die führende Rolle auf seiner kleinen Bühne übernehmen muß; doch nein - diese kühlen, grauen Augen hatten die einzige Fluchtmöglichkeit erspäht, die die Umgebung und die Umstände boten - durch eine kleine Öffnung in der Felsenklippe am jenseitigen Ufer des Teiches blinkte Wasser im Mondschein. Mit schnellen, kraftvollen Zügen schwamm er hinüber, so rasch er nur konnte, da er sich im klaren war, daß das Wasser seinen Verfolger keineswegs abschrecken würde. Das tat es auch nicht. Er hörte ein schweres Patschen, als die riesige Kreatur hinter ihm in den Teich sprang, und ein starkes Rauschen, als sie ihm mit großer Geschwindigkeit nachschwamm. Schon näherte er sich der Öffnung - würde sie groß genug sein, ihn durchzulassen? Der aus dem Wasser ragende Teil von ihr ganz bestimmt nicht. Sein Leben hing also davon ab, welche Ausmaße die Öffnung unter Wasser hatte. Nun war sie direkt vor ihm und der Gryf hinter ihm. Es gab keine Alternative, keinen anderen Ausweg. Er legte alle Kraftreserven in die letzten wenigen Schwimmzüge, streckte die Hände als eine Art Schegg nach vorn, tauchte unter und schoß auf die Öffnung zu.

Lu-don schäumte vor Wut, als er erkennen mußte, wie schlau diese Fremde ihn mit seinen eigenen Waffen geschlagen hatte. Natürlich konnte er aus dem Tempel des Gryf herauskommen, in dem er durch ihre geistesgegenwärtige Reaktion zeitweilig eingesperrt war, doch in der Zeit, die er dafür benötigte, würde Ja-don Gelegenheit finden, sie aus dem Tempel zu entführen und Ko-tan auszuliefern. Dennoch würde er sie noch bekommen - das schwor der Hohenpriester beim Namen von Jad-ben-Otho und aller Dämonen seines Glaubens. Er haßte Ko-tan. Insgeheim hatte er längst für die Sache von Mo-sar Partei ergriffen, in dem er ein willfähriges Werkzeug sah. Vielleicht würde dieser ihm die Gelegenheit verschaffen, auf die er längst schon wartete - einen Vorwand, um eine Revolte anzuzetteln, die Ko-tan vom Thron stürzen und Mo-sar an die Macht bringen würde - mit ihm, dem Hohenpriester, als dem wahren Herrscher von Pal-ul-don. Er leckte sich die dünnen Lippen, als er nach dem Fenster suchte, durch das Tarzan hereingekommen war und das nun seinen einzigen Fluchtweg darstellte. Vorsichtig tastete er sich über den Fußboden, die ausgestreckten Händen nach vorn haltend, und als er entdeckte, daß die Falle für ihn zugeschnappt war, entfuhr ihm ein widerliches Knurren.

„Diese Teufelin! Aber das soll sie mir büßen - das soll sie mir büßen, Jad-ben-Otho“, murmelte er. „Und wie sie dieses hinterhältige Verhalten mir gegenüber büßen wird!“

Er zwängte sich durch das Fenster und kletterte behend nach unten. Sollte er Ja-don und die Frau verfolgen und ein Zusammentreffen mit dem grimmigen Häuptling in Kauf nehmen oder abwarten, bis Verrat und Intrige ihn ans Ziel seiner Wünsche brachten? Er entschied sich für das letztere, wie von seinesgleichen nicht anders zu erwarten war.

Während er zu seinen Gemächern ging, berief er einige seiner Priester zu sich - alles Leute, denen er vertrauen konnte und die seine ehrgeizigen Bestrebungen nach absoluter Macht des Tempels über den Palast teilten - alles Männer, die Ko-tan haßten.

„Die Zeit ist gekommen, um die Autorität des Tempels eindeutig über die des Palastes zu stellen. Ko-tan muß Mo-sar Platz machen, denn er hat gewagt, eurem Hohenpriester Trotz zu bieten. Geh also zu Mo-sar, Pan-sat, und sage ihm, er soll unbemerkt in den Tempel kommen. Ihr anderen geht in die Stadt und bereitet die uns treuen Krieger vor, sie sollen bereit sein, wenn die Zeit gekommen ist."

Sie erörterten noch eine Stunde lang die Einzelheiten des Staatsstreichs, der die Regierung von Pal-ul-don stürzen sollte. Jemand kannte einen Sklaven, der Ko-tan ein Messer ins Herz stoßen würde, sobald das Signal mit dem Tempelgong ertönte. Dafür wollte man ihm die Freiheit schenken. Ein anderer kannte einen Offizier des Palastes persönlich, den er veranlassen konnte, eine Anzahl von Ludons Kriegern in die verschiedenen Teile des Palastes zu lassen. Mit Mo-sar als Faustpfand konnte die Sache eigentlich kaum fehlschlagen, und so trennten sie sich, um die jeweiligen Aufträge im Palast und in der Stadt zu erledigen.

Als Pan-sat das Palastgelände betrat, fiel ihm eine plötzliche Bewegung zum Pal-e-don-so hin auf, und wenige Minuten später sah Lu-don ihn zu seiner Überraschung in die Gemächer des Hohenpriesters zurückkehren, atemlos und aufgeregt.

„Was ist los, Pan-sat?" fragte er. „Wirst du von Dämonen verfolgt?"

„O Herr, während wir hier saßen und Pläne schmiedeten, kam unsere Zeit und verging auch gleich wieder. Ko-tan ist bereits tot und Mo-sar geflohen. Seine Freunde kämpfen mit den Kriegern des Palastes, doch sie haben keinen Führer, während Ja-don die anderen befehligt. Ich konnte von den erschrockenen Sklaven, die beim Ausbruch der Streits davonliefen, nur wenig in Erfahrung bringen. Einer erzählte mir, Bu-lot habe den König getötet, und er habe Mo-sar und den Mörder aus dem Palast stürzen sehen."

„Ja-don", murmelte der Hohenpriester. „Diese Toren werden ihn zum König machen, wenn wir nicht handeln, und zwar schnell. Geh in die Stadt, Pan-sat - eile, so schnell du kannst, und erhebe ein großes Geschrei, daß Ja-don den König getötet habe und der Prinzessin O-lo-a den Thron entreißen will. Verbreite das Gerücht - du weißt am besten, wie man das macht -, daß Ja-don gedroht hat, die Priester zu vernichten und die Altäre des Tempels in den Jad-ben-lul zu werfen. Bring die Krieger der Stadt auf die Beine und dränge sie, sofort anzugreifen. Führe sie durch den Geheimgang, den nur die Priester kennen, in den Tempel. Von hier können wir sie gegen den Palast werfen, ehe sie die Wahrheit erfahren. Geh sofort, Pan-sat - zögere keinen Augenblick."

„Halt, warte noch!" rief Lu-don, als der niedere Priester schon im Begriff war, das Gemach zu verlassen. „Hast du nichts von der fremden weißen Frau gehört, die Ja-don aus dem Tempel des Gryf geraubt hat, wo wir sie eingekerkert hatten?"

„Ich weiß nur, daß Ja-don sie in den Palast brachte, wo er den Priestern, die die beiden nicht vorbeilassen wollten, mit Gewalt drohte", erwiderte Pan-sat. „Das haben sie mir erzählt, aber wo sie im Palast versteckt wurde, weiß ich nicht."

„Ko-tan hatte befohlen, sie in den Verbotenen Garten zu bringen", sagte Lu-don. „Bestimmt finden wir sie dort. Und nun geh und führe deinen Auftrag aus, Pan-sat."

In dem Korridor neben Lu-dons Zimmer lehnte ein häßlich maskierter Priester dicht neben der mit einem Vorhang verhängten Türöffnung, die hineinführte. Hätte er gelauscht, so hätte er alles hören müssen, was zwischen Pan-sat und dem Hohenpriester gesprochen wurde, und daß er gelauscht hatte, ließ sich daran ermessen, wie schnell er in den Schatten eines nahegelegenen Ganges zurückwich, als der niedere Priester vom Zimmer zum Tor ging. Pan-sat schlug diesen Weg ein, ohne zu ahnen, daß jemand ganz in der Nähe war und er ihn beinahe gestreift hätte, als er dem Geheimgang zustrebte, der tief unter dem Palast vom Tempel des Jad-ben-Otho zu der dahintergelegenen Stadt führte. Auch spürte er die lautlose Gestalt nicht, die ihm auf den Fersen folgte.

Der Geheimgang

Rasend vor Wut, bellte der übertölpelte Gryf, als Tarzans geschmeidiger, brauner Körper das vom Mondschein überstrahlte Wasser durchschnitt, durch die Öffnung in der Mauer des Teiches glitt und hinaus auf den See schwamm. Der Affenmensch lächelte bei dem Gedanken, wie er die Absichten des Hohenpriesters doch verhältnismäßig leicht durchkreuzt hatte, aber seine Miene umwölkte sich wieder, als er an die große Gefahr dachte, die seiner Gefährtin drohte. Sein einziges Ziele mußte jetzt sein, möglichst schnell in das Gemach zurückzukehren, wo er sie zuletzt gesehen hatte - im zweiten Stock des Tempels des Gryf, doch wie er ins Tempelgelände zurückgelangen konnte, war eine Frage, die nicht leicht zu klären war.

Im Mondschein konnte er die steile Felsenklippe eine große Strecke das Ufer entlang hoch aus dem Wasser ragen sehen - weit hinter den Bezirken von Tempel und Palast. Sie schien eine unüberwindbare Barriere zu bilden, die ihm die Rückkehr verwehrte. Er schwamm dicht daran entlang und suchte auf der glatten, abweisenden Fläche aufmerksam nach einem Halt, wie geringfügig er auch sein mochte. Hoch über ihm und außerhalb seiner Reichweite befanden sich zahlreiche Öffnungen, doch war keine so weit unten, daß er sich daran hochziehen konnte. Dann wurden seine Hoffnungen jedoch durch den Anblick einer Aushöhlung dicht über der Wasserlinie neu geweckt. Sie lag ein kurzes Stück voraus, und er hatte sie mit wenigen Schwimmzügen erreicht, vorsichtigen Zügen, die kein Plätschern des Wassers verursachten. Er hielt am Rande der Öffnung an und erkundete. Niemand war zu sehen. Behutsam zog er sich zur unteren Kante des Eingangs hoch.

Vor ihm streckte sich ein dunkler Gang, der nur durch das diffuse Mondlicht kümmerlich erhellt wurde, das über eine kurze Strecke durch die Öffnung eindrang. Tarzan ging so schnell, wie die Vorsicht ihm eingab, und folgte dem Korridor ins Innere der Höhle. Nach einer jähen Wende führte eine Treppe nach oben zu einem weiteren Korridor, der parallel zur Oberfläche der Felsenklippe verlief. Dieser Gang wurde durch flackernde Pechpfannen dürftig erleuchtet, die in beträchtlichen Abständen in Wandnischen standen. Ein kurzer Rundblick zeigte ihm zahllose Öffnungen auf beiden Seiten des

Ganges, und sein scharfes Gehör erfaßte Geräusche, die darauf hindeuteten, daß sich gar nicht so weit entfernt andere Wesen befanden - wahrscheinlich Priester, die sich in einigen der am Gang liegenden Wohnräume aufhielten, schlußfolgerte er.

Unentdeckt durch diesen Bienenstock voller Feinde zu gelangen, schien außerhalb der Möglichkeiten zu liegen. Abermals mußte er nach einer Verkleidung suchen, und da er aus Erfahrung wußte, wie man sich diese am besten beschaffte, stahl er sich leise den Korridor zur nächsten Tür entlang. Wie Numa, der Löwe, einer wachsamen Beute nachpirscht, so näherte er sich mit bebenden Nasenflügeln den Vorhängen, die einen Einblick ins Innere des dahinter befindlichen Raumes verwehrten. Einen Augenblick später verschwand sein Kopf dahinter, ihm folgten die Schultern und dann sein geschmeidiger Körper. Nun fielen die Vorhänge wieder lautlos herab. Gleich darauf drang ein kurzes, keuchendes Gurgeln auf den leeren Korridor, dann herrschte wieder Stille. Eine Minute verging, eine zweite und dritte, dann wurde der Vorhang beiseitegeschoben, und ein grimmig maskierter Priester aus dem Tempel des Jad-ben-Otho trat in den Gang.

Unverzagt ging er weiter und wollte gerade in eine abzweigende Galerie biegen, als seine Aufmerksamkeit durch Stimmen abgelenkt wurde, die aus einem Raum zu seiner Linken kamen. Sofort machte er halt, überquerte den Korridor und blieb mit einem Ohr dicht an den Tierfellen stehen, die die im Raum Befindlichen vor ihm verbargen und ihn vor ihnen. Dann huschte er in die Deckung der abzweigenden Galerie zurück, und gleich danach teilte sich der Vorhang, an dem er gelauscht hatte, und ein Priester tauchte auf, um schnell den Hauptkorridor entlang zu gehen. Der Lauscher wartete, bis der andere ein Stück voraus war, verließ sein Versteck und folgte ihm lautlos.

Sein Weg führte ihn den Korridor entlang, der ein ganzes Stück parallel zur Oberfläche der Felsenklippe verlief, dann nahm Pan-sat eine Pechpfanne aus einer der Wandnischen und verschwand urplötzlich in einem kleinen Raum zur Linken. Sein Verfolger kam noch rechtzeitig, um den flackernden Lichtschein schwach in einer Öffnung im Fußboden vor sich zu sehen. Hier entdeckte er eine Treppe ähnlich der, die die Waz-don benutzten, wenn sie an der Felsenklippe zu ihren Höhlen gelangen wollten, nur führte diese auf eine untere Ebene.

Nachdem der falsche Priester sich überzeugt hatte, daß der andere seinen Weg fortsetzte, ohne Verdacht geschöpft zu haben, stieg er ihm nach und nahm die lautlose Verfolgung wieder auf. Der Gang war nun schmal und niedrig, so daß ein großer Mensch kaum noch aufrecht gehen konnte. Er wurde auch oft durch Treppenfluchten unterbrochen, die alle abwärts führten. Eine Treppe zählte selten mehr als sechs Stufen, manchmal waren es nur eine oder zwei, doch insgesamt waren sie nach Ansicht des Verfolgers zwischen fünfzig und fünfundsiebzig Fuß vom Niveau des oberen Korridors herabgestiegen, als der Gang in einem kleinen Raum endete, an dessen einer Seite ein Schutthaufen lag.

Pan-sat setzte die Pechpfanne auf den Boden und fing an, die Stücke zerbrochenen Gesteins eilends beiseitezustoßen, worauf nach kurzer Zeit unten an der Wand eine kleine Öffnung sichtbar wurde, an deren anderer Seite ein weiterer Schutthaufen zu liegen schien. Diesen entfernte er gleichfalls, bis ein so großes Loch entstanden war, daß er durchschlüpfen konnte. Er ließ die noch brennende Pechpfanne auf dem Boden stehen, kroch durch die Öffnung und verschwand aus dem Blickfeld des Beobachters, der sich im Schatten des engen Ganges hinter ihm verbarg.

Kaum konnte dieser jedoch sicher sein, daß der Priester endgültig verschwunden war, folgte er ihm und fand sich, als er den Durchschlupf hinter sich hatte, auf einem kleinen Gesims etwa in der Mitte zwischen der Wasserfläche des Sees und dem Gipfel der Felsenklippe wieder. Es führte steil nach oben und endete an der Rückseite eines Hauses am Rand der Klippe. Der zweite Priester kam gerade noch rechtzeitig hinein, um Pan-sat dahinter in die Stadt eilen zu sehen.

Als dieser um eine nahegelegene Ecke gebogen war, tauchte der andere aus dem Torweg auf und blickte schnell in die Runde. Befriedigt stellte er fest, daß der Priester, der ihn hierher geführt hatte, seinen Zweck erfüllt hatte, zumindest, was den Verfolger betraf. Über ihm und vielleicht einhundert Yards entfernt hoben sich die weißen Wände des Palastes gegen den nördlichen Himmel ab. Die Zeit, die er benötigt hatte, um sich genaue Kenntnisse über den Geheimgang zwischen dem Tempel und der Stadt zu verschaffen, konnte nicht als verloren gelten, wenngleich er jeden Augenblick bedauerte, der ihn von der Verfolgung seines eigentlichen Zieles abhielt. Für ein Gelingen jenes kühnen Planes, den er entworfen hatte, als er, hinter dem Vorhang neben dem Gemach des Hohenpriesters stehend, das Gespräch zwischen Lu-don und Pan-sat mithörte, schien ihm dieses Wissen jedoch unbedingt erforderlich zu sein.

Allein auf sich gestellt, hatte er es mit einer Nation argwöhnischer und halbwilder Feinde zu tun und konnte daher kaum hoffen, diese große Aufgabe, von der das Leben und das Glück des von ihm am meisten geliebten Wesens abhing, einem glücklichen Ende zuzuführen. Um ihretwillen mußte er Verbündete gewinnen, deshalb hatte er diese kostbaren Augenblicke geopfert. Nun suchte er ohne weiteren Zeitverlust nach Zugang zum Palastgelände, um herauszufinden, welches neue Gefängnis sie für die Einkerkerung seiner verlorenen Geliebten ausgewählt hatten.

Er konnte die Wachen am Eingang zum Palast ohne Schwierigkeiten passieren, da seine Verkleidung als Priester ihn über jeden Verdacht erhaben erscheinen ließ, wie er ganz richtig vermutet hatte. Als er sich den Kriegern näherte, hielt er die Hände auf dem Rücken und vertraute darauf, daß der kümmerliche Lichtschein einer einzigen Fackel neben dem Eingang seine völlig un-pal-ul-donischen Füße nicht offenbaren würde. Tatsächlich waren die Wachen so an das Kommen und Gehen von Priestern gewöhnt, daß sie ihn kaum beachteten, und so gelangte er in den Palast, ohne auch nur eine Minute aufgehalten zu werden.

Sein Ziel war jetzt der Verbotene Garten, und diesen zu erreichen war unproblematisch, wenngleich er es für besser hielt, sich über die Mauer Zugang zu verschaffen, als zu riskieren, daß die Wachen am inneren Eingang Verdacht schöpften, da er sich keinen Grund vorstellen konnte, warum ein Priester noch so spät in der Nacht Einlaß begehren könne.

Er fand den Garten verlassen vor und konnte keine Spur von der Gesuchten entdecken. Daß sie hierhergebracht worden war, hatte er dem abgehörten Gespräch zwischen Lu-don und Pan-sat entnommen, und er konnte sicher sein, daß der Hohenpriester weder Zeit noch Gelegenheit gehabt hatte, sie aus dem Palastgelände wegzubringen. Er wußte, daß der Garten ausschließlich der Prinzessin und ihren Frauen zur Verfügung stand, und so hatte er allen Grund anzunehmen, daß Jane nur auf Befehl von Ko-tan in den Garten gebracht worden sein konnte. Die daraus folgende Schlußfolgerung war, daß er sie in irgendeinem anderen Teil von O-lo-as Gemächern finden würde.

Wo diese lagen, konnte er nur vermuten, wiederum erschien es einleuchtend, daß sie an den Garten stießen. Also erklomm er abermals die Mauer, schwang sich hinüber und lenkte seine Schritte zu jenem Eingang, der ihn seiner Ansicht nach zu dem Teil des Palastes führen mußte, welcher dem Verbotenen Garten am nächsten lag.

Zu seiner Überraschung konnte er nirgends Wachen entdecken, und dann drangen aus den Gemächern drinnen zornige und aufgeregte Stimmen an sein Ohr. Er ging ihnen nach und durchquerte rasch mehrere Korridore und Räume, bis er an dem Vorhang stand, hinter dem der hitzige Wortwechsel zu hören war. Er hob die Felle leicht an und blickte hinein. Zwei Frauen kämpften mit einem Ho-don-Krieger. Die eine war Ko-tans Tochter, die andere Pan-at-lee, die Kor-ul-ja.

Im gleichen Augenblick, als Tarzan die Vorhänge hob, schleuderte der Krieger O-lo-a wütend zu Boden, packte Pan-at-lee bei den Haaren, zückte sein Messer und hob es über ihren Kopf. Der Affenmensch warf den ihn behindernden Kopfschmuck des toten Priesters von den Schultern, war mit einem Satz bei dem Unhold, ergriff ihn und versetzte ihm von hinten einen einzigen furchtbaren Schlag.

Als der Mann tot zu Boden sank, erkannten die zwei Frauen Tarzan. Pan-at-lee fiel auf die Knie und hätte mit ihrer Stirn seine Füße berührt, hätte er ihr nicht mit einer ungeduldigen Geste befohlen aufzustehen. Er hatte nicht die Zeit, sich ihre Dankesreden anzuhören oder die zahlreichen Fragen zu beantworten, mit denen die beiden Frauen ihn zweifellos überhäufen würden.

„Sagt mir, wo die Frau meiner eigenen Rasse ist, die Ja-don aus dem Tempel hierher gebracht hat", stieß er hastig hervor.

„Sie ist soeben verschwunden", erwiderte O-lo-a. „Mo-sar, der Vater dieser Kreatur" - damit wies sie angewidert auf den toten Bu-lot - „hat sie ergriffen und weggeschleppt."

„Wohin?" fragte er. „Sagt mir schnell, welchen Weg er eingeschlagen hat."

„Durch diese Tür da", sagte Pan-at-lee und zeigte dorthin, wo Mosar verschwunden war. „Sie wollten die Prinzessin und die Fremde nach Tu-lur bringen, Mo-sars Hauptstadt am Dunklen See."

„Ich gehe hin und suche sie, denn sie ist meine Gattin", sagte er zu Pan-at-lee. „Und wenn ich am Leben bleibe, werde ich Mittel finden, auch dich zu befreien und zu Om-at zurückzubringen."

Noch ehe das Mädchen etwas antworten konnte, war er hinter den Vorhängen der Tür am Fuße des Podestes verschwunden. Der Korridor, durch den er rannte, war nur schlecht beleuchtet, schlängelte sich wie alle Wege in der Ho-don-Hauptstadt hin und her und hinauf und hinunter und mündete schließlich in einen Hof voller Krieger, einem Teil der Palastwache, die soeben von einem der niederen Palasthäuptlinge angewiesen worden waren, sich bei dem Kampf, der noch immer im Bankettsaal im Gange war, Ko-tans Kriegern anzuschließen.

Beim Anblick von Tarzan, der in der Eile vergessen hatte, den schützenden Kopfschmuck wieder aufzusetzen, erhob sich ein großes Geschrei. „Der Gotteslästerer! Der Tempelbeschmutzer!" tönte es heiser aus vielen wilden Kehlen, doch darunter waren auch einige, die „Dor-ul-Otho!" riefen, woraus ersichtlich war, daß doch noch einige an dem Glauben an seine göttliche Herkunft festhielten.

Nur mit einem Messer bewaffnet den Hof angesichts dieser großen Kriegerschar zu durchqueren, schien selbst die Möglichkeiten des hünenhaften Affenmenschen zu übersteigen. Er mußte jetzt seinen Verstand gebrauchen, und das schnell, denn sie rückten gegen ihn vor. Gewiß hätte er kehrtmachen und durch den Korridor zurückflüchten können, doch hätte ihn dies selbst angesichts dieser kritischen Situation nur abgehalten, der Spur von Mo-sar und seiner Gattin zu folgen.

„Haltet ein!" rief er und hob die flache Hand zum Zeichen friedlicher Absicht. „Ich bin der Dor-ul-Otho und bringe euch Kunde von Ja-don, der nach dem Willen meines Vaters euer König sein soll, nun, da Ko-tan ermordet wurde. Lu-don, der Hohenpriester, plant, den Palast einzunehmen und die treuen Krieger niederzumachen, damit Mo-sar König werden könne - Mo-sar, der nur das Werkzeug und die Kreatur von Lu-don ist. Folgt mir. Es ist keine Zeit zu verlieren, wenn ihr verhindern wollt, daß die von Lu-don in der Stadt mobilisierten Verräter durch einen Geheimgang in den Palast eindringen und Ja-don und seine Getreuen überwältigen."

Sie zögerten einen Augenblick. Schließlich fragte einer: „Wie können wir gewiß sein, daß nicht du es bist, der uns verrät und vom Kampf im Bankettsaal abhalten will, so daß diejenigen, die auf Jadons Seite kämpfen, zum Untergang verurteilt sind?"

„Mein Leben soll eure Garantie sein", erwiderte Tarzan. „Solltet ihr entdecken, daß ich nicht die Wahrheit gesagt habe, so seid ihr zahlreich genug, mich auf jede Weise zu bestrafen, die ihr für richtig haltet. Doch kommt, es ist keine Zeit zu verlieren. Die niederen Priester rufen unten in der Stadt schon ihre Krieger zusammen." Ohne auf weitere Fragen zu warten, ging er geradewegs auf die zum Haupteingang in das Palastgelände führende Pforte auf der anderen Seite des Hofes zu.

Schwerfälliger im Denken als er, ließen sie sich durch seine Initiative und die zwingende Kraft mitreißen, die allen Führerpersönlichkeiten innewohnt. Und so folgten sie dem hünenhaften Affenmenschen, der einen toten Schwanz hinter sich herschleppte - ein Halbgott, wo ein anderer lächerlich gewirkt hätte.

Er führte sie hinaus in die Stadt zu jenem unscheinbaren Gebäude, das Lu-dons Geheimgang von der Stadt in den Tempel verbarg, und als sie an die letzte Biegung kamen, sahen sie eine große Menge Krieger vor sich, deren Zahl ständig wuchs, da sich ihnen, dem Aufruf der Priesterschaft folgend, von allen Seiten die in A-lur befindlichen Verräter anschlossen.

„Du hast die Wahrheit gesagt, Fremder", bemerkte der Häuptling, der an Tarzans Seite ging. „Dort sind Priester unter den Kriegern, genau wie du uns erzählt hast."

„Und nun, da ich mein Versprechen erfüllt habe, werde ich meiner Wege gehen und Mo-sar verfolgen, der mir ein großes Unrecht zugefügt hat", erwiderte der Affenmensch. „Sag Ja-don, daß Jad-ben-Otho auf seiner Seite ist, doch vergiß nicht, ihm auch zu berichten, daß es Dor-ul-Otho war, der Lu-dons Plan über die Inbesitznahme des Palastes durchkreuzt hat."

„Ich werde es nicht vergessen", erwiderte der Häuptling. „Geh deiner Wege. Wir sind stark genug, die Verräter zu überwältigen."

„Sage mir, woran erkenne ich die Stadt Tu-lur?"

„Sie liegt an der Südküste des zweiten Sees unter A-lur", erwiderte der Häuptling. „Der See wird Jad-in-lul genannt."

Sie näherten sich nun der Gruppe von Verrätern, die offensichtlich glaubten, hier käme ein weiteres Kontingent ihrer Anhänger, denn sie unternahmen keine Anstrengungen, sich zu verteidigen oder sich zurückzuziehen. Plötzlich erhob der Häuptling seine Stimme zu einem wilden Kampfruf, der sofort von seinen Leuten aufgegriffen wurde. Gleichzeitig stürmte die ganze Truppe zum Angriff auf die überraschten Rebellen vor, als sei der Ruf der Befehl dazu gewesen.

Zufrieden mit dem Ausgang seines spontan ersonnenen Planes und überzeugt, daß er Lu-don zum Nachteil gereichen werde, bog Tarzan in eine Nebenstraße und lenkte seine Schritte zum Stadtrand, um die Spur aufzunehmen, die südwärts nach Tu-lur führte.

Am Jad-bal-lul

Als Mo-sar Jane Clayton vom Palast König Ko-tans wegschleppte, wehrte sie sich mit allen Kräften, um freizukommen. Er wollte sie zwingen, von allein mitzugehen, doch trotz aller Drohungen und Beschimpfungen tat sie keinen Schritt in die Richtung, in der sie gehen sollte. Statt dessen ließ sie sich jedesmal zu Boden fallen, wenn er sie absetzen wollte, und so blieb ihm nichts anderes übrig, als sie zu tragen, wobei er ihr schließlich die Hände fesselte und ihr einen Knebel in den Mund steckte, um sich vor weiteren Kratzwunden zu schützen, denn die Schönheit und schlanke Gestalt der Frau täuschten über ihre Körperkräfte und ihren Mut hinweg. Als er schließlich bei seinen Männern angelangt war, übergab er sie höchst erleichtert ein paar stämmigen Kriegern, aber auch diese waren gezwungen, sie zu tragen, da Mo-sars Furcht vor der Rache von Ko-tans Anhängern keine Verzögerungen zuließ.

So kamen sie schließlich aus den Bergen, in die A-lur gehauen worden war, auf die Wiesen, die das untere Ufer des Jad-ben-lul säumten. Am Rande des Sees lag eine Flotte solider Kanus aus ausgehöhlten Baumstämmen. Am Bug und Heck eines jeden waren groteske Tiere oder Vögel aus dem Holz geschnitten und von einem Meister jener primitiven Kunstschule, die glücklicherweise auch heutzutage noch ihre Anhänger hat, in lebhaften Farben ausgemalt worden.

Auf einen Wink Mo-sars stießen die Krieger ihre Gefangene in eines der Kanus. Er selbst stellte sich am Bug neben sie, während seine Männer sich auf die restlichen Boote verteilten und die Paddel aufnahmen.

„Komm, laß uns Freunde sein, du Schöne, dann wird dir kein Leid geschehen“, sagte er. „Du wirst feststellen, daß Mo-sar ein guter Herr ist, wenn du seinen Weisungen Folge leistest.“ Des Glaubens, dadurch einen guten Eindruck zu machen, nahm er den Knebel aus ihren Mund und löste die Fesseln an ihren Handgelenken, wohl wissend, daß sie schwerlich entkommen konnte, da sie von seinen Kriegern umgeben war, und wenn sie erst einmal draußen auf dem See waren, konnte sie als ebenso zuverlässig eingekerkert gelten, als wenn er sie hinter Gittern hielt.

So legte die Flotte unter dem sanften Plätschern Hunderter von Paddeln schließlich ab und folgte den Windungen der Flüsse und

Seen, die das Wasser aus dem Tal des Jad-ben-Otho dem großen Sumpfgebiet im Süden zuführten. Die Krieger saßen, auf ein Knie gestützt, mit Blickrichtung zum Bug. Im letzten Kanu hockte Mo-sar, der fruchtlosen Versuche letztendlich müde, seiner mürrischen Gefangenen irgendwelche Reaktionen zu entlocken, mit dem Rücken zu ihr, hatte den Kopf auf die Bordwand gelegt und versuchte zu schlafen.

So fuhren sie lautlos zwischen den grün bewachsenen Ufern des kleinen Flusses, der dem Jad-ben-lul entströmte, bald im Mondschein, bald im dichten Schatten, wenn große Bäume über das Wasser hingen, um schließlich in einen anderen See zu gelangen, dessen schwarze Ufergebiete im gespenstischen Licht der Mondnacht weit entfernt zu liegen schienen.

Jane Clayton saß hellwach am Heck des letzten Kanus. Seit Monaten befand sie sich nun schon unter ständiger Bewachung, zuerst als Gefangene der einen unbarmherzigen Rasse, jetzt einer anderen. Seit jenem längst vergangenen Tag, als Hauptmann Fritz Schneider und seine Bande deutscher Askaris im Auftrag des Kaisers den Bungalow der Greystokes heimtückisch überfallen und zerstört und sie in die Gefangenschaft geschleppt hatten, hatte sie nie mehr frei atmen können. Daß sie die unzähligen Gefahren, denen sie ausgesetzt war, ohne Schaden überstanden hatte, schrieb sie einzig und allein der Gnade einer barmherzigen und wachsamen Vorsehung zu.

Zuerst war sie auf Befehl des deutschen Oberkommandos mit Blick auf ihren letztendlichen Wert als Geisel festgehalten, während dieser Monate jedoch keinerlei Schikanen oder Repressionen unterworfen worden. Als die Deutschen am Ende ihres erfolglosen Feldzuges in Ostafrika indes selbst unter Druck gerieten, wurde beschlossen, sie weiter ins Landesinnere zu verbringen. Fortan lag den Motiven der Deutschen ein gewisses Racheelement zugrunde, da schließlich jedem erkennbar sein mußte, daß Lady Greystoke, vom rein militärischen Gesichtspunkt aus betrachtet, völlig wertlos geworden war.

Die Deutschen waren besonders über ihren halbwilden Ehegatten verbittert, der ihnen listenreich zugesetzt und sie mit teuflischer Beharrlichkeit und Erfindungsgabe bekämpft hatte, so daß es schließlich zu einem auffälligen Moralverlust auf dem Sektor gekommen war, den er für seine Operationen auserwählt hatte. Sie machten ihn für den Tod einiger Offiziere verantwortlich, die er mit eigenen Händen ins Jenseits befördert hatte, und lasteten ihm den

Verlust eines ganzen Frontabschnitts an, der eine für sie unheilvolle Wendebewegung der Briten ermöglicht hatte. Tarzan hatte sich in jeder Hinsicht als der bessere Stratege erwiesen und Hinterlist mit Hinterlist, Grausamkeit mit Grausamkeit vergolten, bis schon der Klang seines Namens ihnen Furcht und Abscheu einflößte. Die heimtückische Art und Weise, in der sie ihm mitgespielt hatten, als sie sein Heim zerstört, seine Arbeiter ermordet und die Entführung seiner Frau in einer Weise verschleiert hatten, daß er zu der Ansicht gelangen mußte, sie sei getötet worden, hatten sie bereits tausendmal bereut, denn er hatte sie ihre rohe Vorgehensweise und Rücksichtslosigkeit tausendfach entgelten lassen. Da sie ihre Rache nun nicht mehr gegen ihn richten konnten, waren sie auf die Idee verfallen, seiner Gattin weiteres Leid zuzufügen.

Als sie sie ins Landesinnere schickten, um sie dem Zugriff der siegreichen Briten zu entziehen, hatten sie zu ihrer Begleitung Leutnant Erich Obergatz ausgewählt, den Stellvertreter des Kompanieführers Schneider, der als einziger von allen Offizieren der verheerenden Rache des Affenmenschen bisher entgangen war. Obergatz hatte sie lange Zeit in einem Eingeborenendorf festgehalten, dessen Häuptling die grausamen deutschen Unterdrücker noch immer sehr fürchtete. Eine Zeitlang litt sie hier nur unter den Strapazen und Entbehrungen, da Obergatz durch die Befehle seiner fernen Vorgesetzten im Zaum gehalten wurde, aber im Laufe der Zeit wurde das Leben im Dorf zu einer wahren Hölle von Grausamkeiten und Repressalien, die der arrogante Preuße den Dorfbewohnern und Angehörigen seiner Askaritruppe zuteil werden ließ - denn die Verhältnisse machten dem Leutnant sehr zu schaffen, und angesichts der Untätigkeit, zu der er verdammt war, sowie der persönlichen Einschränkungen, die er sich auferlegen mußte, machte sich sein ohnehin nicht sehr angenehmes Naturell zunächst dadurch Luft, daß er sich auf kleinliche Weise in die Angelegenheiten der Häuptlinge einmischte und später zu schlimmsten Grausamkeiten ihnen gegenüber Zuflucht nahm.

Was der eingebildete Deutsche nicht sehen konnte, war für Jane Clayton nur zu deutlich erkennbar - daß Obergatz' Askaris mit den Dorfbewohnern sympathisierten und daß alle den Mißbrauch seiner Macht gründlich satt hatten, so daß es nur eines winzigen Funkens bedurfte, um die aufgestauten Rache- und Haßgefühle, an deren Zustandekommen der sture Kommißkopf nur zu emsig mitgewirkt hatte, zur Entladung zu bringen.

Dazu kam es schließlich auch, jedoch auf höchst unerwartete Weise in Gestalt eines deutschen Askaris, der vom Kriegsschauplatz desertiert war. Erschöpft und ausgezehrt, schleppte er sich eines späten Nachmittags mit wundgelaufenen Füßen ins Dorf, und noch ehe Obergatz von seinem Auftauchen Kenntnis hatte, wußten alle Dorfbewohner, daß die Macht Deutschlands in Afrika ihrem Ende zuging. Die Askaris des Leutnants brauchten nicht lange, um zu erkennen, daß die Autorität nicht mehr vorhanden war, die sie zum Dienst verpflichtet hatte, desgleichen die Macht, die ihnen ihren erbärmlichen Sold gezahlt hatte. Zumindest gingen ihre Gedanken in diese Richtung. Obergatz war in ihren Augen jetzt nichts weiter als ein ohnmächtiger und verhaßter Ausländer, und sein Leben hätte gewiß sehr bald ein abruptes Ende gefunden, wäre nicht eine Eingeborene, die Jane Clayton eine nachgerade hündische Ergebenheit entgegenbrachte, zu ihr geeilt und hätte ihr den Mordplan enthüllt, denn das Schicksal der unschuldigen Weißen hing in gewissem Maße von dem des schuldbeladenen Teutonen ab.

„Sie streiten schon darüber, wer von Ihnen dich besitzen soll", berichtete sie Jane.

„Wann wollen sie uns holen?" fragte Jane. „Hast du das gehört?"

„Heute nacht, denn selbst jetzt fürchten sie den weißen Mann noch, obwohl er niemanden mehr hat, der für ihn kämpfen wird. Sie wollen nachts zu ihm kommen und ihn im Schlaf töten."

Jane dankte der Frau und schickte sie weg, damit ihre Stammesgenossen keinen Verdacht schöpften, wenn sie später entdecken würden, daß die zwei Weißen über ihre Absichten Bescheid wußten. Dann begab sie sich sofort zu der Hütte, in der Obergatz wohnte. Sie hatte sie bisher nie betreten, und er blickte überrascht auf, als er seine Besucherin erkannte.

Sie berichtete ihm kurz, was sie gehört hatte. Zunächst war er geneigt, sich arrogant aufzuspielen und sich sonstwie tapfer zu gebärden, doch sie brachte ihn sehr schnell zum Schweigen.

„Solches Gerede ist nutzlos", sagte sie kurz. „Sie haben sich den gerechten Haß dieser Leute selbst zugezogen. Ob das, was ihnen zu Ohren gekommen ist, nun stimmt oder nicht, - sie glauben daran, und außer einer sofortigen Flucht gibt es nichts, was die Vorsehung ihnen noch bieten kann. Wenn es uns nicht gelingt, unbemerkt aus dem Dorf zu fliehen, werden wir beide noch vor dem Morgengrauen tot sein. Und falls Sie jetzt mit Ihrem törichten Autoritätsgehabe zu ihnen gehen, tritt das nur etwas früher ein, das ist alles."

„Glauben Sie wirklich, daß es so schlecht steht?" fragte er in deutlich verändertem Ton, und auch sein Auftreten war jetzt anders.

„Es ist genau so, wie ich Ihnen gesagt habe", erwiderte sie. „Sie werden heute nacht kommen und Sie im Schlaf töten. Also treiben Sie für mich Pistolen sowie ein Gewehr und Munition auf, dann tun wir so, als gingen wir zur Jagd in den Dschungel. Sie haben das oft genug getan. Möglich, daß sie Verdacht schöpfen, weil ich Sie begleite, aber das müssen wir in Kauf nehmen. Und tun Sie ruhig weiterhin so großspurig, beschimpfen Sie Ihre Diener und schreien Sie sie an, damit ihnen nicht auffällt, daß sich Ihr Verhalten verändert hat, daß Sie Angst haben und ihre Pläne ahnen. Wenn alles gut geht, können wir im Dschungel verschwinden, scheinbar um zu jagen, und brauchen nie mehr zurückzukehren.

Vorher müssen Sie mir jedoch erst noch schwören, daß Sie mir niemehr etwas zuleide tun, denn sonst wäre es besser, ich rufe den Häuptling, liefere Sie ihm aus und jage mir eine Kugel in den Kopf. Denn wenn Sie mir den Schwur nicht leisten, um den ich Sie gebeten habe, wäre ich im Dschungel allein mit Ihnen nicht besser dran, als wenn ich hier der Gnade dieser marodierenden Schwarzen ausgeliefert wäre."

„Ich schwöre im Namen Gottes und meines Kaisers, daß ich Ihnen nichts zuleide tun werde, Lady Greystoke", erklärte er feierlich.

„Sehr schön", sagte sie. „Wir schließen diesen gegenseitigen Beistandspakt, um in die Zivilisation zurückzukehren, doch möchte ich eins klarstellen: Es kann und wird von meiner Seite aus nie so etwas Ähnliches wie Achtung für Sie geben. Sie sind der Strohhalm, an den ich mich klammere, um nicht zu ertrinken. Denken Sie stets daran, mein Herr."

Hätte Obergatz auch nur im geringsten daran gezweifelt, daß diese Worte ernst gemeint waren, so wäre er durch die abgrundtiefe Verachtung, mit der sie dies sagte, eines Besseren belehrt worden. So aber beschaffte er ohne weitere Worte Pistolen und ein eigenes Gewehr für sie sowie Patronengurte. Er rief auf die übliche arrogante und unangenehme Art seine Diener zu sich und sagte ihnen, er und die weiße Kali würden zur Jagd in den Busch aufbrechen. Die Treiber sollten bis zu dem kleinen Berg im Norden gehen und dann im Bogen nach Osten und ins Dorf zurückkehren. Den Gewehrträgern gab er Anweisung, eine zusätzliche Büchse mitzunehmen, vor ihm und Jane langsam nach Osten vorzurücken und an der etwa eine halbe Meile entfernten Furt auf sie zu warten. Die Schwarzen reagierten mit größerer Bereitwilligkeit als sonst, und es entging Jane und Obergatz nicht, wie sie bei Verlassen des Dorfes miteinander tuschelten und lachten.

„Dieses Schwein sieht es als einen mächtigen Spaß an, daß ich am Nachmittag vor meinem Tod noch losgehe und für sie Fleisch besorge", knurrte Obergatz.

Kaum waren die Gewehrträger im Dschungel hinter dem Dorf verschwunden, folgten ihnen die zwei Europäer auf demselben Weg, und weder Obergatz' Askaris noch die Krieger des Häuptlings unternahmen etwas, um sie zurückzuhalten, da ihnen zweifellos ebenfalls daran gelegen war, daß die Weißen ihnen noch so manches Fleischgericht besorgten, ehe sie getötet wurden.

Eine Viertelmeile vom Dorf entfernt bog Obergatz von dem Pfad, der zur Furt führte, nach Süden ab, und da beide ein beträchtliches Tempo einlegten, hatten sie das Dorf bei Einbruch der Dunkelheit schon weit hinter sich gelassen. Sie kannten die Gewohnheiten ihrer vormaligen Gastgeber und wußten, daß sie eine Verfolgung bei Nacht kaum zu fürchten hatten, da die Dorfbewohner Numa, dem Löwen, zu großen Respekt entgegenbrachten, als daß sie sich zu einer Zeit, in der der König der Tiere auf Jagd ging, unnötigerweise aus ihren Palisaden herausgewagt hätten.

So begann die scheinbar endlose Kette schreckerfüllter Tage und grauenvoller Nächte, in denen die beiden sich mühsam unter fast unglaublichen Strapazen, Entbehrungen und Gefahren ihren Weg nach Süden bahnten. Die Ostküste war näher, doch Obergatz weigerte sich beharrlich, das Risiko einzugehen, daß sie den Briten in die Arme liefen, wenn sie sich auf das jetzt von ihnen kontrollierte Gebiet begaben. Er bestand vielmehr auf dem Versuch, sich durch eine unbekannte Wildnis nach Südafrika durchzuschlagen, wo er unter den Buren genügend Sympathisanten zu finden glaubte, die ihm eine ungefährdete Heimkehr nach Deutschland ermöglichen würden. Die Frau war notgedrungen gezwungen, ihn zu begleiten.

So durchquerten sie die große, mit Dornengebüsch überwachsene wasserlose Steppe und gelangten schließlich an den Rand des Sumpfgebietes vor Pal-ul-don. Die Regenzeit stand kurz bevor, und der Wasserstand wies die niedrigste Stufe auf. Zu dem Zeitpunkt hatte sich auf der ausgetrockneten Oberfläche des Sumpfes eine harte Kruste gebildet, so daß lediglich die offenen Wasserflächen in der Mitte ihr Vorwärtskommen ernsthaft behinderten. Dieser Zustand dauert höchstens einige Wochen oder auch nur Tage an und bezeichnet das Ende einer langen Trockenzeit, deshalb konnten die beiden die sonst unüberwindliche Barriere hinter sich bringen, ohne sich ihrer verborgenen Schrecknisse bewußt zu werden. Selbst die offenen Wasserflächen in der Mitte waren zu dem Zeitpunkt von ihren grauenvollen Bewohnern verlassen worden, da die Trockenheit und der sinkende Wasserspiegel sie weiter südwärts zur Mündung des größten Flusses von Pal-ul-don getrieben hatte, der das Wasser aus dem Tal des Jad-ben-Otho abführte.

Bei ihrer Flucht überquerten sie die Berge und gelangten in das Tal von Jad-ben-Otho zur Quelle eines der größeren Ströme, der das Wasser aus dem Gebirge ins Tal leitete, wo er gleich unter dem Großen See, an dessen Nordufer A-lur liegt, in den Hauptstrom mündete. Beim Abstieg von den Bergen liefen sie einer Gruppe von Ho-don-Jägern in die Arme. Obergatz konnte flüchten, doch Jane wurde gefangengenommen und nach A-lur gebracht. Seitdem hatte sie nie mehr etwas von dem Deutschen gehört oder gesehen. Sie wußte nicht, ob er in diesem seltsamen Land umgekommen war oder es geschafft hatte, den wilden Bewohnern zu entwischen und schließlich Südafrika zu erreichen.

Sie wurde abwechselnd im Palast und im Tempel eingekerkert, je nachdem, wie es Ko-tan oder Lu-don glückte, sie durch alle möglichen Ränke und Intrigen dem anderen zu entreißen. Nun befand sie sich in den Händen eines neuen Entführers, von dem sie anhand der im Tempel und im Palast mitgehörten Gespräche wußte, daß er grausam und degeneriert war.

Das dunkle Ufer im Süden war näher herangerückt, als sich Jane Clayton, Lady Greystoke, leise über das Heck des Kanus ins kühle Wasser des Sees gleiten ließ. Sie bewegte sich kaum mehr, als erforderlich war, um ihr Gesicht zum Atmen aus dem Wasser zu halten, während das Kanu in den letzten Strahlen des abnehmenden Mondes gerade noch erkennbar war. Dann strebte sie mit kräftigen Zügen dem südlichen Ufer zu.

Allein, unbewaffnet, fast völlig nackt in einem Land, in dem es von wilden Tieren und ihr feindlich gesonnenen Menschen wimmelte, spürte sie dennoch zum ersten Mal seit vielen Monaten eine große

Erleichterung und freudige Erregung. Sie war frei! Selbst wenn der nächste Moment ihr den Tod brachte, sie hatte zumindest einen kurzen Augenblick absolute Freiheit genossen. Ihr Blut strömte schneller bei diesem fast vergessenen Gefühl, und sie konnte sich nur mit Mühe zurückhalten, einen triumphierenden Freudenschrei auszustoßen, als sie aus dem stillen Wasser stieg und am schweigenden Ufer stand.

Vor ihr ragte ein dunkler Wald auf, und aus seinen Tiefen drangen jene unbestimmbaren Geräusche, die Teil des nächtlichen Dschungellebens sind - das Rascheln der Blätter im Wind, das Aneinanderreiben von Ästen, das Dahinhuschen eines Nagetiers, alles durch die Dunkelheit verstärkt zu unheilvollen, bedrohlichen Dimensionen; ein Eulenschrei, das ferne Gebrüll einer großen Raubkatze, das Gebell wilder Hunde - alles bezeugte das Vorhandensein tausendfachen Lebens, das sie nicht sehen konnte, eines wilden Lebens, eines freien Lebens, von dem sie nun ein Teil war. Und da erfaßte sie möglicherweise zum ersten Mal, seit der hünenhafte Affenmensch in ihr Leben getreten war, in viel größerem Maße, was der Dschungel für ihn bedeutete, denn obwohl sie allein und den schrecklichen Gefahren schutzlos preisgegeben war, spürte auch sie die Verlockung, die von ihm ausging, und eine innere Erregung, die erneut zu empfinden sie kaum gehofft hatte.

Ach, wäre dieser kraftvolle Gefährte doch jetzt an ihrer Seite! Welche Freude, welche Seligkeit würde es ihr bereiten! Etwas anderes wünschte sie sich gar nicht. Die zahlreichen Weltstädte, der Komfort und der Luxus der Zivilisation vermochten sie nicht halb so zu reizen wie die herrliche Freiheit des Dschungels.

Ein Löwe stöhnte in der pechschwarzen Finsternis rechts von ihr, so daß ihr ein Schauer den Rücken lief; indes empfand sie dies eher als angenehm. Ihr Nackenhaar schien sich zu sträuben - dennoch fürchtete sie sich nicht. Die Muskeln, die ihr ein urzeitlicher Ahne vererbt hatte, reagierten instinktiv auf die Anwesenheit eines alten Feindes - das war alles. Langsam und vorsichtig ging sie auf den Wald zu. Abermals stöhnte der Löwe, diesmal näher. Sie suchte nach einem tief herabhängenden Zweig und schwang sich behend in den traulichen Schutz des Baumes. Die lange und gefahrvolle Reise mit Obergatz hatte ihre Muskeln und Nerven zu solch ungewohnter Verhaltensweise trainiert. Hoch oben fand sie einen sicheren Ruheplatz, wie Tarzan ihr gezeigt hatte, und rollte sich dreißig Fuß über dem

Boden zur Nachtruhe zusammen. Ihr war kalt, sie fühlte sich unbehaglich, dennoch schlief sie, denn die neue Hoffnung erwärmte ihr Herz, und ihr müdes Gehirn erholte sich zeitweilig von sorgenvollem Grübeln.

Sie schlief, bis die Hitze der hoch am Himmel stehenden Sonne sie weckte und fühlte sich ausgeruht. Nun hatte sich ihr Körper wohlig erwärmt, wie ihr auch warm ums Herz war. Ein Gefühl von Behaglichkeit, Leichtigkeit und Glück hatte von ihr Besitz ergriffen. Sie erhob sich auf dem sanft schaukelnden Ast und streckte sich genüßlich, während Sonnenflecken ihre nackten Gliedmaßen und den geschmeidigen Körper sprenkelten, da das Sonnenlicht das Blattwerk durchdrang. Dieses Phänomen im Verein mit den langsamen Bewegungen verliehen ihr etwas Leopardenhaftes. Sorgfältig suchte sie den Erdboden ab und lauschte gespannt auf jedes warnende Geräusch, das auf die Nähe von Feinden deuten konnte, seien es Menschen oder Tiere. Als sie sich überzeugt hatte, daß nichts in der Nähe war, vor dem sie sich hätte fürchten müssen, kletterte sie vom Baum. Gern hätte sie ein Bad genommen, aber der See war zu leicht zu überblicken und allzu weit von der Sicherheit der Bäume entfernt, als daß sie es hätte wagen können, ehe sie sich eingehender mit ihrer Umgebung vertrautgemacht hatte. Ziellos durchstreifte sie den Wald auf der Suche nach Nahrung, die sie im Überfluß vorfand. Sie aß und ruhte sich aus, denn noch hatte sie kein Ziel vor Augen. Ihre Freiheit war zu neu, als daß sie sie durch Zukunftspläne verderben wollte. Die Wohnsitze der zivilisierten Menschen kamen ihr jetzt verschwommen und unerreichbar vor wie halbvergessene Traumbilder. Wenn sie doch nur hier in Frieden leben und warten konnte - warten auf ihn. Die alte Hoffnung glomm wieder auf. Sie wußte, daß er eines Tages kommen würde, sofern er noch lebte. Davon hatte sie sich nie abbringen lassen, wenngleich sie in letzter Zeit oft zu der Ansicht neigte, er werde zu spät kommen. Sofern er noch lebte! Ja, er würde kommen, sofern er lebte, und wenn nicht, so war sie hier ebenso gut dran wie anderswo, denn dann zählte nichts mehr, nur das geduldige Warten aufs Ende, wie immer es sein mochte.

Ihre Streifzüge führten sie zu einem kristallklaren Bach, und hier trank sie und badete unter einem überhängenden Baum, der ihr im Falle drohender Gefahr schnellen Schutz gewähren konnte. Auf dem Grund des Baches lagen hübsche Steine und Stücke glasigen Obsidians. Als sie eine Handvoll aufnahm und sich anschaute, fiel ihr auf, daß sie an einem Finger von einem sauberen, geraden Schnitt blutete. Sie suchte nach der Ursache und entdeckte, daß eines dieser Bruchstücke vulkanischen Glases eine fast rasiermesserscharfe Schneide aufwies. Sie war hocherfreut, hielt sie doch eine wahre Gottesgabe in den Händen, den ersten Anfang von etwas, das letztendlich sowohl Waffe als auch Werkzeug ergeben konnte - eine Schneidemöglichkeit. Wer dergleichen besaß, vermochte vieles, wer nicht, gar nichts.

Sie suchte, bis sie viele dieser kostbaren Steinbrocken gesammelt hatte - bis die Tasche, die an ihrer rechten Seite hing, fast gefüllt war. Dann kletterte sie auf den großen Baum, um sie in Muße zu betrachten. Einige davon sahen wie Messerklingen aus, andere wiederum ließen sich leicht zu Speerspitzen verarbeiten, und viele kleinere schien die Natur für Pfeilspitzen vorgesehen zu haben.

Zuerst würde sie sich an die Herstellung des Speeres machen - das würde am leichtesten zu bewerkstelligen sein. Im Baumstamm hatte sie in einer großen Gabelung hoch über dem Boden eine Höhlung entdeckt. Hier verwahrte sie all ihre Schätze bis auf einen messerähnlichen Splitter. Damit stieg sie zu Boden und suchte nach einem schlanken Setzling, der pfeilgerade gewachsen war. Sie hackte und sägte, bis sie ihn abbrechen konnte, ohne daß das Holz splitterte. Er hatte genau die richtige Stärke für einen Speerschaft - für einen Jagdspeer, wie ihre geliebten Waziris ihn bevorzugten. Oft hatte sie ihnen zugesehen, wenn sie sie herstellten, und sie hatten sie auch unterwiesen, wie man sie benutzte - diese und die schweren Kampfspeere. Und sie hatten gelacht und in die Hände geklatscht, als ihre Fertigkeit zunahm.

Sie kannte baumartige Gräser, die die längsten und festesten Sehnen ergaben. Die suchte sie nun und brachte sie samt dem noch zu bearbeitenden Speerschaft zum Baum. In der Gabelung machte sie sich an die Arbeit, wobei sie eine kleine Melodie vor sich hinsummte. Als sie sich dessen bewußt wurde, mußte sie lächeln - es war das erste Mal in all diesen bitteren Monaten, daß ihr ein Lied in den Sinn kam und sie lächeln mußte.

„Ich spüre es, ich spüre es ganz deutlich, daß John in der Nähe ist - mein John - mein Tarzan“, sagte sie seufzend.

Sie schnitt den Speerschaft auf die richtige Länge zu, entfernte Zweige und Auswüchse sowie die Rinde und feilte und kratzte an den Knuppen, bis die Oberfläche ganz glatt und gerade war. Danach spaltete sie ein Ende und setzte die Speerspitze ein, wobei sie das Holz so lange bearbeitete, bis es die Spitze völlig umschloß. Als dies getan war, legte sie den Schaft beiseite und machte sich daran, die dicken Grasstengel zu spalten, zu schlagen und zu drehen, bis sie die Fasern herauslösen und zum Teil auch schon grob säubern konnte. Nun wusch sie sie im Bach, nahm sie wieder mit hoch in die Astgabel und wand sie fest um das gespaltene Schaftende, in das sie vorher Rillen gekerbt hatte, um fester wickeln zu können. Ebenso verfuhr sie mit dem unteren Teil der Speerspitze, wobei sie die Rillen hier mit einem Stein einschnitt. Es war ein primitiver Speer, indes der beste, den sie in so kurzer Zeit zustandebringen konnte. Später würde sie andere besitzen, das nahm sie sich fest vor, viele davon, und es würden Speere sein, auf die selbst die größten Speerkämpfer der Waziris stolz sein konnten.

Die Löwengrube von Tu-lur

Obwohl Tarzan den Außenrand der Stadt bis zum Einbruch der Dämmerung absuchte, konnte er nirgends eine Spur seiner Gefährtin entdecken. Die von den Bergen wehende Brise trug ihm eine Vielzahl von Witterungen zu, darunter jedoch nicht den geringsten Hinweis auf die Gesuchte. Die logische Schlußfolgerung war, daß man sie in eine andere Richtung verschleppt hatte. Bei seinen Nachforschungen hatte er mehrmals die frischen Spuren vieler Menschen gekreuzt, die zum See führten, und er hatte sich gesagt, daß sie höchstwahrscheinlich von Jane Claytons Entführern herrührten. Nur um die Fehlerquote durch das Eliminationsprinzip zu verringern, hatte er sorgsam auch jede andere Straße erkundet, die von A-lur nach Südosten führte, wo Mo-sars Stadt Tu-lur lag, und nun folgte er der Spur zu den Ufern des Jad-ben-lul, wo die Gruppe in ihre soliden Kanus gestiegen und auf die stille Wasserfläche des Sees hinausgeglitten war.

Er fand viele andere Fahrzeuge derselben Beschreibung am Ufer vertäut und nahm sich eines davon, um die Verfolgung fortzusetzen. Es war schon Tag, als er den See überquerte, der Jad-ben-lul am nächsten lag, und er paddelte emsig in Sichtweite eben jenes Baumes vorbei, auf dem seine verlorengegangene Gefährtin schlief.

Hätte der sanfte Wind, der die glatte Fläche des Sees liebkoste, aus südlicher Richtung geweht, wären der hünenhafte Affenmensch und Jane Clayton wieder vereint worden, doch ein widriges Schicksal hatte es anders gewollt, und die Gelegenheit ging mit seinem Kanu vorüber, das er nun mit kräftigen Schlägen aus Janes Blickfeld in den Strom am anderen Ende des Sees steuerte.

Da er den Flußwindungen folgte, die ihn eine beträchtliche Strecke nach Norden führten, ehe sie im spitzen Winkel zum Jad-in-lul bogen und in ihn mündeten, verfehlte er die Umsetzungsstelle für das Boot. Sie hätte ihm stundenlanges Paddeln erspart.

Erst als Mo-sar und seine Krieger am oberen Ende dieser Umsetzungsstelle aus dem Boot stiegen, entdeckte der Häuptling, daß seine Gefangene verschwunden war. Da er praktisch seit ihrer Abfahrt aus A-lur geschlafen hatte und auch keiner der Krieger sich entsinnen konnte, wann er sie das letzte Mal gesehen hatte, war es unmöglich, den Ort ihrer Flucht auch nur mit einiger Genauigkeit zu bestimmen. Alle waren jedoch der Meinung, es müsse auf dem schmalen Fluß geschehen sein, der den Jad-ben-lul mit dem nächsten dahinter liegenden See verband, den man Jad-bal-lul nannte, was frei übersetzt See des Goldes bedeutete. Mo-sar war maßlos empört, und da er der einzige war, der dafür verantwortlich war, suchte er natürlich emsig nach einem anderen, dem er die Schuld aufladen konnte.

Er wäre gern zurückgekehrt, um nach ihr zu suchen, fürchtete jedoch, einer Verfolgergruppe zu begegnen, die entweder Ja-don oder der Hohenpriester ihm nachgeschickt hatte. Schließlich hatte er sich den gerechten Zorn von beiden zugezogen. Er wollte nicht einmal eine Bootsladung Krieger aus seinem Schutzgeleit zur Suche losschicken, sondern überquerte die Umsetzungsstelle mit möglichst geringer Verzögerung und glitt wieder ins Wasser des Jad-in-lul.

Die Morgensonne berührte gerade die weißen Kuppeln von Tu-lur, als Mo-sars Paddler ihre Kanus zum Ufer am Rande der Stadt lenkten. In der Sicherheit seiner eigenen Mauern und durch viele Krieger geschützt, brachte der Häuptling nun Mut genug auf, um wenigstens drei Kanus auszusenden, die nach Jane Clayton suchen und wenn möglich sogar bis A-lur fahren sollten, um herauszufinden, was Bu-lot aufgehalten hatte. Dessen Unvermögen, die Kanus mit dem Rest der Gruppe bei ihrer Flucht aus der nördlichen Stadt rechtzeitig zu erreichen, hatte Mo-sars Abfahrt in keiner Weise verzögert, da ihm die eigene Sicherheit weit mehr am Herzen lag als die seines Sohnes.

Als die drei Kanus bei ihrer Rückreise an die Umsetzstelle gelangten, wurden die Krieger beim Anlandziehen der Boote plötzlich durch das Auftauchen von zwei Priestern aufgestört, die ein leichtes Kanu in Richtung des Jad-in-lul trugen. Zuerst hielten sie sie für die Vorhut einer größeren Streitmacht von Lu-dons Anhängern, obwohl diese Ansicht der Erfahrung widersprach, nach der Priester sich niemals Gefahren aussetzten, die dem Kriegerstand drohten, ja, jeglichen Kampf vermieden, es sei denn, sie wurden in die Enge getrieben, und ihnen blieb nichts anderes übrig. Insgeheim brachten die Krieger von Pal-ul-don der verweichlichten Priesterschaft nur Verachtung entgegen. Statt also sofort auf sie loszugehen, wie es der Fall gewesen wäre, wären die beiden Männer Krieger aus A-lur gewesen und keine Priester, warteten sie, um sie zu befragen.

Bei ihrem Anblick machten die Priester das Friedenszeichen und bejahten die Frage, ob sie allein seien.

Der Führer von Mo-sars Kriegern erlaubte ihnen, näher zu treten. „Was tut ihr hier im Land von Mo-sar, so weit von eurer Stadt entfernt?“ fragte er.

„Wir bringen eine Botschaft von Lu-don, dem Hohenpriester, an Mo-sar“, lautete die Antwort.

„Ist es eine Botschaft des Friedens oder des Krieges?“ fragte der Krieger.

„Es ist ein Friedensangebot“, antwortete der Priester.

„Und Lu-don schickt keine Krieger hinterdrein?“ forschte der Kämpfer weiter.

„Wir sind allein“, versicherte der Priester. „Außer Lu-don weiß niemand in A-lur, daß wir mit dieser Botschaft unterwegs sind.“

„Dann geht eurer Wege“, sagte der Krieger.

„Wer ist das dort?“ fragte einer der Priester plötzlich und wies zum oberen Ende des Sees, wo der Fluß vom Jad-bal-lul einmündete.

Alle blickten in die Richtung und entdeckten einen einzelnen Krieger, der schnell in den Jad-in-lul steuerte, wobei der Bug seines Kanus in Richtung Tu-lur wies. Die Krieger und die Priester zogen sich in die Deckung der Büsche beiderseits der Umsetzstelle zurück.

„Das ist der schreckliche Mensch, der sich als Dor-ul-Otho bezeichnete“, wisperte einer der Priester. „Ich würde ihn unter tausend anderen erkennen.“

„Du hast recht, Priester“, sagte einer der Krieger, der Tarzan gesehen hatte, als dieser zum erstenmal Ko-tans Palast betrat. „Es ist in der Tat derjenige, den man zu Recht Tarzan-jad-guru nannte.“

„Dann beeilt euch, ihr Priester“, sagte der Führer der Gruppe. „Ihr seid zu zweit in einem leichten Kanu, könnt Tu-lur leicht vor ihm erreichen und Mo-sar sein Kommen ankündigen, denn er ist gerade erst in den See eingefahren.“

Die Priester zögerten einen Moment, denn sie hatten keine Lust, diesem schrecklichen Menschen zu begegnen, aber der Krieger beharrte auf seinem Wunsch und ging sogar so weit, ihnen zu drohen. Man nahm ihnen ihr Kanu weg, trug es zum Ufer, hob sie einfach hoch und pflanzte sie hinein. Noch immer protestierten sie laut, doch man schob sie ins Wasser, wo sie sofort ins Blickfeld des einsamen Paddlers gerieten. Nun hatten sie keinen anderen Ausweg. Die Stadt Tu-lur bot die einzige Sicherheit. Also bückten sie sich nach ihren Paddeln und trieben ihr Fahrzeug geschwind auf die Stadt zu.

Die Krieger zogen sich wieder in die Deckung der Büsche zurück. Hatte Tarzan sie gesehen und kam er her, um nachzuforschen, dann stand das Kräfteverhältnis dreißig zu einem, da brauchte ihnen um den Ausgang wahrlich nicht bange zu sein. Allerdings hielten sie es auch keineswegs für erforderlich, auf den See hinauszufahren und ihm entgegenzutreten, da man sie schließlich ausgesandt hatte, um nach der geflohenen Gefangenen zu suchen und nicht diesen seltsamen Krieger abzufangen, über dessen Wildheit und Gewandtheit sie schon so viel gehört hatten. Zweifellos half ihnen dies auch bei ihrer Entscheidung, besser keinen Streit mit ihm vom Zaun zu brechen.

Ob er sie gesehen hatte, war nicht zu erkennen, denn er steuerte weiterhin mit steten, kräftigen Paddelschlägen in Richtung auf die Stadt. Auch steigerte er die Geschwindigkeit nicht, als die zwei Priester in seinem Blickfeld auftauchten. Kaum berührte das Kanu der Priester nahe Tu-lur das Ufer, sprangen die beiden heraus und eilten zum Palasttor, wobei sie immer wieder verängstigt hinter sich blickten. Sie suchten unverzüglich um eine Audienz bei Mo-sar nach und teilten dem Wache stehenden Krieger auch sogleich mit, daß Tarzan im Anzug sei.

Sie wurden sofort zum Häuptling geführt, dessen Hof ein kleineres Ebenbild des Königshofs von A-lur darstellte. „Wir kommen von Lu-don, dem Hohenpriester“, erklärte der Sprecher. „Er wünscht Freundschaft mit Mo-sar, der stets sein Freund gewesen ist. Ja-don sammelt Krieger, um sich zum König zu erheben. In allen Dörfern der Ho-don sind Tausende, die den Befehlen Lu-dons, des Hohenpriesters, Folge leisten werden. Nur mit dessen Unterstützung kann Mo-sar König werden, und Lu-dons Botschaft lautet: Will Mo-sar die Freundschaft mit Lu-don erneuern, muß er sofort die Frau herausgeben, die er aus den Gemächern der Prinzessin O-lo-a geraubt hat.“

In diesem Augenblick trat ein Krieger ein. Seine Aufregung war deutlich zu erkennen. „Der Dor-ul-Otho ist in Tu-lur eingetroffen und verlangt, sofort mit Mo-sar zu sprechen“, erklärte er.

„Der Dor-ul-Otho!“ rief Mo-sar.

„So lautet die Botschaft, die er schickt, und er sieht in der Tat nicht aus wie die Leute von Pal-ul-don“, erklärte der Krieger. „Wir glauben, er ist derselbe, von dem die Krieger uns berichteten, die heute aus A-lur zurückgekehrt sind, und den einige Tarzan-jad-guru, andere wieder Dor-ul-Otho nennen. Indes würde wahrlich nur der Sohn eines Gottes wagen, so allein in eine fremde Stadt zu kommen. Also wird es schon so sein, daß er die Wahrheit sagt."

Mo-sars Herz war erfüllt von Angst und Zeifel, deshalb wandte er sich um Rat an die Priester.

„Empfang ihn gnädig, Mo-sar", riet derjenige, der zuvor schon gesprochen hatte. Seine Empfehlung entsprang der kleinherzigen Gerissenheit eines beschränkten Gehirns, das, zudem von Lu-dons Gönnerschaft beeinflußt, ohnedies zur Doppelzüngigkeit neigte. „Empfang ihn gnädig, und wenn er von deiner Freundschaft überzeugt ist, wird er nicht so sehr auf der Hut sein, und dann könnt Ihr nach Belieben mit ihm verfahren. Doch wenn es sich einrichten läßt, so liefere ihn lebendig meinem Herrn aus, Mo-sar, und du kannst der nimmer endenden Dankbarkeit Lu-dons, des Hohenpriesters, versichert sein."

Mo-sar nickte verständnisvoll, wandte sich an den Krieger und befahl ihm, den Besucher zu ihm zu bringen.

„Diese Kreatur braucht uns nicht zu sehen", sagte einer der Priester. „Teile uns deine Antwort an Lu-don mit, Mo-sar, dann wollen wir unserer Wege gehen."

„Sagt Lu-don, ohne mich wäre diese Frau für ihn längst verloren gewesen. Ich wollte sie nur nach Tu-lur bringen, um sie den Klauen Ja-dons zu entreißen und hier für ihn aufzuheben, doch während der Nacht ist sie uns entkommen. Sagt Lu-don, ich hätte dreißig Krieger ausgesandt, um nach ihr zu suchen. Seltsam, daß ihr sie bei eurer Anreise nicht gesehen habt."

„Wir haben sie gesehen", erwiderte der Priester. „Sie haben uns jedoch nichts vom Zweck ihrer Mission erzählt."

„Es ist so, wie ich euch gesagt habe", erklärte Mo-sar.

„Und sollten sie sie finden, dann werden wir sie hier in Tu-lur für euren Herrn aufheben und ihr kein Haar krümmen, das könnt ihr ihm versichern. Und sagt ihm auch noch, daß ich meine Krieger schicken werde, wann immer er mir Nachricht gibt, daß er sie braucht, damit sie sich mit ihm gegen Ja-don verbünden. Nun geht, denn Tarzan-jad-guru wird bald hier sein."

Er gab einem Sklaven einen Wink. „Führe die Priester zum Tempel und bitte den Hohenpriester von Tu-lur, dafür zu sorgen, daß sie zu essen bekommen und unbehelligt nach A-lur zurückkehren können, wann immer sie wollen", befahl er.

Der Sklave führte die zwei Priester durch eine andere Tür als jene, durch die sie hereingekommen waren, hinaus, und einen Augenblick später trat Tarzan-jad-guru in Begleitung des Kriegers ein, dessen Amt es gewesen war, ihn herzugeleiten und anzukündigen. Er dachte nicht daran, das Begrüßungs- oder Friedenszeichen zu geben, sondern ging geradewegs auf den Häuptling zu, den es größte Mühe kostete, die Angst zu verbergen, die sich seiner beim Anblick der hünenhaften Gestalt und der finsteren Miene des Besuchers bemächtigt hatte.

„Ich bin der Dor-ul-Otho", sagte der Affenmensch mit ruhiger Stimme, die Mo-sar jedoch wie Stahl in die Ohren drang. „Ich bin Dor-ul-Otho und hergekommen, um die Frau zu holen, die du aus den Gemächern der Prinzessin O-lo-a entführt hast."

Schon die Verwegenheit, mit der Tarzan diese feindliche Stadt betreten hatte, verschaffte ihm gegenüber Mo-sar und den wilden Kriegern, die zu beiden Seiten des Häuptlings standen, einen großen moralischen Vorteil. Sie sagten sich zu Recht, daß kein anderer als der Sohn Jad-ben-Othos einer so heldenhaften Handlungsweise fähig sein könne. Welcher sterbliche Krieger war wohl so vermessen, ganz allein vor den mächtigen Häuptling zu treten und angesichts einer so großen Kriegerschar, derart hochmütig Rechenschaft zu fordern? Nein, das war undenkbar. Mo-sar schwankte in seinem Vorsatz, den Fremden durch scheinbare Freundlichkeit zu täuschen. Er erbleichte sogar bei der plötzlichen Erkenntnis, daß Jad-ben-Otho schließlich alles wußte also selbst seine innersten Gedanken kannte. War es deshalb nicht möglich, daß dieses Wesen, falls es wirklich der Dor-ul-Otho war, gerade jetzt das heimtückische Vorhaben erkannte, zu dem die Priester ihn angestachelt hatten und dem er so bereitwillig zugestimmt hatte? Der Häuptling rutschte nervös auf dem behauenen Felsblock hin und her, der seinen Thron darstellte.

„Schnell!" herrschte der Affenmensch ihn an."Wo ist sie?"

„Sie ist nicht hier", antwortete Mo-sar.

„Du lügst", entgegnete Tarzan.

„Jad-ben-Otho ist mein Zeuge, sie befindet sich nicht in Tu-lur", erklärte der Häuptling mit Nachdruck. „Du kannst den Palast, den Tempel und die ganze Stadt durchsuchen, doch du wirst sie nicht finden, denn sie ist nicht hier."

„Wo ist sie dann?" fragte der Affenmensch. „Du hast sie aus dem Palast von A-lur entführt. Wenn sie nicht hier ist, wo ist sie dann?

Sag nicht, daß ihr etwas zugestoßen ist!“ Damit trat er drohend auf Mo-sar zu, der sogleich angstvoll zurückwich.

„Warte! Wenn du wirklich der Dor-ul-Otho bist, dann müßtest du wissen, daß ich die Wahrheit sage“, erklärte er. „Ich habe sie aus dem Palast Ko-tans entführt, um sie für Lu-don, den Hohenpriester, zu retten, damit nach Ko-tans Tod nicht Ja-don sich ihrer bemächtige. Doch während der Nacht ist sie mir auf dem Weg von A-lur hierher entwischt, und ich habe gerade drei vollbemannte Kanus ausgesandt, um nach ihr suchen zu lassen.“

Etwas im Ton und Auftreten des Häuptlings sagte Tarzan, daß dessen Angaben zumindest teilweise der Wahrheit entsprachen, und daß er selbst wieder einmal nutzlos nicht vorauszusehende Gefahren auf sich genommen und abermals Zeit verloren hatte.

„Was wollten denn Lu-dons Priester hier, die vor mir eintrafen?“ fragte Tarzan, der scharfsinnigen Vermutung folgend, daß die beiden, die so emsig gepaddelt hatten, nur um einer Begegnung mit ihm zu entgehen, vom Hohenpriester in A-lur kamen.

„Sie hatten einen ähnlichen Auftrag wie du“, erwiderte Mo-sar. „Sie verlangten die Herausgabe der Frau, von der Lu-don annahm, daß ich sie ihm geraubt hätte. Er hat mir damit tiefes Unrecht zugefügt, wie übrigens auch du, o Dor-ul-Otho.“

„Ich würde die beiden gern befragen“, sagte Tarzan. „Laß sie herkommen.“ Sein gebieterisches, hochfahrendes Auftreten ließ Mo-sar im Zweifel, ob er sich empört zeigen oder lieber nachgiebig sein sollte, doch wie alle Charaktere seinesgleichen sagte er sich, das beste sei, sich um die eigene Sicherheit zu sorgen. Konnte er die Aufmerksamkeit und den Zorn dieses schrecklichen Menschen von sich auf Lu-dons Priester ablenken, so konnte ihm dies schließlich nur recht sein, und sollten sie sich gegen ihn verschwören, dann war er in den Augen Jad-ben-Othos ein Gerechter, falls sich letztendlich herausstellte, daß der Fremde wirklich der Sohn des Gottes war. Ihm war nicht wohl in Tarzans Gegenwart, und diese Tatsache verstärkte seine Zweifel nur noch, denn genau so mußte sich ein Sterblicher in Gegenwart eines Gottes doch fühlen. Nun sah er eine Möglichkeit, sich zumindest zeitweilig aus dem Staube zu machen.

„Ich will sie selbst holen, Dor-ul-Otho“, erklärte er, wandte sich um und verließ eilends den Raum. Binnen kurzem war er am Tempel, denn das Palastgelände von Tu-lur, das wie in allen Ho-don-Städten diesen einschloß, hatte wesentlich geringere Ausmaße als das der weitaus größeren Stadt A-lur. Er fand Lu-dons Boten in Gesellschaft des Hohenpriesters seines eigenen Tempels vor und übermittelte ihnen unverzüglich die Anweisungen des Affenmenschen.

„Wie gedenkst du, mit ihm zu verfahren?“ fragte einer der Priester.

„Ich suche keinen Streit mit ihm“, erwiderte Mo-sar. „Er kam in Frieden und kann in Frieden wieder ziehen, denn wer weiß, ob er nicht doch der Dor-ul-Otho ist?“

„Wir wissen, daß er es nicht ist“, erwiderte Lu-dons Abgesandter. „Wir verfügen über Beweise, daß er ein ganz gewöhnlicher Sterblicher ist, ein seltsames Wesen aus einem anderen Land. Lu-don hat Jad-ben-Otho sein Leben angeboten, sollte sich seine Ansicht als irrig erweisen, daß dieses Wesen nicht der Sohn des Gottes ist. Und wenn der Hohenpriester von A-lur, der der höchste Priester aller Hohenpriester von Pal-ul-don ist und diese Kreatur für einen Betrüger hält, seiner Sache so sicher ist, um sein Leben in die Waagschale zu werfen - wer wären wir dann, wollten wir den Behauptungen dieses Fremden Glauben schenken? Nein, Mo-sar, du brauchst ihn nicht zu fürchten. Er ist nur ein Krieger, der mit denselben Waffen überwunden werden kann, die auch eigene Kämpfer besiegen. Würde Lu-don nicht ausdrücklich darauf bestehen, daß er lebendig ergriffen wird, so würde ich dich drängen, deine Krieger gegen ihn zu führen und ihn zu töten, aber die Befehle Lu-dons sind die von Jad-ben-Otho, und denen dürfen wir den Gehorsam nicht verweigern.“

Noch immer hegte der feige Mo-sar gewisse Zweifel, deshalb ließ er lieber andere die Initiative gegen den Fremden ergreifen.

„Dann verfahrt mit ihm, wie ihr wollt“, erklärte er. „Ich suche keinen Streit mit ihm. Was ihr fordert, soll für mich wie eine Forderung Lu-dons, des Hohenpriesters, sein. Darüberhinaus habe ich mit dieser Sache jedoch nichts zu schaffen.“

Die Priester wandten sich nun an denjenigen, der die Geschicke des Tempels in Tu-lur lenkte. „Hast du keinen Plan?“ fragten sie. „Wahrlich hoch angesehen wird derjenige im Rat Lu-dons und in den Augen Jad-ben-Othos sein, der ein Mittel findet, diesen Betrüger lebendig festzuhalten.“

„Da hätten wir doch die Löwengrube!“ flüsterte der Hohenpriester. „Sie ist jetzt leer, und was Ja und Jato zuverlässig gefangen hält, wird auch diesen Fremden verwahren, falls er nicht der Dor-ul-Otho ist.“

„Zweifellos“, sagte Mo-sar. „Man könnte dort sogar einen Gryf gefangenhalten, nur müßte man ihn zuerst einmal hineinbringen.“

Die Priester aus A-lur dachten über diese erhabene Weisheit gründlich nach, dann ergriff einer der beiden das Wort. „Das sollte nicht so schwierig sein, sofern wir den scharfen Verstand gebrauchen, den Jad-ben-Otho uns verliehen hat, statt der weltlichen Muskeln, die uns von unseren Vätern und Müttern vererbt wurden, und die nicht einmal die Kraft besitzen, über die jene Tiere verfügen, die auf vier Beinen umherlaufen."

„Lu-don hat seinen scharfen Verstand mit dem des Fremden gemessen und verloren", hielt Mo-sar dagegen. „Aber das ist eure Angelegenheit. Erledigt sie, wie es euch am besten dünkt."

„In A-lur machte Ko-tan viel Aufhebens um diesen Dor-ul-Otho, und die Priester geleiteten ihn durch den Tempel. Er schöpft bestimmt keinen Verdacht, wenn ihr hier dasselbe tut, deshalb möge der Hohenpriester von Tu-lur ihn in den Tempel laden, alle Priester dort versammeln und in jeglicher Weise so tun, als glaubten sie an seine Verwandtschaft mit Jad-ben-Otho. Und was liegt näher, als daß der Hohenpriester dann den Wunsch vorbrächte, ihm den Tempel zu zeigen, wie Lu-don es in A-lur tat, als Ko-tan es so wollte. Und wenn er ihn zufällig durch die Löwengrube führt, wäre es doch für die Fackelträger die einfachste Sache der Welt, die Fackeln plötzlich zu löschen, und noch ehe der Fremde gewahr wird, was vor sich geht, könnten die Steinplatten herabgesenkt werden und ihn auf diese Weise sicher verwahren."

„Aber die Grube hat Fenster, die das Licht hereinlassen", wandte der Hohenpriester ein. „Selbst wenn die Fackeln gelöscht sind, könnte er dennoch sehen und vielleicht entkommen, ehe die Platte herabgesenkt wird."

„Dann schicke einen, der die Fenster dicht mit Häuten verhängt", riet der Priester von A-lur.

„Der Plan ist gut", sagte Mo-sar, der hier eine Möglichkeit sah, jeglichem Verdacht einer Komplizenschaft aus dem Wege zu gehen. „Wir können ohne Krieger auskommen, und wenn er nur Priester um sich sieht, wird er nie auf die Idee verfallen, ihm könne eine Gefahr drohen."

In diesem Moment wurden sie durch einen Boten aus dem Palast gestört, der ihnen mitteilte, der Dor-ul-Otho werde langsam ungeduldig, und wenn die Priester aus A-lur nicht sofort zu ihm gebracht würden, werde er selbst zum Tempel kommen und sie sich holen. Mo-sar schüttelte den Kopf. Es erschien ihm unvorstellbar, daß ein

Sterblicher so vermessen und tollkühn sein könne, und er war heilfroh, daß der Plan zum Ausschalten von Tarzan ihm keine aktive Teilnahme abverlangte.

Während Mo-sar sich auf Umwegen in einen geheimen Winkel des Palastes zurückzog, wurden drei Priester zu Tarzan gesandt. In kriecherischer Weise, durch die er sich keineswegs täuschen ließ, versicherten sie ihn ihres festen Glaubens, daß er bestimmt mit Jad-ben-Otho verwandt sei, und baten ihn im Namen des Hohenpriesters, den Tempel mit seinem Besuch zu beehren, wo die Priester von A-lur zu ihm gebracht und ihm auf alle Fragen, die er ihnen stellen wollte, Rede und Antwort stehen würden.

Fest überzeugt, daß ein weiteres wagemutiges Auftreten dem Zweck seines Besuches am dienlichsten sein werde und daß er, sollte der Verdacht gegen ihn sich bei Mo-sar und seinen Anhängern in eine feste Ansicht verwandeln, im Tempel nicht schlechter dran war als im Palast, nahm der Affenmensch die Einladung des Hohenpriesters herablassend an.

So gelangte er in den Tempel und wurde dort in einer seinen hohen Ansprüchen genügenden Form empfangen. Er befragte die zwei Priester aus A-lur, die ihm jedoch nichts anderes erzählten, als was Mo-sar ihm bereits berichtet hatte, dann lud der Hohenpriester ihn ein, den Tempel zu besichtigen.

Sie führten ihn zuerst zum Altarhof, dem einzigen, den es in Tu-lur gab. Er glich fast in jeder Weise denen von A-lur. An der Ostseite stand der blutbefleckte Altar, an der Westseite das Bassin zum Ertränken, und die zottligen Fransen am Kopfschmuck der Priester bezeugten die Tatsache, daß der Ostaltar bei den Tempelriten eine besondere Rolle spielte. Sie führten ihn durch die darunterliegenden Gemächer und Korridore und schließlich in ein feuchtes und düsteres Labyrinth auf der untersten Ebene, wobei ihnen Fackelträger leuchteten. In einem großen Raum, dessen Luft noch geschwängert war von der scharfen Ausdünstung von Löwen, führten die hinterlistigen Priester von Tu-lur ihren heimtückischen Plan aus.

Die Fackeln wurden plötzlich gelöscht, dann folgte ein eiliges Huschen bloßer Füße über den Steinfußboden und schließlich ein lautes Krachen, als ein schweres Steingewicht auf Stein fiel. Danach umgab den Affenmenschen nichts weiter als die Stille und Finsternis des Grabes.

Diana des Dschungels

Jane erlegte ihr erste Wild und war sehr stolz darüber. Es war kein sehr beeindruckendes Tier - nur ein Hase, dennoch bezeichnete es eine Epoche in ihrer Existenz. Wie in dunkler Vergangenheit der erste Jäger die Geschicke der Menschheit gestaltet hatte, so schien ihr, daß dieses Ereignis das ihre auf neue Weise lenken könnte. Nun war sie für ihren Lebensunterhalt nicht länger auf wilde Früchte und Pflanzen angewiesen. Fortan stand ihr auch Fleisch zu Gebote, der Erzeuger physischer Kraft und Ausdauer, und sie benötigte beides, um den Bedürfnissen ihres primitiven Daseins erfolgreich begegnen zu können.

Der nächste Schritt war das Feuer. Gewiß konnte sie sich dazu bringen, rohes Fleisch zu essen, wie ihr Herr und Gebieter es tat, aber sie scheute davor zurück. Schon der Gedanke war ihr zuwider. Sie hatte einen festen Plan für das Erzeugen von Feuer. Wohl hatte sie über die Sache schon mehrmals nachgedacht, indes war sie zu beschäftigt gewesen, das Projekt zu verwirklichen, solange das Feuer nicht unbedingt erforderlich war. Das hatte sich jetzt geändert - sie besaß etwas, das zubereitet werden mußte, und ihr lief beim bloßen Anblick ihrer Jagdbeute das Wasser im Mund zusammen. Sie wollte es über glimmenden Holzstücken grillen. Eilig kehrte sie zu dem Baum zurück. Unter den Schätzen, die sie im Flußbett gefunden hatte, befanden sich mehrere Stücke vulkanischen Glases, klar wie Kristall. Sie suchte, bis sie das gewünschte gefunden hatte. Es war konvex. Dann ließ sie sich zu Boden gleiten und trug ein kleines Häufchen fein gestoßener Rinde zusammen, die sehr trocken war, dazu ein paar verdorrte Blätter und Gräser, die lange in der heißen Sonne gelegen hatten. Dicht dabei stapelte sie einen kleinen Vorrat toter Zweige und Äste auf - kleine und große.

Zitternd vor Aufregung hielt sie das Glasstück über den Zunder und bewegte es langsam hin und her, bis sie die Sonnenstrahlen auf eine winzige Stelle gebündelt hatte. Nun wartete sie atemlos. Wie lange das dauerte! Hatte sie sich zu große Hoffnungen gemacht, war alles trotz ihrer gründlichen Planung vergebens? Nein! Eine dünne Rauchsäule stieg graziös in die stille Luft. Kurz danach glimmte der Zunder, und plötzlich loderte eine Flamme auf. Sie stütze ihr Kinn auf die gefalteten Hände und stieß einen kleinen Freudenschrei aus. Sie hatte Feuer zustandegebracht!

Nun legte sie Zweige und dann größere Äste nach, schleppte schließlich einen kleinen Baumstamm heran und schob ihn mit einem Ende in die Flammen, die nun lustig prasselten. Es war das lieblichste Geräusch, das sie seit vielen Monaten gehört hatte. Indes konnte sie nicht warten, bis genügend glimmende Holzkohle vorhanden war, um den Hasen zu garen. So schnell sie konnte, häutete und säuberte sie das Tier und vergrub Fell und Eingeweide. Das hatte sie von Tarzan gelernt. Er verfolgte damit zwei Ziele. Erstens wollte er den Lagerplatz sauber zu halten und zweitens jede Witterung beseitigen, die menschenfressende Raubtiere anlocken konnte.

Dann bohrte sie einen Stock durch den gehäuteten Hasen und hielt ihn über die Flammen. Durch ständiges Drehen verhinderte sie, daß er verbrannte. Gleichzeitig konnte das Fleisch auf allen Seiten gründlich durchbraten. Als dies vollbracht war, kletterte sie in die sichere Höhe des Baumes und erfreute sich in Ruhe und Frieden ihrer Mahlzeit. Nie hatte etwas Köstlicheres ihren Gaumen gekitzelt. Sie tätschelte liebevoll ihren Speer. Er hatte ihr zu dieser Delikatesse verholfen, gleichzeitig zu einem Gefühl der Sicherheit und zu weit höherem Selbstvertrauen, als sie an jenem schrecklichen Tag empfunden hatte, wo Obergatz und sie die letzte Patrone verbraucht hatten. Diesen Tag würde sie nie vergessen - ein gefährliches Raubtier nach dem anderen schien in gräßlicher Folge an ihnen vorbeizustreichen. Sie waren noch nicht lange in diesem fremden Land und hatten dennoch geglaubt, gegen Gefahren abgehärtet zu sein, schließlich waren sie täglich wilden Tieren begegnet; doch an diesem Tag - sie schauderte, wenn sie nur daran dachte. Und mit ihrer letzten Patrone hatte sie ein schwarz-gelb gestreiftes löwenähnliches Wesen mit großen gekrümmten Zähnen getötet, als es im Begriff war, Obergatz anzuspringen, der seinen letzten Schuß abgefeuert und das Ziel verfehlt hatte - es war seine letzte Patrone gewesen. Sie hatten die nutzlosen Gewehre noch einen Tag mitgeschleppt, schließlich jedoch liegenlassen und auch die beschwerlichen Patronengurte weggeworfen. Wie sie es fertiggebracht hatte, die folgende Woche zu überleben, war ihr jetzt noch ein Rätsel. Dann waren die Ho-don gekommen und hatten sie gefangengenommen. Obergatz war ihnen entwischt. Sie durchlebte alles noch einmal. Zweifellos war er tot, es sei denn, er hatte diese Seite des Tales erreichen können, die ganz offensichtlich weniger von wilden Tieren heimgesucht wurde.

Janes Tage waren nun erfüllt von fieberhafter Tätigkeit, und die Stunden des Tageslichts schienen ihr zu schnell zu verrinnen, um all die vielen Dinge zu erledigen, die sie sich vorgenommen hatte. Sie war nämlich zu dem Schluß gelangt, daß diese Stelle ein idealer Ort war, um hier zu bleiben, bis sie die Waffen hergestellt hatte, die sie zu ihrem Lebensunterhalt und ihrer Selbstverteidigung für notwendig erachtete.

Sie benötigte neben einem guten Speer noch ein Messer sowie Pfeil und Bogen. Hatte sie diese in den Händen, konnte sie vielleicht ernsthaft versuchen, sich zu einem der nächsten Vorposten der Zivilisation durchzuschlagen. In der Zwischenzeit mußte sie unbedingt eine Art Schutzbehausung errichten, in der sie nachts Zuflucht suchen konnte, denn sie wußte, daß sie jede Nacht mit dem Besuch eines umherstreifenden Panthers rechnen mußte, wenngleich sie bisher auf dieser Seite des Tales noch keinen entdeckt hatte. Von dieser Gefahr abgesehen fühlte sie sich in ihrer luftigen Behausung einigermaßen sicher.

Das Absägen langer Stangen für ihre Heimstatt nahm all jene Stunden des Tages in Anspruch, in denen sie sich nicht auf Nahrungssuche befand. Sie zog die Stangen in den Baumwipfel hoch und errichtete dort auf zwei dicken Ästen eine Plattform, indem sie die Stangen mit Fasern des festen Baumgrases, das am Ufer des Flusses in Hülle und Fülle wuchs, zusammenband und auch noch an den Zweigen befestigte. Gleichermaßen gestaltete sie die Wände und ein Dach aus mehreren Schichten großer Blätter. Die Herstellung vergitterter Fenster und der Tür war von großer Bedeutung und nahm ihr Interesse voll in Anspruch. Die Fenster waren groß, die Gitterstäbe gut verankert, doch die Tür war klein, gerade so, daß sie auf Händen und Knien bequem hindurchkriechen konnte. Dafür ließ sie sich leichter verbarrikadieren. Jane verlor den Überblick, wieviel Tage sie für die Errichtung des Hauses benötigte, aber Zeit war eine billige Ware - sie besaß davon mehr als von allen anderen Dingen und verspürte nicht einmal den Wunsch, sie genau aufzuzeichnen, so wenig bedeutete sie ihr. Deshalb wußte sie auch nicht mehr, wie lange es schon her war, seit sie mit Obergatz aus dem Dorf der aufrührerischen Neger geflohen war, und sie hatte auch nur unklare Vermutungen über die Jahreszeiten. Aus zwei Gründen arbeitete sie hart. Zum ersten wollte sie ihre kleine Zufluchtsstätte möglichst schnell fertigstellen, zum anderen strebte sie geradezu nach physischer Erschöpfung, um nachts fest durchzuschlafen und jene gefürchteten Stunden hinter sich zu bringen. In Wirklichkeit war ihr Heim in einer knappen Woche vollendet. Sie hatte es so sicher gemacht, wie dies nur möglich war, wobei sie danach ständig noch diese und jene Dinge verbesserte und hier und dort erneut Hand anlegte, da sie nicht wußte, wie lange sie es wohl bewohnen würde.

So war ihr tägliches Leben erfüllt von Hausbau und Jagd. Gelegentlich erlebte sie aufregende Augenblicke durch umherstreifende Löwen. Zu der Fertigkeit in der Holzbearbeitung, die sie dank Tarzan, einem Meister in dieser Kunst, erworben hatte, kam noch ein beträchtliches Maß praktischer Erfahrung, die sie sich infolge der vergangenen Abenteuer im Dschungel und in den langen Monaten mit Obergatz erworben hatte. Auch verging kein Tag, an dem sie nicht neue, nützliche Kenntnisse sammelte. Diese Tatsachen waren offensichtlich auch der Grund, daß sie bisher stets mit heiler Haut davongekommen war, denn sie meldeten ihr die Annäherung von Ja, noch ehe er sich für einen erfolgreichen Angriff nahe genug angeschlichen hatte, und sie veranlaßten sie auch, sich stets in der Nähe jener nie versagenden Zufluchtsmöglichkeiten in Gestalt großer Bäume aufzuhalten.

Die von unheimlichen Geräuschen erfüllten Nächte waren einsam und bedrückend und wurden nur durch ihre Fähigkeit erträglich, schnell in tiefen Schlaf zu sinken. Die erste Nacht, die sie in ihrem nun vollendeten Haus hinter vergitterten Fenstern und einer verbarrikadierten Tür verbrachte, bereitete ihr fast ungeschmälerte Ruhe und Zufriedenheit. Die nächtlichen Geräusche schienen weit entfernt und unpersönlich zu sein, und das Säuseln des Windes in den Bäumen wirkte beruhigend. Zuvor war er ihr jammervoll und unheildrohend erschienen, da er vielleicht die Annäherung einer realen Gefahr verschleierte. In dieser Nacht schlief sie wirklich.

Sie bewegte sich bei ihrer Nahrungssuche nun auch weiter weg. Bislang waren ihrem Speer nur kleine Nager zum Opfer gefallen, doch ihr stand der Sinn nach einer Antilope, da diese ihr neben dem Fleisch Därme für die Bogensehnen liefern würde, und das Fell würde sich bei kälterem Wetter, das die Regenzeit gewöhnlich mit sich brachte, als unentbehrlich erweisen. Sie hatte die scheuen Tiere ab und zu flüchtig zu Gesicht bekommen und war überzeugt, daß sie den Fluß stets an einer bestimmten Stelle oberhalb ihres Lagers kreuzten. Dorthin begab sie sich nun, um ihnen nachzustellen. Lautlos und wachsam wie ein Panther pirschte sie sich durch den Wald, machte einen Umweg, um gegen den Wind zu kommen und blieb oft stehen, um Ausschau zu halten oder auf etwas zu lauschen, das sie möglicherweise bedrohte, sie selbst als zu jagendes Wild ansah. Nun bewegte sie sich lautlos auf ihr Ziel zu. Welch ein Glück! Ein prächtiger Rehbock stand im Fluß und trank. Sie pirschte sich näher heran. Hinter einem kleinen Busch in Wurfweite von ihrer Beute entfernt legte sie sich auf den Bauch. Beim Werfen mußte sie sich zu voller Größe aufrichten, um den Speer so kraftvoll und genau wie möglich ins Ziel zu schicken. Sie war aufgeregt, handelte jedoch kaltblütig und besonnen, schnellte jäh empor, warf. Kaum einen Fingerbreit von der Stelle entfernt, auf die sie gezielt hatte, drang die Waffe in den Körper des Bockes. Dieser sprang hoch, fiel auf die Uferböschung zurück und kippte tot um. Jane Clayton eilte schnell zu ihm.

„Bravo!“ ertönte eine Männerstimme in Englisch aus dem Gebüsch auf der gegenüberliegenden Seite. Jane Clayton blieb wie angewurzelt stehen und war starr vor Staunen. Da trat die heruntergekommene Gestalt eines Mannes aus den Büschen. Zuerst erkannte sie ihn nicht, aber als sie sah, wen sie vor sich hatte, wich sie instinktiv zurück.

„Leutnant Obergatz!“ sagte sie. „Ist das möglich?“

„Wie Sie sehen!“ erwiderte der Deutsche. „Ich biete zweifellos einen seltsamen Anblick, dennoch bin ich es, Erich Obergatz. Und Sie? Sie haben sich ebenfalls verändert, stimmt's?“

Er blickte auf ihre nackten Beine, den goldenen Brustpanzer, das Lendentuch aus Jato-Haut, das Riemenzeug und die Schmuckstücke, die zur Erscheinung einer Ho-don-Frau gehörten - jene Dinge, die ihr Lu-don angelegt hatte, als seine Leidenschaft für sie wuchs. Nicht einmal Ko-tans Tochter war schöner gekleidet.

„Aber was tun Sie hier?“ fragte Jane. „Ich glaubte Sie längst unter zivilisierten Menschen und in Sicherheit, falls Sie noch am Leben waren.“

„Ach Gott, ich weiß selbst nicht, warum ich noch lebe“, sagte er. „Ich habe um den Tod gebetet und klammere mich doch noch immer ans Leben. Es gibt keine Hoffnung. Wir sind dazu verdammt, in diesem furchtbaren Land zu bleiben, bis wir sterben. Der Sumpf! Dieser furchtbare Sumpf! Ich habe seine Ufer nach einer Stelle abgesucht, wo ich ihn überqueren konnte, und das gräßliche Gebiet dabei umrundet. Hineinzugelangen war für uns ja kein Problem, doch inzwischen ist die Regenzeit gekommen, und kein Mensch kann diesen Pfuhl glitschigen Schlammes und hungriger Reptilien durchqueren. Als ob ich es nicht versucht hätte! Dazu die Tiere, die in diesem verwunschenen Land umherstreifen. Sie sind mir Tag und Nacht auf den Fersen."

„Aber wie sind Sie ihnen entronnen?" fragte sie.

„Ich weiß es selbst nicht", antwortete er düster. „Ich bin gerannt, immer nur gerannt. Dann habe ich manchmal tagelang hungrig und durstig hoch in den Baumwipfeln ausgeharrt. Ich habe mir Waffen angefertigt - Keulen und Speer - und gelernt, damit umzugehen. Ich habe sogar einen Löwen mit meiner Keule erschlagen. Genauso wie eine in die Ecke getriebene Ratte kämpft. Und wir beide, Sie und ich, sind in diesem Land ungeheurer Gefahren auch nicht besser dran als Ratten. Aber erzählen Sie mir von sich. Wenn es schon erstaunlich ist, daß ich noch leben, so gilt dies doch in um so größeren Maße für Sie."

Sie berichtete ihm kurz und zerbrach sich dabei die ganze Zeit den Kopf, was sie tun könne, um ihn loszuwerden. Sie konnte sich einfach kein längeres Zusammenleben mit ihm als einzigem Begleiter vorstellen. Da war es tausendmal besser, allein zu bleiben. Die langen Wochen und Monate ihres ständigen Zusammenseins hatten ihren Haß und ihre Verachtung für ihn keineswegs verringert, und nun, da er ihr bei ihren Bemühungen, in die Zivilisation zurückzukehren, nicht länger behilflich sein konnte, schauderte sie bei dem Gedanken, ihn täglich vor Augen zu haben. Außerdem fürchtete sie ihn. Sie hatte ihm nie getraut. Zudem lag jetzt ein seltsamer Glanz in seinen Augen, den sie bei ihrer letzten Begegnung noch nicht gesehen hatte. Sie konnte ihn sich nicht erklären. Das einzige, was sie wußte, war, daß er ihr ein Gefühl der Angst einflößte - ein unheimliches Grauen.

„Demnach haben Sie lange in der Stadt A-lur verbracht?" fragte er auf einmal in der Sprache von Pal-ul-don.

„Wo haben Sie diese Sprache erlernt?" fragte sie. „Und wie?"

„Ich traf auf eine Bande von Mischlingen, Angehörige einer geächteten Rasse, die in der Felsenschlucht wohnt, durch die der Hauptfluß des Tales zum Sumpfgebiet strömt. Sie nannten sich Waz-ho-don, und ihr Dorf bestand teils aus Höhlenwohnungen, teils aus Häusern, die sie aus dem weichen Felsen am Fuß der Felsenklippe gehauen hatten. Sie sind sehr unwissend und abergläubisch, und als sie mich das erste Mal sahen und entdeckten, daß ich keinen Schwanz hatte, und daß auch meine Hände und Füße anders geformt waren als ihre, fürchteten sie sich vor mir. Sie hielten mich für einen Gott oder Dämonen. Da ich weder fliehen noch mich verteidigen konnte, trat ich ihnen einfach dreist entgegen und konnte sie in einem Maße beeindrucken, daß sie mich in ihre Stadt führten, die sie Bu-lur nannten, und dort gaben sie mir zu essen und behandelten mich freundlich. Während ich ihre Sprache lernte, versuchte ich noch intensiver, sie glauben zu machen, ich sei ein Gott, und es gelang mir auch, bis ein alter Schurke, der so etwas wie ein Priester oder Medizinmann war, auf meinen wachsenden Einfluß neidisch wurde. Das war der Anfang vom Ende, und es fehlte in der Tat nicht viel, und es wäre aus mit mir gewesen. Er erklärte ihnen nämlich, wenn ich ein Gott wäre, würde ich nicht bluten, falls man mich mit einem Messer steche - wenn doch, so sei dies der beste Beweis, daß ich sterblich sei. Hinter meinem Rücken traf er Vorbereitungen zu einer entsprechenden Prüfung, bei der das ganze Dorf in einer bestimmten Nacht zugegen sein sollte - es war anläßlich einer jener zahlreichen Gelegenheiten, an denen sie zu Ehren Jad-ben-Othos, ihrer heidnischen Gottheit, aßen und tranken. Unter dem Einfluß ihres üblen Getränks würden sie sehr schnell für jedes blutrünstige Vorhaben zugänglich sein, das der Medizinmann ihnen vorschlagen würde. Eine der Frauen erzählte mir von diesem Plan - nicht um mich vor der Gefahr zu warnen, sondern einfach aus weiblicher Neugier, ob ich bluten würde oder nicht, falls man mich mit einem Dolch stach. Offensichtlich konnte sie die ordentliche Durchführung dieser Probe nicht erwarten - sie wollte es sofort wissen, und als ich sie ertappte, wie sie im Begriff war, mir ein Messer in die Seite zu stoßen, und sie zur Rede stellte, erklärte sie mir die ganze Sache höchst naiv. Die Krieger hatten schon mit Trinken angefangen - es wäre nutzlos gewesen, an ihren Verstand oder ihren Aberglauben zu appellieren. Es gab nur eine Alternative zum Tod, und das war die Flucht. Ich sagte der Frau, ich sei äußerst entrüstet und beleidigt über diesen Anschlag auf meine Gottestum, und zum Zeichen meines Mißfallens würde ich sie ihrem Schicksal überlassen.

'Ich kehre auf der Stelle in den Himmel zurück!' verkündete ich empört.

Sie wäre gern geblieben und hätte mich hinauffahren sehen, doch ich erklärte ihr, das Feuer, das mich bei meiner Abreise umgebe, werde ihr das Augenlicht nehmen, sie müsse mich auf der Stelle verlassen und dürfe mindestens eine Stunde nicht dorthin zurückkehren, wo wir uns jetzt befänden. Ich schärfte ihr noch ein, daß jeder, der vor Ablauf dieser Zeit diesen Teil des Dorfes aufsuche, in Flammen aufgehen und verbrennen werde, und sie dazu.

Sie war sehr beeindruckt und machte sich unverzüglich davon, wobei sie mir noch zurief, sollte ich wirklich in einer Stunde verschwunden sein, dann würde ihr wie auch dem ganzen Dorf klar sein, daß ich kein geringerer als Jad-ben-Otho selbst sein müsse, und so müßten die mir danken, denn ich kann Ihnen versichern, daß ich in wesentlich kürzerer Zeit als einer Stunde verschwunden war und mich auch nie wieder in der Nähe der Stadt Bu-lur habe blicken lassen." Dabei brach er in ein rauhes, keckerndes Lachen aus, das sie erschaudern ließ.

Während seines Berichts hatte sie den Speer aus der toten Antilope gezogen und sich daran gemacht, das Tier zu häuten. Der Mann traf keine Anstalten, ihr zu helfen, sondern stand dabei, redete und schaute zu, wobei er sich ständig mit seinen schmutzigen Fingern durch das filzige Haar und den Bart strich. Sein Gesicht und sein Körper waren mit Schmutz bedeckt, und er war bis auf ein zerrissenes, schmieriges Fell um seine Lenden nackt. Seine Waffen bestanden aus einer Keule und einem Messer, wie die Waz-don es trugen, das er in der Stadt Bu-lur gestohlen hatte. Mehr noch als seine schmutzige Erscheinung oder Bewaffnung beunruhigten sie jedoch der seltsame Ausdruck in seinen Augen und das keckernde Gelächter.

Gleichwohl fuhr sie mit ihrer Arbeit fort, trennte jene Teile des Rehbocks ab, die sie haben wollte, und nahm nur so viel Fleisch, wie sie verzehren konnte, ehe es verdorben war, da sie noch nicht in solchem Maße zu einem echten Geschöpf des Dschungels geworden war, um sich daran noch zu erfreuen, nachdem es diesen Zustand erreicht hatte. Dann richtete sie sich auf und blickte den Mann an.

„Leutnant Obergatz, durch Zufall sind wir uns wieder begegnet", sagte sie. „Gewiß hätten Sie es ebensowenig auf eine solche Begegnung angelegt wie ich. Uns verbindet nichts weiter als jene Empfindungen, die durch meinen natürlichen Abscheu und mein Mißtrauen Ihnen gegenüber heraufbeschworen wurden. Schließlich sind Sie einer der Urheber all des Elends und Schmerzes, den ich in endlosen Monaten ertragen mußte. Dieser kleine Winkel der Welt gehört mir, da ich ihn entdeckt und eingenommen habe. Also gehen Sie fort und lassen Sie mich hier Frieden finden, soweit das möglich ist. Es ist wohl das geringste, was Sie tun können, um das Unrecht wiedergutzumachen, das Sie mir und den Meinen zugefügt haben."

Der Mann glotzte sie einen Moment mit starren Fischaugen an und brach dann in ein gezwungenes, unheimliches Lachen aus.

„Weggehen! Sie allein lassen!" sagte er. „Ich habe Sie gefunden. Wir werden gute Freunde sein. Es gibt sonst niemanden auf der Welt außer uns. Keiner wird je erfahren, was wir tun oder was aus uns wird, und nun verlangen Sie von mir, fortzugehen und in dieser höllischen Einsamkeit allein zu leben." Abermals lachte er, doch es lag keine Fröhlichkeit in seinen Augen oder um seinen Mund - es war nur ein hohler Klang, der Gelächter nachahmte.

„Denken Sie an Ihr Versprechen", sagte sie.

„Versprechen! Versprechen! Was sind schon Versprechungen? Sie werden geleistet, um gebrochen zu werden - das haben wir der Welt in Lüttich und Löwen vor Augen geführt.* Nein, nein - ich gehe nicht fort! Ich bleibe hier und beschütze Sie."

„Ich brauche Ihren Schutz nicht", entgegnete sie. „Sie haben ja gesehen, daß ich mit einem Speer umgehen kann."

„Das wohl, doch es wäre nicht recht von mir, Sie hier allein zu lassen - Sie sind nur eine Frau. Nein, nein, ich bin kaiserlicher Offizier und darf Sie nicht im Stich lassen."

Abermals lachte er. „Zusammen könnten wir hier sehr glücklich sein."

Sie konnte einen Schauder nicht unterdrücken, aber sie wollte aus ihrer Abneigung auch gar keinen Hehl machen.

„Sie mögen mich nicht?" fragte er. „Nun gut, das ist traurig. Aber eines Tages werden Sie mich lieben." Wieder brach er in sein häßliches Lachen aus.

Sie hatte die Stücke Rehbockfleisch in die Haut gewickelt, nahm diese nun auf und warf sie sich über die Schulter. In der anderen Hand hielt sie den Speer. Dann schaute sie den Deutschen an.

„Gehen Sie!" befahl sie. „Wir haben genug geredet. Dies ist mein Land, und ich werde es verteidigen. Falls ich Sie noch einmal hier in der Gegend sehe, werde ich Sie töten. Haben Sie verstanden?"

Mit wutentstelltem Gesicht hob Obergatz seine Keule und kam auf sie zu.

„Halt!" sagte sie und führte die Hand mit dem Speer weit ausho-

* Anspielung auf die Verletzung der belgischen Neutralität durch Deutschland zu Beginn des 1. Weltkrieges

lend nach hinten. „Sie haben mich diesen Rehbock töten sehen, und Sie haben mit Recht gesagt, niemand wird je erfahren, was wir hier tun. Nun zählen Sie eins und eins zusammen, Herr Leutnant, und ziehen Sie ihre Schlußfolgerungen, ehe Sie einen weiteren Schritt auf mich zu tun."

Der Mann blieb stehen und ließ den Arm mit der Keule sinken. „Kommen Sie, lassen Sie uns Freunde sein, Lady Greystoke", bettelte er nun in einem Ton, der versöhnlich sein sollte. „Wir können uns gegenseitig eine große Hilfe sein, und ich verspreche, Ihnen kein Leid zuzufügen."

„Denken Sie an Lüttich und Löwen", erinnerte sie ihn spöttisch. „Ich gehe jetzt - und wagen Sie nicht, mir zu folgen. So weit Sie von hier aus an einem Tag in jede Richtung laufen können, reicht mein Herrschaftsbereich. Sollte ich Sie noch einmal innerhalb dieser Grenzen antreffen, töte ich Sie."

Es konnte keinen Zweifel geben, daß sie meinte, was sie sagte, und der Mann schien davon auch überzeugt zu sein, denn er blieb stehen und blickte ihr düster nach, als sie hinter einer Biegung des Wildpfades, der zu der Furt führte, aus seinem Blickfeld verschwand und im Wald untertauchte.

Lautlos in der Nacht

Das Schicksal hatte die Stadt A-lur mal dem einen, mal dem anderen in die Hände gespielt. Die Schar der Ko-tan ergebenen Krieger, die Tarzan zu dem Treffen am Eingang zum Geheimgang unter den Palasttoren geführt hatte, hatte eine Schlappe erlitten. Die Priester waren dem ersten Ansturm mit sanften Worten entgegengetreten. Sie hatten ihnen dringend anempfohlen, den Glauben ihrer Väter gegen die Gotteslästerer zu verteidigen. Ja-don war als Tempelschänder dargestellt worden, und man hatte ihnen prophezeit, daß der Zorn Jad-ben-Othos diejenigen treffen werde, die für seine Sache stritten. Die Priester versicherten immer wieder, Lu-dons einziger Wunsch sei es zu verhindern, daß Ja-don sich des Thrones bemächtige, bevor nach den Gesetzen der Ho-don ein neuer König gewählt werden konnte.

Das Ergebnis war, daß sich viele der Palastkrieger den Burschen aus der Stadt anschlossen, und als die Priester erkannten, daß diejenigen, die unter ihrem Einfluß standen, denen überlegen waren, die dem Palast die Treue hielten, veranlaßten sie die ersteren, über letztere herzufallen, mit dem Ergebnis, daß viele getötet wurden und nur eine Handvoll sich in die Sicherheit des Palastes zurückziehen konnte, dessen Tore sie schnell verriegelten.

Die Priester führten ihre Streitmacht durch den Geheimgang in den Tempel, während einige der Ja-don ergebenen Krieger ihn aufsuchten und über das Geschehen unterrichteten. Der Kampf im Bankettsaal hatte sich über einen beträchtlichen Teil des Palastgeländes ausgebreitet und schließlich mit der zeitweiligen Niederlage derjenigen geendet, die sich Ja-don entgegengestellt hatten. Diese Schar zog sich, dem Rat der niederen Priester folgend, die Lu-don eigens zu diesem Zwecke zu ihnen gesandt hatte, auf das Tempelgelände zurück, so daß sich die Situation jetzt mit Ja-don auf der einen und Lu-don auf der anderen Seite eindeutig genug darstellte.

Man hatte ersterem alles berichtet, was sich in den Gemächern O-lo-as abgespielt hatte, deren Sicherheit ihm ja besonders am Herzen lag, und er hatte auch von Tarzans Beteiligung erfahren, der seine Leute gegen die Ansammlung von Lu-dons Krieger geführt hatte.

Diese Dinge hatten seine bereits vorhandene freundschaftliche Einstellung gegenüber dem Affenmenschen natürlich noch gesteigert.

Um so mehr bedauerte er, daß Tarzan die Stadt verlassen hatte.

Die Aussagen O-lo-as und Pan-at-lees waren durchaus geeignet, den Glauben an die Göttlichkeit des Fremden, den Ja-don und andere Krieger zuvor schon gehegt hatten, noch weiter zu stärken, bis die Palastfraktion auf einmal stark dazu neigte, den Dor-ul-otho als Ausgangspunkt ihres ursprünglichen Streites mit Lu-don anzusehen. Ob dies die natürliche Folge wiederholter Berichte über die Taten des Affenmenschen war, die durch die Wiederholung nichts verloren, zumal in Verbindung mit Lu-dons Feindschaft für ihn, oder ob es das listige Vorgehen irgendeines schlauen alten Kriegers vom Schlage Ja-dons war, der erkannt hatte, wie wertvoll es war, ihrer weltlichen Sache einen religiösen Anstrich zu geben, läßt sich schwer feststellen. Die Tatsache bleibt jedoch bestehen, daß Ja-dons Anhänger einen bitteren Haß gegen die Anhänger Lu-dons entwickelten, weil der Hohenpriester Tarzan gegenüber feindselig gesonnen war.

Unglücklicherweise war der Affenmensch jedoch nicht zur Stelle, um den Anhängern Ja-dons jenen frommen Eifer einzuflößen, der den Streit vielleicht sehr schnell zugunsten des alten Häuptlings beendet hätte. Vielmehr befand er sich meilenweit weg, und da ihre wiederholten Gebete um seine Rückkehr unbeantwortet blieben, mutmaßten die wankelmütigeren Geister unter ihnen allmählich, daß ihrer Sache göttliches Wohlwollen doch wohl versagt blieb. Es gab noch einen anderen und gewichtigen Grund für diese Aufweichung in Ja-dons Reihen. Ihr Ausgangspunkt war die Stadt, wo die Freunde und Verwandten der Palastkrieger, die größtenteils auch Freunde und Verwandte von Lu-dons Streitmacht waren, durch die Priesterschaft gedrängt, Mittel fanden, im ganzen Palast eine schädliche Propaganda gegen Ja-dons Sache zu entfalten.

Das Ergebnis war, daß Lu-dons Macht wuchs, während die von Ja-don schwand. Dann folgte ein Ausfall aus dem Tempel, der in der Niederlage der Palaststreitmacht endete, und obwohl diese sich in geordneter Weise zurückziehen konnte, war es eben doch ein Rückzug, der den Palast Lu-don überließ. Dieser war nun praktisch Herrscher von Pal-ul-don.

Ja-don zog sich unter Mitnahme der Prinzessin, ihrer Frauen und Sklavinnen einschließlich Pan-at-lees sowie der Frauen und Kinder der ihm ergebenen Anhänger nicht nur aus dem Palast, sondern auch aus der Stadt A-lur zurück und begab sich in seine Stadt Ja-lur. Hier blieb er und füllte seine Streitmacht aus den umliegenden Dörfern des Nordens auf, die, da dem Einfluß von A-lurs Priesterschaft entzogen, begeisterte Anhänger jeglichen Vorhabens waren, das der alte Häuptling betrieb. Hatte er sich doch jahrelang als ihr Freund und Beschützer erwiesen.

Während sich diese Ereignisse im Norden abspielten, lag Tarzan-jad-guru in der Löwengrube zu Tu-lur. Gleichzeitig waren ständig Boten zwischen Mo-sar und Lu-don unterwegs, da beide auf den Thron von Pal-ul-don erpicht waren. Mo-sar war schlau genug, um einzusehen, daß er den Gefangenen im Falle eines offenen Bruchs zwischen ihm und dem Hohenpriester zu seinem Vorteil nutzen konnte, denn ihm waren Gerüchte selbst unter seinem eigenen Volk zu Ohren gekommen, wonach es auch hier welche gab, die mehr denn je zu der Ansicht neigten, der Fremde müsse doch göttlicher Herkunft sein, vielleicht tatsächlich der Dor-ul-Otho. Lu-don brauchte Tarzan selbst. Er wollte ihn vor der Menge seines Volkes mit eigenen Händen auf dem Ostaltar opfern, da einiges darauf hindeutete, daß seine eigene Stellung und Autorität durch die Ansprüche des kühnen und heldenhaften Fremden Schaden genommen hatten.

Die Methode, die der Hohenpriester von Tu-lur angewandt hatte, um Tarzan in die Falle zu locken, hatte diesen im Besitz seiner Waffen gelassen, wenngleich bezweifelt werden mußte, daß sie ihm von Nutzen sein konnten. Er hatte auch seine Tasche noch, in der sich eine Vielzahl Dinge befand, ein Sammelsurium aller möglichen Kleinigkeiten. Stücke von Obsidian und ausgesuchte Federn für Pfeile waren darunter, ein paar Feuersteine und Stahl, ein altes Messer, eine dicke Nadel aus Bein und Streifen getrockneter Därme, für unsereins vielleicht alles andere als brauchbar, höchst nützlich jedoch für das wilde Leben des Affenmenschen.

Als Tarzan erkannt hatte, wie übel man ihm mitgespielt hatte, wartete er gespannt auf das Auftauchen des Löwen, denn wenn die Witterung von Ja auch alt war, war er überzeugt, daß sie früher oder später eines der Tiere gegen ihn loslassen würden. Seine ersten Überlegungen galten einer gründlichen Erforschung seines Kerkers. Er hatte die verhängten Fenster bemerkt und die Häute sofort entfernt, so daß Licht hereinströmte und ihm die Tatsache enthüllte, daß der Raum sich zwar weit unter dem Niveau der Tempelhöfe befand, jedoch noch viele Fuß über der Basis des Berges, aus dem der Tempel herausgehauen worden war. Die Fenster waren so dicht vergittert, daß er nicht über die Kante der dicken Mauer blicken konnte, in die sie gehauen worden waren, und so nicht sehen konnte, was dicht unter ihnen lag. Gar nicht weit entfernt blinkte das blaue Wasser des Jad-in-lul, dahinter breitete sich das im Grün versinkende Ufer, noch weiter entfernt ragten die Berge. Es war ein schönes Bild, das sich ihm bot - ein Bild von Frieden, Harmonie und Ruhe. Auch war nirgends die geringste Spur wilder Menschen oder Tiere zu entdecken, die diese liebliche Landschaft als ihr eigen hätten beanspruchen können. Was für ein Paradies! Und eines Tages würde der zivilisierte Mensch kommen - und es zunichte machen! Erbarmungslose Äxte würden den jahrhundertealten Wald fällen; aus häßlichen Schornsteinen würde schwarzer, stickiger Rauch in den azurblauen Himmel steigen; grimmige kleine Schiffe mit Rädern am Heck oder an beiden Seiten würden den Schlick vom Boden des Jad-in-lul aufwirbeln und sein blaues Wasser in ein schmutziges Braun verwandeln; von gräßlichen Wellblechgebäuden aus würden zweifellos einmal abscheuliche Kaianlagen in den See ragen, denn so sahen alle Pionierstädte der Welt aus.

Aber würde der zivilisierte Mensch überhaupt kommen? Tarzan hoffte nicht, denn die Zivilisation hatte sich nun schon seit unzähligen Generationen über den Erdball verbreitet. Sie hatte ihre Abgesandten zum Nordpol und zum Südpol gesandt, sie hatte Pal-ul-don einmal, vielleicht viele Male umrundet, es jedoch unangetastet gelassen. Gott verhüte, daß es je anders werde. Vielleicht bewahrte er diesen kleinen Fleck auf, damit er stets genau so blieb, wie er ihn erschaffen hatte, denn das Kratzen der Ho-don und Waz-don an seinen Felsen hatte das schöne Antlitz der Natur nicht verunstaltet.

Durch die Fenster drang genügend Licht, so daß Tarzan den ganzen Raum überblicken konnte. Er war ziemlich groß, und an jedem Ende befand sich eine Tür - eine große Tür für Menschen und eine kleinere für Löwen. Beide waren durch schwere Steinplatten verschlossen, die in bis zum Fußboden reichende Rillen herabgesenkt worden waren. Beide Fenster waren klein und mit den ersten Eisenstäben, die Tarzan in Pal-ul-don sah, dicht vergittert. Die Stäbe steckten in Löchern, die in die Umrahmung gebohrt worden waren, und waren so fest und sauber verankert, daß ein Entkommen unmöglich schien. Doch von den ersten Minuten seiner Einkerkerung hatte Tarzan nichts anderes im Sinn, als nach einer Fluchtmöglichkeit zu suchen. Das alte Messer in seiner Tasche kam zum Einsatz, und nach und nach kratzte und polkte er an einem Fenster den Stein dort weg, wo die Stangen im Fels verschwanden. Es war ein mühseliges Unterfangen, aber er besaß die nötige Geduld dafür.

Jeden Tag brachte man ihm Speisen und Wasser. Man schob beides schnell unter der kleineren Tür hindurch, die gerade so weit angehoben wurde, daß die Steingefäße hineingelangen konnten. Nun dämmerte dem Gefangenen, daß man ihn für etwas anderes als die Löwen am Leben erhielt. Aber das war ohne Bedeutung. Falls sie ihn nur noch einige Tage eingekerkert hielten, konnten sie für ihn ein beliebiges Schicksal ersinnen - er würde nicht mehr da sein, wenn sie erschienen, um es ihm zu verkünden.

Da kam eines Tages Pan-sat, Lu-dons oberster Handlanger, nach Tu-lur. Er brachte scheinbar frohe Kunde vom Hohenpriester zu A-lur für Mo-sar. Lu-don hatte beschlossen, daß dieser König werden solle, und lud ihn ein, sofort nach A-lur zu kommen. Nachdem Pan-sat seine Botschaft übermittelt hatte, bat er, zum Tempel von Tu-lur gehen und dort beten zu dürfen. Hier suchte er den Hohenpriester von Tu-lur auf, für den die eigentliche Botschaft bestimmt war, um derentwillen Lu-don ihn hergeschickt hatte. Die beiden zogen sich in ein kleines Gemach zurück, und dort raunte Pan-sat dem Hohenpriester ins Ohr: „Mo-sar möchte gern König werden, Lu-don aber auch. Mo-sar möchte den Fremden behalten, der behauptet, der Dor-ul-Otho zu sein, und Lu-don will, daß er getötet wird.“ Er neigte sich noch dichter zum Ohr des Hohenpriesters von Tu-lur. „Und wenn du Hohenpriester von A-lur werden willst, so steht es ganz in deiner Macht.“

Pan-sat verstummte und wartete auf die Antwort des anderen. Der war von dem Vorschlag, Hohenpriester von A-lur zu werden, offensichtlich sehr angetan! Das war fast ebenso gut, wie König von ganz Pal-ul-don zu sein, denn groß war die Macht dessen, der an den Altären von A-lur die Opfer darbrachte.

„Aber wie könnte ich Hohenpriester von A-lur werden?“ fragte er im Flüsterton.

Abermals beugte sich Pan-sat dicht zu ihm: „Indem du den einen tötest und den anderen nach A-lur bringst“, erwiderte er. Dann erhob er sich und ging, fest überzeugt, daß der andere den Köder geschluckt hatte und man sich darauf verlassen konnte, daß er alles Notwendige tun werde, um den großen Preis zu erlangen.

Pan-sat irrte sich in dieser Hinsicht auch nicht, nur unterlief ihm ein winziger Fehler. In der Tat wollte es der Hohenpriester durchaus auf

Mord und Verrat ankommen lassen, um das hohe Amt in A-lur zu gewinnen, nur hatte er nicht ganz begriffen, welches der Opfer er töten und welches er an Lu-don ausliefern sollte. Pan-sat war in alle Einzelheiten von Lu-dons Plänen eingeweiht und dem ganz natürlichen Irrtum verfallen, dem anderen müsse doch eins sonnenklar sein: Nur durch ein öffentliches Opfern des falschen Dor-ul-Otho konnte der Hohenpriester von A-lur seinen schwindenden Einfluß wieder vergrößern, und die Ermordung Mo-sars, des Thronprätendenten, würde das einzige Hindernis beseitigen, das Lu-dons Plänen im Wege stand, beide Ämter, das des Hohenpriesters und das des Königs, in seiner Hand zu vereinigen. Der Hohenpriester von Tu-lur war jedoch felsenfest überzeugt, man habe ihn beauftragt, Tarzan zu töten und Mo-sar nach A-lur zu bringen. Er glaubte, nach Erledigung dieser beiden Dinge werde man ihn zum Hohenpriester von A-lur machen. Was er nicht wußte, war, daß der Priester bereits ausgesucht worden war, der ihn binnen einer Stunde nach seiner Ankunft in A-lur ermorden sollte. Auch hatte er keine Ahnung, daß auf dem Fußboden eines unterirdischen Gemachs eben jenes Tempels, in dem er demnächst zu herrschen gedachte, schon ein Grab für ihn ausgehoben worden war.

So führte er zu dem Zeitpunkt, als er eigentlich mit der Ermordung seines Häuptlings befaßt sein sollte, ein Dutzend hoch bestochene Krieger durch die dunklen Korridors unter dem Tempel zur Löwengrube, um Tarzan zu töten. Die Nacht war hereingebrochen. Eine einzige Fackel beleuchtete den Meuchelmördern den Weg, als sie sich auf leisen Sohlen an ihr übles Werk machten, denn sie wußten genau, daß sie im Begriff waren, etwas zu tun, das ihr Häuptling niemals billigen würde, und ihr schuldbeladenes Gewissen veranlaßte sie zu lautlosem Handeln.

In der Dunkelheit seiner Zelle war der Affenmensch noch immer mit dem scheinbar endlosen Aushöhlen und Kratzen beschäftigt. Sein scharfes Gehör erfaßte die Schritte auf dem Korridor, Schritte, die sich der größeren Tür näherten. Bisher waren sie immer nur zu der kleineren gekommen, und es waren die Schritte eines einzigen Sklaven gewesen, der ihm sein Essen brachte. Diesmal waren es viele, und ihr Auftauchen zu dieser nächtlichen Stunde verhieß nichts Gutes. Dennoch fuhr er mit seinem Kratzen und Aushöhlen fort. Er hörte sie vor der Tür haltmachen. Die allgemeine Stille wurde jetzt nur durch das unermüdliche Scharren des Affenmenschen gestört, der mit seinem Messer am Werk war.

Die draußen hörten es, lauschten und versuchten, es sich zu erklären. Sie wisperten mit gedämpften Stimmen und sprachen sich ab. Zwei sollten schnell die Tür anheben, die anderen hineinstürzen und ihre Keulen auf den Gefangenen schleudern. Sie wollten kein Risiko eingehen, denn die Geschichten, die in A-lur in Umlauf waren, hatten auch Tu-lur erreicht - Geschichten von der großen Körperkraft und erstaunlichen Gewandtheit Tarzan-jad-gurus, die ihnen den Schweiß aus den Poren trieb, obwohl es hier auf dem feuchten Korridor kühl war und sie ihrer zwölf gegen einen kämpfen würden.

Dann gab der Hohenpriester das Signal - die Tür schoß nach oben, und zehn Krieger sprangen mit erhobenen Keulen in den Raum. Drei dieser schweren Geschosse flogen auf einen dunkleren Schatten, der an der gegenüberliegenden Wand lag, dann erleuchtete die Fackel in der Hand des Priesters das Innere, und sie erkannten, daß das Ding, auf das sie ihre Keulen geschleudert hatten, nur ein Stapel Häute war, die von den Fenstern gerissen worden waren, und daß die Kammer sonst völlig leer war.

Einer von ihnen stürzte zum Fenster. Alle Stangen bis auf eine einzige waren herausgebrochen worden, und an dieser war das Ende einer geflochtenen Leine festgebunden. Sie bestand aus zusammengeknüpften Lederstreifen von den Fenstervorhängen.

Zu den alltäglichen Gefahren, denen Jane Clayton ausgesetzt war, kam nun noch die Bedrohung von Seiten Obergatz', der ihren Aufenthaltsort kannte. Löwe und Panther gaben ihr weniger Anlaß zur Besorgnis als die Rückkehr dieses skrupellosen Deutschen, dem sie stets mißtraut und den sie gefürchtet hatte. Ihr Abscheu vor ihm war infolge seines schmutzigen, ungepflegten Äußeren, des seltsamen, gezwungenen Lachens und des unnatürlichen Benehmens noch gewaltig gewachsen. Neue Furcht erfüllte sie nun, als verkörpere er einen namenlosen Schrecken. Das gesunde Leben in der Natur, das sie bisher geführt hatte, hatte ihr Nervensystem gefestigt und umgestaltet, dennoch fürchtete sie, daß sie schreien, vielleicht sogar in Ohnmacht fallen werde, sollte er sie jemals berühren. Am Tage nach ihrer unverhofften Begegnung machte sie sich immer wieder Vorwürfe, ihn nicht getötet zu haben, wie sie es bei Ja, Jato oder jedem anderen Raubtier getan hätte, das ihre Existenz oder ihre Sicherheit bedrohte. Sie bedurfte keiner Rechtfertigung für diese unheilvollen Überlegungen. Die Normen, nach denen die Handlungen von unsereinem beurteilt werden, konnten für sie nicht gelten. Wir können auf den Schutz von Freunden und Verwandten sowie jene zivilen Waffenträger zurückgreifen, die dem Gesetz Achtung verschaffen und veranlaßt werden können, den rechtschaffenen Schwachen gegen den übelgesonnenen Starken beizustehen. Jane Clayton war jedoch gewissermaßen nicht nur Verkörperung des rechtschaffenen Schwachen, sondern all jener verschiedenen Einrichtungen zu seinem Schutz. Für sie stellte Leutnant Erich Obergatz deshalb kein anderes Problem dar als Ja, der Löwe, höchstens, daß sie ersteren für das gefährlichere Tier hielt. Und so war sie entschlossen, sich bei einer eventuellen weiteren Begegnung auf keinen Kompromiß einzulassen, sollte er ihre Warnung mißachten - derselbe schnelle Speerwurf, der Ja's Angriff stoppen würde, würde dasselbe bei ihm tun.

In jener Nacht erschien ihr das behagliche kleine Nest hoch oben im Wipfel des großen Baumes weniger als die sichere Zuflucht, die es zuvor gewesen war. Was die blutdürstigen Absichten eines umherstreifenden Panthers durchaus zunichte machen konnte, erschien ihr als kein großes Hindernis für einen Menschen. Infolgedessen schlief sie nicht mehr so gut wie zuvor. Das geringste Geräusch, das das monotone Rauschen des nächtlichen Dschungels störte, ließ sie auffahren, und dann lag sie lange wach und spannte ihr Gehör an in dem Versuch, den Ursprung der Störungen zu bestimmen, und einmal wurde sie auch durch einen Laut geweckt, der von etwas herzurühren schien, das sich auf ihrem Baum bewegte. Sie lauschte gespannt und mit verhaltenem Atem. Ja, da war es wieder. Ein Schuffeln von etwas Weichem an der harten Rinde. Sie langte in der Dunkelheit nach ihrem Speer. Nun spürte sie ein leichtes Absinken eines der Äste, die ihre Behausung trugen, als verlagere das Wesen, was immer es sein mochte, darauf langsam sein Gewicht. Es kam näher. Schon glaubte sie, sein Atmen zu hören. Jetzt befand es sich an der Tür. Sie konnte es an dem primitiven Sperriegel hantieren hören. Was konnte es sein? Es gab keinen Laut von sich, wonach sie es hätte identifizieren können. Sie richtete sich jetzt auf allen vieren auf und kroch leise zur Tür, den Speer fest in der Hand. Was immer es war, es versuchte ganz offensichtlich, sich Eingang zu verschaffen, ohne sie zu wecken, und es befand sich gleich hinter dem kläglichen Geflecht aus dünnen Zweigen, die sie mit Gras zusammengebunden hatte und die so etwas wie eine Tür darstellen sollten - nur wenige Zoll lagen noch zwischen dem Wesen und ihr. Sie richtete sich auf den Knien auf, streckte die linke Hand nach vorn und tastete, bis sie eine Stelle fand, wo ein gekrümmter Zweig eine wenige Zoll breite Öffnung nahe dem Mittelpunkt des Sperrgitters gelassen hatte. Da hinein schob sie die Speerspitze. Das Wesen mußte ihre Bewegung gehört haben, denn es gab plötzlich jegliche Bemühungen auf, unbemerkt zu bleiben, und riß zornig an dem Hindernis. Im gleichen Moment stieß Jane den Speer mit aller Macht nach vorn. Sie spürte, wie er in Fleisch drang. Nun folgte draußen ein Schrei und ein Fluch, danach hörte man einen schweren Körper durch Äste und Blätter prasseln. Der Speer wurde ihr fast entrissen, aber sie hielt ihn fest, bis das Wesen, das er durchbohrt hatte, ihn freigab.

Es war Obergatz, mit seinem Fluchen hatte er sich verraten. Von unten erfolgte kein weiterer Laut. Hatte sie ihn getötet? Sie betete, daß es so sei - betete aus ganzem Herzen. Von der Bedrohung seitens dieser widerlichen Kreatur befreit zu sein, war wirklich eine Erleichterung. Sie blieb den Rest der Nacht wach, lauschte und stellte sich vor, wie der tote Mann mit seinem gräßlichen Gesicht vom kalten Licht des Mondes beschienen wurde - er lag auf dem Rücken und starrte zu ihr herauf.

Sie betete, daß Ja käme und ihn wegschleppte, doch in den folgenden Stunden hörte sie kein anderes Geräusch als das einschläfernde Summen des Dschungels. Sie war froh, daß er tot war, fürchtete sich jedoch vor der schrecklichen Prüfung, die ihr am Morgen bevorstand, denn sie mußte das Ding ja begraben, das einmal Erich Obergatz gewesen war, und weiter über dem flachen Grab des Mannes wohnen, den sie getötet hatte.

Sie schalt sich ob ihrer Schwäche und sagte sich immer wieder, daß sie schließlich aus Notwehr getötet hatte, ihre Handlungsweise also gerechtfertigt sei, aber sie war noch immer eine Frau von heute und war von den eisernen Regeln der gesellschaftlichen Ordnung, der sie entstammte, von ihren Verboten und abergläubischen Vorstellungen beherrscht.

Endlich brach zögernd die Morgendämmerung an. Gemächlich stieg die Sonne über den fernen Bergen jenseits des Jad-in-lul auf. Jane zauderte, die Türbefestigungen zu lösen und auf das Ding unter ihr hinabzublicken. Aber das mußte sein. Sie raffte sich auf und nahm das Band aus roher Tierhaut ab, mit der sie das Sperrgitter befestigt hatte. Nun blickte sie hinunter, sah jedoch nur das Gras und die Blumen. Sie kroch aus ihrer Behausung und blickte forschend auf die dem Baum gegenüberliegenden Seite - auch dort lag kein Toter, dort nicht und nirgends, so weit sie sehen konnte. Langsam stieg sie vom Baum, wobei sie wachsam Umschau hielt und gespannt lauschte, ob nicht irgend etwas auf eine drohende Gefahr hindeutete.

Am Fuße des Baumes entdeckte sie eine Blutlache, und eine kleine, aus hellroten Tropfen bestehende Spur auf dem Gras führte parallel zum Ufer des Jad-ben-lul von hier weg. Demnach hatte sie ihn nicht getötet! Ein seltsames Gefühl bemächtigte sich ihrer, halb war sie erleichtert, halb bedauerte sie diese Wendung der Dinge. Nun würde sie in ständiger Ungewißheit leben. Möglich, daß er zurückkehrte. Zumindest brauchte sie nicht über seinem Grab zu wohnen.

Sie überlegte kurz, ob sie der Spur vielleicht folgen solle, schließlich hätte er sich wegschleppen und später sterben können, aber dann ließ sie den Gedanken fallen aus Angst, ihn tot in der Nähe zu finden oder, was schlimmer war, schwer verwundet. Was konnte sie dann tun? Ihm mit dem Speer den Todesstoß geben? Nein, sie wußte, daß sie das nicht tun würde. Aber ebensowenig konnte sie ihn zurückschleppen und gesund pflegen oder ihn dort verhungern oder verdursten lassen, wo er vielleicht noch zur Beute eines umherstreifenden Raubtiers wurde. Es war schon besser, nicht nach ihm zu suchen, womöglich würde sie ihn finden.

Den ganzen Tag fuhr sie bei jedem plötzlichen Geräusch auf. Gestern hätte sie noch behauptet, ihre Nerven seien aus Stahl, nicht jedoch heute. Sie wußte, daß dies die Folge des erlittenen Schocks war. Morgen würde es vielleicht anders sein, aber etwas sagte ihr, daß ihre winzige Zufluchtsstätte und das Stück Wald und Dschungel, das sie als ihr eigen betrachtet hatte, nie wieder dieselben sein würden. Ständig würde die Bedrohung durch diesen Menschen darauf lasten. Nie wieder würde sie erholsame Nächte in tiefem Schlaf verbringen. Der Frieden ihrer kleinen Welt war für immer zerstört.

In der folgenden Nacht sicherte sie die Tür mit zusätzlichen Gurten aus der Haut des Rehbocks doppelt ab. Sie war sehr müde, denn sie hatte in der vorigen Nacht kaum geschlafen, gleichwohl lag sie lange Zeit mit weit geöffneten Augen und starrte in die Dunkelheit. Was sah sie da? Visionen, die ihr Tränen in die Augen trieben - Visionen eines zerfallenden Bungalows, der einst ihre Heimstatt gewesen und danach von derselben grausamen Macht zerstört worden war, die sie selbst noch hier in diesem fernen, auf keiner Karte verzeichneten Winkel der Erde heimsuchte; Visionen eines starken Mannes, dessen schützender Arm sie niemals wieder an sich pressen würde; Visionen eines großen geradegewachsenen Sohnes, der sie bewundernd mit tapferen, lächelnden Augen anblickte, die denen seines Vaters glichen. Sie sah stets nur den einfachen, schlichten Bungalow vor sich und nicht die vornehmen Empfangshallen, die doch ebenso Teil ihres Lebens gewesen waren wie das andere. Aber er hatte den Bungalow am meisten gemocht und die weiten, freien Felder, und so war sie auch dahin gelangt, sie besonders ins Herz zu schließen.

Endlich schlief sie, es war der Schlaf äußerster Erschöpfung. Wie lange er dauerte, wußte sie nicht. Aber plötzlich war sie hellwach, denn abermals hörte sie das Schuffeln eines Körpers an der Baumrinde, und abermals bog sich der Ast unter einem schweren Gewicht. Er war zurückgekehrt! Ihr wurde eiskalt, sie zitterte wie im Fieber. War er es, oder, o Gott! Hatte sie ihn getötet, und war dies ...? Sie versuchte, den schrecklichen Gedanken zu verscheuchen, denn er hätte in den Wahnsinn geführt, das wußte sie.

Abermals stahl sie sich zur Tür, denn das Wesen war dicht davor genau wie letzte Nacht. Ihre Hände zitterten, als sie die Speerspitze in die Öffnung steckte. Sie fragte sich, ob es schreien würde, wenn es fiel.

Der Wahnsinnige

Tarzan hatte gerade die letzte Stange entfernt, so daß die Öffnung groß genug war, damit er durchschlüpfen konnte, als er die Krieger hinter der Steinplatte seines Kerkers flüstern hörte. Schon vor einiger Zeit hatte er aus roher Tierhaut ein Seil angefertigt. Es mit einem Ende an der verbliebenen Stange zu befestigen, die er eigens dazu im Mauerwerk belassen hatte, war das Werk eines Augenblicks, und während die Krieger draußen noch tuschelten, glitt der braune Körper des Affenmenschen durch die schmale Öffnung und verschwand unter dem Sims.

Nach seiner Flucht aus der Zelle befand er sich noch immer innerhalb des von einer Mauer umschlossenen Bereiches, auf dem der Palast, der Tempel und andere Gebäude standen. Er hatte das Gelände vom Fenster aus erkundet, so gut es ging, nachdem er genügend Stäbe entfernt hatte, um den Kopf durch die Öffnung zu stecken. Daher wußte er, was unmittelbar vor ihm lag - eine sich windende und gewöhnlich menschenleere Allee, die zu jenem Außentor führte, durch das man vom Palastgelände in die Stadt gelangen konnte.

Die Dunkelheit würde seiner Flucht förderlich sein. Er konnte sogar aus dem Palast und aus der Stadt kommen, ohne entdeckt zu werden. Hauptsache, es gelang ihm, die Wache am Palasttor zu umgehen, der Rest war dann einfach. Also ging er wie selbstverständlich und ohne Furcht vor Entdeckung los, denn er sagte sich, daß dies am wenigsten Verdacht erweckte. In der Dunkelheit konnte er leicht für einen Ho-don gelten, und in der Tat sprach ihn auch niemand an oder hielt ihn auf, obwohl er nach Verlassen der leeren Allee einigen begegnete. So kam er schließlich zu der ein halbes Dutzend Kriegern umfassende Wache vor dem Palasttor. Er versuchte, auf dieselbe unbekümmerte Weise an ihnen vorbeizukommen, und hätte es wohl auch geschafft, wäre nicht plötzlich jemand eilends aus Richtung des Tempels angestürzt gekommen und hätte gerufen: „Laßt niemanden durchs Tor! Der Gefangene ist aus dem Pal-ul-ja geflohen!“

Sofort vertrat ein Krieger ihm den Weg und erkannte ihn auch gleich. „Xot Tor!“ rief er. „Das ist er. Fallt über ihn her! Fallt über ihn her! Zurück! Zurück, bevor ich dich töte!“

Nun traten auch die anderen heran. Man kann nicht sagen, daß sie angestürzt gekommen wären. Selbst wenn sie wirklich die Absicht hatten, über ihn herzufallen, ließen sie doch jeglichen Kampfeseifer vermissen. Eher schienen sie es darauf anzulegen, jemanden anders zu überreden, sich mit ihm anzulegen. Sein Kampfesruhm war zu lange Gegenstand ihrer Gespräche gewesen, als daß ihre Moral nicht hätte darunter leiden müssen. Sie sahen es für sicherer an, Abstand von ihm zu halten und ihre Keulen nach ihm zu werfen, und dies taten sie auch, aber der Affenmensch hatte seit seiner Ankunft in Pal-ul-don einiges über den Gebrauch dieser Waffe gelernt, und während dieses Lernprozesses war sein Respekt für diese höchst primitive Waffe bedeutend gewachsen. Dabei war er zu der Erkenntnis gelangt, daß all die schwarzen Wilden, die er kennengelernt hatte, die Möglichkeiten ihrer knotigen Holzkeulen nie richtig erkannt hatten, wie es auch ihm anfangs ergangen war. Er hatte ferner herausgefunden, warum die Bewohner von Pal-ul-don ihre altertümlichen Speere als Pflugscharen benutzten und ihr ganzes Vertrauen ganz allein auf die am Ende dick zulaufenden Holzknüppel setzten. Bei einem Kampf auf Leben und Tod war die Keule weit wirksamer als ein Speer und konnte auch als Schutzschild dienen, somit zwei Waffen in einer vereinen und die Last des Kriegers mindern. Wenn sie diese Keulen nach Art der Hammerwerfer bei den Olympischen Spielen warfen, wie sie es jetzt taten, erwies sich ein gewöhnlicher Schild eher als Schwäche denn als Stärke, während einer, der dick genug war, um Schutz zu bieten, zu schwer zu schleppen war. Nur eine andere Keule, geschickt genug gehandhabt, um die Bahn des feindlichen Geschosses abzulenken, vermochte gegen diese beeindruckenden Waffen etwas auszurichten. Außerdem konnte die Streitkeule von Pal-ul-don auf größere Entfernung wesentlich genauer geworfen werden als ein Speer.

Nun wurden die Kenntnisse, die Om-at und Ta-den Tarzan vermittelt hatten, einer Prüfung unterzogen. Seine Augen und Muskeln, durch lebenslange Notwendigkeit geübt, reagierten äußerst rasch, auch sein Gehirn funktionierte unheimlich schnell, so daß er vieles exakt voraussah. Diese Eigenschaften waren mehr als ein vollwertiger Ersatz für die mangelnde Erfahrung mit der Streitkeule, die er dennoch geschickt handhabte. So wehrte er eine Waffe nach der anderen ab, während er nur immer eins im Sinn hatte - so weit an einen seiner Feinde heranzukommen, daß er ihn packen konnte. Aber sie waren auf der Hut, denn sie fürchteten dieses fremde Wesen, dem die abergläubischen Vorstellungen so vieler von ihnen die wunderwirkenden Kräfte einer Gottheit zuschrieben. So brachten sie es fertig, stets zwischen ihm und dem Tor zu bleiben, während sie die ganze Zeit laut nach Verstärkung riefen. Sollte diese eintreffen, ehe er seine Flucht bewerkstelligen konnte, würde sich das Kräfteverhältnis so sehr zu seinen Ungunsten verändern, daß er nichts mehr ausrichten konnte. Deshalb verdoppelte er die Anstrengungen, an sein Ziel zu gelangen.

Ihre übliche Taktik bestand darin, daß sich zwei oder drei Krieger ständig hinter ihm aufhielten und die nach ihm geschleuderten Keulen aufsammelten, wenn er abgelenkt war. Er selbst konnte einige davon an sich bringen und mit so tödlicher Wirkung schleudern, daß er zwei seiner Gegner zu Boden streckte. Aber nun hörte er weitere Krieger heraneilen, vernahm er das Patschen ihrer nackten Füße auf dem Steinpflaster und danach die wilden Schreie, mit denen sie sich und ihren Stammesgenossen Mut machen und dem Feind Angst einflößen wollten.

Es war keine Zeit zu verlieren. Tarzan hielt in jeder Hand eine Keule, holte mit der einen weit aus und schleuderte sie auf einen Krieger vor ihm, und als der Mann sich duckte, stürmte er vor und packte ihn, wobei er gleichzeitig die zweite Keule nach einem anderen Gegner warf. Der Ho-don, mit dem er jetzt rang, langte sofort nach seinem Messer, aber Tarzan packte ihn am Handgelenk. Dann folgte eine plötzliche Drehung, das Knacken eines Knochens und ein lauter Schrei. Der Krieger wurde in die Luft gehoben und als Schutzschild zwischen seine Stammesgenossen und den Flüchtling gehalten, während letzterer durch das Tor zurückwich. Neben Tarzan stand die einzige Fackel, die den Eingang zum Palastgelände beleuchten sollte. Die Krieger wollten ihrem Gefährten zu Hilfe eilen, da hob der Affenmensch seinen Gefangene hoch über den Kopf und schmetterte ihn dem vordersten Angreifer auf den Schädel. Der Mann ging zu Boden und riß noch zwei andere mit, die direkt hinter ihm standen. Der Affenmensch packte die Fackel und warf sie auf das Palastgelände zurück, wo sie erlosch, als sie gegen diejenigen prallte, die die Verstärkungen heranführten.

In der nun eingetretenen Dunkelheit verschwand Tarzan in den Straßen von Tu-lur. Eine Zeitlang hörte er noch den Lärm der Verfolger hinter sich, aber da er allmählich schwächer wurde und sich auf den Jad-in-lul zu entfernte, erkannte er, daß sie in der falschen

Richtung suchten. Am Stadtrand angelangt, lenkte er seine Schritte direkt nach Nordwesten, denn dort lag A-lur.

Er wußte, daß er bald auf den Jad-bal-lul stoßen würde, an dessen Ufer er entlanggehen mußte. Am unteren Ausgang des großen Sees, an dessen Ufer A-lur lag, war noch ein anderer Fluß zu überqueren. Welche Hindernisse er sonst noch überwinden mußte, wußte er nicht, aber er glaubte, zu Fuß besser voranzukommen, als wenn er versuchte, ein Kanu zu stehlen und mit einem einzigen Paddel stromauf zu fahren. Er wollte möglichst schnell eine große Entfernung zwischen sich und Tu-lur bringen, ehe er sich schlafen legte, denn er war überzeugt, daß Mo-sar seinen Verlust nicht ohne weiteres hinnehmen, vielmehr mit Anbruch des Tages, vielleicht noch früher, Krieger ausschicken würde, die nach ihm suchen sollten.

Ein oder zwei Meilen von der Stadt entfernt gelangte er in einen Wald, und hier fühlte er sich endlich in einem Maße sicher, wie nie zuvor im offenen Gelände oder in Städten. Wald und Dschungel waren ihm seit seiner Geburt vertraut. Kein Geschöpf, das auf vier Beinen auf dem Boden ging, auf Bäume kletterte oder auf seinem Bauch dahinkroch, war ihm in irgendeiner Weise überlegen. Hier war er in seinem Element. Die dumpfigen Gerüche verfaulender Vegetation waren für den großen Tarmangani Myrrhen und Weihrauch. Er reckte die breiten Schultern, hob den Kopf und füllte die Lungen mit der Luft, die er am meisten mochte. Das schwere Aroma tropischer Blumen, die vermischten Gerüche des Myriaden Düfte ausströmenden Dschungellebens stiegen ihm zu Kopf und berauschten ihn auf wesentlich angenehmere Weise als die Rebensäfte der Zivilisation.

Er schwang sich in die Bäume, nicht, weil er dazu gezwungen war, sondern aus reiner Liebe zu der wilden Freiheit, die er so lange hatte entbehren müssen. Obwohl es dunkel und der Wald ihm unbekannt war, bewegte er sich mit einer Sicherheit und Leichtigkeit, die eher auf ein seltsames, geheimnisvolles Gespür als auf außergewöhnliches Geschick deuteten. Irgendwo ein Stück voraus hörte er Ja stöhnen, danach einen traurigen Eulenschrei rechts von ihm - längst vertraute Laute, die ihm kein Gefühl der Einsamkeit vermittelten, wie es bei unsereinem wohl der Fall gewesen wäre, sondern ihm die Gegenwart seiner Dschungelgefährten meldeten, und ob diese Freund oder Feind waren, galt ihm letztendlich gleich.

An einem kleinen Fluß kam er an eine Stelle, wo die Wipfel der Bäume sich nicht berührten, so daß er gezwungen war, herabzusteigen und durchs Wasser zu waten. Am anderen Ufer blieb er plötzlich stehen, als habe sich seine gottgleiche Gestalt in Marmor verwandelt. Nur die sich weitenden Nasenlöcher bezeugten seine pulsierende Lebenskraft. Er blieb lange dort stehen und stürmte dann schnell, jedoch wachsam und lautlos vorwärts, wie er es stets zu tun pflegte. Jetzt deutete seine ganze Haltung auf einen neuen Antrieb. Jede Bewegung seiner stählernen Muskeln, die sich unter der glatten braunen Haut geschmeidig bewegten, ließ einen bestimmten Zweck erkennen. Er strebte einem klar umrissenen Ziel zu, das ihn ganz offensichtlich mit weit größerem Enthusiasmus erfüllte als die möglicherweise bevorstehende Rückkehr nach A-lur.

Am Fuß eines großen Baumes blieb er stehen und blickte hinauf ins Blattwerk, wo er verschwommen die dunklen Umrisse eines etwa rechteckigen Holzgerüstes erkennen konnte. Etwas würgte ihn, als er sich sanft in die Zweige schwang. Ihm war, als wolle sein Herz vor übergroßer Glückseligkeit oder Furcht zerspringen.

Vor der primitiven Zufluchtsstätte, die zwischen den Zweigen errichtet war, hielt er inne und lauschte. Von innen drang jener feine Duft in seine Nase, der schon zuvor an dem kleinen Fluß etwa eine Meile entfernt seine begierige Aufmerksamkeit geweckt hatte. Er hockte sich auf den Ast neben der kleinen Tür.

„Jane, du Sehnsucht meines Herzens, ich bin es", sagte er laut.

Die einzige Antwort von drinnen war ein tiefer Atemzug, der halb wie ein Seufzer, halb wie ein Keuchen klang, dann hörte er einen Körper zu Boden fallen. Eilends machte er sich daran, die Lederstreifen zu lösen, die die Tür hielten, aber sie waren von innen befestigt. Schließlich packte er, verdrossen über die Verzögerung, das kümmerliche Hindernis mit seiner riesigen Hand und riß es mit einem Ruck weg. Dann kroch er hinein, wo er den scheinbar leblosen Körper seiner Gefährtin ausgestreckt am Boden liegen sah.

Er nahm sie in die Arme. Ihr Herz schlug, sie atmete noch, und er erkannte, daß sie nur ohnmächtig geworden war.

Als Jane Clayton ihr Bewußtsein wiedererlangte, fand sie sich von zwei starken Armen umschlungen, und ihr Kopf ruhte an jener breiten Schulter, an der sie so oft schon Trost gefunden hatte, wenn Ängste oder Sorgen sie bedrückt hatten. Zuerst glaubte sie, alles sei nur ein Traum. Behutsam streichelte sie seine Wange.

„John, sage mir, bist du es wirklich?" fragte sie leise.

Statt einer Antwort drückte er sie noch fester an sich. „Ich bin es", erwiderte er. „Aber mir steckt etwas in der Kehle, so daß mir das Reden schwerfällt", sagte er zögernd.

Sie lächelte und schmiegte sich noch mehr an ihn. „Gott meint es gut mit uns, Tarzan „, sagte sie.

Eine Zeitlang sagte keiner ein Wort. Es genügte, daß sie wieder beisammen waren und daß jeder wußte, der andere war noch am Leben und heil und gesund. Schließlich fanden sie ihre Stimmen wieder, und als die Sonne aufging, plauderten sie noch immer, so viel hatten sie einander zu erzählen, so viele Fragen waren zu stellen und zu beantworten.

„Und wo ist Jack?" fragte sie.

„Das weiß ich nicht", erwiderte Tarzan. „Das letzte, was ich von ihm gehört habe, war, daß er an der Argonnenfront sei."

„Oh, dann ist unser Glück doch nicht vollkommen", sagte sie, und ihre Worte klangen mit einmal traurig.

„Nein", sagte er. „Aber das gilt für zahllose andere englische Familien heute, und der Stolz lernt dieser Tage, die Stelle des Glücks einzunehmen."

Sie schüttelte den Kopf. „Ich möchte meinen Jungen bei mir haben", erklärte sie.

„Ich auch, und er wird auch wieder bei uns sein", erwiderte er. „Nach meinen letzten Informationen ist er außer Gefahr und unverwundet. Doch jetzt müssen wir unsere Rückkehr planen. Würdest du nicht auch gern den Bungalow wieder aufbauen und die Reste unserer Waziris zusammenrufen, oder möchtest du lieber nach London zurückkehren?"

„Höchstens, um nach Jack zu suchen", sagte sie. „Ich träume immer nur von dem Bungalow und nie von der Stadt, doch wir können nur träumen, John, denn Obergatz hat mir erzählt, er habe dieses Land umrundet und keine Stelle gefunden, wo er das Sumpfgebiet hätte durchqueren können."

„Ich bin nicht Obergatz", erinnerte er sie lächelnd. „Heute ruhen wir uns aus, und morgen brechen wir nach Norden auf. Es ist ein wildes Land, aber wir haben es einmal durchquert, da können wir es wieder tun."

So machten sich der Tarmangani und seine Gefährtin am folgenden Morgen auf den Weg, um durch das Tal des Jad-ben-Otho zu marschieren. Wilde Stämme, grimmige Tiere und die hoch aufragenden Berge von Pal-ul-don standen ihnen bevor, und hinter den Bergen lauerten die Reptilien des Sumpfgebiets. Dann folgte die dürre, mit Dornenbüschen bewachsene Steppe, noch mehr wilde Tiere und Menschen und qualvolle, abweisende Flächen wegloser Wildnis, ehe sie die verkohlten Ruinen ihrer Heimstatt erreichen würden.

Leutnant Erich Obergatz kroch, eine Blutspur hinterlassend, auf allen vieren durchs Gras, nachdem Janes Speer ihn prasselnd zu Boden geschickt hatte. Nach jenem durchdringenden Schrei, der die Schwere seiner Verwundung bezeugt hatte, hatte er keinen Laut mehr von sich gegeben, sich vielmehr ganz still verhalten, denn ihn beschlich große Furcht, diese teuflische Frau werde ihn verfolgen und töten. Dann war er wie ein schmutziges Raubtier in ein Dickicht gekrochen, wo er sich verstecken konnte.

Er glaubte, sterben zu müssen, doch er täuschte sich, denn bei Tagesanbruch entdeckte er, daß seine Verwundung doch nicht so schwer war. Der grobe, mit dem Obsidian versehene Speer war unter seinem rechten Arm ins Muskelfleisch gedrungen und hatte ihm zwar Schmerzen bereitet, ihn jedoch nicht tödlich verwundet.

Als er dies erkannte, packte ihn erneut das Verlangen, sich so weit wie möglich von Jane Clayton zu entfernen. Also kroch er weiter, noch immer auf allen vieren, da er sich einbildete, sich auf diese Weise fremden Blicken zu entziehen. Doch selbst auf der Flucht beseelte ihn noch immer ein dumpfes Verlangen. Während er Jane zu entwischen versuchte, wollte er gleichzeitig doch nicht von ihr lassen, und zu diesem Besitzstreben kam noch Rachedurst. Sie sollte für die Schmerzen zahlen, die sie ihm zugefügt hatte. Sie sollte für die Zurückweisung zahlen, die sie ihn hatte zuteil werden lassen, doch aus einem Grund, den er sich selbst nicht erklären konnte, kroch er davon und versteckte sich. Aber er würde zurückkehren, er würde zurückkehren, und wenn er sie besessen hatte, würde er ihren zarten Hals in beide Hände nehmen und ihr Leben auslöschen.

Das sagte er sich immer wieder, und dann fing er an, laut zu lachen, brach in das keckernde, widerliche Gelächter aus, das Jane so abgestoßen hatte. Da bemerkte er, daß seine Knie bluteten und schmerzten. Er schaute sich vorsichtig um. Niemand war zu sehen. Er lauschte, konnte jedoch keine Anzeichen einer Verfolgung entdecken. Also erhob er sich und setzte seinen Weg fort. Er bot einen kläglichen Anblick: Über und über mit Schmutz und Blut bedeckt, Bart und Kopfhaar verfilzt, zottelig und voll verkrustetem Schlamm und Schorf. Ohne jedes Zeitgefühl stapfte er weiter und ernährte sich von Früchten, Beeren und Wurzeln, die er mit bloßen Händen ausgrub. Er ging das Ufer des Sees und des Flusses entlang, um stets Wasser zur Hand zu haben, und wenn er Ja brüllen oder stöhnen hörte, kletterte er auf einen Baum und versteckte sich angstbebend.

So erreichte er nach einiger Zeit das Südufer des Jad-ben-lul, wo ein breiter Fluß weiteres Vordringen unmöglich machte. Jenseits der blauen Wasserfläche blinkte eine weiße Stadt im Sonnenlicht. Langsam dämmerte ihm eine Erinnerung. Das war A-lur, die Stadt des Lichts. Durch Gedankenassoziation entsann er sich Bu-lurs und der Waz-ho-don. Sie hatten ihn Jad-ben-Otho genannt. Er brach in lautes Lachen aus, reckte sich zu voller Größe und stiefelte am Ufer hin und her. „Ich bin Jad-ben-Otho“, rief er. „Ich bin der Große Gott. In A-lur befinden sich meine Tempel und meine Hohenpriester. Was tut Jad-ben-Otho hier allein im Dschungel?“

Er stieg ins Wasser und schrie laut in Richtung A-lur: „Ich bin Jad-ben-Otho! Kommt her zu mir, ihr Sklaven, und geleitet euren Gott zu seinem Tempel.“ Die Entfernung war jedoch zu groß, als daß sie ihn hören konnten, und niemand kam, so daß sein wirrer Verstand durch andere Dinge abgelenkt wurde - durch einen Vogel, der umherschwirrte, und durch einen Schwarm Elritzen, der zu seinen Füßen umherschwamm. Er versuchte, sie zu fangen, fiel auf Hände und Knie und kroch weiter durchs Wasser, wobei er immer wieder versuchte, die flinken Fische zu erhaschen.

Dann bildete er sich ein, ein Seelöwe zu sein. Er vergaß die Fische, legte sich hin und versuchte zu schwimmen, indem er die Füße im Wasser gleich einer Schwanzflosse hin und her bewegte. Die Entbehrungen, die Strapazen, die Angst sowie der Mangel an richtiger Nahrung während der letzten Wochen hatten ihn in einen plappernden Idioten verwandelt.

Eine Wasserschlange tauchte an der Oberfläche des Sees auf, und er verfolgte sie, indem er auf Händen und Knien hinterher kroch. Die Schlange schwamm kurz hinter der Einmündung des Flusses zum Ufer, wo hohes, dichtes Schilf wuchs, und Obergatz folgte, wobei er wie ein Schwein grunzte. Er verlor die Schlange im Schilf, entdeckte aber etwas anderes - dicht am Ufer lag ein Kanu verborgen. Er untersuchte es mit keckerndem Lachen. Zwei Paddel lagen darin, er packte sie und schleuderte sie in die Strömung. Eine Weile folgte er ihnen mit dem Blick, dann setzte er sich neben das Kanu und patschte albern mit den Händen aufs Wasser. Das dabei entstehende Geräusch gefiel ihm, auch der Anblick der kleinen Spritzer. Er rieb den linken Unterarm mit der rechten Hand, dadurch schwand der Schmutz, und die zutage tretende weiße Stelle weckte seine Aufmerksamkeit. Abermals rieb er an dem jetzt gründlich eingeweichten Blut und Schmutz, die beide seinen Körper bedeckten. Das war kein Versuch, sich zu waschen. Er amüsierte sich über das seltsame Ergebnis. „Ich werde weiß!" rief er. Sein Blick wanderte von seinem Körper, an dem nun kein Schmutz und Blut mehr haftete, wieder zu der im heißen Sonnenlicht weiß schimmernden Stadt.

„A-lur, Stadt des Lichts!" schrie er und mußte wieder an Tu-lur denken. Abermals tauchten die Waz-ho-don aus seiner Erinnerung auf, die ihn für Jad-ben-Otho gehalten hatten.

„Aber ich bin Jad-ben-Otho!" rief er, dann fiel sein Blick auf das Kanu. Ihm kam ein neuer Gedanke und blieb in seinem Kopf haften. Er blickte an sich herab, untersuchte seinen Körper, sah das schmutzige Lendentuch, das sich inzwischen voll Wasser gesaugt hatte und ekelhafter aussah als zuvor, und schleuderte es in den Fluß. „Götter tragen keine schmutzigen Lumpen", verkündete er. „Sie tragen nur Kränze und Blumengirlanden, und ich bin ein Gott - ich bin Jad-ben-Otho - und ich begebe mich feierlich in meine heilige Stadt A-lur."

Er fuhr sich mit den Fingern durch das verfilzte Haar und den Bart, die beide so sehr im Gegensatz zu den anderen göttlichen Attributen standen. Sein Verstand hellte sich jetzt etwas auf, denn die erhabene Idee hatte von ihm Besitz ergriffen, so daß er sich jetzt voll und ganz auf ein Ziel konzentrieren konnte. Dennoch war er nach wie vor von Wahnsinn umfangen. Der einzige Unterschied bestand darin, daß er jetzt ein Wahnsinniger mit einer festen Absicht war. Er stieg das Ufer hinauf, sammelte Blumen und Farne und flocht sie in seinen Bart und ins Haar - leuchtend bunte Blumen verschiedener Farbe, grüne Farne, die um seine Ohren hingen oder tapfer nach oben standen wie Straußenfedern an einem Damenhut.

Als er überzeugt war, daß sein Äußeres auch dem nüchternsten Beobachter klar machen würde, daß er es ganz offensichtlich mit einer Gottheit zu tun hatte, kehrte er zum Kanu zurück, stieß es ab und sprang hinein. Der Schwung trieb es in die Strömung des Flusses, und diese bugsierte es hinaus auf den See. Der nackte Mann stand hoch aufgerichtet in der Mitte des kleinen Fahrzeugs, die Arme über der Brust verschränkt, und schrie laut seine Botschaft an die

Stadt in die Welt hinaus: „Ich bin Jad-ben-Otho! Mögen der Hohenpriester und die niederen Priester mich empfangen!“

Als die Flußströmung vom Wasser des Sees aufgefangen wurde, packte der Wind ihn und sein Kanu und trieb es kühn voran. Manchmal kehrte er während der Fahrt A-lur den Rücken zu, dann drehte er sich wieder herum, um es zu betrachten, nach wie vor laut seine Botschaft und seine Befehle hinausschreiend. Er befand sich noch mitten auf dem See, als jemand ihn von der Palastmauer entdeckte, und als er näher kam, hatte sich dort eine Menge Krieger, Frauen und Kinder versammelt, die ihn beobachteten. Längs der Tempelmauern standen viele Priester, darunter auch Lu-don, der Hohenpriester. Als das Boot nahe genug herangekommen war, daß sie die bizarre Gestalt darin erkennen konnten und auch die Bedeutung ihrer Worte erfaßten, verengten sich Lu-dons Augen zu schmalen Schlitzen. Der Hohenpriester hatte aus Tarzans Flucht gelernt. Er fürchtete, daß dieser sich Ja-dons Streitmacht angeschlossen hatte, was sehr wahrscheinlich war. Dann würde er viele junge Krieger an sich ziehen, die noch immer an ihn glaubten. Indes konnte auch ein falscher Dor-ul-Otho auf der Seite seines Feindes Lu-dons Pläne sehr leicht zunichte machen.

Der Mann trieb dicht bei ihm vorbei. Bald würde die Strömung, die hier nahe am Ufer entlang lief, sein Kanu erfassen, und ihn zum Fluß tragen, der die Wasser des Jad-ben-lul in den Jad-bal-lul führte. Die niederen Priester blickten auf Lu-don und erwarteten seine Anweisungen.

„Holt ihn her!“ befahl dieser. „Wenn er Jad-ben-Otho ist, erkenne ich ihn bestimmt.“

Die Priester eilten zum Palastgelände und riefen Krieger herbei. „Geht und bringt den Fremden zu Lu-don. Falls er Jad-ben-Otho ist, werden wir ihn erkennen.“

So wurde Leutnant Erich Obergatz vor den Hohenpriester von A-lur geführt. Lu-don sah sich den nackten Mann mit dem phantastischen Kopfschmuck genauer an.

„Woher kommst du?“ fragte er.

„Ich bin Jad-ben-Otho“, antwortete der Deutsche. „Ich komme vom Himmel. Wo ist mein Hohenpriester?“

„Das bin ich“, antwortete Lu-don.

Obergatz klatschte in die Hände. „Veranlasse, daß man mir die Füße wäscht und mir Nahrung bringt“, befahl er.

Lu-dons Augen verengten sich wieder zu schmalen Schlitzen, und er überlegte listig. Dann beugte er sich vor den Augen vieler Priester und der Krieger aus dem Palast tief nach vorn, bis er mit der Stirn die Füße des Fremden berührte.

Dann richtete er sich wieder auf und rief: „Heh, ihr Sklaven! Holt Wasser und Speisen für den Großen Gott." So erkannte der Hohenpriester vor allem Volk die göttliche Herkunft des Leutnants Erich Obergatz an, und es dauerte auch nicht lange, da verbreitete sich diese Geschichte wie ein Lauffeuer im Palast und in der Stadt bis zu den kleineren Dörfern, die an der Straße von A-lur nach Tu-lur lagen.

Der wahre Gott war gekommen - Jad-ben-Otho höchstpersönlich, und er hatte sich die Sache Lu-dons, des Hohenpriesters, zu eigen gemacht. Mo-sar verlor keine Zeit, sich Lu-don zur Verfügung zu stellen, wobei seine Ansprüche auf den Thron völlig unerwähnt blieben. Nach neuester Erkenntnis konnte er sich glücklich schätzen, wenn man ihm gestattete, friedlich seiner Tätigkeit als Häuptling von Tu-lur nachzugehen, und er irrte keineswegs in dieser Ansicht.

Lu-don brauchte ihn noch, deshalb ließ er ihn am Leben und schickte ihm Nachricht, er möge mit all seinen Kriegern nach A-lur kommen, denn es gehe das Gerücht um, Ja-don sammle im Norden eine große Heerschar und werde bald schon gegen die Stadt des Lichts ziehen.

Obergatz genoß es gründlich, ein Gott zu sein. Das reichliche Essen, sein Seelenfrieden und alles übrige brachten seinen Verstand teilweise zurück, der ihm so schnell abhanden gekommen war. Doch in einer Hinsicht war er verrückter denn zuvor, da nunmehr keine Macht auf Erden ihn überzeugen konnte, daß er kein Gott war. Sklaven standen zu seiner Verfügung, und die kommandierte er in wahrhaft göttlicher Weise herum. Sein von Natur aus grausamer Charakter fand in dem von Lu-don die ideale Entsprechung, so daß die beiden stets einer Meinung zu sein schienen. Der Hohenpriester sah in dem Fremden eine mächtige Kraft, durch die er sich in ganz Pal-ul-don für immer an der Macht halten konnte, und so war Obergatz' Zukunft gesichert, solange er es sich angelegen sein ließ, für den Hohenpriester Lu-don den Gott zu spielen.

Ihm zu Ehren wurde auf dem Haupttempelhof vor dem Ostaltar ein Thron errichtet, auf dem Jad-ben-Otho höchstpersönlich Platz nehmen und die Opferriten beobachten konnte, die jeden Tag bei Sonnenuntergang ihm zu Ehren stattfanden. Sein grausamer, halbirrer Verstand fand große Freude an diesem Spektakel, so daß er zuweilen sogar darauf bestand, selbst das Opfermesser zu handhaben, und wenn dies geschah, fielen die Priester und das Volk voller Ehrfurcht vor der schrecklichen Gottheit nieder und drückten das Gesicht in den Staub.

Wenn Obergatz sie zwar nicht lehrte, ihren Gott zu lieben, so schärfte er ihnen doch ein, ihn mehr zu fürchten als je zuvor, so daß der Name Jad-ben-Otho in der Stadt nur im Flüsterton ausgesprochen wurde und die kleinen Kinder durch die bloße Erwähnung seines Namens zum Gehorsam gezwungen wurden. Lu-don ließ durch seine Priester und Sklaven verlautbaren, Jad-ben-Otho habe seinen getreuen Anhängern befohlen, sich um das Banner des Hohenpriesters von A-lur zu scharen, und alle anderen seien verflucht, besonders Ja-don und jener abscheuliche Betrüger, der sich als der Dor-ul-Otho ausgegeben hatte. Dieser Fluch werde in Form eines frühen Todes verwirklicht, dem schreckliches Leiden vorherging, und Lu-don ließ überall verkünden, man möge ihm unverzüglich den Namen eines jeden Kriegers hinterbringen, der über Schmerzen klage, denn dann bestünde Anlaß zu großem Verdacht, da die ersten Auswirkungen des Fluches in leichten Schmerzanfällen bestünden, die jeden Unfrommen befielen. Er riet denjenigen, die Schmerzen spürten, sorgfältig ihre Loyalität zu überprüfen. Das Ergebnis war bemerkenswert und ließ auch nicht lange auf sich warten - die halbe Nation empfand auf einmal keinerlei Schmerzen mehr, und zahlreiche junge Leute strömten nach A-lur, um Lu-don ihre Dienste anzubieten, da sie insgeheim hofften, der geringfügige Schmerz in ihrem Arm, Bein oder Bauch werde keine größeren Ausmaße annehmen.

Eine Reise auf einem Gryf

Tarzan und Jane umrundeten den Jad-bal-lul und überquerten den Fluß am oberen Ende des Sees. Sie nahmen sich Zeit und achteten auf Bequemlichkeit und Sicherheit, denn nachdem der Affenmensch seine Gefährtin wiedergefunden hatte, war er entschlossen, kein Risiko einzugehen, das sie wieder auseinanderbringen oder ihre Flucht aus Pal-ul-don verzögern oder verhindern könnte. Wie sie den Sumpf durchqueren sollten, beschäftigte ihn vorerst nur wenig - wenn dieses Unternehmen unmittelbar bevorstand, würde Zeit genug sein, alles zu durchdenken. Ihre Stunden war erfüllt von Glückseligkeit und Freude über ihre Wiedervereinigung nach langer Trennung. Sie hatten sich viel zu erzählen, denn beide hatten so manche Bewährungsprobe, Wechselfälle und seltsamen Abenteuer bestehen müssen, und sie glaubten, über jede wichtige Stunde seit ihrer letzten gemeinsamen Stunde berichten zu müssen.

Tarzans Absicht war, einen Weg oberhalb Al-urs und der davor verstreut liegenden Ho-don-Dörfer einzuschlagen, der etwa in der Mitte zwischen diesen und den Bergen entlang führte und sowohl die Ho-don als auch die Waz-don mied, denn dieses Gebiet wurde von niemandem bewohnt und galt als neutrales Territorium. Deshalb wollte er nach Nordwesten gehen, bis er sich in Höhe der Kor-ul-ja befand, wo er einen kurzen Aufenthalt einlegen wollte, um Om-at einen Besuch abzustatten, dem Gund Nachricht von Pan-at-lee zu überbringen und ihm einen Plan zu unterbreiten, wie sie sicher zu ihrem Volk zurückgebracht werden konnte. Am dritten Tag ihrer Reise, als sie fast schon den Fluß erreicht hatten, der durch A-lur strömte, packte Jane plötzlich Tarzans Arm und wies nach vorn zum Waldsaum. Unter den Schatten der Bäume ragte eine dunkle Masse auf, die der Affenmensch sofort erkannte.

„Was ist das?“ flüsterte sie.

„Ein Gryf“, erwiderte er. „Wir treffen ihn an der ungünstigsten Stelle, die es überhaupt gibt, denn im Umkreis von einer Viertelmeile stehen keinerlei hohe Bäume außer denen dort, wo er sich jetzt befindet. Komm, wir müssen uns zurückziehen, ich kann es mit dir nicht riskieren. Das beste, was wir tun können, ist, zu beten, daß er uns nicht entdeckt."

„Und wenn doch?"

„Dann muß ich es wohl riskieren."

„Was?"

„Ihn mir gehorsam zu machen, wie ich es bei einem seiner Artgenossen bereits einmal getan habe", erwiderte er. „Ich habe dir davon erzählt - erinnerst du dich?"

„Ja, aber ich habe mir ihn nicht so riesig vorgestellt. Weiß Gott, John, er ist so groß wie ein Schlachtschiff."

Der Affenmensch lachte. „Nun, nicht ganz, obwohl ich zugeben muß, daß er recht beeindruckend wirkt, wenn er angreift."

Sie zogen sich langsam zurück, um die Aufmerksamkeit des Tieres nicht auf sich zu lenken.

„Ich glaube, wir schaffen es", flüsterte die Frau, und ihre Stimme klang ganz gespannt vor unterdrückter Erregung. Ein dumpfes Brummen tönte wie ferner Donner aus dem Wald. Tarzan schüttelte den Kopf.

„Gleich beginnt die große Show im Hauptzelt", mimte er grinsend den Marktschreier. Er drückte die Frau plötzlich an seine Brust und küßte sie. „Man kann nie wissen, Jane", sagte er. „Wir werden unser bestes tun - das ist alles, was uns bleibt. Gib mir deinen Speer - und lauf nicht weg! Unsere einzige Hoffnung liegt in seinem kleinen Gehirn, weniger bei uns. Wenn ich ihn mir gefügig machen kann, ist es gut. Nun, wir werden sehen."

Das Tier war aus dem Wald getreten und blickte mit kurzsichtigen Augen um sich, offensichtlich hielt es Ausschau nach ihnen. Tarzan ahmte mit lauter Stimme den unheimlichen Ruf des Tor-o-don nach. „Whiii-oo! Whiii-oo! Whiii-oo!" schrie er mehrmals. Als Antwort stieg ein tiefes, rollendes Brummen aus dem höhlenartigen Schlund des Gryf, dann kam er langsam zu ihnen getrottet.

„Sehr gut!" sagte Tarzan. „Sieht ganz so aus, als gehe die Runde an uns. Du kannst doch die Nerven behalten? Aber wen frage ich das!"

„Wenn ich mit Tarzan von den Affen zusammen bin, kenne ich keine Furcht", erwiderte sie sanft, und er spürte den Druck ihrer zarten Hand auf seinem Arm.

So gingen die beiden auf das riesige Monster einer vergessenen Epoche zu, bis sie im Schatten seiner mächtigen Schulter standen. „Whiii-oo!" rief Tarzan und schlug das Ungeheuer mit dem Speer auf die Schnauze. Es schnappte böse nach ihm, verfehlte ihn jedoch, aber wahrscheinlich wollte es ihn gar nicht erreichen. Doch war dies genau die Reaktion, auf die er gehofft hatte.

„Komm", sagte er, nahm Jane bei der Hand und führte sie um das Untier herum nach hinten und den breiten Schwanz hinauf bis zu dem großen, gezackten Rücken. „Jetzt werden wir in der würdevollen Weise reiten, wie unsere Vorväter es getan haben und vor der der Pomp der modernen Könige zu billiger und abgeschmackter Bedeutungslosigkeit verkümmert. Würde es dir nicht gefallen, auf einem Reitpferd wie diesem durch den Hyde Park zu galoppieren?"

„Ich fürchte, unsere Polizisten wären über solche Reitgewohnheiten wenig erbaut", sagte sie lachend.

Tarzan lenkte den Gryf in die Richtung, die sie einschlagen wollten. Steile Uferböschungen und Flüsse stellten für das riesige Ungeheuer überhaupt keine Hindernisse dar.

„Das ist ja ein vorhistorischer Panzer", bemerkte Jane, und lachend und plaudernd setzten sie ihre Reise fort. Einmal stießen sie überraschend auf ein Dutzend Ho-don-Krieger, als der Gryf urplötzlich auf eine kleine Lichtung trat. Die Burschen lagen im Schatten eines in der Mitte stehenden einzelnen Baumes. Als sie das Tier sahen, sprang sie verwirrt auf, und bei ihrem Geschrei stieß der Gryf ein gräßliches, herausforderndes Bellen aus und griff sie an. Sie stoben nach allen Richtungen davon. Tarzan bearbeitete die Schnauze des Untiers mit seinem Speer im Bemühen, es wieder unter Kontrolle zu bringen, und er schaffte es auch genau in dem Moment, als der Gryf fast schon bei einem armen Teufel angelangt war, den er sich als Beute ausersehen hatte. Er blieb zornig grunzend stehen, und der Mann verschwand im Dschungel, den er schon zuvor noch zu erreichen versucht hatte, und sah sich nur ein einziges Mal um, so daß man sein kreidebleiches Gesicht erkennen konnte.

Der Affenmensch war begeistert. Er hatte bezweifelt, daß es ihm gelingen würde, das Tier unter Kontrolle zu bringen, nachdem es sich in den Kopf gesetzt hatte, ein Opfer anzugreifen, und hatte sich schon damit abgefunden, es aufgeben zu müssen, ehe sie die Kor-ul-ja erreichten. Nun änderte er seine Pläne - sie würden auf dem Gryf zum Dorf von Om-at reiten, und die Kor-ul-ja würde dann Gesprächsstoff für viele künftige Generationen haben. Gleichwohl war es weniger sein Sinn für theatralische Effekte, der ihn zu dieser Änderung seiner Pläne veranlaßte. Hier kam noch das Problem von

Janes Sicherheit ins Spiel, denn er wußte, daß sie vor Mensch und Tier gleichermaßen geschützt war, solange sie auf dem riesigsten Geschöpf von Pal-ul-don ritt.

Während sie sich langsam in Richtung der Kor-ul-ja fortbewegten, denn einem Gryf sind schnelle Handlungsabläufe fremd, kam eine Handvoll verängstigter Krieger atemlos nach A-lur gerannt und verbreiteten eine sonderbare Geschichte über den Dor-ul-Otho, nur wagten sie nicht, seinen Namen laut zu nennen. Vielmehr sprachen sie von ihm immer als dem Tarzan-jad-guru, und sie berichteten, wie sie ihn auf dem Rücken eines mächtigen Gryf sitzend getroffen hatten, und neben ihm die schöne Fremde, die Ko-tan gern zur Königin von Pal-ul-don gemacht hätte. Die Geschichte kam auch Lu-don zu Ohren, der daraufhin seine Krieger zusammentrommelte und eingehend befragte, bis er sich überzeugt hatte, daß sie die Wahrheit sagten, und als sie ihm erzählten, in welche Richtung die beiden ritten, schlußfolgerte er, daß sie nach Ja-lur wollten, um sich Ja-don anzuschließen, ein Vorhaben, das er unter allen Umständen verhindern mußte. Wie es seiner Gewohnheit in solchen Notfällen entsprach, ließ er Pan-sat kommen, um sich mit ihm zu beraten, und die zwei saßen lange beisammen und beratschlagten. Als sie aufstanden, war ihr Plan fertig. Pan-sat begab sich unverzüglich in seine Gemächer, wo er den Kopfschmuck und die Utensilien eines Priesters mit der Rüstung und den Waffen eines Kriegers vertauschte. Dann kehrte er zu Lu-don zurück.

„Großartig!“ sagte dieser bei seinem Anblick. „Nicht einmal deine Mitbrüder oder die Sklaven, die dir täglich aufwarten, würden dich jetzt erkennen. Verlier keine Zeit, Pan-sat, denn alles hängt von der Geschwindigkeit ab, mit der du zuschlägst, - und denke daran! Töte den Mann, wenn du kannst, doch bring auf jeden Fall die Frau lebendig hierher. Hast du verstanden?“

„Ja, o Herr“, erwiderte der Priester, und so geschah es, daß bald schon ein einsamer Krieger aus A-lur aufbrach und den Weg nach Nordwesten Richtung Ja-lur einschlug.

Die nächste Schlucht über der Kor-ul-ja war unbewohnt, und genau die hatte der listige Ja-don auserkoren, um seine Heerschar für den Angriff auf A-lur zu mobilisieren. Dabei ließ er sich von zwei Erwägungen leiten. Erstens wollte er seine Pläne vor dem Feind geheim halten, so daß er den Vorteil eines Überraschungsangriffs auf Lu-dons Streitmacht nutzen konnte, der somit aus einer Richtung erfolgte, aus der sie ihn am wenigsten erwarteten. Zweitens konnte er seine Männer in der Zwischenzeit von dem Geschwätz in den Städten fernhalten, wo bereits seltsame Geschichten in Umlauf waren. Danach war Jad-ben-Otho in eigener Person bei dem Hohenpriester eingetroffen, um ihm im Krieg gegen Ja-don beizustehen. Es bedurfte eines standhaften und loyalen Charakters, um sich über die Androhung göttlicher Rache hinwegzusetzen, die all diesen Berichten zugrunde lag. Schon hatte es Desertionen gegeben, und Ja-dons Sache schien fast dem Untergang geweiht zu sein.

So standen die Dinge, als die auf einem Hügel am Ausgang der Schlucht postierte Wache meldete, sie habe unten im Tal etwas gesehen, was aus der Ferne wie zwei Leute aussah, die auf dem Rücken eines Gryf saßen. Der Mann sagte, er habe sie immer nur kurz zu Gesicht bekommen, wenn sie offene Flächen überquerten, und sie schienen den Fluß herauf in Richtung der Kor-ul-ja zu reiten.

Ja-don war zunächst geneigt, den Wahrheitsgehalt der Informationen in Frage zu stellen. Doch wie jeder gute General konnte er sich nicht leisten, selbst offensichtlich falsche Meldungen unberücksichtigt zu lassen. Deshalb beschloß er, sich selbst zu dem Hügel zu begeben und genau zu erkunden, was der Mann aus der verzerrenden Sicht des Angsterfüllten beobachtet hatte. Kaum stand er neben dem Wachtposten, tippte dieser ihn an und wies in eine bestimmte Richtung. „Sie sind jetzt näher“, flüsterte er. „Du kannst sie sehr gut sehen.“ In der Tat entdeckte Ja-don kaum eine Viertelmeile entfernt etwas, was er trotz seiner langen Erfahrung nie zuvor in Pal-ul-don gesehen hatte - zwei menschliche Wesen saßen auf dem breiten Rücken eines Gryf und kamen die Schlucht heraufgeritten.

Zuerst wollte er seinen Augen nicht trauen, aber dann wurde ihm klar, daß diese Wesen da unten genau das waren, was sie zu sein schienen. Dann erkannte er den Mann und erhob sich mit einem lauten Freudenruf.

„Er ist es!“ rief er den Umstehenden zu. „Es ist der Dor-ul-Otho persönlich.“

Der Gryf und seine Reiter hörten den Ruf, konnten jedoch die Worte nicht verstehen. Das Ungeheuer bellte furchteinflößend und bewegte sich auf den Hügel zu, und Ja-don lief ihm entgegen, gefolgt von einigen mutigeren Kriegern. Tarzan wollte einem unnötigen Kampf aus dem Wege gehen und versuchte zu wenden, aber da das

Ungeheuer alles andere als reaktionsschnell war, dauerte es einige Minuten, ehe sein Herr ihm seinen Willen aufzwingen konnte, und so standen sich die zwei Gruppen ziemlich nahe gegenüber, bis es dem Affenmenschen gelang, den wütenden Angriff des erbosten Kolosses im Keim zu ersticken.

Ja-don und seine Krieger waren jedoch zu der Überzeugung gelangt, daß dieses bellende Ungeheuer in übler Absicht gegen sie vorging, und hatten daraufhin den besseren Teil erwählt und sich in die Bäume geschwungen. Genau darunter brachte Tarzan den Gryf endlich zum Halten. Ja-don rief ihm von oben zu:

„Wir sind Freunde. Ich bin Ja-don, Häuptling von Ja-lur. Ich und meine Krieger werfen uns Dor-ul-Otho zu Füßen und bitten, daß er uns in unserem gerechten Kampf gegen Lu-don, den Hohenpriester, beistehen möge."

„Du hast ihn noch nicht besiegt?" fragte Tarzan. „Ich glaubte, du wärst längst König von Pal-ul-don."

„Nein", antwortete Ja-don. „Die Leute fürchten den Hohenpriester, und da er nun jemanden im Tempel hat, der behauptet, Jad-ben-Otho zu sein, sind auch viele meiner Krieger von Angst erfüllt. Doch wenn sie erfahren, daß der Dor-ul-Otho zurückgekehrt ist und der Sache Ja-dons seinen Segen erteilt hat, braucht mir um unseren Sieg nicht bange zu sein."

Tarzan überlegte lange und sagte dann: „Ja-don war einer der wenigen, die an mich geglaubt haben und wollten, daß man mir Gerechtigkeit widerfahren lasse. Ich habe bei ihm eine Schuld zu tilgen und auch noch eine Rechnung mit Lu-don zu begleichen, nicht um meinetwillen, sondern hauptsächlich wegen meiner Gefährtin. Daher werde ich mit dir ziehen, Ja-don, um Lu-don die Strafe zuteil werden zu lassen, die er verdient. Berichte mir, Häuptling, wie der Dor-ul-Otho dem Volk seines Vaters am besten von Nutzen sein kann."

„Indem er mit mir nach Ja-lur und in die davor liegenden Dörfer kommt, damit die Leute sehen, daß er in der Tat der Dor-ul-Otho ist und der Sache von Ja-don wohlwollend gegenüber steht."

„Du meinst, sie werden mir jetzt mehr glauben als zuvor?" fragte der Affenmensch.

„Wer will bezweifeln, daß jemand, der auf dem großen Gryf reitet, nicht ein Gott ist?" entgegnete der alte Häuptling.

„Und wenn ich mit dir in die Schlacht um A-lur ziehe, kannst du mir für die Sicherheit meiner Gefährtin einstehen, während ich von ihr getrennt bin?“

„Sie soll mit der Prinzessin O-lo-a und meinen eigenen Frauen in Ja-lur bleiben“, antwortete Ja-don. „Dort ist sie sicher, denn ich werde zuverlässige Krieger zu ihrem Schutz dort lassen. Sag mir, daß du mitkommst, o Dor-ul-Otho, und die Schale meines Glücks wird überfließen, denn genau in diesem Augenblick marschiert Ta-den, mein Sohn, mit einer Streitmacht aus Nordwesten gegen A-lur, und wenn wir mit dem Dor-ul-Otho an der Spitze von Nordosten angreifen, sollte uns der Sieg sicher sein.“

„Ich werde deinem Wunsch entsprechen, Ja-don“, erwiderte der Affenmensch. „Zuerst mußt du jedoch für meinen Gryf Fleisch beschaffen.“

„In dem Lager dort oben liegt noch viel erlegtes Wild, denn meine Männer haben kaum etwas zu tun, außer zu jagen.“

„Gut“, sagte Tarzan. „Laß es sofort herbringen.“

Als das Fleisch herangeschleppt und in einiger Entfernung abgelegt worden war, glitt der Affenmensch vom Rücken seines wilden Streitrosses und fütterte ihn mit eigener Hand. „Achte darauf, daß stets genug Fleisch für ihn da ist“, sagte er zu Ja-don, denn er vermutete, seine Herrschaft über das tückische Tier werde ein baldiges Ende finden, sollte der Hunger diesem allzu sehr zusetzen.

Es dauerte doch noch bis zum Morgen, ehe sie nach Ja-lur aufbrechen konnten. Der Gryf lag noch immer dort, wo Tarzan ihn am Abend neben zwei toten Antilopen und einem Löwen verlassen hatte, nur war von den drei letzteren nichts mehr vorhanden.

„Und da behaupten die Paläontologen, er sei ein Pflanzenfresser“, sagte Tarzan, als er mit Jane zu dem Ungeheuer ging.

Die Reise nach Ja-lur führte durch verstreute Dörfer, wo Ja-don hoffte, auf größere Begeisterung für seine Sache zu stoßen. Ein Trupp Krieger war vorausgeschickt worden, um die Leute entsprechend vorzubereiten, nicht nur auf den Anblick des Gryf, sondern damit sie den Dor-ul-Otho auch mit der ihm gebührenden Ehrerbietung empfingen. Das Ergebnis war, wie Ja-don erhofft hatte, und in keinem Dorf, durch das sie kamen, gab es auch nur einen, der die göttliche Herkunft des Affenmenschen anzweifelte.

Als sie sich Ja-lur näherten, schloß sich ihnen ein fremder Krieger an, den niemand von Ja-dons Gefolge kannte. Er behauptete, aus einem der Dörfer im Süden zu stammen. Einer von Lu-dons Häuptlingen habe ihn ungerecht behandelt. Aus diesem Grund sei er aus der Streitmacht des Hohenpriesters desertiert und in der Hoffnung nach Norden gekommen, in Ja-lur eine Heimstatt zu finden. Da dem alten Häuptling jeder Zuwachs seiner Kriegerschar willkommen war, gestattete er ihm, sie zu begleiten, und so gelangte er mit ihnen nach Ja-lur.

Dort erhob sich die Frage, was mit dem Gryf geschehen solle, während sie sich in der Stadt aufhielten. Tarzan hatte das wilde Tier nur mit großer Mühe hindern können, jeden anzugreifen, der in seine Nähe kam, als sie Ja-dons Lager in der unbewohnten Schlucht nahe der Kor-ul-ja zum ersten Mal betreten hatten, doch während des Marsches hierher schien sich diese Kreatur an die Anwesenheit der Ho-don gewöhnt zu haben. Die gaben ihm jedoch auch keinen Anlaß zur Verärgerung, da sie sich nach Möglichkeit von ihm fern hielten, und als er durch die Stadt ritt, beobachtete man ihn aus der Sicherheit hochgelegener Fenster und Dächer. Wie zahm der Gryf auch immer geworden sein mochte, gab es dennoch keinen Befürworter, ihn innerhalb der Stadt freizulassen. Schließlich wurde der Vorschlag gemacht, ihn in einen ummauerten Bereich auf dem Palastgelände zu stecken, und so geschah es. Tarzan ritt ihn hin, nachdem Jane abgesessen war. Man warf ihm noch mehr Fleisch vor und überließ ihn sich selbst, wobei die von Ehrfurcht erfüllten Bewohner des Palastes nicht einmal wagten, die Mauern zu erklimmen, um ihn sich anzusehen.

Ja-don führte Tarzan und Jane zu den Gemächern der Prinzessin O-lo-a, die sich beim Anblick des Affenmenschen vor ihm zu Boden warf und mit der Stirn seine Füße berührte. Pan-at-lee war bei ihr und schien nicht minder glücklich zu sein, Tarzan-jad-guru wiederzusehen. Als sie hörten, daß Jane seine Gefährtin sei, betrachteten sie sie fast mit gleicher Ehrfurcht, da sie überzeugt waren, es nun hier in der Stadt Ja-lur mit einem Gott und einer Göttin zu tun zu haben. Mit Unterstützung dieser beiden würde Ja-dons Sache bestimmt zu einem siegreichen Ende geführt, konnte der alte Löwenmensch den Thron von Pal-ul-don besteigen.

Tarzan erfuhr von O-lo-a, daß Ta-den zurückgekehrt sei, und daß sie nach den absonderlichen Riten ihrer Religion und entsprechend dem Brauchtum ihres Volkes vermählt werden sollten, sobald er aus der Schlacht heimgekehrt war, die um A-lur entbrennen würde.

Die zu den Waffen Gerufenen versammelten sich in der Nähe der

Stadt, und man entschied, daß Ja-don und Tarzan am nächsten Tag zur Hauptstreitmacht in dem verborgenen Lager zurückkehren und unter dem Schutz der Nacht Lu-dons Kriegerscharen bei A-lur mit Macht angreifen sollten. Man ließ Ta-den entsprechende Nachricht zukommen, denn er wartete mit seinen Kriegern an der Nordseite des Jad-ben-lul, nur wenige Meilen von A-lur entfernt.

Bei der Durchführung dieser Pläne war es notwendig, Jane in Ja-dons Palast zu Ja-lur zurückzulassen, doch O-lo-a und ihre Frauen befanden sich bei ihr, außerdem waren viele Krieger vorhanden, die sie beschützten. So sagte Tarzan seiner Gefährtin Lebewohl, ohne sich um ihre Sicherheit Gedanken zu machen, bestieg den Gryf und rückte mit Ja-don und dessen Kriegern aus der Stadt ab.

Am Ausgang der Schlucht ließ der Affenmenschen sein riesiges Reittier frei, da es seinen Zweck erfüllt hatte und ihm bei ihrem Angriff auf A-lur nicht mehr von Nutzen sein konnte. Der Sturm sollte im Morgengrauen des folgenden Tages erfolgen, zu einem Zeitpunkt, da der Effekt eines Eindringens in die Stadt auf dem Rücken des Gryf nicht gegeben war, weil der Feind ihn nicht sehen konnte. Einige heftige Schläge mit dem Speer sandten das große Tier polternd und brummend in Richtung der Kor-ul-gryf, und Tarzan war über die Trennung nicht sehr betrübt, da nie vorauszusehen war, wann dessen unberechenbares Gemüt und der unersättliche Appetit auf Fleisch ihn veranlassen würden, sich Tarzans Gefährten vorzunehmen.

Sofort nach Erreichen der Schlucht begann der Marsch auf A-lur.

Lebendig gefangen

Als die Nacht hereingebrochen war, schlich sich ein Krieger aus dem Palast von Ja-lur in den Tempelbereich. Er begab sich zu den Unterkünften der niederen Priester. Seine Anwesenheit erweckte keinen Verdacht, weil es für Krieger nicht ungewöhnlich war, daß sie im Tempel etwas zu erledigen hatten. Er kam schließlich zu einem Raum, wo sich mehrere Priester nach dem Abendmahl versammelt hatten. Die Opferriten und Zeremonien waren beendet, und so gab es bis zu den Riten bei Sonnenaufgang eigentlich keine Angelegenheit religiöser Natur mehr, die ihre Zeit hätte in Anspruch nehmen können.

Nun wußte der Krieger wie fast alle in Pal-ul-don, daß keine allzu feste Bindung zwischen dem Tempel und dem Palast von Ja-lur herrschte, und daß Ja-don die Anwesenheit der Priester und ihre grausamen und abstoßenden Handlungen eigentlich nur duldete, weil diese Bräuche der Ho-don von Pal-ul-don seit Menschenaltern geübt wurden, und derjenige hätte als unbedacht gelten müssen, der sich erdreistet hätte, sich in die Angelegenheiten und Riten der Priester einzumischen. Jedermann wußte, daß Ja-don den Tempel nie betrat, wie auch sein Hohenpriester nie den Palast aufsuchte. Dennoch kamen ständig Leute mit Opfergaben zum Tempel, wurden hier wie in jedem anderen Tempel von Pal-ul-don abends und morgens Opfer dargebracht.

Die einfachen Krieger wußten über diese Dinge vielleicht besser Bescheid, als es sich für sie geziemte. Deshalb suchte er hier im Tempel um jene Unterstützung nach, die er zur Durchführung seines Planes benötigte.

Als er den Raum betreten hatte, wo die Priester versammelt waren, begrüßte er sie nach der in Pal-ul-don üblichen Weise, machte jedoch gleichzeitig mit dem Finger ein Zeichen, das jemand, der seine Bedeutung nicht kannte, vielleicht übersehen oder kaum beachtet hätte. Indes trat schnell zutage, daß zwei der Anwesenden es kannten und richtig deuteten, denn sie erhoben sich und traten zu ihm, als er noch in der Tür stand, und jeder von beiden wiederholte das Zeichen, das er gegeben hatte.

Die drei redeten kurz miteinander, dann verließ der Krieger den Raum wieder. Etwas später verschwand einer der Priester, die mit ihm gesprochen hatten, und kurz danach folgte auch der zweite.

Der Krieger wartete draußen auf dem Korridor, und die beiden führten ihn in ein kleines Gemach, das an einem engen Gang kurz hinter seiner Einmündung in den größeren lag. Hier blieben die drei und flüsterten geraume Zeit miteinander, danach kehrte der Krieger in den Palast zurück, und die zwei Priester suchten ihre Kammern auf.

Die Frauengemächer des Palastes von Ja-lur lagen alle auf derselben Seite eines langen, geraden Korridors. In jedes führte eine Tür. Die Fenster an der ihr gegenüber liegenden Wand blickten in den Garten. Jane schlief ganz allein in einem dieser Räume. An jedem Ende des Korridors stand eine Wache, der Haupttrupp befand sich in einem Raum neben dem Außeneingang zu den Frauengemächern.

Der Palast schlief, denn wo Ja-don herrschte, ging man früh zu Bett. Der Pal-e-don-so des großen Häuptlings des Nordens kannte keine solchen wilden Orgien, wie sie im Palast des Königs zu A-lur üblich waren. Ja-lur war eine ruhige Stadt im Vergleich zur Hauptstadt, dennoch befand sich ständig eine Wache an jeder Tür zu den Gemächern von Ja-don und seinen engsten Familienangehörigen sowie am Tor, das zum Tempel führte, und an dem anderen, durch das man die Stadt erreichte.

Die Wache haltenden Gruppen waren jedoch klein und bestanden gewöhnlich aus höchstens fünf oder sechs Kriegern, von denen jeweils einer wach blieb, während die anderen schliefen. Genau das war der Fall, als jetzt zwei Krieger ins Blickfeld der Männer traten, die über die Sicherheit Jane Claytons und der Prinzessin O-lo-a wachten, jeweils einer an jedem Ende des Korridors. Jeder der beiden Ankömmlinge wiederholte vor dem jeweiligen Posten die üblichen Worte, mit denen abgelöst wurde, und nahm dessen Platz ein. Welchen Kriegsmann verdrießt es wohl, von seinem Wachdienst entbunden zu werden? Während er sonst vielleicht zahllose Fragen stellt, ist er in diesem Fall nur zu bereit, der Monotonie dieser allgemein verhaßten Pflicht zu entrinnen. So nahmen die zwei Männer ihre Ablösung ohne große Fragen zur Kenntnis und begaben sich eiligst in ihre Unterkunft.

Da betrat ein dritter Krieger den Schauplatz, und alle drei gingen zu der Tür, hinter der die Gefährtin des Affenmenschen schlief. Einer davon war jener fremde Krieger, der sich Ja-don und Tarzan außerhalb von Ja-lur angeschlossen hatte, als sie sich gestern der Stadt näherten, und es war auch derselbe, der eine knappe Stunde zuvor den Tempel betreten hatte, doch seine Kumpane waren ihm nicht vertraut, und sie kannten ihn auch nicht, da es nur selten vorkommt, daß ein Priester den häßlichen Kopfschmuck in Gegenwart anderer ablegt, selbst wenn es sich um Zunftgenossen handelt.

Schweigend hoben sie den Vorhang, der das Innere des Raumes den Blicken der den Korridor Entlanggehenden entzog. Lady Greystoke lag in der gegenüberliegenden Ecke auf einem Stapel Felle und schlief. Die barfüßigen Eindringlinge konnten den Raum dank des Steinfußbodens lautlos überqueren. Ein Strahl des Mondes drang durch ein Fenster in der Nähe der Liege, fiel auf ihre Gestalt und enthüllte die wie aus Cameo geschnittenen Konturen eines schönen Arms und einer Schulter vor dem Hintergrund des dunklen Pelzes, auf dem sie schlief, sowie das edle Profil, das den drei Finsterlingen zugekehrt war.

Doch weder die Schönheit noch die Hilflosigkeit der Schläferin weckte bei ihnen Gefühle wie Leidenschaft oder Mitleid, wie sie in der Brust normaler Menschen aufgeglommen wären. Für die drei Priester war sie nur eine leblose Puppe. Auch konnten sie nicht jene Leidenschaft aufbringen, die andere zur Intrige und zum Mord anstachelte, um in den Besitz dieser schönen Amerikanerin zu kommen, und die selbst jetzt noch die Geschicke des unentdeckten Pal-ul-don bestimmt.

Auf dem Boden des Zimmers lagen zahlreiche Pelze, und als der Führer des Trios neben der schlafenden Frau stand, bückte er sich nahm einen kleineren auf und hielt ihn dicht über ihr Gesicht. Dann raunte er „Jetzt!“ und warf ihn ihr ausgebreitet über den Kopf. Seine beiden Kumpane sprangen hinzu, packten ihre Arme und hielten ihren Körper fest, während ihr Führer ihre Schreie mit dem Pelz erstickte. Lautlos und schnell fesselten sie ihre Hände und steckten ihr einen Knebel in den Mund. „Jetzt!“ Alles verlief so leise, daß kein Bewohner der angrenzenden Räume auch nur einen Laut hörte.

Sie rissen sie grob hoch und stießen sie zum Fenster, doch sie weigerte sich zu gehen und ließ sich immer wieder zu Boden fallen. Sie waren sehr wütend und hätten vielleicht gern zu grausameren Methoden gegriffen, um sie gefügig zu machen, doch sie wagten es nicht, da Lu-dons Zorn jeden hart getroffen hätte, der seine schöne Beute womöglich verunstaltete.

So waren sie gezwungen, sie hochzuheben und zu tragen. Aber

auch dies war kein Vergnügen, da sie sich nach Kräften sträubte, um sich schlug und ihre Bemühungen auf jede mögliche Weise erschwerte. Schließlich hatten sie sie jedoch durchs Fenster in den Garten geschoben, wo einer der zwei Priester aus dem Ja-lur-Tempel sie zu einem kleinen, vergitterten Tor auf der Südseite der Mauer führte.

Unmittelbar dahinter führte eine Steintreppe zum Fluß hinunter, und an ihrem Fuße waren mehrere Kanus vertäut. Es war Pan-sat geglückt, unter Ortskundigen, die sich im Tempel und im Palast gut auskannten, Helfershelfer zu finden, sonst hätte er mit seiner Gefangenen niemals aus Ja-lur entkommen können. Er legte die Frau unten in ein leichtes Kanu, stieg ein und ergriff das Paddel. Seine Kumpane lösten die Leinen und schoben das kleine Fahrzeug in die Strömung des Flusses. Als ihr ruchloses Werk beendet war, lenkten sie ihre Schritte wieder zum Tempel zurück, während Pan-sat mit der Strömung trieb, kräftig paddelte und schnell flußabwärts glitt, hin zum Jad-ben-lul und nach A-lur.

Der Mond war untergegangen und am östlichen Horizont noch nichts vom anbrechenden Tag zu erkennen, als eine lange Reihe von Kriegern in der Dunkelheit lautlos in A-lur einmarschierte. Die Pläne waren von langer Hand vorbereitet, ein Fehlschlag erschien unwahrscheinlich. Ein Bote war zu Ta-den geschickt worden, der mit seiner Streitmacht nordwestlich der Stadt stand. Tarzan sollte mit einem kleinen Kontingent durch den Geheimgang, von dem er ja genau wußte, wohin er führte, in den Tempel eindringen, während Ja-don mit der Hauptmacht die Palasttore angriff.

Der Affenmensch führte seine kleine Gruppe leise durch die sich windenden Alleen und gelangte unentdeckt an das Gebäude, das den Einstieg zum Geheimgang verbarg. Dieser Ort wurde am wirksamsten durch die Tatsache geschützt, daß nur die Priester über ihn Bescheid wußten. Deshalb wurde er auch nicht bewacht. Um seiner kleinen Gruppe das Passieren des engen, sich windenden, unebenen Tunnels zu erleichtern, entzündete Tarzan eine Fackel, die er eigens zu dem Zweck mitgebracht hatte und nun seinen Leuten auf dem Weg zum Tempel vorantrug.

Er war zuversichtlich, mit seiner kleinen Schar ausgesuchter Krieger viel vollbringen zu können, wenn er erst einmal die inneren Gemächer des Tempels erreicht hatte, da ein Angriff an diesem Punkt unter den leicht in der Überzahl befindlichen Priestern Verwirrung und ein allgemeines Durcheinander auslösen würde. Auf diese Weise konnte er die Palastkräfte zur selben Zeit von hinten angreifen, in der Ja-don sie an den Palasttoren von vorn beschäftigte, während Ta-den und seine Scharen über die nördlichen Mauern kletterten. Ja-don maß dem geheimnisvollen Auftauchen des Dor-ul-Otho mitten im Tempel besondere Bedeutung bei und versprach sich eine entsprechende moralische Wirkung, denn er hatte Tarzan gedrängt, sich die Tatsache zunutze zu machen, daß viele von Lu-dons Kriegern in ihrer Loyalität zwischen dem Hohenpriester und Dor-ul-Otho noch schwankten, wobei ihr Gehorsam ersterem gegenüber mehr auf der Furcht begründet war, die er all seinen Gefolgsleuten einflößte, als auf Anhänglichkeit oder gar Sympathie ihm gegenüber.

Ein pal-ul-donisches Sprichwort lautete frei übersetzt: „Derjenige, der der richtigen Spur folgt, langt zuweilen am falschen Ort an." Dies entsprach nur zu oft der Wahrheit und konnte offensichtlich ganz besonders für das Schicksal gelten, das dem großen Häuptling aus dem Norden und seinem gottgleichen Verbündeten vorbestimmt war.

Da Tarzan sich in den Windungen des Korridors besser auskannte als seine Begleiter und dazu noch den Vorteil des vollen Lichts seiner Fackel hatte, die bestenfalls nur einen trübe flackernden Schein erzeugte, war er den anderen ein ganzes Stück voraus und dachte in seiner Begierde, endlich mit dem Gegner handgemein zu werden, zu wenig an diejenigen, die ihn unterstützen sollten. Dies ist nicht zu verwundern, da er seit seiner Kindheit gewöhnt war, Kämpfe auf Leben und Tod allein zu bestehen, so daß es ihm zur Gewohnheit geworden war, sich in erster Linie auf seinen eigenen Scharfblick und seine Gewandtheit zu verlassen.

So kam es, daß er weit vor seinen Kriegern den oberen Korridor erreichte, von dem er in die Räume von Lu-don und den niederen Priestern gelangen konnte, und als er in den Korridor mit den blakenden, düsteres Licht spendenden Pechpfannen bog, sah er aus einem Gang vor ihm jemand anders auftauchen - einen Krieger, der eine vermummte Frau halb trug, halb schleifte. Sofort erkannte er die geknebelte und gefesselte Gefangene, von der er angenommen hatte, daß sie in Ja-dons Palast zu Ja-lur sicher aufgehoben wäre.

Der Krieger mit der Frau entdeckte Tarzan im gleichen Moment, da dieser ihn sah. Er hörte das dumpfe, tierische Brummen, das der Affenmensch ausstieß, als er vorsprang, um seine Gefährtin ihrem Entführer zu entreißen und ihm die Rache zuteil werden zu lassen, die sein wildes Herz sich vorgenommen hatte. Gegenüber dem Korridor von Pan-sat befand sich der Eingang zu einem kleineren Raum. Dorthin hinein stürzte er, die Frau mit sich reißend.

Tarzan folgte ihm dicht auf den Fersen. Er hatte die Fackel weggeworfen und das lange Messer gezückt, das einmal seinem Vater gehört hatte. Mit dem Ungestüm eines angreifenden Stiers stürzte er in das Zimmer, um Pan-sat zu verfolgen, als ihn plötzlich pechschwarze Finsternis umgab, nachdem die Vorhänge hinter ihm wieder herabgefallen waren. Fast gleichzeitig erfolgte ein Aufeinanderschlagen von Stein auf Stein vor ihm, einen Augenblick später ein ähnliches Krachen hinter ihm. Der Affenmensch bedurfte keines weiteren Beweises, um zu erkennen, daß er wieder Gefangener in Lu-dons Tempel war.

Er blieb wie angewurzelt dort stehen, wo er das erste Krachen der herabgleitenden Steintür vernommen hatte, wollte er doch nicht wieder unversehens in die Gryf-Grube oder eine ähnliche Gefahr stürzen, wie es geschehen war, als Lu-don ihn im Tempel des Gryf hatte in die Falle tappen lassen. Allmählich gewöhnten sich seine Augen an die Dunkelheit, und er entdeckte, daß durch irgendeine Öffnung trübes Licht in die Kammer drang, doch dauerte es noch mehrere Minuten, ehe er die Quelle sah. Im Dach der Kammer befand sich eine kleine, im Durchmesser vielleicht drei Fuß breite Öffnung, durch die im Grunde eine nur etwas geringere Dunkelheit sichtbar war als die ihn hier im Raum umgebende pechschwarze Finsternis.

Da die Torplatten herabgefallen waren, hörte er keinen Laut, wenngleich er sein Gehör anspannte im Bemühen, in etwa die Richtung zu erkennen, die der Entführer seiner Gefährtin eingeschlagen hatte. Nun konnte er auch schon die Ausmaße seines Kerkers erkennen. Es war ein kleiner Raum, höchstens fünfzehn Fuß breit. Er untersuchte, auf Händen und Knien kriechend, mit äußerster Vorsicht die gesamte Fläche des Fußbodens. Genau in der Mitte und direkt unter der Öffnung im Dach befand sich eine Falltür. Sonst bestand der Boden aus solidem Gestein. Demnach brauchte er nur diese Stelle zu meiden, was den Fußboden anbetraf. Nun richtete er seine Aufmerksamkeit auf die Wände. Sie waren von zwei Öffnungen durchbrochen, der einen Tür, durch die er eingedrungen war, und der ihr gegenüber liegenden, durch die der Krieger Jane Clayton weggeschleppt hatte. Beide waren durch die

Steinplatten verschlossen, die der Krieger bei seiner Flucht herabgelassen hatte.

Lu-don, der Hohenpriester, leckte sich die dünnen Lippen und rieb sich befriedigt die dürren weißen Hände, als Pan-sat Jane Clayton hereintrug und vor ihm auf dem Fußboden ablegte.

„Hervorragend, Pan-sat!“ sagte er. „Ich werde dich für deine Dienste gut belohnen. Wenn sich nun noch der falsche Dor-ul-Otho in unserer Macht befände, würde uns ganz Pal-ul-don zu Füßen liegen.“

„Herr, ich habe ihn!“ sagte Pan-sat.

„Was?“ rief Lu-don. „Du hast Tarzan-jad-guru? Hast du ihn etwa getötet? Sag es mir, mein wackerer Pan-sat, sag es mir schnell. Ich berste vor Verlangen, Bescheid zu wissen.“

„Ich habe ihn lebendig gefangen, Lu-don, mein Herr“, erwiderte Pan-sat. „Er befindet sich in der kleinen Kammer, die die Alten gebaut haben, um diejenigen in die Falle zu locken, die zu kraftvoll waren, als daß man sie bei einem Handgemenge lebendig hätte ergreifen können.“

„Das war wohlgetan, Pan-sat, ich...“

Ein verängstigter Priester kam hereingestürmt. „Schnell, Herr, schnell, die Korridore sind voll von Ja-dons Kriegern.“

„Du bist von Sinnen“, sagte der Hohenpriester. „Meine Krieger halten den Palast und den Tempel besetzt.“

„Ich sage die Wahrheit, o Herr“, erwiderte der Priester. „Auf dem Korridor nähern sich Krieger eben diesem Raum hier, und sie kommen aus der Richtung des Geheimgangs, der aus der Stadt hierher führt.“

„Es kann durchaus so sein, wie er sagt“, warf Pan-sat ein. „Tarzan-jad-guru kam auch aus dieser Richtung, als ich ihn entdeckte und in die Falle lockte. Er führte seine Krieger ins Allerheiligste.“

Lu-don stürzte zur Tür und schaute hinaus. Ein Blick sagte ihm, daß die Befürchtungen des verängstigten Priesters wohlbegründet waren. Ein Dutzend Krieger kamen den Korridor entlang auf ihn zu, doch schienen sie verwirrt und ihrer Sache keineswegs sicher zu sein. Der Hohenpriester vermutete, daß sie ohne die Führung von Tarzan in dem Labyrinth der unterirdischen Bereiche des Tempels nahezu verloren waren.

Er trat zurück ins Zimmer, ergriff eine lederne Schnur, die von der Decke hing, zog heftig daran, und sofort dröhnten die dumpfen

Schläge eines Gongs durch den Tempel. Fünfmal hallte sein Klang in den Korridoren wider, dann wandte sich Lu-don an die zwei Priester. „Nehmt die Frau und folgt mir", befahl er.

Er durchquerte das Zimmer und verschwand durch eine kleine Tür. Die beiden hoben Jane Clayton auf und folgten ihm. Sie gingen einen schmalen Gang entlang und eine Treppe hinauf, bogen bald nach links, bald nach rechts und kehrten durch ein Labyrinth sich windender Passagen zurück, die schließlich an einer Wendeltreppe endeten, welche im größten der inneren Altarhöfe dicht neben dem Ostaltar an die Oberfläche führte.

In den Gängen unten und oben hörte man jetzt aus allen Richtungen eilige Schritte nahen. Die fünf Gongschläge hatten die Getreuen zum Schutz Lu-dons in seine Privatgemächer gerufen. Diejenigen Priester, die hier Bescheid wußten, führten die des Weges Unkundigen, während jene Männer, die Tarzan begleitet hatten, nun nicht nur führerlos waren, sondern sich sogar einer weit überlegenen Streitmacht gegenübersahen. Alle waren tapfere Männer, doch unter diesen Umständen waren sie hilflos, und so kehrten sie auf dem Weg zurück, auf dem sie gekommen waren, und erst als sie die schmaleren Gänge erreicht hatten, konnten sie sich sicher fühlen, da jeweils nur ein Gegner sie hier angreifen konnte. Doch ihre Pläne waren gescheitert. Möglicherweise war überhaupt ihre ganze Sache verloren. So sehr hatte sich Ja-don auf den Erfolg des Unternehmens verlassen.

Beim Klang des Tempelgonges nahm Ja-don an, Tarzan und seine Schar hätten den ersten Schlag geführt, und so begann er mit dem Sturm auf das Palasttor. Dem im inneren Tempelhof befindlichen Lu-don drang das wilde Kriegsgeschrei an die Ohren, das den Beginn der Schlacht verkündete. Er überließ es Pan-sat und dem anderen Priester, die Frau zu bewachen, und eilte zum Palast, um seine Streitmacht persönlich anzuführen. Während er das Tempelgelände durchquerte, schickte er einen Boten aus, um sich über den Ausgang des Kampfes in den unterirdischen Gängen zu informieren. Andere Boten verbreiteten unter seinen Anhängern die Nachricht, der falsche Dor-ul-Otho sei Gefangener des Tempels.

Als der Schlachtenlärm A-lur erreichte, drehte sich Leutnant Erich Obergatz auf seinem Bett aus weichen Fellen noch einmal um und richtete sich dann auf. Er rieb sich die Augen und blickte um sich. Draußen war es noch dunkel.

„Ich bin Jad-ben-Otho, wer wagt es, meinen Schlaf zu stören?“ fragte er.

Die Sklavin, die am Fußende seiner Lagerstatt am Boden hockte, fuhr zusammen und berührte mit der Stirn die Erde. „Es kann nicht anders sein, als daß der Feind gekommen ist, o Jad-ben-Otho“, sagte sie beschwichtigend, denn sie kannte die schrecklichen Wahnsinnsanfälle, die den Großen Gott aus nichtigstem Anlaß zuweilen heimsuchten.

Da kam ein Priester durch die Vorhänge an der Türöffnung gestürzt, fiel auf die Knie, reckte die Hände vor und rieb die Stirn an den Steinplatten. „O Jad-ben-Otho, Ja-dons Krieger haben den Palast und den Tempel angegriffen“, sagte er. „Im Augenblick kämpfen sie auf den Korridoren bei Lu-dons Gemächern, und der Hohenpriester bittet, du mögest zum Palast kommen und deine getreuen Krieger durch deine Gegenwart mit neuem Mut erfüllen.“

Obergatz sprang auf die Füße. „Ich bin Jad-ben-Otho“, schrie er. „Blitze werde ich auf die Gotteslästerer schleudern, die es wagen, die heilige Stadt A-lur anzugreifen.“

Eine Weile stürmte er ziellos und wie von Sinnen im Raum umher, während der Priester und die Sklavin in ihrer demütigen Haltung verharrten und die Stirn gegen den Fußboden preßten.

„Kommt, oder wollt ihr hier den ganzen Tag warten, bis die Kräfte der Finsternis die Stadt des Lichts überwältigen?“ rief er und versetzte der jungen Sklavin einen heftigen Fußtritt in die Seite.

Da alle, die dem Großen Gott dienen mußten, durch und durch eingeschüchtert waren, erhoben sich die beiden und folgten Obergatz zum Palast.

Über dem Geschrei der Krieger erhoben sich ständig die Rufe der Tempelpriester: „Jad-ben-Otho ist hier, und der falsche Dor-ul-Otho ist Gefangener des Tempels.“ Die beharrlichen Rufe erreichten sogar das Ohr des Feindes, aber genau das war beabsichtigt.

Der Bote des Todes

Als die Sonne aufstieg, sah sie, daß Ja-don noch immer am Palasttor aufgehalten wurde. Der alte Krieger hatte das große Bauwerk besetzt, das gleich hinter dem Palast stand, und auf seiner Spitze einen Krieger aufgestellt, der die Nordmauer des Palastes beobachtete, wo Ta-den seinen Angriff durchführen sollte; aber obwohl die Minuten schon zu Stunden wurden, war noch kein Anzeichen von der anderen Streitmacht zu entdecken. Da erschienen Lu-don, der Hohenpriester, Mo-sar, der Thronprätendent, und jener seltsame, nackte Mann, in dessen langes Haar und Bart frische Farne und Blumen geflochten waren, im vollen Licht des neuen Tages auf dem Dach eines der Palastgebäude. Hinter ihnen stand dicht gedrängt eine Schar niederer Priester, die skandierten: „Dies ist Jad-ben-Otho. Legt die Waffen nieder und ergebt euch." Sie wiederholten es immer wieder und riefen dazwischen: „Der falsche Dor-ul-Otho ist unser Gefangener."

In einer jener Kampfpausen, wie sie gewöhnlich eintreten, wenn die gegnerischen Parteien mit Waffen kämpfen, die einen großen körperlichen Einsatz erfordern, ertönte aus den Reihen von Ja-dons Anhängern der Ruf: „Zeigt uns den Dor-ul-Otho. Wir glauben euch nicht!"

„Wartet", sagte Lu-don. „Wenn ich ihn nicht herbringe, bevor die Sonne ihre Bahn vollendet hat, so sollen die Tore des Palastes für euch geöffnet werden und meine Krieger die Waffen niederlegen."

Er wandte sich zu einem der Priester und gab ihm eine kurze Anweisung.

Der Affenmensch ging in seiner engen Zelle auf und ab und machte sich bittere Vorwürfe ob der Torheit, mit der er in die Falle getappt war. Aber war es Torheit? Was sonst hätte er tun können, als dem Entführer seiner Gefährtin nachzusetzen? Er fragte sich, wie sie sie aus Ja-lur hatten rauben können, und da tauchte plötzlich das Gesicht jenes Kriegers aus seiner Erinnerung, den er bei ihr gesehen hatte. Es kam ihm seltsam bekannt vor. Er zerbrach sich den Kopf, wo er den Mann schon einmal gesehen hatte. Da fiel es ihm ein. Es war jener Fremde, der sich an dem Tag, als Tarzan auf dem riesigen Gryf aus der unbewohnten Schlucht nahe der Kor-ul-ja zur Hauptstadt des Häuptlings des Nordens geritten war, kurz vor Ja-lur Ja-dons Streitmacht angeschlossen hatte. Wer aber mochte er sein? Tarzan war sicher, ihn vor diesem Tag noch nie gesehen zu haben.

Da hörte er das Dröhnen eines Gongs aus dem Korridor hereindringen und sehr schwach das Tappen eilender Füße, dazu Geschrei. Er vermutete, daß seine Krieger entdeckt worden waren und nun ein Kampf stattfand. Er verfluchte das Geschick, das ihn hinderte, daran teilzunehmen.

Immer wieder machte er sich an den Türen seines Gefängnisses und an der Falltür in der Mitte des Fußbodens zu schaffen, aber keine gab nach, obwohl er sich größte Mühe gab. Er strengte seine Augen an, um die Öffnung über seinem Kopf genauer zu untersuchen, konnte jedoch nichts erkennen, und so nahm er sein nutzloses Hin- und Herwandern wieder auf wie ein eingesperrter Löwe in seinem Käfig.

Die Minuten dehnten sich zu Stunden. Schwache Geräusche drangen zu ihm, als riefen Männer etwas in großer Entfernung. Die Schlacht dauerte an. Er fragte sich, ob Ja-don als Sieger hervorgehen würde, und wenn ja, ob seine Freunde ihn dann hier in dem verborgenen Verlies tief im Inneren des Hügels finden würden. Er bezweifelte es.

Als er wieder einmal zur Öffnung im Dach hinaufblickte, kam es ihm vor, als hänge aus ihrer Mitte etwas herab. Er trat näher und strengte seinen Augen an, um etwas zu erkennen. Ja, da war etwas. Es schien ein Seil zu sein. Er fragte sich, ob es die ganze Zeit schon dort gewesen war. Es mußte so sein, denn er hatte von oben kein Geräusch gehört. Außerdem war es in dieser Zelle so dunkel, daß er es sehr leicht übersehen haben konnte.

Er streckte die Hand danach aus. Das Ende war gerade noch zu erreichen. Er hängte sich daran, um zu sehen, ob es sein Gewicht trug. Dann ließ er es los und trat zurück, ohne es aus dem Auge zu lassen, wie ein Tier es manchmal tut, wenn es einen ihm unbekannten Gegenstand untersucht. Es war einer der wenigen Charakterzüge, die Tarzan von anderen Menschen unterschieden und seine Geistesverwandtschaft zu den wilden Tieren des Dschungels seiner Jugend bezeugten. Immer wieder betastete er das geflochtene Lederseil und prüfte es, dabei lauschte er jedesmal auf ein warnendes Geräusch von oben.

Er war peinlich darauf bedacht, nicht auf die Falltür zu treten, und als er schließlich mit seinem ganzen Gewicht am Seil hing und die Füße vom Boden nahm, spreizte er die Beine, so daß er bei einem

Fall breitbeinig über der Tür stehen würde. Das Seil trug ihn. Von oben war nichts zu hören, auch nicht von unten jenseits der Falltür.

Langsam und vorsichtig zog er sich Hand über Hand nach oben. Immer näher kam er dem Dach. Im nächsten Moment würden seine Augen in gleicher Höhe mit dem Fußboden oben sein. Schon ragten seine ausgestreckten Arme in den Raum über ihm, da schloß sich plötzlich etwas um beide Unterarme, hielt sie eisern fest und ließ ihn in der Luft hängen, außerstande, sich weiter hinaufzuarbeiten oder zurückgleiten zu lassen.

Nun flammte Licht in dem Raum über ihm auf, dann sah er die häßliche Maske eines Priesters, der zu ihm herabblickte. Er hielt lederne Fesseln in den Händen und schlang diese um Tarzans Handgelenke und Unterarme, bis sie von den Ellenbogen bis fast zu den Fingern fest zusammengeschnürt waren. Hinter diesem Priester sah Tarzan nun auch noch andere, aber da packten sie ihn auch schon und zogen ihn durch die Öffnung nach oben.

Sobald seine Augen sich in Höhe des Fußbodens befanden, erkannte er, wie sie ihn gefangen hatten. Zwei Seilschlingen hatten um die Öffnung zur darunterliegenden Zelle gelegen. Je ein Priester hatte mit dem Ende eines der beiden Seile an den gegenüberliegenden Seiten des Raumes gewartet. Als Tarzan so weit hoch geklettert war, daß seine Arme sich in den ausgelegten Schlingen befanden, hatten die zwei Priester sie schnell zugezogen, ohne daß er Gelegenheit hatte, sich zu verteidigen oder seine Gegner zu verwunden.

Nun fesselten sie ihm auch noch die Beine von den Knöcheln bis zu den Knien, hoben ihn auf und trugen ihn aus der Kammer. Sie sagten kein Wort zu ihm, als sie ihn zum Tempelhof hinaufschleppten.

Die Schlacht war wieder in vollem Gange, da Ja-don seine Streiter zu erneuten Angriffen angetrieben hatte. Ta-den war noch immer nicht eingetroffen, und die Scharen des alten Häuptlings ließen durch ihre verringerten Bemühungen erkennen, daß ihre Kampfmoral nachließ. Genau in dem Moment schleppten die Priester Tarzan-jad-guru aufs Dach des Palastes und stellten ihn den Kriegern beider Seiten zur Schau.

„Hier ist der falsche Dor-ul-Otho", kreischte Lu-don.

Infolge seines arg eingeschränkten Denkvermögens erfaßte Obergatz die Bedeutung vieler Geschehnisse um ihn herum gar nicht mehr richtig und schaute deshalb nur flüchtig auf den gefesselten und hilflosen Gefangenen, doch als sein Blick auf die edlen Gesichtszüge des

Affenmenschen fielen, weiteten sich seine Augen vor Erstaunen und Angst, und seine teigige Gesichtsfarbe verwandelte sich in kränkliches Blau. Er hatte Tarzan von den Affen bisher nur einmal gesehen, viele Male jedoch von ihm geträumt, und in diesen Fällen war der hünenhafte Mann stets damit beschäftigt gewesen, das Unrecht zu vergelten, das ihm und den Seinen durch die drei deutschen Offiziere zuteil geworden war, die die Askaris bei der Verwüstung von Tarzans friedlicher Heimstatt angeführt hatten. Hauptmann Fritz Schneider hatte seine sinnlosen Grausamkeiten gesühnt; Unterleutnant von Goss desgleichen, und nun stand Obergatz, der letzte der drei, der rächenden Nemesis von Angesicht zu Angesicht gegenüber, die ihn viele qualvolle Monate in seinen Träumen heimgesucht hatte. Daß Tarzan gefangen und hilflos war, minderte seine Angst keineswegs - er schien nicht zu begreifen, daß der Affenmensch ihm nichts anhaben konnte. Der falsche Gott stand geduckt, lallte irgend etwas und zitterte wie Espenlaub. Lu-don sah es und fürchtete sehr, daß auch die anderen es sehen und schlußfolgern könnten, dieser schnurrbärtige Idiot könne unmöglich ein Gott sein, zumal Tarzan-jad-guru von beiden bei weitem die göttlichere Erscheinung darstellte. Schon bemerkte der Hohenpriester, daß einige der Palastkrieger, die besonders nahe standen, untereinander flüsterten und auf Obergatz deuteten. Er trat zu ihm und sagte: „Du bist Jad-ben-Otho, also beschimpfe ihn!“

Der Deutsche schüttelte sich. Die große Angst hatte alle anderen Gedanken aus seinem Kopf verdrängt, doch die Worte des Hohenpriesters gaben ihm seine Sicherheit wieder.

„Ich bin Jad-ben-Otho!“ schrie er.

Tarzan blickte ihm gerade in die Augen. „Sie sind Leutnant Obergatz von der deutschen Armee“, sagte er in ausgezeichnetem Deutsch. „Sie sind der letzte von den dreien, die ich so lange schon suche, und selbst Ihr nichtswürdiger Charakter läßt Sie ahnen, daß Gott uns zu guter Letzt aus gutem Grund zusammengeführt hat.“

Obergatz' Verstand funktionierte nun endlich eindeutig und schnell. Auch er sah die fragenden Blicke in den Gesichtern einiger Leute seiner Umgebung. Er sah die Krieger beider Städte, die sich derzeit untätig am Tor gegenüberstanden, und jedes Auge war auf ihn und die zusammengeschnürte Gestalt des Affenmenschen gerichtet. Er erkannte, daß Unschlüssigkeit seinen Untergang bedeutete und dieser den Tod. So erhob er seine Stimme zu dem scharfen, bellenden Ton eines preußischen Offiziers, der so sehr im Gegensatz zu dem wahnsinnigen Gekreisch von vorhin stand, daß alle sofort aufhorchten und selbst Lu-dons verschlagene Miene einen Ausdruck von Verblüffung zeigte.

„Ich bin Jad-ben-Otho“, sagte Obergatz scharf. „Diese Kreatur ist nicht mein Sohn. Er soll unter der Hand des Gottes, den er geschmäht hat, auf diesem Altar sterben, damit allen Gotteslästerern eine Lektion erteilt wird. Schafft ihn aus meinen Augen, und wenn die Sonne im Zenit steht, sollen sich die Gläubigen im Tempelhof versammeln und Zeuge sein vom Wirken dieser göttlichen Hand.“ Damit hielt er die rechte Hand hoch.

Die zwei, die Tarzan hergebracht hatten, schleppten ihn wieder weg, wie Obergatz befohlen hatte, und nun wandte sich dieser den Kriegern am Tor zu. „Legt eure Waffen nieder, Krieger von Ja-don, sonst rufe ich meine Blitze hernieder, um euch dort zu zerschmettern, wo ihr steht“, sagte er. „Denjenigen, die tun, was ich befehle, wird vergeben werden. Los! Legt eure Waffen nieder!“

Ja-dons Krieger traten unschlüssig von einem Bein aufs andere und blickten beunruhigt bald auf ihren Führer, bald auf die Gestalten auf dem Palastdach. Ja-don sprang unter seine Männer. „Feiglinge und Schurken mögen die Waffen niederlegen und in den Palast gehen, doch nie werden sich Ja-don und Ja-lurs Krieger Lu-don und seinem falschen Gott zu Füßen werfen. Trefft eure Entscheidung“, sagte er zu seinen Anhängern.

Einige warfen die Waffen weg und gingen mit verlegenen Blicken durchs Tor in den Palast. Andere ließen sich von diesem Beispiel anstecken und überließen ihren alten Häuptling aus dem Norden seinem Schicksal, doch die meisten seiner Krieger blieben unerschütterlich und treu bei ihm stehen, und als der letzte Feigling ihre Reihen verlassen hatte, stieß Lu-don den wilden Kampfruf aus, mit dem er seine Gefolgsleute zum Angriff führte, und abermals entbrannte das Gefecht um das Palasttor.

Manchmal trieb seine Streitmacht die Verteidiger weit auf das Palastgelände, ein andermal brandete die Schlachtlinie wieder zurück und wurde in die Stadt gedrängt. Noch immer ließ Ta-den mit seinen Verstärkungen auf sich warten. Es wurde langsam Mittag. Lu-don hatte jeden verfügbaren Mann aufgebracht, der nicht für die Verteidigung des Tores im Tempel benötigt wurde, und unter Führung von Pan-sat durch den Geheimgang in die Stadt geschickt. Hier bedrängten sie Ja-dons Scharen von hinten, während die am Tor Befindlichen sie von vorn angriffen.

Von zwei Seiten durch eine weit überlegene Streitmacht zermürbt, war der Ausgang unausweichlich, und schließlich ergab sich der letzte Rest von Ja-dons kleiner Schar, und der alte Häuptling wurde als Gefangener zu Lu-don gebracht. „Bringt ihn in den Tempelhof“, sagte der Hohenpriester. „Er soll Zeuge sein, wie sein Komplize stirbt, und vielleicht läßt Jad-ben-Otho ihm dasselbe Schicksal zuteil werden.“

Dicht drängten sich die Menschen im inneren Tempelhof. Tarzan und seine Gefährtin standen gefesselt und hilflos zu beiden Seiten des Westaltars. Der Kampfeslärm war verstummt, und nun sah der Affenmensch, wie Ja-don in den inneren Hof gebracht wurde. Ihm hatte man die Hände nicht auf dem Rücken gefesselt, sondern vorn. Tarzan blickte zu Jane und wies mit einer Kopfbewegung auf Ja-don. „Das sieht wie das Ende aus“, sagte er ruhig. „Er war unsere letzte und einzige Hoffnung.“

„Zumindest haben wir uns wiedergefunden und unsere letzten Tage gemeinsam verbracht, John“, erwiderte sie. „Ich bete jetzt nur darum, daß sie mich nicht am Leben lassen, nachdem sie dich getötet haben.“

Tarzan antwortete nichts darauf, denn sein Herz war von demselben bitteren Gedanken erfüllt wie das ihre - es war nicht die Furcht vor dem Tod, sondern daß man sie am Leben lassen würde. Er riß an den Fesseln, aber sie waren zu fest, außerdem mehrfach geschlungen. Ein Priester in seiner Nähe sah es und schlug dem schutzlosen Gefangenen mit höhnischem Lachen ins Gesicht.

„Dieses Tier!“ sagte Jane Clayton.

Tarzan lächelte. „Man hat mich oft schon so geschlagen, Jane, und stets ist der Schläger danach ins Jenseits befördert worden“, sagte er.

„Du hast noch Hoffnung?“ fragte sie.

„Noch bin ich am Leben“, sagte er, als sei dies eine ausreichende Antwort. Sie war eine Frau und besaß nicht den Mut dieses Mannes, der keine Furcht kannte. Sie wußte, daß er genau zur Mittagszeit auf dem Altar sterben würde, denn er hatte ihr, nachdem er in den Innenhof gebracht worden war, von dem Todesurteil berichtet, das Obergatz über ihn gefällt hatte. Auch war ihr klar, daß Tarzan sich über sein bevorstehendes Ende keinen Illusionen hingab, jedoch zu mutig war, es sich einzugestehen.

Als sie ihn dort so hoch aufgerichtet, unerschrocken und furchtlos unter seinen wilden Feinden stehen sah, schrie sie innerlich auf vor Empörung über das grausame Schicksal, das ihn ereilt hatte. Sie sah es als ein ungeheuerliches und gräßliches Unrecht an, daß dieses herrliche Wesen, diese Verkörperung überschäumender Lebenskraft, Stärke und Zielstrebigkeit, bald nichts mehr sein werde als eine blutige Masse Fleisch. Es war alles so sinnlos und willkürhaft. Gern hätte sie ihr Leben für ihn geopfert, aber sie wußte, daß dies zu erbitten eine Verschwendung von Worten gewesen wäre, da ihre Feinde sich ganz bestimmt nicht abbringen lassen würden, ihnen das Schicksal zu bereiten, das sie für sie vohergesehen hatten - für ihn den Tod, für sie ... Sie schauderte bei dem bloßen Gedanken.

Nun erschienen Lu-don und der nackte Obergatz. Der Hohenpriester führte den Deutschen an seinen Platz hinter dem Altar, stellte sich links von ihm auf, wies mit einer Kopfbewegung auf Ja-don und raunte ihm etwas ins Ohr. Der Deutsche blickte den alten Krieger finster an.

„Und nach dem falschen Gott den falschen Propheten", sagte er und wies anklagend auf Ja-don. Dann schaute er zu Jane Clayton.

„Die Frau auch?" fragte Lu-don.

„Mit ihrem Fall werde ich mich später befassen", erwiderte Obergatz. „Ich rede heute abend mit ihr, nachdem sie genug Gelegenheit hatte, über die Folgen nachzudenken, die entstehen, wenn man den Zorn Jad-ben-Othos auf sich zieht."

Nun blickte er zur Sonne auf. „Der Zeitpunkt rückt näher, bereite das Opfer vor", sagte er zu Lu-don.

Dieser nickte den Priestern zu, die Tarzan in die Mitte genommen hatten. Sie packten ihn und trugen ihn zum Altar, wo sie ihn mit dem Gesicht nach oben so ablegten, daß sein Kopf sich an der Südseite des Altars befand, nur wenige Fuß von Jane Clayton entfernt. Spontan trat sie vor und küßte ihn auf die Stirn, noch ehe die anderen sie zurückhalten konnten. „Gehab dich wohl, John", flüsterte sie.

„Gehab dich wohl", antwortete er lächelnd.

Die Priester packten sie und schleiften sie weg. Lu-don überreichte Obergatz das Opfermesser. „Ich bin der Große Gott", sagte dieser. „Und so trifft mein Zorn alle meine Feinde!" Er blickte zur Sonne auf und hob das Messer hoch über den Kopf.

„So sterben alle, die Gott lästern!" rief er, doch im gleichen Augenblick peitschte ein scharfer Knall die wie gebannt stehende, schweigende Menge. Etwas pfiff durch die Luft, dann taumelte Jad-ben-Otho nach vorn und fiel über das von ihm ausersehene Opfer. Abermals hörte man den peitschenden Knall, und Lu-don fiel um, ein dritter folgte, und Mo-sar sank zu Boden. Inzwischen hatten Krieger und Zuschauer erkannt, aus welcher Richtung das unerwartete und ihnen fremde Knallen kam, und blickten zur Westseite des Hofes.

Da sahen sie zwei Gestalten auf der Tempelmauer stehen - einen Ho-don-Krieger und daneben eine fast nackte Gestalt derselben Rasse, der auch Tarzan-jad-guru angehörte. Über seine Schultern und um die Hüften spannten sich seltsame, breite Gurte. Sie waren mit hübschen kleinen Zylindern besetzt, die in der Mittagssonne blinkten. Er hielt ein glänzendes Ding aus Holz und Stahl in den Händen, aus dessen Ende ein dünner, blaugrauer Rauchfaden stieg.

Da ließ sich der Ho-don-Krieger vernehmen. Laut drang seine Stimme der schweigenden Menge in die Ohren. „So spricht der wahre Jad-ben-Otho durch seinen Boten des Todes“, sagte er. „Zerschneidet die Fesseln der Gefangenen. Zerschneidet die Fesseln Dor-ul-Othos und Ja-dons, des Königs von Pal-ul-don, sowie der Frau, die die Gefährtin des Gottessohnes ist.“

Der von blindwütigem Fanatismus erfüllte Pan-sat sah die Macht und den Ruhm des Regimes zerfallen, dem er gedient hatte. Er schrieb die Schuld für das Unglück, das jetzt über ihn hereinbrach, einzig und allein jenem Wesen zu, das dort auf dem Altar lag. Diese Kreatur hatte Lu-dons Tod herbeigeführt und damit all die Träume von Macht zunichte gemacht, die der niedere Priester Tag für Tag gehegt hatte.

Das Opfermesser lag noch auf dem Altar, wo es dem toten Obergatz entfallen war. Pan-sat kroch hin und reckte sich, um es an sich zu reißen. Schon war er im Begriff, es zu packen, da gab das seltsame Ding in den Händen des seltsamen Geschöpfes auf der Tempelmauer abermals jenen seltsamen Knall von sich, der von Tod und Untergang kündete, und Pan-sat, der niedere Priester, kippte rückwärts auf seinen toten Herrn.

„Ergreift alle Priester und zaudert nicht, auf daß Jad-ben-Othos Bote nicht weitere Feuerblitze schleudert“, rief Ta-den den Kriegsleuten zu.

Krieger und Volk hatten soeben mit eigenen Augen eine Demonstration göttlicher Macht verfolgt, die selbst weniger abergläubische oder aufgeklärtere Gemüter überzeugt hätte, und da viele von ihnen noch vor kurzem gezaudert hatten, ob sie sich dem Jad-ben-Otho Ludons oder dem Dor-ul-Otho Ja-dons zuwenden sollten, fiel es ihnen nicht schwer, sich schleunigst zu letzterem zu bekennen, besonders angesichts der unwiderlegbaren Argumente in den Händen dessen, den Ta-den als Boten des Großen Gottes dargestellt hatte.

So stürmten die Krieger jetzt eilends nach vorn und umzingelten die Priester, und als sie abermals zur Westmauer des Tempelhofes blickten, sahen sie eine große Streitmacht darüberklettern. Was sie dabei jedoch am meisten verblüffte und erschreckte, war die Tatsache, daß viele davon schwarze und behaarte Waz-don waren.

An ihrer Spitze schritt der Fremde mit der glänzenden Waffe in den Händen, zu seiner Rechten ging Ta-den, der Ho-don, und links von ihm Om-at, der schwarze Gund von Kor-ul-ja.

Ein in der Nähe des Altars stehender Priester ergriff das Opfermesser und zerschnitt Tarzans, Ja-dons und Jane Claytons Fesseln. Die drei standen jetzt neben dem Altar, und als sich die Neuankömmlinge von der Westseite des Tempelhofes einen Weg durch die Menge bahnten, weiteten sich die Augen der Frau mit einem Ausdruck des Erstaunens, des Unglaubens und der Hoffnung. Der Fremde aber schob die an einem Riemen hängende Waffe auf den Rücken, kam schnell hergerannt und schloß sie in die Arme.

„Jack!“ sagte sie aufschluchzend und schmiegte sich an ihn. „Jack, mein Sohn!“

Da trat Tarzan von den Affen heran und legte beiden die Arme um die Schultern. Der König von Pal-ul-don, die Krieger und das Volk aber knieten auf dem Tempelhof nieder und berührten vor dem Altar, wo die drei standen, mit der Stirn den Boden.

Die Heimat

Eine Stunde nach dem Sturz von Lu-don und Mo-sar versammelten sich die Häuptlinge und obersten Krieger von Pal-ul-don im großen Thronsaal des Palastes von A-lur auf den Stufen der hoch aufragenden Pyramide, setzten Ja-don auf den Gipfel und proklamierten ihn zum König. Auf der einen Seite des alten Häuptlings stand Tarzan von den Affen, auf der anderen Korak, der Killer, würdiger Sohn des mächtigen Affenmenschen.

Als die kurze Zeremonie vorüber war und die Krieger ihrem neuen Herrscher mit erhobenen Keulen Treue geschworen hatten, schickte Ja-don eine vertrauenswürdige Gruppe aus, um O-lo-a, Pan-at-lee und die Frauen seines eigenen Haushalts aus Ja-lur zu holen.

Danach erörterten die Krieger die Zukunft Pal-ul-dons, und die Frage kam auf, wie mit der Tempelverwaltung und den Priestern zu verfahren sei, die der Herrschaft des Königs praktisch stets feindselig gegenüber gestanden und immer nur nach Erweiterung ihrer Macht, Bequemlichkeit und Größe gestrebt hatten. Da wandte sich Ja-don an Tarzan. „Der Dor-ul-Otho möge seinem Volk die Wünsche seines Vaters übermitteln", sagte er.

„Euer Problem ist ganz einfach, sofern ihr wahrhaftig tun wollt, was den Augen des Gottes wohlgefällig ist", erklärte der Affenmensch. „Eure Priester haben euch gelehrt, Jad-ben-Otho sei ein grausamer Gott, um ihre eigene Macht zu vergrößern. Sie sagten, der Anblick von Blut und großem Leid sei ihm wohlgefällig. Die abgrundtiefe Niederlage der Priesterschaft am heutigen Tag hat euch die Falschheit ihrer Lehre vor Augen geführt.

Entreißt deshalb diesen Männern die Tempel und übergebt sie den Frauen, damit sie sie mit Freundlichkeit, Barmherzigkeit und Liebe verwalten. Wascht das Blut von eurem Ostaltar und laßt für immer das Wasser aus dem westlichen ab.

Ich habe Lu-don schon einmal die Möglichkeit gegeben, diese Veränderungen herbeizuführen, doch er hat meine Befehle mißachtet, und der Korridor der Opfer ist wieder mit den dazu Vorgesehenen gefüllt. Befreit sie aus jedem Tempel in Pal-ul-don. Bringt künftig nur noch solche Gaben zum Opfer dar, wie euer Volk es mag, und legt sie auf die Altäre eures Gottes. Dann wird er sie segnen, und die Priesterinnen von Jad-ben-Otho können sie unter denjenigen verteilen, die ihrer am meisten bedürfen."

Als er geendet hatte, ging ein beifälliges Murmeln durch die Menge. Längst schon waren sie der Habgier und Grausamkeit der Priester überdrüssig, und da die Autorität nun von höherer Stelle kam und einen brauchbaren Plan vorlegte, sich der alten religiösen Ordnung zu entledigen, ohne daß das Volk seinen Glauben hätte aufgeben müssen, begrüßten sie ihn.

„Und die Priester? Wir sollten sie auf ihren eigenen Altären dem Tod überantworten, sofern es Dor-ul-Otho gefällt, sich dahingehend zu äußern."

„Nein", sagte Tarzan. „Es soll kein Blut mehr vergossen werden. Gebt ihnen die Freiheit und das Recht, jenen Beschäftigungen nachzugehen, die sie ausüben wollen."

In dieser Nach fand im Pal-e-don-so ein großes Fest statt, und zum ersten Mal in der Geschichte des alten Pal-ul-don saßen schwarze Krieger friedlich und freundschaftlich mit weißen zusammen. Zwischen Ja-don und Om-at wurde ein Vertrag besiegelt, wonach sein Stamm und die Ho-dons für immer Verbündete und Freunde sein würden.

Jetzt erfuhr Tarzan auch, warum Ta-den nicht zur vereinbarten Zeit angegriffen hatte. Ja-don hatte einen Boten geschickt, wonach der Angriff bis zum Mittag aufgeschoben werden sollte. Erst als es fast schon zu spät war, hatten sie herausgefunden, daß dieser Bote ein verkleideter Priester von Lu-don war. Daraufhin hatten sie ihn dem Tod überantwortet, die Mauern erklommen und waren im allerletzten Augenblick in den inneren Tempelhof gelangt.

Am folgenden Tag trafen O-lo-a, Pan-at-lee und die Frauen aus Jadons Familie im Palast von A-lur ein. Ta-den und O-lo-a sowie Om-at und Pan-at-lee wurden im großen Thronsaal vermählt.

Tarzan, Jane und Korak waren eine Woche lang Ja-dons Gäste, ebenso Om-at und seine schwarzen Krieger. Dann erklärte der Affenmensch, er werde aus Pal-ul-don abreisen. Seine Gastgeber hatten nur nebelhafte Vorstellungen über die Behausung der Götter im Himmel sowie die Art und Weise, wie diese zwischen ihrer himmlischen Heimstatt und den Wohnplätzen der Sterblichen verkehrten, deshalb stellten sie auch keine Fragen, als zutage trat, daß der Dor-ul-Otho mit seiner Gefährtin und seinem Sohn über die Berge reisen und Pal-ul-don Richtung Norden verlassen werde.

Sie zogen in Begleitung der Krieger des dortigen Stammes sowie einer großen Ho-don-Kriegerschar unter Ta-den die Kor-ul-ja entlang. Der König gab ihnen mit vielen Kriegern und einer Menge Volks über die Grenzen von A-lur das Geleit, und nachdem Tarzan ihnen Lebewohl gesagt und den Segen Gottes für sie erfleht hatte, sahen die drei Europäer, wie ihre schlichten, getreuen Freunde sich hinter ihnen in den Staub warfen und so liegenblieben, bis die ganze Kavalkade aus der Stadt gelangt und unter den Bäumen des nahegelegenen Waldes verschwunden war.

Sie legten bei den Kor-ul-ja einen Ruhetag ein, an dem Jane die uralten Höhlen dieses seltsames Volkes besichtigte, und zogen dann weiter, wobei sie die zerklüfteten Gipfel des Pastar-ul-ved umgingen und am jenseitigen Hang in Kehren zu dem großen Sumpfgebiet hinabstiegen. Sie fühlten sich wohl und sicher, da Ho-don und Waz-don ihnen das Geleit gaben.

Zweifellos beschäftigte viele die Frage, wie die drei wohl das große Moor überqueren wollten, aber das kümmerte Tarzan am wenigsten. Im Laufe seine Lebens hatte er viele Hindernisse überwinden müssen und gelernt, daß es stets eine Möglichkeit gab, vorausgesetzt, ein fester Wille war vorhanden. Er hatte eine Idee, wie er das Problem der Überquerung leicht lösen konnte, aber das hing ganz vom Zufall ab.

Als sie am Morgen des letzten Tages ihr Lager abbrachen, um den Marsch fortzusetzen, ertönte aus einem nahegelegenen Gehölz ein tiefes, donnerndes Bellen. Der Affenmensch lächelte. Der Zufall war ihm hold. Der Dor-ul-Otho, seine Gefährtin und ihr Sohn würden auf gebührende Weise das nirgends verzeichnete Pal-ul-don verlassen.

Er hatte noch immer den Speer in der Hand, den Jane angefertigt und den er dermaßen schätzen gelernt hatte, weil er ihr Werk war, daß er nach seiner Befreiung im Tempel von A-lur danach hatte suchen lassen. Man hatte ihn auch gefunden und ihm gebracht. Er hatte ihr daraufhin lachend erklärt, der Speer solle einen ebensolchen Ehrenplatz über ihrem Kamin finden wie das alte Steinschloßgewehr ihres puritanischen Stammvaters über dem Kamin ihres Vaters, Professor Porters.

Als die Ho-don-Krieger, von denen einige Tarzan aus Ja-dons Lager nach Ja-lur begleitet hatten, das Bellen hörten, blickten sie ihn fragend an, während Om-ats Waz-don nach Bäumen Ausschau hielten, da der Gryf das einzige Geschöpf in Pal-ul-don war, vor dem selbst eine große Kriegerschar nicht sicher war. Seine dicke Panzerhaut widersetzte sich jedem Messerstoß, und die Keulen, wie kraftvoll auch geworfen, prallten wirkungslos ab, als hätte man sie nach der kantigen Schulter des Pastar-ul-ved geschleudert.

„Wartet", sagte der Affenmensch und ging, den Speer in der Hand, auf den Gryf zu, wobei er immer wieder den unheimlichen Ruf des Tor-o-don ausstieß. Das Bellen hörte auf und verwandelte sich in ein tiefes Brummen, dann tauchte das riesige Tier auch schon auf. Nun folgte eine Wiederholung dessen, was der Affenmensch bereits früher mit diesen riesigen und wilden Kreaturen veranstaltet hatte.

So geschah es, daß Jane, Korak und Tarzan das ausgedehnte Sumpfgebiet, das Pal-ul-don von der Außenwelt abschirmte, auf dem Rücken eines vorzeitlichen Triceratops durchquerten, während die kleineren Reptile des Sumpfes entsetzt zischend vor ihnen flohen. Am gegenüberliegenden Ufer angelangt, wandten sie sich um und riefen Ta-den, Om-at und den tapferen Kriegern, die sie zu bewundern und zu achten gelernt hatten, ein letztes Lebewohl zu. Danach lenkte Tarzan ihr gigantisches Reittier nach Norden und ließ es erst frei, als er sicher sein konnte, daß Waz-don und Ho-don Zeit genug gehabt hatten, in den steilen Klüften am Fuße der Berge einen Ort zu finden, wo sie relativ ungefährdet waren.

Nun wendeten sie das Tier mit dem Kopf Richtung Pal-ul-don, saßen ab und schickten es durch einen heftigen Schlag auf seine dicke Haut majestätisch schaukelnd in Richtung seiner heimatlichen Gefilde davon. Sie standen noch eine Weile und schauten auf das Land zurück, das sie soeben verlassen hatten - das Land des Tor-o-don und des Gryf; das von Ja und Jato; das der Waz-don und Ho-don: Ein primitives Land voll des Schreckens und jähen Todes, aber auch des Friedens und der Schönheit. Ein Land, das sie alle zu lieben gelernt hatten.

Dann wandten sie sich einmal mehr nach Norden und machten sich leichten Herzens und voller Zuversicht auf die lange Reise in jenes Land, das ihren Herzen am teuersten war - ihre Heimat.

Anmerkungen

Aus Gesprächen mit Lord Greystoke und aus seinen Notizen ergaben sich eine Vielzahl interessanter Hinweise über die Sprache und Gewohnheiten der Bewohner von Pal-ul-don, die in der vorliegenden Geschichte nicht so zum Ausdruck kommen. Zum Nutzen derer, die sich vielleicht für die Herkunft der im Text auftretenden Eigennamen interessieren und auf diese Weise einen gewissen Einblick in die Sprache dieser Rasse gewinnen möchten, wird im folgenden ein unvollständiges Verzeichnis vorgelegt, das auf Lord Greystokes Notizen beruht.

Von besonderem Interesse mag sein, daß die Namen aller männlichen unbehaarten Pithekanthropi mit einem Konsonanten beginnen, die gleiche Silbenzahl aufweisen und auch mit einem Konsonanten enden, während die weiblichen Namen derselben Gattung mit einem Vokal beginnen, eine ungerade Silbenzahl haben und auf einem Vokal enden. Die Namen der männlichen behaarten, schwarzen Pithekanthropi hingegen zeigen stets die gleiche Silbenzahl, beginnen aber mit einem Vokal und enden mit einem Konsonanten, während die weiblichen Namen dieser Gattung eine ungerade Silbenzahl aufweisen, stets mit einem Konsonanten beginnen und mit einem Vokal enden.

A	Licht
Ab	Junge
Ab-on	stellvertretender Gund von Kor-ul-ja
Ad	drei
Adad	sechs
Adadad	neun
Adaden	sieben
Aden	vier
Adenaden	acht
Adenen	fünf
A-lur	Stadt des Lichts
An	Speer
An-un	Vater von Pan-at-lee
As	Sonne
At	Schwanz

Bal	Gold oder golden
Bar	Schlacht
Ben	groß
Bu	Mond
Bu-lot	(Mondgesicht) Sohn von Häuptling Mo-sar
Bu-lur	(Mondstadt) Hauptstadt der Waz-ho-don
Dak	fett
Dak-at	(Fettschwanz) einer von Ko-tans Palastkriegern
Don	Felsen
Den	Baum
Don	Mensch
Dor	Sohn
Dor-ul-Otho	(Sohn Gottes) Tarzan
E	wo
Ed	siebzig
El	Grazie oder graziös
En	eins
Enen	zwei
Es	roh, grob
Es-sat	(rohe Haut) Häuptling von Om-ats Stamm der behaarten Schwarzen
Et	achtzig
Fur	dreißig
Ged	vierzig
Go	klar

Gryf „Triceratops. Eine Gattung großer, Pflanzen fressender Dinosaurier der Gruppe Ceratopsia. Der Schädel trug zwei große Hörner über den Augen, ein mittleres Horn über der Nase, einen hornartigen Schnabel und eine große, knochige Haube oder einen schräg nach oben verlaufenden Kamm. Ihre Zehen, fünf vordere und drei hintere, waren mit Hufen ausgestattet, und der Schwanz war groß und stark." (Websters Wörterbuch). Der Gryf von Pal-ul-don ist ähnlich, nur daß er ein Allesfresser ist, deshalb starke, mit mächtigen Zähnen ausgestattete Kiefer und statt der Hufe Klauen hat. Färbung: das Gesicht gelb mit dunkelblauen Ringen um die Augen; die Haube oben rot, unten gelb; der Bauch gelb, der Körper ein schmutziges Schieferblau, die Beine desgleichen. Die Knochenvorsprünge gelb außer denen, die längs des Rückgrats verlaufen - diese sind rot. Der Schwanz entspricht dem Körper und Bauch. Hörner, Elfenbein.

Gund	Häuptling
Guru	schrecklich
Het	fünfzig
Ho	weiß
Ho-don	dunbehaarte weiße Menschen von Pal-ul-don
Id	Silber
Id -an	einer von Pan-at-lees zwei Brüdern
In	dunkel
In-sad	Kor-ul-ja-Krieger, der Tarzan, Om-at und Ta-den bei der Suche nach Pan-at-lee begleitete
In-tan	Kor-ul-lul, der zur Bewachung von Tarzan abgestellt war
Ja	Löwe
Jad	der (Artikel)
Jad-bal-lul	der Goldene See
Jad-ben-lu	der Große See
Jad-ben-Otho	der Große Gott
Jad-guru-don	der schreckliche Mensch
Jad-in-lul	der dunkle See
Ja-don	(der Löwenmensch) Häuptling eines Ho-don-Dorfes und Vater von Ta-den
Jad Pele ul Jad-ben-Otho	das Tal des Großen Gottes
Ja-lur	(Löwenstadt) Ja-dons Hauptstadt
Jar	fremd
Jar-don	Name, den Om-at Korak gegeben hat
Jato	säbelzähniger Hybrid
Ko	mächtig
Kor	Schlucht
Kor-ul-gryf	Schlucht des Gryf
Kor-ul-ja	Name von Es-sats Schlucht und Stamm
Kor-ul-lul	Name einer anderen Waz-don-Schlucht und eines Stammes
Ko-tan	König der Ho-don
Lav	Lauf, oder laufend
Lee	Reh

Lo	Stern
Lot	Gesicht
Lu	schrecklich, wild
Lu-don	(wilder Mann) Hohenpriester von A-lur
Lul	Wasser
Lur	Hauptstadt
Ma	Kind
Mo	kurz
Mo-sar	(Kurznase) Häuptling und Thronprätendent
Mu	stark
No	Bach
O	gleich oder ähnlich
Od	neunzig
O-dan	Kor-ul-ja-Krieger, der Tarzan, Om-at und Ta-den bei der Suche nach Pan-at-lee begleitet
Og	sechzig
O-lo-a	(Wie das Sternenlicht) Ko-tans Tochter
Om	lang
Om-at	(Langschwanz) ein Schwarzer
On	zehn
Otho	Gott
Pal	Platz, Land
Pal-e-don-so	(Ort, wo Menschen essen) Bankettsaal
Pal-ul-don	(Land des Menschen) Landesname
Pal-ul-ja	Ort der Löwen
Pan	weich
Pan-at-lee	Om-ats Liebste
Pan-sat	(Weiche Haut) ein Priester
Pastar	Vater
Pastar-ul-ved	Vater der Berge
Pele	Tal
Ro	Blume
Sad	Wald
San	einhundert
Sar	Nase
Sat	Haut
So	essen

Sod	gegessen
Sog	essend
Son	(er,sie,es) aß
Ta	groß
Ta-den	(großer Baum) ein Weißer
Tan	Krieger
Tarzan-jad-guru	Tarzan der Schreckliche
To	purpur
Ton	zwanzig
Tor	Tier
Tor-o-don	tierähnlicher Mensch
Tu	hell
Tu-lur	(helle Stadt) Mo-sars Hauptstadt
Ul	von
Un	Auge
Ut	Korn
Ved	Berg
Waz	schwarz
Waz-don	die behaarten schwarzen Menschen von Pal-ul-don
Waz-ho-don	(schwarze weiße Menschen) eine Mischrasse
Xot	eintausend
Yo	Freund
Za	Mädchen

Inhaltsverzeichnis

Folgende Bände der **TARZAN**-Geschichten sind bisher erschienen:

TARZAN bei den Affen
TARZANs Rückkehr
TARZANs Tiere
TARZANs Sohn
TARZANund der Schatz von Opar
TARZAN und der goldene Löwe
TARZAN und die Ameisenmenschen
(Diese Bände sind einzeln oder komplett im Schuber erhältlich.)

TARZAN der Schreckliche
TARZAN, Herr des Dschungels
TARZAN und das verschollene Reich
TARZAN der Unbesiegbare

KRANICHBORN VERLAG LEIPZIG

TARZAN

der Unbesiegbare

La ist in Schwierigkeiten. Die Hohenpriesterin des Flammengottes in der antiken Stadt Opar - des vergessenen Vorpostens von Atlantis - ist von ihrem Volk verraten worden und eingesperrt in den von der Ewigkeit verwunschenen Verliesen, bis TARZAN kommt, um sie zu retten. La liebt TARZAN noch immer. Nun liegt La, zusammen mit einer fremden Frau von der Rasse TARZANs, gefesselt im Zelt eines arabischen Sklavenhändlers, in Angst vor dem ihr bestimmten Schicksal. Inzwischen verfolgt TARZAN eine Schar fremder Männer, die in sein Land eingedrungen sind...
angeführt von einem Wahnsinnigen, der einen gemeinen Umsturz im Sinne hat.

KVL

KRANICHBORN VERLAG LEIPZIG

TARZAN

Herr des Dschungels

TARZAN, immer auf der Hut vor räuberischen Eindringlingen in seinen geliebten Dschungel, befiehlt einem amerikanischen Jäger und einem arabischen Sklavenhändler, sein Land zu verlassen. Doch alle geraten in eine mittelalterliche Gemeinschaft, die 750 Jahre hinter einer Wand von Bergen isoliert war.

TARZAN wird in eines der phantastischsten Abenteuer, das er bisher erlebt hat, verwickelt.

KVL

KRANICHBORN VERLAG LEIPZIG

TARZAN

und das verschollene Reich

Irgendwo im Herzen Afrikas ist ein Mann verschwunden - Erich von Harben, Sohn eines alten Freundes TARZANs von den Affen. Nun versucht der Affenmensch, ihn zu retten. Die Spur führt in ein geheimnisvolles Tal, wo TARZAN zwei überlebende Vorposten des antiken Roms - durch die Zeit beinahe unverändert - entdeckt.

Und dort wird TARZAN in die Arena gestoßen, wo er sich jeder Gefahr stellen muß, die sich der grausame und korrupte Imperator Casa Sanguinarius hat einfallen lassen, um den Tod des Affenmenschen herbeizuführen.

Meilenweit davon entfernt wartet Erich von Harben in Castrum Mare auf seine Hinrichtung im Sand der Arena eines anderen Tyrannen.

KVL

KRANICHBORN VERLAG LEIPZIG

Die Reihe der **TARZAN** - Geschichten wird mit folgenden Bänden fortgesetzt:

TARZANs Dschungelgeschichten
(Kurzgeschichten)

TARZAN der Ungezähmte
(Kurzgeschichten)

TARZAN am Mittelpunkt der Erde*

TARZAN triumphiert*

TARZAN und die goldene Stadt

TARZAN und der Löwenmensch

TARZAN und die Leopardenmenschen

TARZANs Suche

* Deutsche Erstveröffentlichungen

KVL

KRANICHBORN VERLAG LEIPZIG

Neben TARZAN wird ein weiterer Klassiker von Edgar Rice Burroughs erscheinen:

John Carter vom Mars

Die Prinzessin vom Mars

Die Götter des Mars

Der Kriegsherr des Mars

Thuvia, das Mädchen vom Mars

Die **TARZAN**-Geschichten von Edgar Rice Burroughs

TARZAN bei den Affen
TARZANs Rückkehr
TARZANs Tiere
TARZANs Sohn
TARZAN und der Schatz von Opar
TARZANs Dschungelgeschichten
(Kurzgeschichten)
TARZAN der Ungezähmte
(Kurzgeschichten)
TARZAN der Schreckliche
TARZAN und der goldene Löwe
TARZAN und die Ameisenmenschen
TARZAN, Herr des Dschungels*
TARZAN und das verschollene Reich*
TARZAN am Mittelpunkt der Erde*
TARZAN der Unbesiegbare
TARZAN triumphiert*
TARZAN und die goldene Stadt
TARZAN und der Löwenmensch
TARZAN und die Leopardenmenschen
TARZANs Suche
TARZAN und die verbotene Stadt*
TARZAN der Prächtige
(Kurzgeschichten)
TARZAN und die Fremdenlegion*
TARZAN und der Irre*
TARZAN und die Schiffbrüchigen*
(Kurzgeschichten)

* Deutsche Erstveröffentlichungen

Alle Bände neu übersetzt, wobei die einzig autorisierte Ausgabe - komplett und ungekürzt - von Ballantine Books New York zugrunde gelegt wurde.